# 폭낭의 기억 2
## 돌아오는 사람들

# 폭낭의 기억 2
돌아오는 사람들

박 산 지음

간디서원

## 등장인물(2권)

**성철** 제주 조천면 선흘리 거주. 일본 고베로 건너가 고무공장에서 노동자 생활을 하다가 종전 후 귀국하기 위해 시모노세키로 이동한다.

**조장규** 전라남도 나주 거주. 일본 오사카로 건너가 노동자 생활을 하다가 종전 후 귀국하기 위해 시모노세키로 이동한다.

**이동주** 일본 도야마광산에서 징용 노무자 생활을 하다가 종전 후 귀국하기 위해 규슈 후쿠오카 하카다로 온다.

**김석정** 재일 오사카 동포. 종전이 되자 재일조선인연맹 오사카 대표가 된다.

**박수완** 일본 규슈탄광에서 징용 노무자 생활을 하다가 종전 후 귀국하기 위해 규슈 후쿠오카 하카다로 온다.

**선중태** 강제 징병되어 버마전선에 배치되었다가 탈출하여 영국군에 투항했다가 미군에 이첩되어 하와이 호노울리울리 포로수용소로 이송된다.

**김두현** 제주도청 총무국장. 제주농업학교 졸. 고산지, 양반석, 정성돈, 김용주의 제주농업학교 선배.

**김용주** 탐라신보 기자. 제주농업학교 졸. 김두현, 고산지, 양반석, 정성돈의 제주농업학교 후배.

폭낭의 기억                                            차례

2권 돌아오는 사람들

등장인물(2권) …… 4

시험에 들지 말게 하옵소서 …… 7
장을수의 출현 …… 39
조선인은 중국인 다음 …… 45
작년에 와신 웅징사 …… 49
이카이노에 부는 바람 …… 83
동행 …… 93
창문 …… 113
하귀국민학교 …… 125
여전히 당당한 패잔병들 …… 134
심지 …… 155
탐라신보 호외 …… 163
응징 …… 168
알리바이 …… 186
한반도로 귀환하는 조선인들은 하카다로 …… 192
현해탄의 하카다항 …… 204
때가 왔다 …… 219
한 줄기 빛 …… 228
이시도 천변 마을 …… 264
호노울리울리 포로수용소 …… 292
폭삭 속앗수다 …… 307
마른 하늘에 날벼락이 …… 318
도쿄 맥아더연합군사령부 지령 142호 …… 343
상대적 자유 …… 349
밀폐된 광장 …… 367

제주어 찾기 …… 379

**1권 떠나간 사람들**
폭낭의 기억을 새기며
가깝고도 먼 실재와 허구 사이에서
해방은 되었어도
아일랜드 선교사 파트리치오 도슨
이카이노(猪飼野)로 날아온 가시아방(장인)의 부고
도슨의 첫 접견
공출
찬미 예수 주님의 종
엉뚱한 앙갚음
문정박 南平正博 미나미히라 마사히로
파랑비둘기
강제징용
벼랑 끝
격리 차단 고립
자살 특공보트 '신요(震洋)' 자살 특공어뢰 '가이덴(回天)'
1945년 6월 미군 제주도 산지항과 주정공장 폭격
제주성당 본당 58군 야전병원
파랑머리 빨강꼬리 비둘기
푸른 빛 붉은 화염 검은 비
언제 다시 만날까
집
오키나와의 포로들

## 시험에 들지 말게 하옵소서

아침 기상나팔 시간보다 먼저 눈을 뜬 햇살이 창문을 통과해 벽을 밝게 비추고 있었다. 꿈 같은 꿈속에서 깨어날 시간이다. 먹는 대로 뱃속에서 금방 꺼져버리는 죽 남은 것을 마저 먹기 위해 도슨은 자리에서 일어났다. 반 그릇 남은 죽 위로 번져 있는 간장 냄새가 식욕을 자극했다. 어제보다 먹는 속도가 빨라지다 보니 죽 그릇은 광이 날 정도로 순식간에 깨끗이 비워졌다. 도슨은 새삼 소지를 생각했다.

'여태 그의 이름도 모르고 지냈었구나.'

"1941번 패트릭 도슨, 석방!"

도슨은 물끄러미 문창살 쪽을 바라보았다.

"이 사람들이 웬일로 내 이름까지 다 부르지? 석방?"

"나오세요."

형무관이 방문을 활짝 열었다. 도슨은 그 자리에서 천천히 일어나 담요를 갰다.

"담요 안 개도 되니 어서 나오세요."

"내 잠자리는 내가 정리해야지. 담요는 좀 개켜놓고 나갑시다."

도슨은 담요를 뒤집어 상단을 잡고 휙 펼쳤다.

"담요는 우리가 갤 테니 어서 나오세요."

"……."

도슨은 형무관의 재촉을 못 들은 척하고는 이불용 담요만 개어놓고 문밖으로 걸어 나왔다.

"아니, 짐을 싸 들고 나와야지요."

"짐? 다 필요 없소. 내 영혼 하나면 족하오."

"아니, 성경도 버리고 다니는 신부도 있단 말입니까?"

"죽으러 가는 길에 이젠 성경도 필요 없소. 성경의 모든 구절들도 내 영혼 속에 담겨 있소."

"신부님, 지금 농담하시나요? 죽으러 가다니요?"

"끝까지 나를 기만하고 희롱할 생각일랑 하지 마시오. 우리 주 하느님은 사랑하는 어린 양, 주님의 충실한 종을 시험에 들게 하지 않소이다. 석방! 하면 내가 광대처럼 좋아서 웃고 손뼉 치고 폴짝폴짝 뛸 줄 알았소? 내가 시험에 들면 훗날 당신들은 '도슨이 저 죽으러 가는 줄도 모르고 하느님, 감사합니다'라고 했다고 소문 낼 것입니다. 나는 모든 준비가 끝났소. 저항할 생각도 없고, 애원할 의사도 없소. 자, 갑시다."

"도대체 무슨 말씀을 하시는 건지."

"내 말뜻은 그쪽에서도 잘 알고 있을 텐데."

"아무튼 알았습니다."

형무관은 구두를 신은 채 방 안으로 들어갔다. 도슨이 홀로 복도로 걸어 나갔다.

"어디로 가는 줄 알고 앞장서는 게요? 잠깐 기다리시오. 허어, 참."

형무관이 허겁지겁 도슨의 짐을 챙겨 나왔다. 짐이라고 해야 속옷과 양말이 들어 있는 홀치기주머니와 성경이 모두였다. 나머지는 이부자리건 그릇이건 모두 형무소에서 배급한 것들이었다. 방을 둘러보고 짐을 챙기는 데는 채 10초도 걸리지 않았다.

"짐이 필요 없다는 뜻이 다 있었군요. 원 이렇게 짐이 없는 재소자는 처음 보네. 그래도 신부라 들었는데, 성경은 챙겨 나오셔야지. 따라오시오."

복도 끝의 쇠창살문은 이미 열려 있었다. 형무관과 도슨이 쇠창살문을 통과하고 난 후에도 문은 다시 닫히지 않았는지, 등 뒤로 쿵 소리가 들리지 않았다. 죽어야 할 자들이 아직 더 줄줄이 대기하고 있는 것인가? 좌로 돌았다 우로 돌았다 하며 몇 개의 쇠창살문을 더 지나고 마당으로 나왔다.

무리를 지어 마당의 모이를 콕콕 쪼고 있던 비둘기들이 후두두둑 떼를 지어 날아간다. 맞은쪽 붉은 벽돌 건물을 지나쳐 돌아간다. 3년 반쯤 전에 에스더를 만났던 곳이다.

"전쟁이 끝났습니다. 전쟁이 끝나서 감옥에 있는 죄수들, 그중에서도 사상범, 보안사범을 우선 먼저 석방시키는 겁니다."

"투항을 거부하고 옥쇄를 고집하는 일본의 입장에서 볼 때 미군의 승리는 우리 같은 자들에게 곧 죽음이 아닙니까? 그러니 나를 기만하여 안심시키려 하지 마시오. 살려달라고 추하게 애원하거나 몸부림치지는 않을 것이니."

"그게 또 무슨 말씀이신지?"

"투항할 줄 모르는 일본군들이 일본 본토 신민들 1억 명까지 총받이로 앞장세워 옥쇄하겠다는 판에 우리 같은 사상의 적들을 과연 살려두겠소?"

"하핫. 무슨 뜻인지 이제야 이해가 갑니다. 그랬었구나. 일본이 항복했습니다. 일왕이 방송에 나와서 항복 선언을 했습니다. 아직도 믿기지 않으신가요? 제 말을 믿고 안 믿고는 신부님의 자유니까 더 이상 억지로 믿으라고 요구하지도 애원하지도 않겠습니다. 아무튼 선선히 따라오겠다고 했으니 따라오시면 됩니다."

"조선 땅에서, 일본 본토에서 전투도 치르지 않고 일왕이 항복했다는 말을 믿으란 겁니까? 그만합시다."

도슨은 눈곱만큼도 긴장을 풀지 않았고, 손톱만큼도 허점을 보이지 않으려 했다.

"허허, 참. 들어가시지요."

대화에 집중하느라 주변 풍경을 살펴보지 못하는 사이에 건물 여러 동을 지나왔다. 둘은 회색 콘크리트 건물 측면으로 난 외여닫이문을 들어서서는 복도를 걸어 들어갔다. 총살을 건물 안에서 할 리는 없을 텐데 하며 도슨은 묵묵히 따라 걸었다. 형무관이 발걸음을 멈춰 선 방에는 '영치실'이라는 문패가 붙어 있었다. 미닫이문을 열고 들어가자 형무관 하나가 책상에 앉아 기다리고 있었다.

"1941번 패트릭 도슨."

"아, 여기 꺼내놓았습니다."

계호 형무관이 절도 있게 고지를 마치자 기다리고 있던 형무관이 책상 위에 놓여 있는 노란 바구니를 앞으로 쑥 내밀었다.

"확인하시지요. 신부님 옷과 신발, 가방이 맞는지요?"

"맞습니다."

"맞으면 저쪽 방으로 들어가셔서 옷을 갈아입으세요. 갈아입으시고 남은 옷가지나 소지품들은 가방에 넣으시고요. 입고 있는 재소자복과 고무신은 이 바구니에 넣어서 저쪽 방에 그대로 두시면 됩니다. 옷을 다 갈아입으시면 다시 이곳으로 오십시오."

계호 형무관이 손에 들고 있던 홀치기주머니와 성경책을 바구니에 넣었다. 도슨은 바구니를 들고 맞은편 방으로 들어갔다.

바구니의 맨 위쪽에 두 벌의 옷이 나란히 개어져 놓여 있고, 옷 아래에는 겨울용 긴 외투가 역시 잘 개어져 있다. 저일 아래쪽에 가방과 허리띠와 신발주머니가 있다. 신발주머니 안에는 입소할 때 신고 들어왔던 검정 구두가 오랜 시간 동안 옷의 무게에 짓눌려 살짝 찌그러져 있다. 광택을 잃은 구두코는 꺼칠하니 츠칙한 쥐색으로 변색되고, 신발바닥에 묻었던 흙은 바싹 마른 가루가 되어 신발주머니 안에 떨어져 있다.

도슨은 어느 옷으로 갈아입을지 잠시 망설였.

한 벌은 입소할 때 입고 들어온 겨울용 감색 양복 상하의와 와이셔츠였고, 다른 한 벌은 평상시에 신부들이 입는 검은 색 사제복이다. 사제복 차림으로 체포되어 심문을 받던 중에 반입된 양복으로 갈아입고는 미처 반출시키지 못했던 사제복을 가방에 넣은 채 이곳까지 호송되어 왔던 것이다. 독신과 고결을 뜻하는 사제복 깃 앞부분 흰색 로만칼라가 정면으로 도슨을 마주보고 있다.

3년 반이라는 세월이 무색하게 정결하게 빛을 발하고 있는 로만칼라를 바라보는 도슨은 성호를 그었다.

'오, 하느님.'

하느님의 우편으로 가는 길에 정결한 사제복으로 갈아입어야 할까. 아니다. 저들에게 죽임을 당하는 나의 욕된 육신을 사제복으로 감쌀 수는 없지 않은가. 도슨은 겨울용 양복바지와 흰 와이셔츠로 갈아입었다. 와이셔츠 아랫단을 바지 속에 넣은 뒤 허리띠를 매었다. 허리띠를 바싹 조여 제일 안쪽 구멍에 걸쇠 고리를 넣고는 꼬리 부분을 허리띠 고리에 집어넣었다. 훅 꺼진 뱃살과 옆구리 아래로 드러난 골반 뼈를 감싼 바지 테두리와 테두리 부위 와이셔츠 곳곳에 주름이 잡혔다. 후훗, 콧수염만 달면 영락없는 찰리 채플린 아닌가. 도슨은 와이셔츠 소매를 접어 팔꿈치 위까지 걷어 올렸다. 구두를 신자 발이 쑥 들어갔다. 헐렁대는 구두의 끈을 풀고 다시 조였다. 구두끈 매듭이 무척 길다고 느껴졌다. 가방 바닥에 제일 먼저 겨울용 외투를 넣고 그 위에 양복 상의를 얹고, 제일 위에 사제복을 구겨지지 않도록 곱게 얹었다. 그동안 입었던 수형자 옷 상하의를 수번이 위로 오도록 잘 개어 노란 바구니에 넣고 검정 고무신은 홀치기주머니에 넣어 옷 위에 얹었다. 잠시 1941번 수번을 바라보았다. 그동안 나를 대신했던 너의 욕된 생애도 이젠 마감하는구나. 도슨은 가방을 들고 방을 나와 영치실 담당 형무관의 책상 앞으로 갔다.

"이거 받으시지요. 신부님 앞으로 보관되어 있던 영치금입니다. 단 한푼도 쓰지 않으셨더군요."

에스더가 접견 왔을 때 비상용으로 영치한 것이었다. 영치금을 넣은 봉투 겉에는 '1941. Patrick Dawson'이라고 표기되어 있다. 조선에서는 죽은 자의 염을 지낼 때 입 안에 엽전을 넣어주는 풍습이 있다는 것을 도슨은 알고 있었다. 길잡이 저승사자와 염라대왕에게 바치라는 노잣돈. 도슨은 영치금 봉투를 양복 상의 안주머니에 넣었다.

"여기 지장 찍으시지요. 영치물과 영치금 반환을 확인하는 서류입니다. 도장이 없으니 지장을 찍어야 합니다."

도슨은 엄지 지문에 붉은 인주를 묻혀 '1941. Patrick Dawson'이라고 타이핑되어 있는 서류 하단에 지장을 찍었다. 경찰과 검찰 취조 과정에서 지긋지긋하게 찍었던 지장이었다. 도슨의 인생 중년기를 그림자처럼 따라다니던 불길하고도 붉은 자취가 여기서 끝나는구나.

"자, 다 끝났습니다. 이제 돌아가셔도 됩니다. 그동안 고생 많으셨습니다."

"어디로 가라는 것이요?"

도슨은 긴장의 끈을 놓지 않았다.

"따라오시지요."

줄곧 대기하고 있던 계호 형무관이 앞장을 섰다. 현관을 나섰다. 모퉁이에 망루가 솟아있는 동쪽 콘크리트 담장을 향하여 걸었다.

담장 한가운데 철제 쪽문이 보인다. 그 앞에 문을 지키는 경비대원 하나가 배치되어 있다. 해가 아직 망루 위로 솟지 않은 늦은 아침이다. 망루 위에서 어깨에 99식 소총을 맨 보초가 도슨 일행을 내려다보고 있다.

"아, 신부님이시고 하니 예우를 갖춰서 정문으로 나가시도록 하겠습니다."

앞서 걷던 계호 형무관이 방향을 틀었다. 도슨은 아무런 응답을 하지 않고 따라 걸었다.

거대한 쇠창살로 만든 쌍여닫이 정문 옆의 액문을 통과하기 전에 경비실 창문이 열린다. 계호 형무관이 창문으로 다가간다.

"출소자요. 외국인 신부입니다."

경비실 관계자와 계호 형무관 사이에 몇 마디 대화가 오가더니 창문이 닫혔다.

"나가시지요."

형무관이 몸을 돌려 도슨에게 정중히 안내하듯 이끌었다.

도슨이 정문을 나가려 할 때 감옥의 한 옥사로부터 애국가가 들려왔다. 도슨은 자신의 귀를 의심했다. 그는 귀를 세우고 천천히 몸을 돌렸다.

푸른 하늘에 뭉게뭉게 떠 있는 하얀 구름들 사이로 내리쬐는 한여름의 햇살이 감옥 옥사의 지붕과 마당을 밝게 비추고 있다. 이내 애국가가 인근 옥사로 옮아가며 조금씩 커진다.

"하느님이 보우하사 우리나라 만세—"

'종전이다! 석방이다!'

도슨은 들고 있던 가방을 마당에 내려놓고는 오른손바닥을 가슴에 대었다.

점점 커지던 애국가가 감옥 전체로 울려 퍼진다.

'저 안에서 소지도 애국가를 부르고 있을까. 이렇게 졸지에 작별인사조차 못하게 될 줄 알았나. 이름 석 자라도 물어볼 걸. 김철주도 어

디선가 애국가를 부르고 있을까. 목단야야 언제 어디선가라도 만날 수 있게 되겠지만.'

"대한 사람 대한으로 길이 보전하세-."

도슨은 애국가를 따라 불렀다. 잉글랜드에서 독립한 지 채 10년이 되지 않아 조국 아일랜드를 떠난 이후 10년이 다 되어가도록 청춘의 정열을 바친 낯선 극동의 땅, 조선. 또 다른 수난을 하느님의 종, 어진 목자로서 감내하며 살아온 또 하나의 아일랜드, 또 하나의 마음의 고향, 조선의 애국가를 부르는 그의 심장이 쿵쿵 뛰었다. 지난 2년 10개월간 빛고을 형무소와 맺은 잔정과 미운 정을 뒤로 하고 그는 정문을 나섰다.

한여름 아침, 들판의 바람이 도슨의 희끗해진 머릿결 앞머리를 포르르 날리며 지나갔다. 삐쩍 마른 팔뚝과 가슴곽과 허리를 두른 헐렁한 흰 와이셔츠 안으로 바람이 스며들면서 부풀어 올랐다. 선선하지도 뜨겁지도 않은 건조한 바람이었다. 두터운 각색 겨울 바지 밑단이 푸득푸득 바람에 흔들리며 한쪽으로 쏠리자 바지랑대 같은 정강이뼈가 윤곽을 드러내고 팔꿈치 위로 접어 올린 와이셔츠 소매가 툭툭 불거진 앙상한 팔꿈치뼈 아래쪽으로 축축 쳐졌다. 겨울 이불솜처럼 두텁게 뭉쳐진 구름 떼가 느릿느릿 이동하는 사이로 나타난 햇살이 오랜 시간 햇빛을 보지 못한 도슨의 백지장 낯을 비추었다. 희끗해진 머릿결, 흰 와이셔츠, 백지장 낯에 또렷이 박혀 있는 유난히 푸른 두 눈동자의 그윽한 빛이 잠시 허공 속에 머물렀다.

지난가을 바람에 휩쓸리며 형무소 마당을 스르륵 스르륵 뒹굴어

다니다가 콘크리트 담장 구석으로 한데 몰려 웅숭그리던 낙엽들이 떠올랐다. 그때 그 바람은 어디로 갔을까? 아직도 저 콘크리트 담장 안 어딘가를 떠돌고 있을까? 그 낙엽들은 지금 어디에 있을까? 흙먼지가 되어 아직도 저 안의 붉은 벽돌집 주변을 떠돌고 있을까? 그들도 누군가를 기다리고 있을까? 그러고 보니 오늘 아침에는 자리지킴이 봉선화를 보지 못하고 말았군. 내가 그새 먼길을 떠나온 것인가? 여기는 그쪽 세상의 밖인가? 나는 이쪽 세상의 안에 들어와 있는 것인가?

"신부님, 무슨 생각을 그리 골똘히 하십니까? 모셔다드리겠습니다. 타시지요."

트럭에서 내린 단야가 도슨에게 다가와 정중하게 승차를 권했다. 도슨이 깊은 생각에 빠져 있느라 바로 옆에까지 트럭이 접근해 정차하는 것을 의식하지 못했던 것이다. 트럭은 정차 중에도 시동이 꺼지지 않고 계속 부르르릉 엔진이 돌아가고 있었다.

"오-. 목 선생, 오늘은 당번 아니오? 어떻게 이 시간에 밖으로."

도슨이 조수석으로 올라앉았다.

"사동에 출근하자마자 아침 일찍 석방되셨다는 말을 들었습니다. 집안에 큰일이 생겼다고 상사에게 거짓말하고 곧 바로 조퇴하고 나왔습니다."

"어찌 이렇게 차까지."

"트럭을 운전하는 동무에게 빌렸습니다."

도슨은 생각지도 못했던 단야의 출현에 놀라기도 하고, 반갑기도 했다. 이틀에 한 번꼴로 보는 얼굴이었지만, 몽당연필이 발각되는 바람에 징벌방에 갇히고 나서 처음 만나게 된 것이다. 새삼 반갑고, 몇 년 만에 만나는 사람처럼 신선하게 느껴졌다.

"신부님, 먹방에 갇히셨다는 얘기를 들었습니다. 고역을 치루셨을 텐데 괜찮으신가요?"

"나야 아무렇지도 않소. 나 때문에 목 선생까지 그생을 하게 된 거 아닙니까?"

"아닙니다. 저는 신부님을 믿었으니까요."

"그래도, 얼마나 마음을 졸이고 노심초사했겠소? 나의 불철저함으로 마음고생시켜서 진심으로 미안하오."

"애초부터 이런 경우는 언제든지 생길 수 있다고 각오하고 시작한 일이었습니다. 이국만리에 오셔서 고생하시는 신부님에 비하면 약소할 따름입니다."

"목 선생의 마음 씀씀이가 그러하니 미안한데다 고맙기까지 합니다."

"신부님, 어디로 모셔야 할까요?"

단야는 민망한지 화제를 슬쩍 돌렸다.

"나 때문에 불려가지는 않았소?"

도슨은 다시 화제를 원위치시켰다.

"신부님 연행되신 다음날 보안부서에 불려가기는 하였습니다만 나는 그저 모르는 일이라 하였습니다. 하루가 지났는데도 저를 불러다 신문하는 걸 보고는, 아하 신부님께서 잘 버티시는구나 했지요. 버티는 만큼이나 괴롭힘을 당할 텐데 하는 걱정뿐이었습니다."

"쓴 약이 몸에 좋다고 좋은 경험했소. 주님께서 더 강한 자가 되라고 시련을 주신 것이라 생각하고 있습니다."

"주님께서 이제 어디로 가라는 계시는 없었습니까?"

"허허허. 목 선생 유머가 대단하오. 솔직히 말해서 아직 목적지를 결정하지 못했습니다. 이렇게 석방될 줄은 생각지도 못했던지라. 아직 얼떨떨할 뿐이오."

"일단 차를 움직여야겠습니다. 여기는 남들 이목도 있고 해서요."

"아하, 그렇군. 일단 출발합시다."

트럭은 큰길을 향하여 남쪽으로 움직였다.

"단식을 오래 하셨다고 들었습니다."

"어제부터 아침까지 소지가 쑤어다 준 죽을 먹었더니 든든합니다. 아직 버틸 만합니다. 참 그 소지 말이요. 아, 일단 가면서 얘기합시다."

도슨은 소지에 대해 무언가 말을 하려다가 단야의 뜻대로 출발을 서둘렀다. 트럭이 달리기 시작하면서 형무소 정문으로부터 거리가 멀어져갔다.

"더 멀리 가기 전에 하나 물어봅시다."

"아, 네."

"저기 뒤쪽 형무소 정문 옆에 높은 누각으로 보이는 한옥 건물이 뭐 하는 뎁니까? 일본애들이 지은 형무소 정문 바로 앞에 조선식 기와 건물이 있다는 게 의아하군요."

"아, 황화루라고 합니다. 일본애들이 이곳 광주를 점령하기 전에 광주읍을 빙 둘러싼 광주읍성이 있었습니다. 그 중 남문을 지키던 광주객사가 있었고요. 저 황화루는 그 광주객사 정문이었던 것이지요. 개들이 광주읍성을 허물어버리면서 황화루를 이리로 옮겨온 겁니다. 지금은 형무관 양성소로 사용하고 있지요."

"허ㅡ. 고것들 참."

"제주도로 돌아가시지 않나요?"

"아니오. 그곳 사정이 어떠한지도 아직 모르고 해서 잠시 광주에 머물까 하는 생각도 있습니다만."

"제주도에는 제가 신부님 석방 소식을 전하도록 하겠습니다. 아참, 그리고 왜 신부님께서 비둘기 답장을 못 띄우셨잖습니까? 제주도에서 궁금해할 줄로 압니다. 그래서 신부님 징벌방에 갇힌 사정을 전할까 하다가 하지 않고 있었습니다. 그쪽 분들 걱정할까 해서요. 기별을 전해야 할지 말아야 할지, 전하게 되면 언제 해야 할지를 좀 더 관망하면서 결정하려던 차에 신부님께서 석방되신 겁니다. 그 소식도 함께 전하겠습니다."

"안에서나 밖에서나 하나하나 챙겨줘서 고맙소."

"제 일이니까요."

도슨은 단야가 대단히 치밀하면서도 섬세한 자라는 생각을 다시 한번 하게 됐다.

'이 사람은 빼먹는 얘기가 없어. 서두르지도 않고 상대방 얘기를 끊지도 않으면서 대화 분위기를 보아가며 적재즉소에서 필요한 화제나 소식을 들고 나와. 선천적인 인성과 후천적인 훈련이 잘 조화된 사람임이 틀림없다.'

남쪽 방향으로 동명로를 달리던 트럭은 로터리에서 우회전하여 큰길로 들어섰다.

"이 길은 처음 보는 길이 아닌 것 같은데. 이쪽으로 가면 혹시 법원이 나오지 않소?"

"그렇습니다. 어떻게 광주 길까지 잘 아시는지요."

"광주 길을 잘 알 리가 있겠소? 법원에서 호송차에 실려 올 때 창문을 가린 철판 구멍으로 보았던 바깥 풍경들과 흡사하다는 느낌이 들어서."

"법원에 대한 기억이 악몽 같으실 터인데 방향을 바꿀까요?"

"아니오. 마침 잘 되었소. 법원으로 갑시다. 확인 좀 해볼 게 있소."

트럭은 34개월 전 도슨이 호송차에 실려 형무소로 이감되던 길을 거꾸로 달렸다. 큰길을 달리던 트럭은 광주욱공립고등여학교 정문을 지나자마자 좌로 꺾어 샛길을 달리다가 법원 입구에 이내 도착했다.

"안으로 들어갈까요?"

"아니. 들어갈 필요는 없고 그냥 세워주시오. 좀 볼 게 있어서."

도슨은 앞 유리창 밖으로 법원을 이리저리 살폈다.

"지방법원 건물이 어떤 거지요?"

"정면에 보이는 건물입니다."

단야는 검지로 정면 벽돌 건물을 가리켰다.

"으음. 내 기억이 틀리지는 않았는데. 일장기가 보이질 않소."

"어제부터 관공서에서 일장기들이 철거되기 시작했습니다. 아마 오늘이 지나면 거의 다 철거될 것입니다."

"그럼 됐소. 내 두 눈으로 확인하였소. 일본이 패망했다는 게 이제 실감이 갑니다."

"허허. 신부님께서 아직도 석방을 믿지 못하고 계셨던 거였군요."

"목 선생 차를 타고 이렇게 호강하면서 석방을 어찌 안 믿을 수 있겠소? 단지 내 두 눈으로 직접 확인하고 싶었던 겁니다. 잠시라도 즐기고 싶었다고 할까? 이 즐거움이 얼마나 갈 지는 모르겠지만."

"무슨 뜻이지요?"

"조선의 힘으로 독립을 이루지 못했으니까요. 조선의 주인이 일본에서 연합국으로 바뀔 수도 있지 않겠습니까? 서상에 공짜는 없으니까."

"좀 더 설명해 주십시오."

"나의 조국 아일랜드는 잉글랜드의 억압으로부터 스스로 독립을 쟁취했습니다. 그랬는데도 독립을 이루고나서 고통과 시련을 겪어야 했습니다. 가난, 질병, 그리고 갈등. 잉글랜드에 붙어 영화를 누렸던 자들과 억압을 받았던 자들과의 갈등이지요. 잉글랜드인뿐만 아니라 특히 친잉글랜드 부역자들로부터 받은 억압과 배신은 치유하기 힘든 상처를 남겼으니까요. 그런데 조선은 스스로 독립조차 못했으니 훨씬 심각한 상황이 전개될까 걱정됩니다. 이거 내 조국 아니라고 쉽게 얘기하는 거 같아 미안합니다. 자꾸 말할수록 우울해지니 이제 그만 출발합시다."

"아닙니다. 저도 표현하기는 힘들지만 신부님 말씀에 동감합니다. 우울해지는 것도 마찬가지고요. 이제 어디로 가실지 정하셨나요?"

"광주성당으로 갑시다."

"신부님이 석방되셨다는 게 실감이 나신다고 하니 말씀을 드리겠습니다. 아침에 신부님을 모셨던 형무관이 진땀을 흘렸다던데요."

"미안하다고 전해주시오. 본의가 아니었다고."

"아닙니다. 신부님의 입장에서는 극도로 긴장될 수밖에 없는 상황이었을 테니까요. 단 1분 1초도, 눈곱만큼도, 손톱만큼도 흐트러지지 않는 신부님을 보면서 외경심을 느꼈다고 하더군요."

"별말씀을. 아무것도 가진 것 없어 미련 없이 인생 유전하는 나그네 모습이었을 거요. 표정 없이 떠도는 구름이랄까. 아 그런데, 나만 출옥을 한 겁니까? 나와 비슷한 처지에 있는 분들도 있을 텐데요."

"그렇습니다. 신부님이라는 신분에 대한 예우이기도 하고, 어차피 마중 나올 가족이나 친지가 없으리라고 보아 아침 일찍 먼저 출소하는 걸로 방침을 세운 거 같습니다."

"혹시 나 말고 석방된 다른 사제들 소식은 없습니까?"

"저도 도슨 신부님 석방 소식 말고는 들은 게 없습니다. 서둘러 나오느라 다른 소식을 접할 새도 없었고요."

"그렇겠군."

"아참, 그러고 보니 광주성당 임 맥폴린 신부님은 어찌 되셨는지 궁금하군요. 체포되셨던 때가 아마 도슨 신부님과 비슷한 걸로 알고 있습니다만."

"맞소. 일본이 진주만을 공습하던 날 나를 포함하여 광주에서 여러 사제들이 체포되었지요. 그 이후 모두 다 따로따로 이리 찢기고 저리 찢겨 고립된 채로 조사를 받다 보니 서로의 소식을 알 바 없습니다."

"임 맥폴린 신부님께서 체포된 이후에 광주성당에 새 교구장이 부임해왔습니다."

"아, 그래요? 어떤 분인지 아십니까?"

"잘 모르겠습니다. 일본인 신부라는 것 말고는."

"일본인이라."

도슨은 더 이상 아무 말도 하지 않았다. 단야도 침묵을 지키며 차를 몰았다. 트럭은 아침 해를 뒤로 하고 저쪽 건너편 광주천이 흘러가는 방향을 따라 금남로를 달렸다.

"오랜만에 광주 도심을 지나다 보니 많이 변했어요. 달리는 트럭 안에서 휙휙 지나가는 풍광이라 그런지는 몰라도, 확실히 세월이 빨리 흘러갔다는 걸 실감하고 있습니다. 태평양전쟁이 개시되던 날로부터 해서 4년 8개월 동안 멈춰 서있던 나의 시계가 한꺼번에 돌아가는 느낌요."

"그럼 잠시 좀 세우겠습니다. 신부님 현기증 나시면 큰일 나니까요. 몸도 수척하신데."

"허허. 그런 뜻으로 얘기한 건 아닙니다만 그러시오. 좀 쉬다 갑시다."

단야는 커다란 느티나무가 서 있는 한길 가장자리에 트럭을 세웠다.

"아참, 신부님, 이거. 하마터면 잊을 뻔했습니다. 얘기에 팔려서 그만."

단야는 운전수석 뒤로 팔을 뻗어 보따리 하나를 집어 들었다.

"으음, 뭐요?"

"상의하고 바지 갈아입으세요. 여름 겁니다."

"허이구, 목 선생. 이런 것까지. 고맙소. 정말로 고맙소."

시험에 들지 말게 하옵소서   23

도슨은 두 손을 가슴 앞으로 모아 단야에게 진심 어린 감사의 인사를 했다.

"에이구, 약소한 걸요. 자 그럼."

단야는 운전석에서 내렸다. 느티나무 그늘 아래 백발의 촌로들이 앉아 쉬고 있었다. 참으로 커다란 느티나무였다.

'그려, 맞아. 그 그늘 아래 함께 쉬어사 그게 느티나무인게라.'

단야도 그늘을 찾아 노인들 가까이에 가서 앉았다.

"어르신, 이 느티나문 몇 살이나 묵었을까요?"

"2백 년은 훌쩍 넘었을 게라. 나으 증조하랍씨으 증조하랍씨가 심근 낭군게."

흰 백발의 노인은 2백 년을 넘어 전승되어온 기억을 바로 엊그제의 일처럼 대답했다.

'그려, 그 오랜 세월의 기억덜이 이 낭구 아래서 하랍씨 아덜 손자로 이어졌을 것이여. 잘도 생기고 좋은 낭구다. 사람 사는 사회도 이렇게 변함없이 늘 푸르렀으면.'

단야는 그늘 아래 앉아 눈을 들어 느티나무의 줄기와 가지들과 푸른 잎들을 이리저리 감상했다.

"어르신, 그 말씀 증손자한티도 꼭 직접 허씨어라이. 건강하게 오래오래 사씨요."

"허허. 증손자 볼 때꺼정 오래 오래 살라는 건 늙은이헌테 욕이요 욕. 잘 가시게."

트럭은 다시 속도를 내어 달렸다.

"목 선생 방금 전 말씨를 들으니 이 고장 사람 맞구려. 내게 꼬박꼬박 경성 말 써줘서 고맙소. 광주형무소에서 지낸 지 3년이 다 되어가는 데도 난 아직 이 고장 말 절반밖에 알아들을 수가 없소. 허긴 경성 말씨도 다 알아듣질 못하니까 남도 사투리야 오죽하겠소만."

"태어나서부터 엄마한테 배운 말이니 바뀔 수가 없겠지요. 특히 감정 표현이 그렇지요. 신부님도 말 때문에 답답하실 때가 많을 것 같아서 저 나름대로 잘해보고자 했습니다. 많이 부족했을 겁니다."

"그 마음이 바로 저 느티나무 같은 반듯한 마음이요. 저 느티나무 볼수록 잘도 생기고 좋은 나무요."

도슨이 단야가 생각했던 것과 똑같은 말을 했다.

"사람과 사람의 인연을 기억하는 나무일 것 같습니다."

"그렇소. 목 선생과 나와의 인연, 그리고 이 여름옷들도."

"아–. 그렇게씩이나."

"인연. 아 참, 그 사동에 있던 소지 말이요."

"아, 네."

"그 소지 이름이 뭐지요? 내가 신세를 많이 졌는데 이름조차 물어본 적이 없었소. 내 문제에만 빠져 있다 보니까 주변에 대한 관심이 소홀해졌던 것이오. 더구나 나한테 참 잘해준 사람한테 말이지요. 내가 이기적이었다고나 할까. 정말로 미안하다는 생각이 들어서."

"주–소지라고 합니다."

"이름이 소지란 말이요."

"그렇습니다."

"허헛 참. 그러면 성은 주씨고?"

"그렇습니다."

"하느님 주씨요?"

"하하하. 수녀님 주씹니다."

"허허허. 주에스더."

도슨은 어제 늦은 오후 소지와의 정겹던 대화들이 떠오르고, 에스더의 얼굴이 스쳐 지나갔다.

"내 대신 인사 전해주세요. 진심으로 고마웠고, 이름조차 물어보지 않은 거 미안하게 생각한다고. 속으로 서운하게 생각했을 수도 있겠습니다."

"꼭 그렇게 전하겠습니다."

도슨은 또 하나의 짐을 던 것 같아 마음이 홀가분해짐을 느꼈다.

"여름 바람이 이렇게 시원한 줄 몰랐소. 목 선생 덕분이오."

"하하하. 그러시다니 오히려 제가 감사합니다."

"허허허. 그런데 뭐 하나 물어봅시다."

"그러시지요?"

"형무소의 그 똥테 두른 자 말이오."

"똥테라니요?"

"해군들이 쓰는 세일러 모자에 노란 테를 두 줄 둘렀던데."

"아-하하핫. 신부님 유머가 대단하십니다. 똥테. 크크. 금테라고 하지요."

"아, 그렇습니까? 나는 잘 모르고 그저 느낀 대로 얘기한 것뿐이오."

"네. 그 똥테. 말씀하시죠."

"이제 다 지나간 일이기는 하지만 그날 왜 온 거요?"

"소장이 아주 가끔, 그것도 몇 년에 한 번 정도 형무소 순시를 하는 경우는 있었지만 특정 재소자만을 순시하기 위해서 출현하는 경우는 처음이었습니다. 게다가 패찰까지 보고. 그때 저도 매우 의아해했습니다. 혹시 몽당연필 반입을 눈치 채서 그런 것이 아닌가 하여 긴장하기도 했었습니다. 나중에 확인해보니 각 사동 국사범들을 대상으로 순찰하고 갔다고 하더군요. 그 다음날에는 국사범 방들만 검방했던 거고요. 신부님만 보고 간 것은 아니었습니다."

단야는 운전하느라 눈은 전방을 주시하면서도 진짜 의문이라는 듯이 고개를 갸웃갸웃 기울였다.

"하나 더 물읍시다. 일본이 미국에 항복했다던데?"

"그렇습니다."

"일본 군인은 항복하면 치욕이라고 가르쳐서 모드 옥쇄라 하여 죽음을 선택했다고 하던데 왜 일왕은 항복한 겁니까?"

"지 목숨은 아까웠던 거지요."

"항복했다는데 왜 미군이 한 명도 눈에 띄지 않는 것입니까? 조선이나 일본에 미군이 상륙은 한 것입니까?"

"미군이 안 보인다. 아, 그거였구나. 그래서 그러셨구나. 이제야 이해가 가는군요."

단야의 의문이 조금씩 풀리기 시작했다. 왜 도슨이 석방이란 말을 믿지 않았었는지. 왜 그토록 비장한 모습으로 감옥 방을 나섰고, 감옥 정문을 나서기 직전까지 긴장을 풀지 않았었는지를.

"미국이 일본 히로시마와 나가사키에 원자폭탄을 투하했다는 소식은 아직 못 들으셨지요?"

"옛? 원자폭탄?"

"못 들으신 게로군요. 하긴 최근 들어 부쩍 형무소 규율이 엄격해지고, 내부 감시도 심해져서 저도 소식을 미처 알려드리지 못했으니까. 그러니까 지난 6일이군요. 6일에 미군이 폭격기로 히로시마에 원자폭탄을 투하했습니다. 3일 후인 9일에는 나가사키에 투하했고요. 그리고 나서 일왕이 항복선언을 한 겁니다. 미군은 일본 본토나 조선에 병사 하나, 발자국 하나도 들여놓지 않고 항복을 받은 거지요."

"미군은 지금 어디에 있습니까?"

"아직도 오키나와에 있다고 합니다. 정확히 언제가 될지는 모르겠습니다만 일본 본토나 한국에 상륙하기까지는 시간이 걸릴 것 같습니다."

"그럼 마지막 전투가 오키나와였던가요?"

"네. 그렇습니다."

"그럼 제주도에서는 교전이 없었나요?"

"미군이 폭격했다는 소식은 들었습니다만, 상륙작전을 하지는 않았으니 교전은 없었다고 봐야겠지요."

"그럼 오키나와에서처럼 미군이나 조선인 전사자나 부상자는 없었겠군요?"

"폭격으로 인한 피해자가 어떤지는 몰라도 교전으로 인한 피해자는 없다고 봐야겠지요."

"원자폭탄으로 피해를 많이 입었습니까?"

"히로시마와 나가사키 원자폭탄 투하로 수만에서 수십만 명의 사상자가 있었다고 합니다. 이후에 사상자가 더 늘어날 것 같습니다. 그런데 그곳에 조선인이 많이 살고 있었다고 합니다. 조선인 피해는 따로 발표된 게 없습니다만 아마도 조선인 사상자가 많을 걸로 추측만 할 뿐입니다."

"수십만 명이 죽었다? 폭탄 두 방으로? 정말입니까?"

"저를 포함하여 많은 사람들이 처음에는 그 소식을 믿지 못했었습니다. 시간이 흐를수록 사실로 확인되고 있지요. 그래서 그토록 항복하기를 거부했던 일본도 결국 항복하게 된 거 아니었을까요."

"히로시마와 나가사키는 강제징용되어 끌려간 조선인 노무자들이 많은 곳 아닌가요?"

"그렇다고 하더군요. 두 곳 모두 군수공장이 밀집한 공업지대이다 보니 미국이 일부러 골라서 폭격한 것 같습니다."

"미국이 왜 꼭 그렇게까지 조선인이건 일본인이건 간에 죄 없는 민간인들까지 희생시킨 건가요? 납득가질 않는군요."

"세상 소식과 전황 소식을 계속 접해오던 사람들도 그 점에 대해서는 의아해하고 있습니다. 일본이 폭삭 망했다는 것에 대해서는 속 시원해하면서도. 신부님처럼 세상 소식과 단절되어 있던 이들이야 당연히 이해가 가지 않겠지요. 쉬쉬하면서 돌아가는 의견들에 따르면 미군이 이오지마전투와 오키나와전투에서 사상자가 많았다고 합니다. 그러니 일본 본토 상륙작전을 할 경우에는 이오지마나 오키나와와는 비교가 안 될 정도의 많은 사상자가 발생할 것을 우려해서 원자폭탄을 썼다고들 합니다. 적군이 백 명 죽고, 아군이 한 명이 죽어도 그 한 명의 목숨이 아까운 게 전쟁의 속성 아닌가요. 워낙 조심스러운 의견인데다가 제가 그쪽 전문가도 아니다 보니."

"아니오. 그 해석이 진실에 가까운 것 같소."

"광주성당이 다 와 가는군요. 광주성당도 일본인들이 다 차지하고 있다고 하던데요. 지금쯤이야 어디로들 다 숨었겠지만."

"숨다니요?"

"일왕이 항복 선언을 하고부터는 어제 오후부터 일본 놈들이 모두 쥐구멍으로 들어갔는지 자취를 감추었습니다. 일본에 붙어먹던 부역자들도 어디로 다 숨었는지 하루아침에 싹 사라졌습니다. 형무소에도 얼씬거리는 자들이 없고, 동네 주재소에도 일본 순사들은 물론 조선인 순사보들조차 안 보이고. 도청이건 시청이건 은행이건 동척이건 모두 꼬리를 감추고는 나타나지 않고 있습니다. 광주성당도 아마 마찬가지일 것입니다."

광주성당이 가까워져 오면서 도슨은 임 맥폴린 신부의 얼굴을 떠올렸다. 태평양전쟁이 발생하자마자 자기보다 조금 앞서 투옥된 광주교구장 임 맥폴린. 아마 광주교구도 제주처럼 쑥대밭이 되었을 것이다. 단야의 말처럼 일본인들과 부역자들이 어제오늘 사이에 떠나거나 숨어버리고 과거의 주인들로 다시 바뀌어 있을까? 사실은 형무관에게 광주성당으로 향하자고 했을 때부터 도슨의 마음속은 광주교구에 대한 불안함과 우려와 궁금함으로 가득 차 있었다. 그래도 객지에서 당장 갈 곳이라고는 광주성당밖에 없는 처지였기도 했고, 세상이 뒤집어진 마당에 죽음의 문턱을 넘나들었던 나 도슨 아닌가, 하는 오기도 발동하곤 해서 일단 가서 부닥치고 보자는 심정으로 달려온 것이기도 했다. 설사 옛 주인들이 제자리에 없다 해도 단야의 말대로 자신을 서먹하게 대하거나 불편해할 이방인들만이라도 꺼지고 없었으면 하는 기대감도 있었다.

"다 왔습니다. 신부님."

"아- 벌써? 정말 수고 많으셨소."

광주 북동성당 정문 앞에 다다르자 도슨이 차에서 내렸다. 단야도 따라 내렸다. 북동성당 입구는 을씨년스러울 정도로 고요했다.

"목 선생, 안에 있는 동안 내내 고마웠고, 오늘도 내내 고마웠소. 성당 사정이 어떨지 알 수가 없어 안으로 모시지 못함을 이해해 주시오. 내 꼭 한번 연락하리다. 신세를 갚아야 하지 않겠소?"

도슨의 인사는 정중했고 진심이었다.

"별말씀을. 그동안 훌륭한 신부님을 모실 수 있었다는 것만으로도 영광으로 생각합니다. 건강 속히 회복하십시오. 근데 혼자 들어가셔도 괜찮겠습니까?"

"물론이요. 호랑이굴에서 3년하고도 10개월을 살다 온 사람이요. 자 그럼."

도슨은 고개를 숙여 정중히 인사했다.

"아, 잠깐만요, 신부님. 작별하기 전에 꼭 하나 여쭙고 싶은 것이 있습니다."

"뭐길래 이리 정중하오?"

"이리 생각하고 저리 생각해도 이해가 될 듯 말 듯해서요."

"허허. 내가 더 궁금하오. 어서 말해 보시오."

"석방이란 말을 믿지 않으면서 왜 그렇게 긴장하셨던 것인지, 왜 죽을 준비가 되어 있다고 하셨던 것인지요?"

"목 선생께서 어려운 질문을 진지하게 하셨으니 나도 진지하게 답해 드리리다. 감옥 생활을 하면서 내가 긴장할 때마다 나 자신에게 던졌던 질문이기도 하고. 우리 머리도 식힐 겸해서 광주천까지 걸으며 이야기합시다."

"그러시지요. 가방은 잠시 차 안에 넣어두고 가시지요."

"아, 그럽시다. 자, 걷기 전에 잠깐."

도슨은 눈이 북동성당의 뾰족한 첨탑을 향해 머물렀다. 무언가를 유심히 살피려는 듯 왼손바닥을 펴서 이마에 대고 햇빛을 가렸다.

"밖이라 그런지 잘 안 보이는군."

"무얼 찾으시나요?"

"종탑에 종이 그대로 잘 있는지 확인 좀 하려 했소."

"잘은 모르겠지만 그대로 잘 있을 겁니다. 광주에 있는 모든 성당이 일본군한테 징발당했지만 북동성당만은 피해갔다고 합니다. 교구장이 일본인 신부였던 게 그 이유일 것 같습니다."

"아, 그렇소? 다행스럽다고 해야 할지 유감스럽다고 해야 할지 그거 참."

하루 전에 있었던 일왕의 종전선언이 시간이 지나면서 일본의 항복선언이란 걸 알게 된 때문인지, 아침부터 사람들이 부산하게 거리를 오갔다. 특히 부림 위에 검은 테가 둘러쳐진 황색 중절모를 쓴 중장년층 남성들이 눈에 많이 뜨였다.

"동서고금을 막론하고 전쟁에서 패전이 임박했음에도 항복하지 않는 군대는 후퇴하면서도 반드시 잊지 않고 수행하는 임무가 세 가지 있습니다. 첫째는 휴대할 수 없고, 오히려 후퇴작전상 이동에 방해가 되는 물자들은 모조리 파괴하거나 태워버리지요. 가옥, 벙커, 중무기, 서류, 심지어 식량, 가축까지도. 적에게 넘겨주면 안 되니까요. 나폴레옹이 모스크바를 침공할 때 러시아군이 그랬습니다. 둘째도 마찬가집니다. 군속 노무자나 포로나 죄수들. 이들이 적 진영으로 넘어가면 적군에게 기밀이나 정보가 넘어가거나 적군이 필요로 하는 노역에 동원되기 때문입니다. 따라서 후퇴시에도 소개하고 가급적 집단으로 호송하며 함께 움직이려 합니다. 미국이 독립전쟁할 때 영국이 패전으로 후퇴하면서 그랬습니다. 죄수들을 모조리 배에 태워 오스트레일리아로 옮겼지요. 셋째는 작전상 소개나 호송이 불가능할 때 현장에서 모두 처리해버립니다. 군속 노무자들은 총받이로 쓰고, 그러고도 남은 자들은 처형해버리는 겁니다. 포로나 죄수들의 경우는 현장에서 즉결 처분이고요. 중세시대 영국과 프랑스의 전쟁에서 그랬습니다."

"타라와, 사이판, 이오지마, 오키나와전투도 바토 그런 경우에 해당되겠군요?"

단야는 도슨이 우려하고 있던 바를 똑같이 느끼며 질문하였다.

"그렇소."

"일본이 항복하지 않고 항전을 지속했다면 조선 땅도 어떤 경우를 당했을지 몰랐겠군요?"

"조선 땅 전체까지야 어찌 되었을지 모르겠지만 최소한 제주도는 타라와, 사이판, 이오지마, 오키나와처럼 초토화되었을 겁니다. 들판도 숲도, 밭도 집도, 가축도 사람도. 제주도는 58군이 섬을 빙 돌아가며 산악이건 해안이건 주민들을 동원하여 동굴을 파서 요새와

벙커와 참호를 구축하고, 미군기가 출동해 공습했다던데. 그렇다면 미군 상륙작전 직전까지 갔던 겁니다. 상륙은 곧 교전으로, 교전은 곧 초토화로, 초토화는 곧 민간인 희생과 학살로 이어지니까."

"그랬었군요. 제가 가끔 전황을 신부님께 알려드리기는 했었어도 제주도 상황이 그 정도까지였는지는 모르고 있었는데. 그럼 혹시 제가 타라와 소식을 알려드릴 때부터 신부님은 그런 예감을 하셨겠군요. 미군과 연합군이 광주에까지 진군해왔을 때도 일본이 항복하지 않고 최후까지 옥쇄작전으로 가는 상황을."

"그랬었소."

"형무소에서 언제부터인가 신부님께서 뭔가 깊은 생각에 빠져 있는 경우를 많이 보았었습니다. 창문 밖을 한참 동안 내다보는 경우도 많았고. 짧지 않은 시간 동안 고독하고 무거우셨을 텐데 왜 말씀하지 않으셨습니까?"

"죽음에 대한 두려움이 밀려왔었소. 내 마음이 정리될 때까지 그 두려워하는 마음을 아무에게도 보여주고 싶지 않았소. 그리고 극복하려 했소."

"죽음을 두려워하는 것은 결코 흠이 될 수 없지 않을까요?"

"흠이 될 수도 있고, 안 될 수도 있겠지만, 두려움을 내보이는 건 흠이 될 수 있다고 느꼈소. 그저, 본능적으로."

광주서공립중학교를 지나며 광주천이 보이기 시작했다. 항일의 혼이 서린 광주서중 교정은 여름방학 기간 아침이어서인지 조용했다.

"여기가 광주서중입니다."

"제주로 부임하기 전 광주에 처음 왔을 때 일부러 온 적이 있었소. 그때는 교명이 광주공립고등보통학교였는데. 이름은 바뀌어도 항일 정신 전통은 그대로겠지요."

"그럼요. 광주의 자랑입니다."

"곧 태극기가 휘날리고 만세 함성이 광주천에 아니 빛고을 전체에 울려 퍼지겠군."

"무등산 천왕봉에까지요."

"아하, 그렇군."

아침부터 광주천 맑은 개천에 멱을 감는 사내들이 눈에 띄었다. 더위를 식히려 물속에 몸을 담그는 것이라기보다는 일제식민통치의 잔재를 깨끗이 털어내는 의식을 치르는 것이리라.

"죽음을 준비하는 마음가짐은 오로지 자신과의 투쟁이자, 또한 저들을 향한 무저항투쟁이라고 봅니다."

도슨의 이야기가 계속되었다.

"아하-, 그렇다면 그 똥테 둘렀다는 형무소, 간부, 아마도 소장일 텐데 왜 왔었는지 이제 이해가 갑니다."

"어떻게?"

"유사시 감옥 현장 집행 대상자 명단을 최종적으로 확인하고자 온 걸 겁니다. 빨간 패찰이 붙은 독거자 국사범이나 사상범은 항상 우선이니까요. 그런 작업은 다른 형무관들 모르게 은밀하게 보안부서에서 이루어집니다. 일반 형무관들은 당연히 눈치 채지 못하도록 철저히 보안을 지키겠지요."

"나도 직감적으로 그렇게 느꼈었소. 아닐 수도 있었겠지만. 아무튼 내가 할 수 있는 일은 내 직감에 따라 대비하는 것 이외에는 없었으니까."

광주천을 잠시 관망하던 두 사람은 발길을 돌려 오던 길로 향했다.

"무엇을 대비하셨습니까?"

"나의 조국 아일랜드 독립투쟁 경험을 떠올렸습니다. 그 경험의 기억들을 교훈 삼아 일본군 옥쇄작전에 수반되는 초토화는 어떤 모습일지, 살아남은 자들에게 들이닥칠 폐허와 재난은 어떠할지, 위정자가 아닌, 힘없고 선량한 제주 섬의 민간인들이 무엇을 대비할 수 있을지를. 그 최소한의 과제들을 목 선생의 손과 발을 거쳐 비둘기로 띄운 것이지요. 그리고 가장 나중에 남는 문제는 바로 나의 문제, 스스로 홀로 해결해야 할 나의 문제였습니다. 더운 여름날들을 감내하고는 새로운 씨앗을 땅에 떨어트리는 봉선화처럼, 생명이 다할 그 날 그 시간까지 신변을 정갈하게 가꾸고, 하느님 이외에는 아무도 보아주는 이 없는 적멸의 장소에 영혼의 씨앗을 남기는 것이었소. 그렇게 마음을 먹었어도 내 몸과 마음이 내 뜻대로 가지 못하고 흔들릴 때마다 기도했습니다.

'주님, 저를 시험에 들지 말게 하소서. 저들 앞에서 의연한 마음과 자세로 죽음을 맞이할 수 있도록 도와주소서.'

그런 나날들은 일본의 뜻하지 않는 항복으로 오늘 아침에 일단락 지어진 것이지만, 나도 사람이다 보니, 극한 상황에서 흔들릴 수밖에 없었던 거지요. 언제 어떤 상황에서도 마음의 고요함을 유지하고자 시간과 장소에 구애받지 말고 성찰하는 습관을 들이고자 합니다."

"신부님, 참으로 훌륭한 말씀이시자, 진실한 고백이십니다. 오늘 들은 이 말씀들 저도 가슴 속에 깊이 새기겠습니다."

"어이쿠, 나는 설교할 뜻은 없었는데. 그만 장광설을 늘어놓았구려. 직업은 속일 수가 없다니까."

"흐흐흐."

"허허허."

북동성당으로 되돌아가는 길에는 오가는 사람들이 더 늘어났다. 광주서중 정문으로 들어가는 자들도 학생복 차림의 청년들과 중장년 남자들, 둥근 챙이 달린 밀짚모자에 모시를 입은 노인들로 다양했다. 거리의 분주해진 모습과는 다르게 북동성당은 정적에 휩싸여 있었다. 붉은 벽돌로 쌓은 첨탑과 벽들, 상단 틀을 무지개 모양으로 짠 흰색 화강암의 현관과 창문들이 아침 햇볕을 받아 윤택한 빛을 발하고 있었다.

그 많은 신도들은 다 어디로 갔을까? 일본인 교구장은 어떤 모습을 하고 있을까? 임 맥폴린 신부는 지금 어디에 있을까? 다윗촛대는 지금도 제단을 지키고 있을까? 신부께서 쓰던 삐거덕대던 침대는 과연 주인을 다시 맞이했을까? 신부께서 몸소 심고 가꾸던 텃밭에는 지금도 고추와 상추가 아침 이슬을 머금어 반짝이고 있을까?

도슨은 성당 마당의 성모상 앞에 나아가 가방을 내려놓고, 두 손을 모았다. 헐거운 상의의 어깨 부위로 불쑥 튀어나온 어깨뼈, 꼬리가 옆구리까지 둘러진 허리띠로 졸라맨 푹 꺼진 배, 평퍼짐한 바지 속에 윤곽을 감춘 엉덩이와 허벅지. 적막이 감도는 성당 앞마당. 비록 사제복 차림은 아니었으나 두 손 모아 고개 숙인 도슨을 아기 예수를 품에 안은 성모 마리아가 자애로운 눈길로 내려다보고 있었다. 기도를 마친 도슨이 성당의 첨탑 아래 현관으로 향했다. 주황색 목제 여닫이문이 소리 없이 열리고 가방을 든 도슨이 안으로 들어갔다. 문이 닫혔다. 푸른 수의를 입은 도슨, 성호를 긋고 본당으로 들어가는 도슨, 사제복을 입은 도슨. 세 형상이 한꺼번에 단야의 뇌리에 겹쳐졌다.

## 장을수의 출현

"성님, 일본이 항복선언얼 헌 바로 다음날부터 광주영 목포영 만세운동이 벌어진덴 허우다."

정박은 대청마루에 올라서자마자 안부 인사도 생략한 채 한쪽에 앉아 부채질하고 있던 영박에게 세상 이야기부터 입에 올렸다.

"정박아, 넌 헐 말이 경 어시냐? 들어오자마자 하필 그 이야길 꺼냄시니?"

영박 입에서 아시(동생) 이름은 어느새 마사히로게서 정박으로 바뀌어 있었다.

"만나년 사름덜마다 온통 그 말뿐이우다."

"게믄 좋다. 겐디 기왕 말얼 허려민 졸바로(똑바로) 허게. 항복선언이 아니고 종전선언이라 종전선언. 너네가 일본말얼 지대로 못 알아들엉 이해럴 못헌거 닮은디. 일왕 라디오방송에 항복이란 말언 항 자도 안 나완. 병사덜이영 신민이영 희생자럴 줄이젠 헤연 조건 엇이 전쟁 끝내젠 허는 말이라."

"성님, 그게 그거우다. 원자폭탄 두 방 쳐맞언 겁이 나노난게 우리 일본언 총 내령 전쟁 고만 헐커매 원자폭탄 고만 쏩서, 봐줍서 헌 거 아니꽈?"

"말꼬리에 꼭 '봐줍서' 그 말얼 호나(하나) 더 달아사 허느냐?"

"허허. 성님도 참. 그 말 호나 더 넣고 안 넣고 헌다 헤연 크게 달라질 일 엇수다."

다른 때와 달리 정박은 형 영박에게 고분고분하지 않았다. 의도적으로 형을 자극할 의도는 없었으나 평소와 달리 마음속에 있는 생각들을 아무 눈치 보지 않고 거침없이 하는 것뿐이었다.

"경해도 말이라는 게 아 다르고 어 다른 거 아니냐?"

영박은 예전에 비해 몰라보게 기세가 수그러들어 있었지만 완강하게 버텼다.

"일장기넌 안 보연, 떼엉내려신가? 백보름(벽)이 훤허우다."

"크흠. 먼지가 하영 쌓이고 혀서 소제 좀 허젠 내련."

영박은 아시가 꺼내는 말마다 심기가 못내 불편했으나 길게 끌고 가고 싶지 않아 간단하게 대꾸하고 말았다.

"이듸는 어떵 뒈쿠가?"

"머가 어떵?"

"아 광주영 목포영 저 난린디 이듸가 조용허커냔 뜻이우다."

"또 그 말이냐? 차암 느도 세상 보는 눈이 아즉 멀엇다. 전라도가 아명 난리쳐봐사 소용 엇다. 미군이 인천에 들어완 행군헐 때 치안대 행세허멍 한질로 뛰쳐나완 만세 불러대명 난리치넌 것덜 둘이서 일본 순사덜 총에 찍 소리 못허영 그 자리에서 죽엇덴 소식 느 못들언?"

"......"

"게난 느넌 호나는 알곡, 둘언 모르는 거다. 미눈덜허고 일본 순사덜이 사이좋게 딱 역할얼 노놔서 시상얼 새로 만들어감신거여. 전라도영 경상도영 지 아명 들럭키영(날뛰고) 설쳐봐사 종국에 가선 경성이 움직이는 대로 가는 거다. 경성이 왼펜더레 가민 지스러기(나머지)도 왼펜더레 가는 거곡, 경성이 오른펜더레 가민 지스러기도 오른펜더레 가게 뒘신거다. 설사 일본이 패전햇뎬 해도 아즉은 조선 보담언 위에 잇뎬 거 맹심혀. 뜬구름닮앙 돌아댕기는 소문에 휩쓸리지 말게."

회심의 패를 보이며 쐐기를 박듯 영박의 말투는 그새 설교조로 바뀌고 목소리에도 힘이 들어가 있었다.

"어르신, 장을수가 장터에 나타낭 사름덜얼 끌고 댕기멍 만세 불럼시다마씨."

소구가 아랫하인들과 대문으로 우르르 몰려들면서 대청을 향해 알렸다.

"뭐옌 해시냐? 느 이제 장을수렌 해시냐?"

"네. 장을수마씨."

"자세히 골아보라."

"언제 와신지는 몰라도 장터에서 장을수가 먼저 큰 소리로 만세럴 부르난 그 주위에 이신 청년덜과 장터에 나온 사름덜이 태극기 흔들멍 만세럴 따랑 불러수다. 게고 만세 행진얼 시작해신디 일주서로더레 향해 예".

"일주서로에서 어드레 감시냐? 동펜이냐, 서펜이냐?"

"건 나도 모르쿠다. 그 사름덜이 한질로 나오기 전에 이듸로 와난

계예."

소구는 급한 걸음으로 왔는지 숨을 헐떡거리고 있었다.

"기? 장을수 넘언 호꼼 어떵호드냐(어떻더냐)?"

영박은 가슴을 뒤로 젖히면서 최대한 음성을 낮추고 한마디 한마디에 힘을 주었다.

"검은 바지에 하양 남방 적삼얼 입엄신디, 무리덜얼 앞장서서 이끌고 강 모습이 늠름해 보입데다."

"늠름? 에구- 한심한 넘아. 머가 경 늠름해 보여시냐? 쯔쯔쯔쯔."

영박은 소구를 향해 검지 끝을 흔들며 못마땅하고 딱하다는 표정을 지었다.

"저- 경헌 뜻이 아니라……"

원래 말하고자 했던 뜻이 달리 있었을지 모르나 이미 아래 하인들 앞에서 체면이 손상된 소구는 어찌할 바를 모르고 말끝을 잇지 못했다.

"조선독립 만세-!"

"만세-!"

"이게 뭐옌 소리냐?"

대문 밖에서 들려오는 소리에 영박이 눈을 부릅뜨고 언성을 높였다.

"친일세력 몰아내자-!"

"친일세력 몰아내자-!"

한 사람이 선창하면 군중들이 따라서 복창하는 소리였다.

"조선 해방 만세-!"

"조선 해방 만세-!"

소리는 점점 커졌다. 정박이 자리에서 벌떡 일어나고, 소구와 하인들이 밖으로 뛰쳐나갔다.

"왜넘 앞잡이 친일잔당 몰아내자-!"

"몰아내자-!"

군중들은 영박 집으로 들어오는 올레 입구까지 와서 올레 안쪽을 향해 구호를 외쳤다. 올레를 빠져나간 소구와 하인들이 올레 입구를 막아섰다.

"왜넘 앞잡이 친일 잔당 몰아내자-!"

제일 앞에 선 을수가 하인들과 마주 선 채로 주먹을 불끈 쥐고는 망치로 대문 상단에 대못을 치듯이 팔을 앞으로 휘두르며 구호를 선창했다.

"몰아내자-!"

을수 뒤에 자리한 군중들이 태극기를 일제히 위로 치켜들며 구호를 따라 했다.

"왜넘 앞잡이 친일잔당 몰아내자-!"

"몰아내자-."

"왜넘 앞잡이 친일잔당 몰아내자-!"

"몰아내자-."

"왜넘 앞잡이 친일잔당 몰아내자-!"

"몰아내자-!"

을수와 군중들은 똑같은 구호만을 몇 차례 반복하고는 오던 길을 되돌아 한길 쪽으로 향했다.

'신엄리것덜이 이듸까장(까지) 완. 일본으로 건너간 젊은 것덜언 아즉 한 넘도 돌아오지 않아나신디 을수 요념이 벌써 돌아와신걸 보면 육지로 건너강 징용 요리조리 피해댕기멍 지하에서 빨갱이운동 배워와신게 틀림어실 거라.'

영박은 자리에서 미동도 하지 않고 바깥에서의 소란을 참고 들었다.

"조선 해방 만세-!"

"조선 해방 만세-!"

군중들은 되돌아 행진하면서도 계속 구호를 외쳤다. 군중들 수가 점점 불어났다.

'장을수, 늠름하다 늠름해. 누구 펜이든 간에 늠름한 건 맞주.'

소구는 올레를 따라 한길까지 빠져나가는 태극기 군중들의 뒤를 따르며 중얼거렸다.

## 조선인은 중국인 다음

"朝鮮人は船に乗れません。"(조선인은 배를 탈 수 없소.)

신분증을 확인한 항구 터미널 매표소 직원이 신분증을 돌려주며 손을 내저었다. 가라는 뜻이었다.

"えっ。それではこの船には誰が乗るのですか。"

(엣? 그럼 이 배에는 누가 타는 겁니까?)

성철이 황당하고 어이가 없다는 표정으로 물었다.

"中国人です。"(중국인이오.)

매표소 직원은 아무런 표정 없이 사무적으로 답변했다.

"なぜ中国人はよくて朝鮮人はだめなのですか。"

(왜 중국인은 되고 조선인은 안 됩니까?)

철의 언성이 커지며 올라갔다.

"中国人たちがみんな去ってから、の次が朝鮮人です。どきなさい。さあ次。"

(중국인들이 다 떠나고 나면 그 다음이 조선인이오. 그만 비키시오. 자 다음.)

매표소 직원은 여전히 표정 없이 사무적으로 답변하며 비키라고 손을 내저었다.

"どいて。"(비키시오.)

배표를 사기 위해 뒤로 길게 줄을 선 사람들이 소리를 질러댔다.

"なぜ中国人は先で、朝鮮人は後なのですか。"

(왜 중국인이 먼저고, 조선인이 나중입니까?)

철은 물러서지 않고 빠른 속도로 캐물었다. 이대로는 절대로 허무하게 물러설 수 없는 노릇이었고, 만일 궁금한 게 있다면 다시 처음부터 반나절 줄을 서야 했기 때문이었다.

"連合軍司令部の指令です。新聞やラジオ放送で聞いてなかったのですか。詳しいことは自分で調べて、ここは退きなさい。"

(연합군사령부 지령이오. 신문이랑 라디오방송에 다 나왔는데 못 들었소? 자세한 건 직접 알아보고, 그만 비키시오.)

이번에는 매표소 직원도 언성을 높이며 단호하게 비키라는 손짓을 하였다.

"退いて。"(이제 비키시오.)

"退きなさい。"(비키시오.)

뒤에 줄 선 사람들은 아까보다 더 험악해진 고함을 질러대었다.

"連合軍司令部の指令ですって。"(연합군사령부 지령이라고요?)

말문이 막힌 철은 더 이상 어찌할 바를 모르고 매표창구 앞에서 물러나고 말았다.

연합군사령부라면 도쿄에 주둔 중인 맥아더연합군사령부를 말하는 것이었다. 일제가 항복하고 나서 일본을 점령한 미군정은 정부였고, 지령 즉 포고령은 법이었다. 9월 2일 미 해군 미주리호 선상에서 일제가 항복문서에 서명하고 나서 일본 본토에서 미군정이 실시되기 시작하였다는 소식을 듣자마자 철은 그동안 다니던 고베 고무신 공장을 그만두었다.

　미 공군의 본토 공습이 시작되고 나서부터는 임금이 체불되기 시작하였다. 전황이 기울어가고 있음을 직감하던 차에 임금까지 체불되자 철은 일본의 패망을 예견하고는 귀국을 결심했다. 퇴사 시점을 저울질하던 차에 마침내 일본의 항복과 미군 점령 소식을 접하며 철은 부랴부랴 귀국길에 올라 시모노세키행 기차를 탔다. 세간을 정리하고 기차 편으로 이동하는 동안 도쿄 맥아더사령부 지령이 발포된 것이었다. 철은 지나간 신문을 다시 구해서 도쿄 맥아더사령부 지령 부분을 찾아 읽었다. 내용인즉 이런 것이었다.

　일본군에 의해 강제 징병된 외국인 포로들이나 징용자들, 그리고 노동자들의 귀환 순서는 다음과 같다. 한반도에 남아있는 일본인들의 일본으로의 송환은 제일 첫 번째 순위다. 일본에 남아있는 외국인 포로, 징용자, 노동자의 본국 귀환은 후순위다. 그중에서도 조선인과 오키나와인은 후순위 중에서도 후순위다. 중국인은 일본과 싸운 교전국 국민이므로 연합국 국민으로 분류한다. 연합국 국민은 조선인이나 오키나와인보다 우선하여 귀환이 실시된다.

　신문에 나와 있는 다른 기사들을 읽어보니 그 지령에 숨어 있는 두 가지 뜻을 이해할 수 있었다. 하나는 도쿄 맥아더사령부의 제일 우선 목표는 일본경제 재건이라는 것. 일본경제 재건을 위하여 일본인 노동력을 최우선적으로 확보해야 한다는 것. 다른 하나는 재일조선

조선인은 중국인 다음　47

인이나 오키나와인은 여전히 식민지인이라는 것.

"朝鮮人を乘せて朝鮮へ行く船はいつから運航しますか。"

(조선인을 싣고 조선으로 가는 배는 언제부터 운항합니까?)

"それはわたしも知らない。中國人の歸還がすべて終わらなければならないからだ。詳しいことは東京司令部に問い合わせて。"

(그건 나도 모르오. 중국인 귀환이 다 끝나야 하니까. 자세한 건 도쿄사령부에 문의하시오.)

이튿날, 이거 하나를 묻고 고작 허망한 이 답변을 듣기 위하여 철은 매표소 앞에 다시 반나절 기나긴 줄을 섰다가 돌아서야 했다. 매표소 앞에서 사람들과 섞여 반나절을 서 있다 보니 등줄기는 땀으로 흥건히 배었다. 온종일 윙윙 돌려서인지 더운 바람이 나는 터미널 천정 선풍기도 꾸역꾸역 빼곡히 줄을 선 사람들의 열기를 식히지는 못했다. 바다에서 불어오는 짠 내음과 인간들의 겨드랑이에서 풍겨 나오는 노린내가 섞여 터미널은 악취로 가득 찼다. 게다가 울화가 돋다 보니 얼굴에 열이 끓어오르기도 해서 철은 더 이상 미련을 남기지 않고 터미널을 나와버렸다. 백로를 넘긴 초가을 바닷바람에 화끈거리는 얼굴의 열기가 가라앉고 온몸에 달라붙는 끈적거림도 한결 개운해졌다. 항구는 벌써 해거름이었다.

'이거 개똥 밟앙 엎어진 김에 쉬엉가게 생겻네.'

철은 바닷가를 걸었다. 지난 반 년간 체불된 임금을 포기하면서까지 억지로 따지고 싸워서 겨우 두 달 임금을 지불받고 퇴사했으니 고베 공장으로 다시 돌아갈 수도 없는 노릇이었다. 그래도 근 5년간은 일본 밥 먹으며 일본말 배워놓은 게 다행이었다.

## 작년에 와신 응징사

'일단 식당 설거지럴 허든지 마구간 청소럴 허든지 허드렛일에 푼돈얼 만지더라도 잘 곳부터 마련허자.'

밤이 되자 역 대합실은 단속이 느슨한지 긴 의자 곳곳에서 노숙자들이 자고 있었다. 하루 잘 곳을 찾던 성철은 비어 있는 자리가 없는지 이리저리 살폈다.

"저런저런"

철은 긴 의자 위에 누워 잠이 든 앳된 소년에게 눈길이 멈췄다. 절도를 방지하고자 끈을 어깨에 멘 가방을 베고 곤히 잠이 든 소년의 한쪽 어깨는 반쯤 의자 경계 밖으로 나와 있었다. 추락 직전의 모습이 매우 위태로워 보였다. 철은 가까이 다가가서는 소년의 어깨를 살짝 안으로 밀어 넣어주었다.

'엇, 미쓰비시! 응징사!'

소년이 입고 있는 상의 소맷단에 새겨져 있는 미쓰비시중공업 상징 마크, 가슴주머니 바로 위에 새겨져 있는 應徵士(응징사) 문양과 한자에 철의 눈길이 꽂혔다.

'혹시 조선 소년?'

철은 잠든 소년의 얼굴을 자세히 살폈다. 머릿결이 때에 찌들어 있는 걸 보니 노숙자 생활을 한 지 꽤 오래되어 보였다.

'야위었으나 긴 얼굴. 오뚝한 콧날. 살짝 튀어나온 광대뼈. 조선인이다!'

"もしもし。もしもし。"(여보시오. 여보시오.)

철은 소년의 팔뚝을 슬쩍슬쩍 흔들었다.

"으음."

소년은 잠이 깨질 않는지 의자 등받이 쪽을 향하여 모로 돌아누웠다.

"모시모시. 모시모시."

"으음. 누게-? 크르르르. 크르르르."

잠결에 반응하는 소년은 아예 코를 골기 시작했다.

'누게? 제주다!'

"이봅서. 이봅서."

소년의 어깨를 좀 더 세게 흔드는 철의 목소리가 달뜨며 커졌다.

"이봅서?"

소년은 눈을 번쩍 뜨고는 모로 누운 채로 고개를 돌렸다.

"제주 사름이우꽈?"

눈은 뜨고 있으나 채 정신이 돌아오지 않아 자신을 멍하니 쳐다보는 소년에게 철이 확인 질문을 하였다.

"경험수다예. 누게마시?"

이제 제정신이 돌아오는지 소년이 존대어를 쓰며 부스스 일어나 앉으면서도 눈동자는 철의 눈을 응시하고 있었다.

꺼칠한 얼굴, 음폭 팬 광대뼈, 퀭한 눈, 한눈에 보아도 오랫동안 제대로 먹지도 못하고 쉬지도 못한 얼굴에 유독 빛나는 눈. 채 다 자라지 못한 덩치에 맞지 않는 큰 작업복 상의의 어깨 양쪽이 축 늘어져 있다. 팔꿈치와 무릎 부분은 다 닳아 천이 엷어질 대로 엷어져 곧 헤지기 직전이다. 낡아서 누리끼리하게 변색된 베이지색 징용노무자 복. 왼쪽 가슴주머니 바로 위의 징용노무자 표식인 응징사(應徵士) 흉장. 베이지색 국화문양이 새겨진 응징사 표식도 색이 칙칙하게 바래고 때에 절어 있다. 짧게 세워 목을 감싼 옷깃에는 그 흔한 금장 하나 붙어 있지 않은 것으로 보아 전형적인 노무자 복장이다. 정숙한 성격의 소유자로 보이는 어린 소년의 남루한 의관은 오랜 시간을 단 한 벌의 옷으로 지낸 흔적의 표시다.

"나도 제주 사름이우다."

철이 가쁜 목소리로 답하며 소년의 손을 잡았다.

"경험수과? 반갑수다예."

자신의 손을 잡은 철의 손을 소년이 덧잡았다.

"반갑수다."

소년이 덧잡은 손 위를 철이 다시 덧잡았다.

"김율마시. 성님 닮은디 펜하게 골읍서예. 나는 이제 열여답(열여덟)이우다예."

마치 친형 김건 나이 또래로 보이는 철에게 율은 존댓말을 쓰지 말 것을 권했다.

"경해도 뒈쿠카? 나는 성철이렌 허우다. 조천 선흘리 사름이오."

"나는 애월 신엄이우다예. 아참, 이레 올라앉읍서."

"겐디 입성이 무사 영험수과? 밤 날씨가 찬디."

철은 율의 남루하고 얇은 반소매를 보며 자신이 입고 있던 긴 소매를 벗어 율의 어깨에 덮어주었다.

"고맙수다. 이듸 완 첨엔 추워신디 이제랑 괜찮수다."

"첨이라니? 게 뭔 뜻이가?"

"이듸서 자기 시작한지 한 달 넘어감수다예."

"한 달이라? 무사 이듸서?"

철의 눈이 휘둥그레 커지고 상체가 뒤로 젖혀졌다.

"일본말얼 허지 못허난게 일얼 못 구헤연."

"게믄 어떵 이듸더레 와신 거카? 이듸 오기 전에 어디 이서나서?"

"히로시마에 이서낫수다게. 미쓰비시조선소 징용노무자엿수다. 신형폭탄이 터져부난."

"아-. 히로시마 신형폭탄. 에구-. 살앙 이듸까장 온게 다행이네. 그듸 사름덜 다 죽엇뎬 허든디."

철은 율의 어깨를 감싸 안았다.

"아으!"

율이 비명을 질렀다.

"무사? 무사?"

철이 깜짝 놀라 율의 어깨를 감쌌던 팔을 풀었다.

"후-. 괜찮수다."

율이 바싹 치켜올렸던 어깨를 축 늘어뜨리며 고개를 끄덕였다.

"어디 불펜한 디가 이신가?"

"신형폭탄 터져나실 때 어깻죽지에 함석 조각이 날아왕 박혀낫수다. 이제랑 하영 좋아져신디 건들민 아직 아프다게."

"어디 호꼼 보게."

"나중에 사름덜 어신더레 강 봅서(없는 데로 가서 봅시다)."

율은 고개를 이리저리 돌려보며 둘러보며 사양했다. 주위는 모두 곤히 잠든 사람들뿐이었건만 왠지 옷을 벗어 보이기가 민망하기 때문이었다.

"게믄 경허게. 겐디 무사 제주로 귀국 안 허영 이듸에 이신 거카?"

"전쟁 끝난 건지 안 끝난 건지 알 수도 엇곡, 자칫 배럴 타다 징용 노무자 신분이 탄로 나민 또시 히로시마더레 끌려가게 뒈난게."

"전쟁이 끝난 지가 한 달이 다 뒈어감신디."

"건 나도 길거리에 뿌려진 호외럴 봔 알암수다. 일본어는 잘 몰라도 '終戰(종전)'이렌 글자럴 봐서난게. 겐디 미군은 안 보이곡 일본 경찰덜이 계속 돌아다년. 그래서 전쟁이 춤말로 끝난 건지 안 끝난 건지 알아지질 못헤부난 일단 더 버티고 잇젠 헌 거우다."

"이런 이런. 아시, 전쟁언 끝낫고 일제년 패망햇곡 호꼼 늦긴 햇주만 미군도 이미 들어왓저. 이제 나랑 고치 제주더레 돌앙갑서(돌아갑시다)."

"춤말이우꽈?"

율의 말끝이 떨리며 눈가에 눈물이 글썽였다.

"もう寝ましょうー。"(그만 잡시다.)

가까운 거리에서 불평 소리가 들려왔다. 율은 율이대로 철이는 철이대로 나직하게 말하려고 신경은 썼지만 저도 모르게 수시로 커지고 올라가는 말소리에 수면을 방해받은 옆자리에서의 점잖은 항의였다.

"すみません。"(미안합니다.)

철이 바로 사과했다.

"우리 내일 아척 일쯕 일어낭 골읍서(얘기합시다)."

"알앗수다예."

철은 마침 비어 있는 율의 옆 긴 의자로 옮기며 율에게 악수를 건넸다. 둘은 손을 잡았다.

'찡-'

전류가 순식간에 팔뚝을 타고 굽이쳐 흘러 두 개의 심장에 찌르르 찌르르 파동을 일으켰다.

햇살이 창문을 통하여 대합실 안을 비추었다. 여기저기 두런거리는 소리, 빗자루질 소리가 들려오자 철이 눈을 떴다.

"어. 벌써 일어낫저?"

철이 벌떡 일어나며 옆자리부터 살피자 율이 이미 일어나 긴 의자에 앉아있었다.

"네. 성님. 피곤하민 눈 더 붙입서. 아직 순사덜 돌아댕길 시간 아니우다예."

율의 얼굴은 푸석푸석하니 피곤해 보였지만 목소리는 어제에 비해 한결 또렷하고 안정되어 있었다.

"아니. 호꼼 부족허기는 허지만 괜찮아. 해도 떠신디 움직여사 호난. 겐디 율이 아시(동생)!"

철은 대합실 안을 휘휘 둘러보며 율을 불렀다.

"네."

"이딘 노숙자덜이 영허게 뒹굴엉 이신데도 단속 안 허네."

"가끔 단속허우다. 순사넘덜이 들어왕 지랄하민 이듸 뽀뽀야(ぽっぽや)*덜이영 청소부덜이영 고치 난리럴 처불고. 게믄 경헌 날언 일단 몬딱 쫓겨낫당 또시 들어왕불면 뒈우다. 세상에 앉앙 죽으렌 법언 어시다."

그새 하룻밤을 함께 지냈다고 율의 말투는 마치 친형에게 하듯이 경어와 반경어가 섞여 있었고, 철의 말투에도 반경어와 하대가 섞여 있었다.

"어깨 호꼼 보여주게."

철은 일단 율의 어깨부터 챙겼다. 율은 남들의 시선이 의식되어서인지 한번 주변을 휙 둘러보더니 상의를 벗었다.

"아이고. 이거 곪아부럿네. 하영 아파실 거라."

철이 혀를 찼다.

"찌릿찌릿허고 뼈근햇수다예. 경해도 아프민 아픈가보다 허멍 한 달 지내수다게. 병원 찾앙 댕길 정도로 일본말얼 골는 것도 아니곡, 자칫허민 조선인 신분 노출 뒈불곡, 일본 땅에서 돈 쓰기도 아깝곡."

태연한 표정을 짓고 있는 율의 말 속에는 독기가 배어 있었다.

"우리 율이 그동안 잘 버텻네. 잘 버틴 거 효과 보려민 이제 병원 글라(가자)."

참으로 소녀같이 곱고 앳된 얼굴의 율이를 바라보며 철은 미소가

---

* 철도원.

나왔다. 애잔하기도 했고, 대견하기도 했다.

"상거지꼴일 텐디 병원에서 안 쫓겨나까예?"

율이 뒤통수를 득득 긁으며 쑥스러운 표정을 지었다.

"허긴 보기가 호꼼 경허다."

"헤헤."

철은 마음이 급해 병원부터 가자고 하긴 했으나 율의 불량한 두발 상태나 입성 상태를 보자 하니 어디를 가나 문전박대 당하거나 아니면 한푼 동냥 받기에 안성맞춤인 꼴이었다.

"겐디 무사 옷얼 뒤집엉 입엄시니?"

율은 솔기가 바깥으로 드러나게 윗옷을 의식적으로 고쳐 입었다.

"이가 하영 끓어부난게."

율은 또 뒤통수를 긁었다.

"에엥? 게믄 옷부터 사러 글라."

"옷가게넌 들어가지카예?"

"하하하. 것도 안뒈켜. 목욕탕부터 글라."

"게메(글쎄). 목욕탕도……"

율은 고개를 갸우뚱했다.

"경허네(그러네)."

철은 난감한 표정을 지었다.

"성."

"어."

"사실 어젯밤에 성님 만나고 하도 좋아그네 잠 한숨도 못 잣수다. 미군이 들어왓덴 호난 어쨋든 목욕허곡, 새 옷 입곡, 병원 강 치료허

그네 오늘이라도 배 탕 뜹서(뜹시다)."

"……"

철은 말없이 이를 앙물고 고개만 절레절레 가로저었다.

"엥? 무사? 경 고개만 흔들지 말앙 혼저 골읍서. 갑자기 왁왁해지우다(답답해집니다)."

"나가 어제 배 타젠 부두에 간. 겐디 조선인이언 버릴 못 탓덴 햇저. 일본 경제럴 다시 일으켜 세워사 허난게 반도에 남아이신 일본인덜얼 일본으로 태웡 오는 게 제1순위곡. 일본에 이신 중국인덜얼 중국으로 보내는 게 그 다음이곡. 게고 일본에 이신 조선인덜얼 반도로 보내는 게 질 꼴찌렌 햇저. 중국은 일본얼 패망시키는 데 참전한 연합국이난 중국인은 조선인보다 먼첨이렌 거주. 중국인덜얼 몬딱 태웡 보낼 때까장 조선인이 탈 배는 엇덴 거라. 도쿄 맥아더사령부 지령이렌 허네."

"게믄 미군은 우리헌티 아무것도 아니네."

"경헌 셈이라."

"에이 씨발. 왜넘이나 코쟁이나 똑 닮아. 양키덜도 힘 어신 나라 백성덜 생각해주는 넘덜언 아니네."

"동네 건달넘덜이 느 구역이영 나 구역이영 땅따먹기 쌈질헐 때 마을주민덜 생각해주는 넘 어신 것과 똑 닮은 거주."

"성, 게믄 이듸서 더 이십서게. 이듸도 살다보민 살암지우다 예. 일단 오늘은 나안티 맡깁서. 목욕탕 갈 것도 엇수다. 방화수통 물 머리통에 휙 끼얹엉불면 뒈난게. 해수욕장엘 가도 뒈고. 그전에 헐일 잇수다."

율은 씩 웃으며 여유 있는 표정을 지었다.

"……"

철은 달리 대꾸할 말이 없었으나 살짝 지은 미소로 한번 맡겨보겠다는 뜻을 표했다.

"철이 성, 이제부터 나 따라옵서. 나가 일본말얼 못헤연 호꼼 왁왁해도 이 동네에선 성보단 선배이우다."

율이 뒤집어 입은 옷 어깨에 가방을 메고 앞장섰다. 철이 나란히 그 옆에 붙었다.

"크-."

철이 엄지와 검지로 코를 싸맸다. 율의 몸에서 악취가 풍겼다. 지난밤에는 그저 고단한 여로 끝에 길벗을 만난 기쁨과 흥분으로 느끼지 못했던 악취가 냉정한 현실이 되어 나타난 것이었다.

"무사? 냄새?"

율은 천연덕스러웠다. 철은 차마 콧구멍을 개방하지 못하고 코를 싸맨 모습 그대로 고개를 끄덕였다.

"그 냄새가 바로 돈 냄새이우다."

뭔지 알아듣지 못할 말을 툭 던지고는 율은 앞장섰고 철은 엉거주춤 거리를 두고 뒤를 따랐다.

"나 영업 개시허난게 방해허지 말고 구경헙서게."

율은 철에게 가까이 붙지 말라는 손짓을 하며 한 식당 문 앞으로 다가갔다.

"으어어어어어. 으어어어어어."

율은 식당 문 안쪽에 대고 고개를 까딱거리며 괴성을 질러댔다. 곧 바로 문 입구에 나이가 든 여성이 나타나더니 동전을 휙 던지고 사라졌다.

"알리깟또오. 알리깟또오."

율이 입술과 턱을 부자연스러운 모습으로 부산하게 움직이며 혀 짧은 소리로 인사를 하고는 꾸벅꾸벅 고개를 숙이더니 바닥에 떨어져 있는 동전을 주워 가방 속에 넣었다. 그리고는 옆 가게로 이동했다. 이번에는 약방이었다.

"으어어어어어. 으어어어어어."

율은 약방 문 안쪽에 대고 손바닥을 마주치다가 팔을 앞으로 내저으며 괴성을 질러댔다. 기다렸다는 듯이 곧 바로 문 입구에 나이가 든 노인이 나타나더니 율이의 손바닥 위에 동전을 쥐어 주고는 안으로 들어갔다.

"알리깟또오. 알리깟또오."

율은 손에 받은 동전을 가방 속에 집어넣고는 문을 향해 합장하며 꾸벅꾸벅 고개를 숙였다. 그리고는 옆 가게로 이동했다. 이번에는 식품가게였다.

"으어어어어어. 으어어어어어."

율은 손바닥을 치며 발을 굴렸다. 그러다가 동작을 멈추고는 잠시 문을 응시했다. 문 입구에서는 아무런 인기척이 없었다.

"으어어어어어. 으어어어어어."

율의 목소리가 커졌다. 문 입구에서는 여전히 아무런 인기척이 없었다.

"으어. 으어. 으어. 으어. 으어. 으어. 으어. 으어.'

율이 손바닥을 치고 발을 구르며 문 입구를 향해 행진했다. 그의 어깨가 들썩일 때마다 가방 속에서 동전 소리가 찰랑찰랑 울려댔다. 여전히 문 입구에서 아무런 인기척이 없자 율이 가게 문턱을 넘으려는 순간 문 입구에 가게 주인으로 보이는 한 중년 남성이 나타나더니 황급히 손을 내저으며 율의 진입을 저지했다. 율이 멈추어 서자 주인은 주먹을 앞으로 쓱 내밀었다. 율이 주인의 주먹 밑으로 두 손바닥을 내밀자 그 위로 동전이 떨어졌다.
　"알리깟또오. 알리깟또오."
　율은 꾸벅꾸벅 고개를 숙이고는 동전을 가방 속에 넣었다. 율은 몸을 돌리지 않고 뒷걸음치며 박수 치고 발을 굴렀다. 그리고는 무언가 가락을 질러댔다.

　　딴따리 딴따리 딴따리 딴딴
　　딴따리 딴따리 딴딴딴
　　개다리 소다리 말다리 딴딴
　　왼다리 오른다리 딴딴딴

　철의 어깨가 저절로 들썩거렸다. 얼핏 들었을 때는 어눌한 일본 발음으로 흥얼대는 떠돌이들의 노래 같았으나 많이 들어본 가락이었다. 각설이타령이었다. 율이의 소리는 자못 흥에 겨웠다. 박수를 치는 손과 구르는 발에 착착 들어맞는 가락이 서로 아귀가 맞아들어갔다.
　"아척(아침) 첫 수금이 깔끔허우다."

율은 철에게로 다가오며 싱긋 웃었다.

"방금 부른 노래 제목이 뭐꼬? 각설이타령이든가?"

"제목언 나도 모르쿠다. 것이 뭐 중요허우꽈? 제목 몰라도 돈 잘 들어옴저."

"이제 방화수통 찾아감신가?"

"아니우다. 이제 시작이우다. 오늘은 대목 날이노난."

"장터라도 서나? 대목이라니?"

"머리럴 안 감으민 가려우난게 허는 수 어시 너댓새에 한 번씩은 감기는 감지만 머리 감기 바로 전날과 옷얼 뒤집엉 입는 순서가 딱 맞아떨어지는 날이 이수다게. 그날이 바로 세금이 질 잘 걷히는 날이우다. 오늘이 바로 그 대목날이우다. 구경해보민 단박에 알암지쿠다. 히히히."

"하ㅡ. 이런. 끄끄끅. 알앗네. 알앗어. 끄끄끅."

철은 배꼽을 잡고 웃으면서도 탄복을 하지 않을 수 없었다.

'처녀 닮은 저 곱상한 얼굴에서 어떵 정헌 넉살이 나옴신 거까?'

"성, 식당 개 3년이민 우동도 끓이지 않수과? 나 하관(下関)* 생활 한 달 만에 세리가 뒛수다."

"세리? 하하핫."

"나넌 왜넘덜처럼 총칼 들이대멍 세금 착취해 가진 않수다. 우리 동포덜 착취당한 거 노래영 춤이영 문화활동 헤연 도로 거둬옴수다예."

---

\* 시모노세키.

"기여. 우리 율이 말이 맞다 맞어. 대목 행사 기대 뒈는디."

"기차 도착 시간 다 뒷수다. 광장더레 혼저 그릅서(갑시다)."

역 광장 한복판을 향해 율이 앞장섰다. 철은 말로는 기대된다고 했으면서도 왠지 뻘쭘하기도 하여 거리를 두고 율의 뒤를 따랐다.

'따당 따당 따당 따당 땅따 땅따 땅따 땅따 땅- 땅-'

앞서가던 율이 어깨에 메고 가던 가방을 앞으로 돌려 그 안에서 무언가를 꺼내는 거 같더니 쇳소리 장단이 들려왔다. 철이 잰걸음으로 율이를 따라붙었다. 물론 거리 간격은 유지했다. 옆에서 보니 율은 나무채로 놋그릇을 두들기고 있었다.

"곤니찌와."

거지 하나가 율이에게 다가와 고개를 숙이며 아침 인사를 했다.

"하이, 곤니찌와."

율이 답례로 인사를 했지만 고개는 숙이지 않았다.

'따당 따당 따당 따당 땅따 땅따 땅따 땅따 땅- 땅-'

놋그릇 장단 소리는 광장 중앙을 향해 나아갔다.

"곤니찌와."

거지 또 하나가 율이에게 다가와 고개를 숙이며 아침 인사를 했다.

"하이, 곤니찌와."

율이 답례로 인사를 했지만 이번에도 고개를 숙이지는 않았다.

"곤니찌와."

"하이, 곤니찌와."

"곤니찌와."

"하이, 곤니찌와."

'따당 따당 따당 따당 땅따 땅따 땅따 땅따 땅– 땅–'

율이 뒤를 거지 넷이 뒤따르며 광장 한복판에 다다랐다. 율이 왼발로 네 걸음, 오른발로 네 걸음, 발을 바꿔가며 쿵 쿵 쿵 쿵 뛰면서 원을 그렸다. 놋그릇을 두들기는 율을 따라 거지들도 똑같이 쿵 쿵 쿵 쿵 원을 그리며 뛰었다.

시모노세키역에 기차가 도착했는지 역사 밖으로 사람들이 쏟아져 나와서는 장단 소리가 울리는 광장 복판을 향해 다가왔다.

딴따리 딴따리 딴따리 딴딴
딴따리 딴따리 딴딴딴

계속 원을 그리며 깡통을 치는 율의 각설이타령이 시작되었다. 하나둘 구경꾼이 모여들자 네 명의 거지들이 각자 네 귀퉁이 꼭짓점을 차지하고 앉아 경계를 정하고는 깡통 장단에 맞춰 박수를 쳤다. 네 명의 거지들 앞에는 각각 빈 깡통이 놓였다.

왼다리 오른다리 들어간다
개다리 소다리 들어간다
딴따리 딴따리 딴따리 딴딴
딴따리 딴따리 딴딴딴

구경꾼들이 늘어나며 제법 빈틈없는 울타리가 만들어졌다. 철이도 울타리 한가운데 서서 박수를 치고 한 소절이 끝날 때마다 '짠'

'짠' 하며 추임새를 넣었다.

 덴마강 쇼와다리 건너간다
 교바시강 사카에다리 건너간다
 딴따리 딴따리 딴따리 딴딴
 딴따리 딴따리 딴딴딴

구경꾼들의 울타리가 삼중사중으로 두텁게 에워싸졌다. 철이 허리춤에 멘 동전주머니를 풀어 네 개의 빈 깡통을 돌아가며 동전 한 개씩을 떨구어 넣었다. 구경꾼들 중 몇몇이 철이를 따라서 빈 깡통에 동전을 넣었다.
"どこの音楽かな。"(어디 음악인가?)
"そうですね。初めて聞いた音楽だけど。西日本地方の音楽とは違うと思うけど。"
(글쎄. 처음 듣는 노랜데. 서일본지방 음악은 아닌 것 같은데.)
"たりたりたりたりっていうのを聞くとインド歌曲みたいだよね。"(다리다리다리다리 하는 걸 들으면 인도 노래 같기도 해.)
"九州地方の音楽みたいだけど。そこは昔の民俗音楽がたくさん残っているんだよ。"
(규슈지방 음악 같은데. 거기는 옛 민속음악이 많이 남아 있거든.)

 영미다리 율이다리 건너간다
 동이다리 길이다리 건너간다

딴따리 딴따리 딴따리 딴딴

딴따리 딴따리 딴딴딴

깡통의 장단과 동시에 율의 춤이 시작되었다. 왼발로 두 걸음 오른발로 두 걸음, 왼발로 네 걸음 오른발로 네 걸음, 앞으로 두 걸음 뒤로 두 걸음, 앞으로 네 걸음 뒤로 네 걸음, 좌로 두 걸음 우로 두 걸음, 좌로 네 걸음 우로 네 걸음, 두 팔꿈치를 벌려 올렸다가 모아 내리기를 반복하고, 고개를 좌로 돌려 꺼떡꺼떡 두 번, 우로 돌려 꺼떡꺼떡 두 번.

"스바라시이데쓰(훌륭하다)."

"스고이데쓰(멋지다)."

"고릿파데쓰(대단해)."

구경꾼들 사이사이 곳곳에서 환호와 격려가 터져 나왔다.

'통.'

'통.'

'통.'

'통.'

네 개의 빈 깡통 안에 동전이 쌓여갔다.

오타강 별빛이 흘러가네

나영미 목소리도 떠가네

딴따리 딴따리 딴따리 딴딴

딴따리 딴따리 딴딴딴

작년에 와신 응징사

격렬한 춤에 이어 율이 울타리 안쪽을 천천히 돌며 계속 장단을 두들겼다.

"조즈(잘한다)."

"오조즈데쓰(참 잘한다)."

율은 어린이들과 처녀들 앞을 지나칠 때 여유 있게 눈을 맞추고 미소를 보였다.

"ワァー。かっこいい。髪だけ洗ってたら。"

(와-. 잘생겼다. 머리만 감았으면.)

"ワァー。すごくかっこいい。きれいな服を買ってあげたい。"

(와-. 너무 잘생겼어. 깨끗한 옷 사주고 싶어.)

구경꾼들 중 한 젊은이가 장내로 들어와 덩실덩실 춤을 추었다.

"와-"

"와-"

"와-"

"와-"

'짝. 짝. 짝. 짝. 짝. 짝. 짝.'

구경꾼들 사이에서 탄성과 환호가 쏟아지고 일제히 손뼉을 치며 호응하였다.

딴따리 딴따리 딴따리 딴딴
딴따리 딴따리 딴딴딴

왼다리 오른다리 들어간다

개다리 소다리 들어간다
딴따리 딴따리 딴따리 딴딴
딴따리 딴따리 딴딴딴

덴마강 쇼와다리 건너간다
교바시강 사카에다리 건너간다
딴따리 딴따리 딴따리 딴딴
딴따리 딴따리 딴딴딴

영미다리 율이다리 건너간다
동이다리 길이다리 건너간다
딴따리 딴따리 딴따리 딴딴
딴따리 딴따리 딴딴딴

오타강 별빛이 흘러가네
나영미 목소리도 떠가네
딴따리 딴따리 딴따리 딴딴
딴따리 딴따리 딴딴딴

 타령은 그대로 다시 한번 반복되었지만 처음에 비해 율의 창은 더욱 힘차고 더욱 애절했고 춤사위는 걸음을 옮길 때마다 부드러우면서도 격렬하게 이어졌다.

딴따리 딴따리 딴따리 딴딴

딴따리 딴따리 딴딴딴

후렴구가 다시 한번 이어지고 율이 동서남북으로 방향을 돌려가며 고개 숙여 인사를 했다. 네 귀퉁이 거지들도 모두 박수를 치며 일어나서는 구경꾼들을 향해 돌아서서 팔을 머리 위로 들어 올려 손뼉을 치며 분위기를 고조시켰다.

"와— 와— 와— 와— 와— 와— 와—"

'짝짝짝짝짝짝짝짝짝짝짝짝짝짝'

"스바라시이데쓰(훌륭하다)."

"스고이데쓰(멋지다)."

"고릿파데쓰(대단해)."

"조즈(잘한다)."

"오조즈데쓰(참 잘하네)."

율의 더벅머리에서 땟국물 섞인 땀이 줄줄 흘러내리고 뒤집어 입은 웃옷도 땀에 흥건히 젖었다.

"ワァー。かっこいい。"(와—. 잘생겼다.)

"ワァー。すごくかっこいい。"(와—. 너무 잘생겼어.)

한바탕 판이 끝났는데도 한동안 구경꾼들은 자리를 떠날 줄 몰랐다.

"알리깟또오."

"알리깟또오."

"알리깟또오."

"알리깟또오."

율이 다시 한번 동서남북으로 방향을 돌려가며 꾸벅꾸벅 고개를 숙였다.

"아–!"

"아아–!"

"아아–!"

요상하고도 어눌한 발음, 입과 턱의 부자연스러운 움직임으로 인사하는 율을 보면서 그를 언어발달장애인으로 인식한 구경꾼들 사이에서 동정과 안타까움의 탄식이 터져 나왔다.

'퉁. 퉁. 퉁. 퉁. 퉁. 퉁. 퉁. 퉁.'

깡통에 동전들이 쏟아져 들어왔다.

"알리깟또오."

"알리깟또오."

"알리깟또오."

"알리깟또오."

율은 구경꾼들이 모두 떠날 때까지 인사를 반복했다. 보기에 따라서는 가슴에 사무치게 고맙다는 뜻이기도 했고, 빨리 가달라는 애원 같기도 했고 독촉 같기도 했다. 율의 반복되는 인사를 받기가 미안스러운지 구경꾼들이 자리를 뜨는 속도가 빨라졌다.

'율아! 율아!'

철은 넋을 잃고 율의 모습을 바라보았다.

"어이 어이."

율이 손짓으로 네 명의 거지들을 가운데로 불러모으자 그들은 각자 동전이 찬 깡통들을 집어 들고 가운데로 모여 둘러앉아서는 동전들을 한 군데 쏟아 모았다. 많이 해본 익숙한 동작들이었다. 율은 눈대중으로 동전 무더기를 다섯 무더기로 갈랐다. 다섯 무더기는 자신을 포함한 다섯 사람 각자의 몫이었다. 율은 다시 자신의 몫으로 보이는 무더기의 반을 떼어내어 더 작은 네 무더기로 나누고 각 무더기들을 네 거지들의 몫에 보태 주었다.

"자!"

율이 손등을 빙 둘러 가며 흔들었다. 네 거지들에게 제 몫들을 챙기라는 손짓이었다.

"오야붕! 아리가또오."

"아리가또오."

"아리가또오."

"아리가또오."

네 거지들이 자리에서 일어나 율에게 허리를 바싹 굽히며 감사를 표했다. 하나같이 율보다는 네댓 살 더 들어보였다. 율이 자신의 몫을 놋그릇에 담아 자리에서 일어서 철이 서 있는 쪽으로 발걸음을 옮겼다.

"사요나라."

"사요나라."

"사요나라."

"사요나라."

네 거지들은 율을 향해 다시 한번 허리를 바싹 굽혀 인사를 하고는 다시 자리에 앉았다. 자신들의 몫을 각자의 깡통에 담은 거지들은 광장 이곳저곳으로 뿔뿔이 흩어졌다.

"조선인입니까?"

구경꾼들 중에서 장내로 들어와 덩실덩실 춤추던 자였다. 판이 끝나자 약간 떨어진 곳으로 벗어나 있다가 장내가 정리되기를 기다려 다시 율과 철의 앞으로 다가온 것이었다.

"경험수다. 조선인이우꽈?"

철이 선뜻 나서 대답했다.

"그렇습니다."

"아- 반갑수다."

"아- 반갑소. 조장규라 합니다."

"성철마시."

철과 장규가 악수를 했다.

"반갑수다예. 김율마시."

옆에 있던 율도 존대어로 인사했다. 율과 장규도 악수했다.

"호꼼 걸엉 해수욕장더레 그릅서(갑시다). 머리도 감곡, 목욕도 허게."

"기여."

"그럽시다."

율의 제안에 철과 장규가 군말 없이 호응했다. 율이 가운데 서고 그 좌우에 철과 장규가 서서 나란히 걸었다.

"율아, 느 어떵 오야붕이 뒌?"

궁금한 게 한둘이 아닌 철의 첫 번째 질문이었다.

"겐디 오야붕이 뭐옌 뜻이우꽈? 자이덜이 나안티 오야붕, 오야붕,

작년에 와신 응징사  71

허든디 알아듣지 못하면서도 기분 나쁜 말언 아닌 거 닮아 알아듣는 척 허민서 지내왓수다예."

"하하하핫. 오야붕은 부모 닮은 사름이랜 뜻인디, 쉽게 골아서 그냥 '두목'이랜 뜻이여."

"느낌으로 경헌 거 닮아수다예."

"느보다 다덜 나이가 위로 보이던디 어떵 오야붕이 됀?"

"골아자민 호꼼 긴디예. 제주더레(제주로) 건너가젠 이듸 하관으로 오긴 와신디, 협화조수첩 엇이도 배럴 타지는지, 자칫 잘못헤연 신분만 탄로낭 또시 히로시마더레 끌려가부는 건 아닌지, 전쟁은 끝난 건지 아닌지, 일본말얼 못해노난 누구헌티 물어볼 수도 엇곡, 조선 사름 찾아보젠 해도 잘 찾아지지도 않곡. 그래서 하루하루 버텨보자 허멍 결심한 게 반버버리*, 반귀막쉬** 행세하멍 동냥질허게 됀 거엿수다. 첨엔 돈이 잘 안모여나신디 시간이 가멍 호꼼씩 늘어납디다. 곰곰이 생각해보난게 옷얼 뒤집엉 입은 날에 돈이 잘 들어온덴 걸 알아수다. 난 그저 이 때문에 가려웡 하루는 지대로 입곡 하루는 뒤집엉 입은 거 뿐인디. 뒤집어 입으민 더 불쌍해보연 돈얼 더 잘 주는 거 닮수다예."

"그게 아니고, 이가 옮을까보난 얼른 쫓아버리켄 헤연 돈얼 준 거주."

철이 단칼에 율의 말을 무지르고 핵심을 찔렀다.

---

\* 벙어리. 언어장애인의 옛 표현.
\*\* 귀머거리. 청각장애인의 옛 표현.

"헤헤헷. 맞수다. 경험수다."

율이 능청스러운 표정을 지으며 계면쩍게 웃었다.

"계속허게."

"생각이 그리 미치다 보난 한 가지 꾀가 더 늘어나게 뒛다게. 머리럴 감은 날과 머리럴 감지 않고 메칠 지낸 날얼 비고해 보젠 햇주. 아니나 다르카 수금액이 하영 틀려(달라)."

"수금액? 크크크크."

"수금액이 무슨 틀린 말이우꽈? 말 그대로 받은 액수, 거둬들인 액수 아니꽈? 걸바시(거지)가 써먹기엔 너무 품위 이신 표현이우꽈?"

"아니. 맞다. 맞아."

"걸바시도 체면이영 품위영 지킨다 아니꽈?"

"기. 기. 나가 잘못 골앗다."

"기왕 골은 거 호꼼 더 골아쿠다. 걸바시 생활신조 들어봐수과?"

"생활신조? 크크크. 혼저 골아보라."

"첫째, 걸바시넌 체면이영 품위영 잃지 않는다."

"건 나도 암시고."

"둘째, 걸바시끼리넌 새 옷얼 선물허지 않는다."

"와ㅡ. 크ㅡ. 또 이신가?"

"셋째, 걸바시는 걸바시에게 빈대 붙지 않는다."

"와ㅡ. 크크크. 또?"

"뒷수다. 신조가 너무 너절하게 많아불민 상걸바시 뒈우다예. 세 가지 정도가 딱 깔끔허우다."

"기. 알앗어. 또시 본론더레 돌아가게."

철이 율의 가락에 장단을 맞추어 주는 내내 장규는 간혹 웃기만 하며 나란히 걸었다. 호흡을 맞추어 장단을 주거니 받거니 하기에는 아직은 좀 서먹한 거리감이 있었다.

"아―, 경허주(그렇지). 게고 머리가 질로 지저분허고 옷까지 뒤집어 입은 날 수금이 최고로 하영 걷힙데다. 거기다 냄새까장 풀풀 풍기민 금상첨화여. 그날이 바로 대목날인 거주. 바로 오늘 닮은 날. 성님이 날짜 제대로 맞쳥 왓수다."

"하느님이 나안티 날얼 점지해준 거라."

"동펜에서 서펜더레 별 따라 오다보난 그 별이 하관(시모노세키) 역사 위에 멈청 사수과(섰습니까)?"

"기여. 맞아. 우리 율이 예수난게."

"에이. 걸바시오야붕이 무슨 예수과? 게믄 촘말로 본론으로 돌아왕 언제부터인가 자이 걸바시네가 나 뒤럴 솔솔 쫓아댕기멍 나 흉내럴 냅디다. 옷 뒤집어 입어그네 손뼉 치멍 발 구르멍 '으어어어어어. 으어어어어어' 소리도 질러대고. 겐디 자이네 깡통엔 아며도(아무리 해도) 동전이 안 쌓연. 한마디로 수금과 동냥의 차이렌 허카(차이라고 할까)? 그래서 나가 크게 결심하고 나 깡통에 이신 동전덜얼 자이네신디(한테) 나눠젓수다. 나가 이듸에 첨 완 열흘간언 나나 자이네나 똑닮아수다예. 겐디 한 이십 일 전부터 나와 자이네 사이에 부익부 빈익빈이 시작됩디다. 경해도 나가 수금이 하영 뒈민 하영 뒐수록 자이네신디 점점 더 하영 나눠줼. 게난 그때부터 나안티 오야붕! 오야붕! 허명 따라다닌 거우다. 한 일주일 뒷주. 제주 조선인 해외조직이 뜬 거우다 게."

"기여. 기여. 예수도 자기 고향이 아닌 타지방에서 제자덜이 생겨 나신디. 것도 비슷허네."

"아이고 철이 성님도 참. 거 예수 이야긴 오끗(그만) 헙서. 나 말문 막혀부난게. 헤헤헤헤."

"끄끄끄끄끄."

"끄끄끄끄끄."

세 사람은 이국만리 타향에서의 고단함을 잠시 잊고 맘껏 웃었다.

"김율 선상은 걸사 김춘삼얼 훨씬 뛰어넘는 애국 영웅이요이."

장규가 율을 치켜세웠다. 그는 호남사투리를 썼다.

"하하하하"

"하하하하"

"하하하하"

"걸바시생활 한 달 만에 예수, 애국 영웅 날로 먹젠 허다간 베락 맞수다. 성님덜 만나신게 이제랑 조기 은퇴허쿠다."

"나도 김율 선상얼 오야붕으로 부를 텡게 끼와주씨요. 선상께서 각설이타령얼 허먼 나넌 춤얼 추며 바람잡이허겄소."

장규가 농을 쳤다.

"각설이타령? 아까 철이 성님도 각설이타령이렌 골아신디, 것이 뭐으꽈?"

율이 눈을 똥그랗게 떴다.

"아 거시기 김율 선상이 불러제낀게 각설이타령 아니라고라?"

"것이 각설이타령이렌 건 오늘 첨 알앗수다."

율의 표정은 천연덕스러웠다.

"워따? 그라믄 여태꺼정 각설이타령 제목도 모르고 불렀어라?"

"헤헤헤. 겐디 오늘로 끝이우다. 끝. 다 끝나신디 각설이타령인지 걸바시타령인지 무슨 상관 이수꽈? 한바탕 재미이신 꿈 꿨덴 생각허고 이제랑 접으쿠다."

"아 머땀시?"

"머땀시라고라? 나넌 그저 자이네가 정 모다들고부턴 이듸저듸 돌아댕기멍 수금허는 것보단 하관역 광장에서 자리 잡고 목장사허는 걸로 영업 방향얼 바꾸게 돼분 것뿐이우다. 이제 얼마 안 돼 제우(겨우) 자리 잡아감신디 아쉽기는 허지만 철이 성님, 장규 성님 나타나신게 이제랑 오끗 접젠 거주예. 게고 장규 성님도 나안티 펜안허게 골읍서. 나가 한참 아랠 거우다예."

율은 그새 배운 전라도 사투리를 섞은 말끝에 장규에게 하대를 자청했다.

"나가 어치게 하관 오야붕헌티 하대헐 수 있겠소? 경성역 지게꾼도 우아래가 있는 법인디, 그짝은 해외조직꺼정 거느리는 거물 선상 아닌게라? 나넌 이제사 바람잽이 후보고."

장규도 본격적으로 장단 맞추기에 나섰다.

"아 성님 제발 오끗(그만) 헙서. 오늘로 걸바시생활 손 터분당게요."

"걸바시가 아니고 걸사요, 걸사."

장규는 마무리에도 강했다.

"헤헤헷."

"하하핫."

"하하핫."

걸어서 두 시간 남짓 하는 거리였으나 이야기에 정신이 팔린 사이에 일행은 어느새 시모노세키 어항 갑문 다리로 세토내해를 건너 동해 바닷가 니시야마 해수욕장에 다다랐다.

"아, 겐디 시모노세키엔 무슨 일로 와수과? 시간얼 영 보내도 괜찮수과?"

철이 장규에게 조금 늦었으나마 인사차 시모노세키에 오게 된 경위를 물었다.

"배 탈려고 왔구만이라. 부산가년 배."

"아하. 배 타젠. 허–."

철이 말끝을 흐렸다.

"허–라–?"

장규가 곧 뭔가 바로 이상한 조짐을 느낀 듯이 말끝을 늘려 올리며 철의 입을 응시하였다.

"지금 조선인얼 태웡 갈 배년 엇수다게."

"아니, 그게 무슨 말이여라?"

"나도 배 타젠 어제 고베에서 이듸까장 왓수다. 겐디 매표소에서 조선인헌티년 표럴 팔지 않수다. 재일중국인덜얼 다 보내고 난 뒤에 재일조선일덜얼 태웡보낸덴 허우다. 중국인은 연합국 국민이라노난 우선순위로 귀국시키곡, 조선인이영 오키나와인이영 그 다음이랜 거우다. 도쿄 맥아더사령부 지령인디 이미 신문이영 라디오방송이영 발표돼낫수다. 걸 나도 어제사 알앗수다게."

"하–. 이런 제기럴."

철의 설명이 끝나자 눈에 핏발을 세워 듣던 장규의 어깨가 축 늘어졌다.

"기왕에 시모노세키까장 먼질 와시니 항구 매표소에 강 직접 확인해봅서."

"하이고. 우리 심으로 독립얼 못해논께 우리 맴대로 조국 찾아가는 질도 에렵구만이라이. 그려그려. 당장 항구로 가 이 눈으로 확인해보고 잡소만 여그꺼정 왔응게 바닷물에 땀이나 깨까시 씻어사 쓰겄소. 겐디 성 형은 고베에서 왔다고 혔소?"

장규는 실망한 눈빛이 역력했으나 냉정함을 유지하며 화제를 돌렸다.

"경험수다. 조 형은 어디서 옵데가?"

"나넌 오사카에서 왔소. 고향은 전라도 나주고. 그짝은 말투가 제주 같은디?"

"경험수다. 이듸 김율 씨도 제주이우다. 우리도 어제 역사에서 첨 만난 사이이우다."

철의 곁에 서 있던 율이도 그렇다는 듯이 고개를 가볍게 끄덕였다.

"답답헤연 나넌 물속에나 들어강오쿠다."

물가 가까이 오자 율이 웃옷을 벗으려 단추를 풀기 시작했다.

"아 잠깐만 기다려보씨오."

웃옷 단추를 다 푼 율을 향해 장규가 손을 내저었다.

"기왕에 시간표가 헝클어진 김에 나 김율 씨가 아까 불렀던 각설이타령 한 번 더 듣고 잡소. 물에 들어가기 전에 말이오."

"물에 들어강 목간얼 허고 나온 후에 청해도 뒈지 않우꽈? 땀 범벅이우다."

율의 행색이 민망한 듯 철이 제동을 걸었다.

"그건 나도 잘 알면서도 맘이 쪼까 급혀져서 그런 것잉게라. 참말로 미안한 말이다만 왜 저 옷과 머릿결이 시방 그대로인게 타령에 어울린다 말이시. 나 구경값은 따로 지불허겄소."

장규의 말투와 눈빛은 사정에 가까웠다.

"좋수다. 나도 기왕에 한바탕 뽑젠 헐 거 닮으민 시방 이대로가 좋수다게. 모다 반가운 성님덜 아니꽈? 구경값 안 받앙 풀어보쿠다. 보시허쿠다 보시. 그 대신 딱 한 번이우다. 자꾸 부르민 슬퍼지난게."

율은 기꺼이 청을 받아들이며 단추를 다시 채우고 옷깃을 여몄다. 철과 장규가 모래밭에 앉았다.


딴따리 딴따리 딴따리 딴딴
딴따리 딴따리 딴딴딴
작년에 와신 응징사가
죽지도 않고 돌앙감져

왼다리 오른다리 들어간다
개다리 소다리 들어간다
딴따리 딴따리 딴따리 딴딴
딴따리 딴따리 딴딴딴

덴마강 쇼와다리 건너간다

교바시 사카에다리 건너간다
　　작년에 와신 응징사가
　　죽지도 않고 돌앙감겨

　　영미다리 율이다리 건너간다
　　동이다리 길이다리 건너간다
　　딴따리 딴따리 딴따리 딴딴
　　딴따리 딴따리 딴딴딴

　　오타강 별빛이 흘러가네
　　나영미 목소리도 떠가네
　　작년에 와신 응징사가
　　죽지도 않고 돌앙감겨
　　죽지도 않고 돌앙감겨
　　죽지도 않고 돌앙감겨

　율은 역 광장에서는 부르지 않았던 품바를 붙여 불렀다. 앉아서 불렀다.

　　작년에 와신 응징사가
　　죽지도 않고 돌앙감겨

라는 후렴귀는 조선인이라면 누가 들어도 분명한 조선의 말이었다. 모르는 사람이 들으면 알아들을 듯 말 듯한 '딴따리 딴따리 다리 다리다리다리'로 반복되는 정체불명의 소리가 아니라 부르는 자에게나 듣는 자에게나 분명한 조선의 가사, 조선의 가락이었다. 애초에 딱 한 번 부르겠다던 율은 관객들이 청하지 않는데도 한 번 더 불렀다. 아주 천천히 또박또박 불렀다. 애절하게 미친 듯이 사무치게 목 메이게.

'짝짝짝짝짝짝짝짝'
두 관객은 박수를 쳤다. 나직이. 오랫동안. 환호 없이.
"……"
"……"
"……"
잠시 침묵이 흘렀다.
"동상, 나 이제 김율 선상이라 안 부르고 동상이라 불러도 되겠소?"
"나는 벌써부터 성님이렌 불럿수다."
"고맙소. 율이 동상. 가사가 하도 좋아부러 나 폴쌔 다 외와부럿소. 근디 '영미다리 율이다리 건너간다 동이다리 길이다리 건너간다'가 먼 사연이요? 야그해 줄 수 있소?"
장규의 말과 표정은 사뭇 진지했다.
"건 나도 궁금헌디?"
철도 맞장구치며 나섰다.
"……"

율의 시선이 니시야마 해안에 밀려왔다 밀려가며 가물가물 멀어져 가는 푸른 물결을 따라 멀리 수평선을 좇았다.

## 이카이노에 부는 바람

　지난해 한겨울 12월 19일부터 시작된 미 공군 폭격기들의 소이탄 공습은 오사카 항구와 시내 주요 시설들과 군수공장들을 초토화시켰다. 1945년 6월 15일 오전 8시 40분부터 11시까지 여섯 번째 오사카 공습이 이루어졌다. 이 소이탄 공습으로 히라노강을 따라 히가시나리구(東成区) 텐노지구(天王寺区) 이쿠노구(生野区) 일대의 군수공장들과 학교, 보육원, 공원, 신사, 그리고 목조가옥들은 모조리 파괴되고 전소되었다. 동양 최대 군수공장이라는 일본 육군 오사카 포병공창과 이쿠노구의 광양정공 제1, 제2, 제3 베어링 공장도 전소되었다. 군수공장들 인근에 있던 이카이노 조선인시장도 결국 화마를 피해가지 못했다. 목조가게와 식당들은 모조리 불타버리고 지도에서 사라졌다. 조선인들은 언제 또 가해질지 모르는 공습에 대한 두려움으로 시장 재건은 꿈도 꾸지 못한 채 잿더미가 된 이카이노를 떠나 각지로 소개되거나 흩어졌다. 여섯 번째 공습 이후 8월 14일 아홉 번째 대공습이 있기까지 세 차례 더 공습이 이루어지고 나서야 전쟁이 끝났다. 미 공군 폭격기들은 오사카 상공에 더 이상 나타나지 않았다.

"고무신 호꼼 봅서예."

"크기가 어떻게 됩니까?"

"여자 것언 일곱 문짜리고, 남자 것언 나가 신으켄 허는디 몇 문이 더라?"

"하얀색이지요."

"네."

천동은 청년 남자 손님의 발을 쳐다보더니 진열대에 놓여 있는 남녀 고무신 한 켤레씩을 골라 손님 앞에 내어놓았다.

"이거 아홉 문짜린데 신어보세요."

천동은 손님의 발 앞에 하얀 남자고무신 한 켤레를 가지런히 내려놓았다.

"딱 맞수다예. 눈썰미가 좋수다게."

고무신을 신은 손님이 제자리걸음을 하며 만족해하는 표정을 지었다.

"제 발 크기와 비슷해 보여서 바로 찾았습니다. 자. 여자고무신 여깄습니다."

제 발에 꼭 맞는 고무신을 신은 손님이 신이 나서 가게를 왔다 갔다 하는 동안 천동은 일곱 문짜리 여자고무신을 바로 찾아 손님에게 보여주었다.

"일곱 문짜리 맞수과?"

"안에 표시가 되어 있습니다. 보세요."

천동은 여자고무신 한 짝을 들어 손님의 눈 가까이에 대었다. 고무신 안쪽 바닥 가운데에는 붉은 잉크로 24라고 찍혀 있고 바로 그 아래 역시 붉은 잉크로 7이라고 찍혀 있었다. 24는 일본식 표기 24cm이고, 7은 조선이나 미국식 표기 7문(인치)이었다.

"아. 맞수다예. 남자 거 다솟 켤레, 여자 거 다솟 켤레 줍서."

"네."

"열 켤레나 사는디 덤 호나 더 줍서."

"아. 네-."

천동은 간단하게 대답하며 손님을 향해 씨익 웃었다. 천동은 손님이 보는 앞에서 남자고무신 여섯 켤레, 여자고무신 여섯 켤레를 각각의 포장지에 쌌다.

"엇. 두 켤레나 더 주는 거꽈?"

손님이 무슨 말을 꺼내려는 순간 천동이 재빨리 검지를 세워 자신의 입술에 대었다. 손님도 멈칫하며 천동의 눈을 마주했다.

"남자고무신 다섯 켤레, 여자고무신 다섯 켤렙니다."

천동은 문 입구에 있는 계산대를 향하여 소리치고는 다시 손님을 바라보며 눈을 깜박이며 얼른 가라는 손짓을 했다. 그제서야 분위기를 알아차린 손님이 어색하게 고개를 끄덕였다.

"고맙수다양. 고맙수다양."

손님은 특별히 죄지은 것이 없는 데도 들릴 듯 갈 듯한 나직한 목소리로 감사를 표했다.

"펜안히갑서."

천동은 제주어로 화답했다.

손님은 두 꾸러미를 가슴에 품고 계산대로 가서는 고무신 값을 지불했다. 그는 가게를 나가서도 누가 뒤에서 쫓아올까 저어되는지 뒤도 돌아보지 않고 계속 총총걸음을 서두르며 어수선한 이카이노 시장통을 빠져나갔다.

이카이노는 조금씩 폐허에서 회복되고 있었다. 조선인 상인들이 하나둘 돌아와 불타버린 가게 터에 허름하나마 구조목과 판자로 임시 목조건물들을 다시 짓거나 노점을 차렸다. 제주와 남해안 일대에서 건너온 마늘, 양파, 고춧가루, 생선, 해산물들이 식재료 가게와 노점의 가판대 위에 다시 등장하였다. 가게 안에서나 시장통에서나 거리낌 없이 주고받는 조선말들이 들려왔다.

"천동아, 너 또 덤 줬지?"

계산대에 앉아 있던 형 최주동이 손님이 나가는 것을 확인하고는 천동이가 있는 안쪽으로 걸어왔다.

"덤으로 한 켤레 챙겨줬어."

천동은 고무신 열두 켤레가 팔려나가 비어 있는 진열대 공간을 새 고무신들로 채워놓고 있는 중이었다.

"니 마음 모르는 거 아니다만 하루 벌어 하루 버티고 있는 거 너도 알잖아. 우리가 살아야 남도 도울 수 있는 거야."

"알았어."

천동은 형 주동을 쳐다보지도 않고 계속 진열대 정리를 하며 건성으로 대꾸했다. 주동은 천동의 옆모습을 물끄러미 바라보다가 다시 계산대로 향했다.

지난해 12월 미공군 공습이 시작된 이래로 오사카 경제가 기울어지는 조짐을 보이기 시작했다. 그래도 그 당시 굶어 죽을 걱정까지는 하지 않았었다. 6월 여섯 번째 공습으로 이카이노 시장이 전소

된 이후로는 오사카 조선인시장 상인들은 생계 자체가 막막해져 버렸다. 최주동의 경우도 마찬가지였다. 고무신가게와 물건들은 사그리 불타버렸고, 조선인들은 각자 살 길을 찾아 뿔뿔이 흩어졌다. 시장터를 오가는 손님들의 발길도 뚝 끊어져버렸다. 목숨이 붙어 있는 것만으로도 그저 다행이었다.

 피붙이 동생 천동이 히로시마에서 살아 돌아왔을 때의 안도감과 기쁨이란 이루 말할 수 없는 것이었다. 8월 6일 라디오방송을 통해 히로시마 소식을 들은 이후로는 몸을 뒤척이며 탐잠을 설쳤다. 날이 밝아 등화관제가 끝나면 잿더미가 되어버린 가게 터로 나가 망부석이 되어 동생이 살아 돌아오기를 눈이 빠지고 목이 빠지게 기다렸다. 하루가 10년 같던 사흘을 보내고 상거지가 되어 돌아온 천동을 끌어안고 울었다. 기뻐서. 서러워서. 천동을 통해 신형폭탄이 떨어진 히로시마의 참상을 직접 들어보니 신문이나 라디오방송을 통해 접한 소식이나 소문보다 훨씬 끔찍했다. 살아 돌아온 동생이 그저 고맙고 전에 보다 더욱 소중하게 느껴지기만 하였다. 그러나 기쁨도 잠시 현실은 냉정했다. 임금을 제대로 지급 받지 믓하고 빈털터리로 돌아온 동생의 목구멍은 하나 더 늘어난 포도청이었다. 오사카에 일자리는 사라지고 거리에는 거지들이 득실댔다. 일주일이 막막하게 지나가던 중 하늘이 도운 것인지 다행히도 전쟁은 끝이 났다.

 비록 빈손이었으나 마음 씀씀이가 어른이 되어 돌아온 천동의 일손은 천군만마였다. 부랴부랴 허름하나마 목조가게를 세우고 신발을 들여놓고 영업을 다시 개시하게 되었다. 가게 손님들 중 절반 이상은 제주 사람들이었다. 천동은 제주 사람 손님에게 유달리 더 친절했다. 천동의 마음속은 온통 김율이라는 동생 생각으로 가득 차 있음을 알기에 그러려니 했다.

"형!"

"어. 왜?"

진열대 사이 통로를 빠져나가던 주동이 몸을 돌렸다.

"혹시 시모노세키 소식 들은 거 없어?"

"시모노세키건 하카다건 센다이건 다 사정은 마찬가지랜다. 중국인들 다 빠져나갈 때까지는 배 못 탄다는데."

"전쟁 일으킨 일본놈들은 먼저 실어오고, 피해국 국민들인 조선인이나 오키나와인들은 늦게 보내주고. 이거 너무 불평등하잖아. 누가 도쿄 맥아더사령부에 항의하러 가야 하는 거 아냐?"

"글쎄 그렇긴 하다마는. 도쿄에 있는 조선인 단체하고, 오사카에 있는 단체들이 움직이고 있다고는 하는데 곧 무슨 결정이 내려지겠지. 아마도 동북 센다이로는 도쿄에서, 서일본 시모노세키나 하카다로는 오사카에서 구호 지원 갈 것 같던데. 왜? 율이 때문에?"

"……"

형이 이미 자신의 마음을 훤히 알고 있는지라 천동은 말을 더 잇지 않고 고개만 끄덕였다.

'성, 나 이제랑 어린애 아니우다. 걱정 맙서.'

'아무리 율이 그렇게 말했어도 그렇지. 어떻게든 오사카로 함께 왔어야 했는데.'

천동은 율이 말만 덥석 믿고 떠나보낸 게 내내 마음이 걸렸다.

'혹시 조선인들이 배를 못 타 바로바로 떠나지 못하고 계속 시모노세키에 머무는 자들이 늘어난다면 율은 누군가 조선인을 만나 도움을 받게 될지도 모르지. 그렇게라도 되기만 한다면 정말 다행일 텐데. 배를 못 탄 조선인들에게는 미안한 일이지만.'

천동은 율을 생각하면 할수록 미안하고 걱정되었다. 스스로 아무것도 할 수 없는 현실이 그저 안타깝다 보니 이런저런 기대도 해보고 스스로 위안도 해보았다.

"시모노세키에 갈 생각이냐?"

"……"

"천동아!"

동생의 대답을 강요하는 것 같아 마음이 안쓰러워진 주동이 지체 없이 말을 이어갔다.

"니 마음은 알겠다만 니가 지금 홀홀단신으로 시모노세키에 가서 율이를 어떻게 찾을 거냐? 마음만 앞선다 해서 일이 해결되는 게 아니잖아. 한 사람이 감당할 수 없는 큰일은 여럿이 힘을 합쳐 조직적으로 해결해야 하는 거다. 이제까지 오사카 조선인 사회를 위해 힘써온 분들이 귀국하려는 동포들을 위해 대책을 마련하고 있다고 하니 믿고 기다려보자. 결정이 내려지면 그때 우리가 할 수 있는 일을 보태면 되는 거야."

"그게 뭘까?"

천동은 형의 말에 반은 수긍하면서도 여전히 내키지 않는 부분이 남아 있는데다가 스스로 대안을 제시할 수 없는 처지이다 보니 그저 짧은 질문을 할 뿐이었다.

"부지런히 벌고 아껴 쓰면서 귀환자들을 위한 구호기금 마련에 적극 동참하는 거. 그리고 이곳 이카이노 조선인 시장을 다시 일으켜 세우는 거. 그게 지금 우리가 할 수 있는 최선이라고 본다. 벌 땐 벌고 쓸 땐 써야 해. 기금이 조직적으로 필요할 땐 집중적으로 모으고."

질문이 구체적일수록 대답은 짧은 법이지만, 질문이 짧고 추상적일수록 자연 대답하는 쪽에서는 긴 설명을 할 수밖에 없었다.

"알겠습니다."

천동이 만족한 듯이 기꺼이 존댓말을 써가며 큰 소리로 답하자 주동은 씨익 웃으며 동생의 팔뚝을 툭 치고는 진열대 통로를 걸어 나갔다.

"안녕하십니까?"

손님이 왔나 해서 천동이 가게 입구를 바라보니 누군가 주동에게 신문을 주고 간다.

"천동아, 이거."

신문을 쭉 훑어보던 주동이 신문을 들고 안쪽으로 들어와 천동에게 건넸다. 일간지 반만 한 크기의 신문 상단 중앙에는 가슴명찰 크기의 '다리'라는 신문 제호가 굵은 명조체로 박혀 있고, 그 옆에는 바둑판 격자 크기 글자로 '특별호'라는 글씨가 가로로 새겨져 있었다. 천동은 첫 번째 기사 제목을 보고는 곧 바로 기사를 읽어 내려갔다.

귀국동포를 도웁시다!
다음달 15일 도쿄 시부야공회당에서 재일본조선인연맹 결성

1945년 9월 10일에 여러 단체들이 힘을 합쳐 '재일본조선인연맹중앙결성준비위원회'를 조직하였다. 또한 오사카를 비롯한 관서지방에서는 여러 단체들이 힘을 합쳐 '재일본조선인연맹관서총본부준비위원회'를 조직하였다. 우리 조선인 단체들은 1945년 10월 15-16일 도쿄 히비야공회당에서 재일조선인들의 전국조직 '재일본조선인연괭(약칭 조련)'을 결성할 예정이다.

우리 오사카 동포들이여. '재일본조선인연맹(약칭 조련)' 결성을 위하여 힘을 모읍시다. 조련준비위는 결성식 이전인 지금에도 이미 조국의 독립정부 수립과 재일조선인들의 권익, 오사카 이카이노 마을 재건을 위하여 다양한 활동을 개시합니다. 특히 동포들의 귀국 지원을 위한 출장소를 시모노세키와 하카다에 보내고자 합니다. 동포들의 순조로운 귀국을 돕기 위한 기금 모금에 힘을 보탭시다. 동포 여러분의 따뜻한 손길로 모아진 기금은 귀국동포들의 배삯, 귀환증 마련비, 숙소비, 協화회원증을 분실한 동포들의 신분증 재발급 비용 등에 사용될 것입니다.

"형, 나 여기서 일하는 거 임금 줄 거지?"
천동은 출입구로 가서 주동에게 신문을 도로 건넸다.
"최씨 가문에 동생 임금 떼먹는 형은 없다."
"먹고 자고 하는 걸로 만족할 테니까 나한테 줄 임금은 모두 조련에 기부해."
천동은 말을 휙 던지고는 대답을 들을 것도 없다는 듯이 돌아서서 다시 안쪽으로 향했다.

"임금 지불 제대로 처리 안 하고 단체에 기부해버리면 세무서에서 조사 나온다. 임금은 니 노동 내역을 상세히 적은 봉투에 넣어서 줄 테니까 이상 없으면 봉급 수령서에 서명하고, 기부는 니가 알아서 해."

진열대 통로를 따라 들어오던 천동은 다시 뒤를 돌아 형 주동을 쳐다보았다.

'와−. 최씨 가문의 형, 지독하다 지독해.'

# 동행

"하이고. 율이 동상 야그 듣고봉께 나도 일본 건너와 고상이야 혔다만서도 비교가 안 돼부네. 이제 스물도 안 되어 협화회 수첩도 읎이 저 고상얼 전뎌냈응게 영웅 맞지라. 나가 농으로 한 말이 아니었어라. 동상 의지도 의지지만서도 저 넉살 좋은 성격허고 배짱도 한몫아치 헌 걸게라."

히로시마 신형폭탄으로부터 시작되어 시모노세키까지의 율의 사연을 숨소리도 내지 않고 들은 장규가 한숨을 토해내며 율을 그윽한 눈빛으로 바라봤다.

"경 골아시난 고맙수다. 경해도 나넌 영웅도 아니곡, 배짱이영 넉살이영 엇수다. 고향에선 동무덜이 나더러 '지지빠이(계집애)' '지지빠이(계집애)'렌 부르멍 놀려낫수다게(놀렸었습니다)."

지나온 한 달여를 돌이켜 보면서 율은 스스로도 자신이 이렇게 버텨왔다는 게 믿겨지지가 않았다. 그저 죽기 아니면 살기로 하루하루 지내온 시모노세키 생활이 그저 아득한 과거처럼 느껴졌다.

"얼굴이 곱상한 게로 동무덜이 고로코롬 불렀을랑가 모르겠다만서도, 아마도 하늘이 무너져 내려불고 땅이 꺼져부는 판에서 사람이 바꿔아분 것도 있을 것이오."

장규는 고개를 끄덕거리며 이해할 만하다는 표정을 지으면서도 여전히 대단하고 대견스럽다는 눈빛으로 율을 바라보았다.

"나도 나럴 잘 모르쿠다. 귀국헐 때까장 나가 어떵 뒐지도. 허지만 하루하루 살암지는 건 자신 잇수다게."

지난 한 달여 동안 자신의 인생과 장래를 하루 또 하루에 걸며 살아온 율의 목소리와 표정은 담담하기만 했다.

"율이럴 만낭 나 마음이 든든허다. 귀국하는 날까장 고치 지내자. 율이 못허는 일은 나가 해결하민 뒈켜. 수단이영 방법이영 가리지 말앙 우선 율이 신분증부터 마련허자."

철은 율의 가장 어려운 점을 해결하는 동반자가 될 것임을 밝혔다. 그의 표정이나 목소리 역시 담담했다.

"나도 도울 건 돕겠소."

장규도 나섰다.

"성님덜, 촘말로 고맙수다예. 촘말로."

이제껏 의연한 자세를 유지해왔던 율의 목소리가 떨렸다.

"그나저나 고베는 어찌 되얏소? 그짝도 공습이 있덜 않혔소. 나가 있던 오사카와넌 바로 옆 도시라 소식은 들었소만."

장규가 숨을 고르듯 방향을 철에게로 돌렸다.

"헐 이야긴 많수다만 천천히 허도록 헙서. 조 형도 항구에 강 배 사정얼 직접 알아보아사 허지 않우꽈? 그동안 율이넌 해수욕도 해사 허곡, 새옷도 사입곡, 병원에도 가사 허곡 허난게."

"아하, 그렇구만이라. 그만 야그에 팔리다봉께 깜빡 했어라."

철의 제안에 장규가 호응하며 일어서서는 엉덩이에 묻은 모래를 털었다.

"볼 일이 끝나는 대로 시모노세키역사 대합실 안에서 만납서(만납시다). 출입구 가까운 의자에서."

"그게 좋겠소. 그럼 율이 동상은 목간 깨까시 허고 어깨 치료 잘 받으씨요이. 나 핑 갔다 역으로 싸게 갈팅게."

철의 제안에 호응하며 장규가 자리를 떴다.

"어깨가 안 좋은디 수영해지카?"

"괜찮수다. 이제 치료 받게 돼지 않우꽈?"

"왼팔이 불펜허잖아."

"오른팔 호나로 충분허우다."

걱정스러워하는 철의 질문에 율은 대답은 다시 담담해졌다.

해가 구름 한 점 없는 중천을 향해 떠오르고 있었다. 비록 해수욕철이 지나기는 했지만 한낮의 해변은 서서히 열기로 달아오르고 있었다. 속바지 차림으로 반벌거숭이가 된 율이 허리춤까지 차는 물 깊이로 들어가 몸을 적시고 머리를 감았다. 율의 왼쪽 어깻죽지에 생긴 검붉은 상처 자국이 철의 눈에 선명하게 보였다. 서서히 더 깊은 물속으로 들어간 율은 오른팔 하나로 평영을 시작했다. 물속으로 잠기는 코와 입을 규칙적으로 수면 밖으로 드러내며 숨을 내뱉고 들이마시는 모습이 철의 눈에 확연히 보였다. 직선으로 뻗어가던 율이 방향을 꺾으며 배영 동작으로 바꾸었다. 한 팔 수영이었음에도 불구하고 율의 움직임은 물개처럼 유연하고 탄력이 있었다. 철은 율이 모래밭 위에 벗어놓은 웃옷과 바지를 집어 들고 물가로 갔다. 땀에 전 율의 옷은 축 늘어지고 냄새가 났다. 철은 신발을 벗고 바지를 무릎 위까지 걷어 올리고는 물속으로 걸어 들어갔다. 사람들이 없는 해변의 물은 바닥의 하얀 모래가 또렷하게 보일 정도로 맑았다. 철은 율의 옷을 물속에 담그고 비벼댔다. 율은 다시 반대 방향으로 전환하며 동작도 평형으로 바꾸었다.

'율아, 물속에 빠진 사름얼 구하려민 한 손으로 헤엄치는 걸 배워사 해. 훈번 해 보카?'
언제이든가 함께 해수욕을 갔던 건이 성이 율에게 제안을 했다.
'응.'
'나가 먼저 느 목얼 한 팔로 감아그네 헤엄치넌 시범얼 보일커매 느넌 움직이지 말앙 고만히 시라(있어라).'
'응.'
'자, 이듸서부터다.'
율의 키 높이만큼이나 되는 깊이에 이르자 건이 한 팔로 율의 목을 감고 뭍을 향해 평형을 시작했다. 율의 안면은 하늘을 향해 있었다. 율은 어색하기도 하고 답답했다.
'으으읍'
처음 해보는 부자유스러운 자세를 참지 못한 율이 무의식중에 발로 물장구를 치며 팔을 허둥거리고 목에 힘이 들어가는 순간 둘은 함께 물속으로 처박히고 말았다. 둘이 한 몸이 되어 물속으로 가라앉은 상태에서도 형은 여전히 율의 목을 감은 팔을 풀지 않았다. 율은 더욱 버둥거렸다. 형이 감은 팔을 풀고 잠시 떨어졌다가는 율의 귀를 억세게 잡아챘다. 율의 얼굴이 다시 수면으로 뜨는 순간 무언가가 율의 턱밑을 아래에서 위로 가격했다.

'억'

율은 곧바로 정신을 잃었다. 율이 정신을 차렸을 때 그는 모래밭 위에 누워 있었고 형은 그 곁에 앉아 있었다.

'어? 나 어떵 뒙데강?'

'나가 느 턱얼 손바닥으로 올령첫주. 느 기절시키젠. 경혜연 축 늘어진 느 목얼 또시 감앙 나온거다.'

'……'

'미안'

형은 말로는 미안하다고 하면서도 얼굴은 싱글싱글 웃고 있었다.

'……'

'물에 빠진 사름이 구해주젠 사름 붙잡앙 난리치민 둘 다 죽는 법이여. 그래서 우선 먼저 빠진 사름 뒤로 돌아강 기습적으로 조심스럽게 턱밑얼 아래에서 웃드레 가격해사 뒈. 씨지도 약하지도 않게 적당히. 잘못 청 턱이 옆으로 돌아가민 살려놔도 신경이 다치난게. 턱밑얼 가격 당헌 사름언 순간적으로 정신얼 잃어버런. 그때 얼른 목얼 감앙 나오민 뒈는 거다.'

그 후 한동안 율은 집중적으로 한 팔 수영을 훈련했다. 율의 한 팔 수영이 익숙해질 때까지 형은 항상 율 옆에서 함께 수영하며 율을 지켜주었다. 그후 곱상한 얼굴에 내성적인 성격의 율을 '지지빠이'라며 놀리던 동무들도 함께 수영을 할 때면 율의 한 팔 수영 솜씨를 부러워했다.

'살암신지 죽어신지.'

율은 형 건이 보고 싶어졌다. 그리웠다.

'배우고 똑똑한 학생덜 먼저 채가는 거여. 일본말 쉽게 배우난게.'

강제 징병된 형이 집을 떠나고 난 날 밤 아방의 탄식이었다.

'힘이 엇어 나라럴 뺏겨부난 약삭빠른 넘덜언 침략자덜 앞잡이가 뒈곡, 배원 똑똑한 자덜 순서대로 끌려강 이용뒘신 거다. 힘이 이신 일본 국민은 전쟁을 일으키고 패전해도 미국 다음으로 2등 국민이곡, 침략당하고 제 심으로 독립 못한 조선인과 오키나와인은 분하게도 4등 국민이곡. 그저 배우기만 헌덴 헤연 지냥으로(저절로) 심이 생기는 건 아닌 거다. 나라가 심얼 키우려민 어떵 해사 호카(해야 하는가)? 단결? 물론 뭉쳐야지. 경허주만 뭉치기만 헌다고 심이 뒈카? 성, 나넌 살암신디, 성은?'

시간이 지나고 형 생각에 골몰하며 율의 동작이 조금씩 느려지고 숨도 가빠왔다.

"율아! 이제 오끗 돌앙오라. 글라(가자)."

철의 목소리를 들은 율의 동작에 다시 속도가 붙으며 해변을 향했다. 모래밭으로 올라온 율이 속바지를 벗어 쥐어짰다. 철은 찬물에서 나온 율의 양물이 바싹 올라붙어 있는 걸 보고는 '얼굴이 아무리 곱상해도 사내는 사내로다'하며 고개를 돌렸다.

"엇. 성이 빨앗수꽈?"

율은 모래밭 위에서 햇볕에 바싹 말려 뽀송뽀송해진 자신의 옷들을 보고는 놀라움 반 미소 반으로 반응했다.

"이덜이영 서케덜이영 집단으로 익사햇네."

"가이네나 나나 빈대 붙엉 사는 비슷한 신세여신디. 호꼼 안 뒷네."

율은 능청을 떨었다.

"가이넨 빈대는 빈대에게 빈대 붙지 않는덴 신조럴 어긴 넘덜이여. 안타까워 허지 말게."

"헤헤헤헤. 성은 빈대 세계에 들어오민 인정사즁 볼 거 어시 단칼에 싹쓸이 헐커여."

"나는 각설이 재주가 엇어난 걸사는 못 뒈네. 각설은 원효대사 닮은 영혼이 이신 자덜이 해지는 거주."

"게믄 나는 원효대사는 못 뒈여도 율이걸사는 뒈는 건가?

율은 옷을 입으면서 철의 말이 재미가 있어 자꾸 이 말 저 말 대꾸했다.

"밥부터 먹고 병원 글라(가자). 나가 사주케. 오늘부턴 꼬붕덜이 가젹 오넌 밥 졸업허게."

"좋수다. 성언 귀인이여."

"이서케 학살 귀인? 밥 귀인?"

"그냥 다. 친성 닮아(친형 같아). 아직 배 안 고프난 병원부터 그릅서(갑시다)."

머릿결에 때 기름이 빠지고 뽀송한 옷을 입은 율의 표정은 환하고 밝았다.

"本当に不思議でたまらないです。1ヵ月間も治療をうけず、もう

脂肪も減って骨も蝕んでしまったのに、これ程度だなんて。"

(참으로 신기하고 대단하오. 한 달이 지나도록 치료를 못했으면 벌써 살이 다 썩고 뼈도 갉아먹었을 텐데, 이 정도니.)

어깻죽지 상처 부위를 살펴본 의사는 혀를 찼다. 율의 어깻죽지가 덜 아물어 여전히 벌어져 있던 상처 부위 안에는 죽은 구더기가 썩어 문드러진 진물과 고름이 차 있었다.

"뭐옌 골아수꽈?"

"꽝(뼈)은 안 다쳐 다행이라네."

"의사는 길게 골아신디, 철이 성 통역은 무사 경 짧수꽈?"

"한 달이 지나도록 치료럴 못해시난 벌써 살이 다 썩고 꽝도 갉아먹어나실커매, 이 정도라 다행이렌 허네. 뒛냐?"

"헤헷. 첨부터 경 통역허지 않구서."

"알앗수다(알았습니다). 걸사님."

"헤헤헷"

어느덧 철에게 정이 들고 의지심이 생긴 율은 통역 투정까지 부렸고, 철에게는 그런 율이 예쁘고 대견해 보이기만 했다.

"我慢強いですね。麻酔もしなかったのに。当分の間、肩をなるべく動かさないでください。一週間は水に触れないように気をつけて。"

(참을성이 대단합니다. 마취도 안 했는데. 당분간 어깨를 심하게 움직이지 마시요. 일주일간은 물에 닿지 않게 조심하시고.)

의사가 썩은 구더기와 진물, 고름을 파내고 소독하고 약 바르고 꿰매고, 거즈를 대고 반창고를 붙이는 동안 율은 눈 하나 깜빡하지 않앉았다. 진통제와 소염제 알약 봉투를 받아 쥐고 둘은 병원을 나왔다.
"이번엔 의사가 뭬엔 골아신지 안 물어봐?"
통역 짧게 했다고 시비 걸던 율이 병원을 나올 때까지 잠잠하자 이번에는 철이 먼저 운을 뗐다.
"안 들어도 다 알주."
"어떵?"
"의사가 날 쳐다보는 눈빛이 존경심으로 가득 추 이신 걸로 봥 들으나마나 참을성이 굉장허덴 골아실겁주(말했겠지)."
"밥 먹젠 글라."
철은 율의 머리를 쓰다듬었다.

시모노세키역사는 여느 때와 다르게 눈에 띄게 붐볐다. 기차가 도착할 때마다 엄청난 사람들이 쏟아져 내렸다. 등짐을 지고 양손에 바리바리 보따리나 가방을 든 남자들과 머리에 짐을 이고 등가방을 멘 여자들이 쌀라쌀라 큰 소리로 떠들며 삼삼오오 얽히고설킨 채로 끊임없는 행렬이 이어졌다. 대부분이 중국인들이었다. 왁자지껄한 인파들은 여울을 통과하는 물살처럼 시끄러운 소리를 내며 대합실 안으로 밀려 들어왔다가 빠르게 역사 밖 광장으로 몰려 나갔다. 중국으로 귀환하는 선박이 시모노세키항에서 출발한다는 소식을 들은 중국인 노무자들이나 강제동원되었던 중국인 청소년 응징사들이 대거 몰려들면서 시모노세키역 일대는 그야말로 큰 혼잡을 이루고 있었다.
"성 형의 말이 맞소. 조선인이 탈 배는 읎소. 아 조선 사람이 괴기도 아니고 도대체 4등급이 머여 4등급이. 성 형한티 미리 말을 듣고 갔응게 망정이지 아무것도 모르고 갔다가 이런 일얼 당해불었스먼 부아가 치밀어 올라 나 몸에 불이라도 싸질러불었을 것이요. 하이고 니미랄 거."

이른 저녁이 되어 나타난 장규는 열불이 뻗쳐 있었다. 그의 음성은 지나가는 중국 사람들의 말소리보다 훨씬 컸다.

"폭삭 속앗수다(고생 많았소). 이듸넌 혼잡허난 바깥더레 나갑서."

황당한 경우를 하루 먼저 겪었던 철이 차분하게 장규를 위로했다.

"율이 동상 치료넌 잘헸소?"

대합실 밖으로 나오며 차분함을 되찾은 장규가 율의 상태를 물었다.

"철이 성 덕분에 똣똣한(따뜻한) 밥도 먹곡, 깔끔하게 새 옷도 사 입엉 병원에 강 치료도 잘 받앗수다예. 당분간 어깨럴 심하게 움직이지 말렌 헙디다. 장규 성은 점심 먹읍데강?"

"다행이요. 나도 점심은 노점에서 간단히 먹었어라. 율이 동상언 새 옷얼 입혀논게 새신랑 되야부럿네. 각설이타령은 인자 아조 떠나가부럿어야."

여유를 되찾은 장규가 농으로 답하며 애써 분위기를 살리려 했다.

"원효대사처럼 각성해지민 그때 또시 허쿠다. 지다령봅서."

율은 철한테서 배운 원효대사 각설 대목을 그대로 써먹었다.

"히야-. 율이 동상 내공빨이 참으로 팔공산빨이시. 척척 둥글둥글 찰지게 받아넹기는 거 봉께로."

"그래 봤자 철이 성님 손바닥이시. 철이 성신디 배운 말잉게로."

율은 전라도 사투리로 철한테 공을 넘겼다.

"청출어람이 청어람이시."

이번에는 철이 전라도 사투리를 쓰며 다시 공을 율에게로 넘겼다.

"청출어렌 물고기가 바로 청어렌 물고기라?"

무슨 뜻이냐고 물어보기가 싫은 율이 지레 해석까지 하고 나섰다.

"하하핫. 팔공산빨이 뻗쳐 하늘로 붕붕 떠다니는디."

장규가 웃음을 터트렸다.

"에이"

자신이 놀림을 당하고 있음을 눈치 챈 율이 입을 다물어버렸다.

"밥 먹젠 글라."

철은 율의 머리를 스윽 쓰다듬었다.

"곤방와."

지나가던 거지 하나가 율을 보고는 고개를 숙이며 인사하였다.

"……"

율은 반응하지 않고 지나쳤다. 멈춰 서서 율이 일행의 뒷모습을 물끄러미 바라보던 거지는 다시 앞으로 돌아서서는 가던 길을 가면서도 연신 고개를 갸우뚱거렸다.

'달그락. 달그락.'

거지의 허리춤에 찬 빈 깡통이 흔들리며 동전 몇 닢이 이리저리 쏠리는 소리가 들려왔다.


"우리가 혈팅게 율이 동상은 잠 쉬요. 어깨 자조 움직여싸면 덧낭게로."

"기여. 앞더레(앞으로) 일주일 동안 율이넌 놀멍 쉬멍 자멍 팔자 고치게. 그동안 놈덜(남들) 곱빼기로 속앗수난게(고생했으니). 나강 잇게."

장규와 철이 율을 챙기고 나섰다. 매일 저녁 청소를 해주는 조건으로 마련한 마구간 숙소는 비교적 청결한 편이었으나, 그래도 마구간은 마구간이었다.

"크- 냄시."

철의 바닥 빗질이 끝나자 장규는 양동이로 나비물을 뿌리며 미간을 찌푸렸다. 물이 사방으로 튀자 율이 한쪽 구석으로 비켜섰다.

"나강 이시렌 해신데 무사 걸려댐시니?"

철이 율에게 한마디 했다.

"냄새가 나안티넌 돈인디, 어떵 돈얼 피허우꽈?"

청소를 형들에게만 맡기고 차마 혼자 나가 있기가 미안한 마음에 튀는 물을 피해 이 구석 저 구석으로 쫓겨 다니던 율이 나가지 않으려고 버텼다.

"손 턴다 안 혔소."

장규가 치고 들어왔다.

"한번 걸바신 영원한 걸바신데 손 터는 게 쉽질 않수다."

율은 새로운 거지 신조를 즉각 지어내며 계속 버텼다.

"율이 느가 걸바시신디 새 옷 선물하는 거 아니렌 골아시 아녀냐(아니라고 말하지 않았냐)? 그 이야기가 맞긴 맞는 거 닮다. 나가 실수로 새 옷 사줬네 이."

철의 협공이었다.

"잠시 새 옷 입엉 떠나긴 해도 영원한 퇴역은 엇틴 뜻이우다."

철은 물러서는 듯하면서도 물러서지 않았다.

'휘-이 휘-이 휘-이 휘-이'

그새 물청소를 마친 장규가 어디선가 넓적한 송판때기를 가져와 바닥에 대고 부채질을 해댔다. 바닥의 물기가 곧 카로 마르면서 냄새가 진동했다.

"어휴-. 나 이제랑 영원히 퇴역허쿠다."

율이 손으로 코를 싸쥐며 밖으로 뛰쳐나갔다.

"마구간이라도 밖에서 디비 자는 거보담은 낫덜 안 하긋나?"

율이 마구간 출입문을 나설 때 조선말을 쓰는 두 사람이 지나치며 안으로 들어갔다.

"엇, 조선 분들입니꺼?"

두 사람이 마구간 안에 있던 철, 장규와 마주치면서 먼저 인사를 건넸다.

"경험수다. 혼저 옵서. 반갑수다."

"어서 옷씨요. 반갑구만이라이."

철과 장규가 화답을 했다.

"아, 반갑소."

"반갑소."

안에서 들리는 인사말을 뒤로 하고 율은 밖으로 나왔다. 청소하는 동안 해가 넘어가고 어둠이 내리고 있었다. 부두에서 가까운 곳이다 보니 바람에 짠 내음이 실려왔다. 휘익 휘익 불어오는 돌풍이 처마 밑에 쌓아놓은 짚더미에 부딪히며 지푸라기들이 푸르륵 푸르륵 떨렸다.

"율아! 이제 들어오라."

철이 부르는 소리였다.

"달포 만에 요 깔앙 잔다."

율은 짚더미를 집어 싸안고 마구간으로 들어갔다.

"율아! 인사허게. 조선 분덜이네."

철이 율이 안고 온 짚더미를 받아들며 소개를 했다.

"안녕허우꽈? 김율마시."

"반갑소. 우린 모두 부산 사람들이오."

"반갑소."

부산 사람들은 겉보기에 모두 철과 장규 또래 청년들로 보였다.

"우린 청소도 안 해가 영 미안한데 짚이라도 들고 와야 않큿나?"

"그라지."

한 부산 사람이 일어서자 또 한 사람도 자리에서 일어났다.

"그까짓 청소 별거 아니제라. 항께 들고 옵시다. 율이 동상은 여그 가만 있그라이."

장규가 일어서고 철이도 따라 일어섰다.

"아니 아니. 여 있으소마. 그람은 우리가 미안해지니께네."

부산 사람들이 만류하며 밖으로 나갔다.

"저 사름덜도 오늘 배 타젠 왓당 표도 못 사고 이레 왓덴 햄저. 이거 참 보통 일이 아니네. 앞더레 사름덜 계속 밀려 올커매."

율이 나가 있던 사이에 서로의 사정들을 간단하게 주고받은 것이었다. 짚더미가 계속 들어오고 짚 요가 두텁게 쌓였다. 지푸라기들이 냄새까지 빨아들여서인지 냄새도 한결 덜했다.

"어디서 왔능교?"

"이짝언 고베, 나넌 오사카서 왔소. 그짝언?"

"우린 후쿠오카 오무타(大牟) 탄광에서 채탄질하다 왔소. 근디 이기 먼 지랄이고. 황당하네."

배표를 못 산 부산 청년 하나가 자기소개 끝에 푸념을 섞었다.

"임금은 다 받앙 와수과?"

"임금뇨? 하-. 마 살아온게 다행이구마."

"저 동생 같은 분은 어디서 왔능교?"

"히로시마에서 왓수다."

"히로시마? 신형폭탄 터져가 다 죽었다카든데. 용케 살아가 여까지 왔는가베. 하이고 고생 억수로 했겠구마."

"네."

율은 간단하게 답했다. 모처럼 편해진 어깨로 반듯하게 누워 다다미만큼이나 포근한 짚더미 속에 몸을 눕히자 졸음이 밀물처럼 몰려왔다.

"여기는 부둣가라 짐 부리는 일이 많이 있을낀데 안 알아봤습니꺼? 노동자들 숙소도 있을끼고."

"있기는 있소만 우리는 들어갈 수 읎구만이라. 저 동상이 어깨럴 다친게로 힘든 일얼 헐 수가 읎소. 우리 둘만 숙소로 들어갈 수는 읎는 노릇인게."

"어깨가 우얀데요?"

"히로시마에서 신형폭탄 터질 때 함석 파편이 어깻죽지에 박혀버렸어라. 한 달 허고도 보름얼 넹겨 오늘에사 치료받았지라."

"우째 한 달 보름간을?"

"사연이 복잡허우다."

나직하게 주고받는 마구간의 정담이 율의 귓가를 맴돌다 차츰차츰 푸근한 짚더미 속으로 빨려 들어갔다.

구름 한 점 없는 맑은 아침의 니시야마 해변은 사람 한 명 없는 고요함 속에 자태를 뽐내고 있었다. 일주일에 다섯 번꼴로 해변을 찾던 율은 여느 때와 마찬가지로 해변 끝에 자리한 푸른 언덕 숲까지 걸어갔다. 진통제와 소염제를 복용한 덕분인지 어깨 통증도 느껴지지 않아 해변의 정취를 마음껏 맛볼 수 있었다.

고운 모래밭. 숲 언덕 자락 해변가에 불쑥불쑥 솟은 바위들. 푸른 하늘과 비췻빛 바다가 경계를 풀고 서로가 서로를 만나는 수평선 위로 이름 모를 섬들이 둥둥 떠 있었다. 처음 보는 풍경들이었다. 매번 해거름에 와서 해변을 돌고 어둠이 깔리기 시작할 때 발걸음을 돌렸기에 한 번도 섬들을 본 적이 없었다. 금강산도 식후경이라더니 끼니 제대로 때우고 새 옷을 입고 몸이 편해지면서 모래밭을 한 걸음 한 걸음 내딛을 때마다 해변의 모든 색상들이 숨을 쉬며 또렷하게 다가왔다. 해변 끝 숲속에 도착한 율은 그늘 속에 앉아 나무 한 그루, 바위 하나하나, 바위 사이사이의 갈색 흙들 모두에게 차례차례 눈길을 주었다. 모든 것들은 제자리를 지키고 있었다.

율이 빼고는.

제주의 모든 것들도 제자리를 지키고 있을 것이다. 어멍과 아방은 신엄 산간 초가집에 그냥 그대로 있을 것이다. 한라와 오름과 풀밭과 연못, 너럭바위들, 유채밭, 푸른 바다.
건이 형이 돌아오고 나만 그 자리로 돌아간다면.
"야-호-----!"
율은 바다를 향해 마음껏 소리 질렀다.

마구간에서 자고 일어나자마자 철과 장규는 일자리를 찾으러 나갔다. 따라나서려는 율에게 어깨가 완치될 때까지는 일주일 쉬라며 만류했다. 좋은 형들 만나 병원에도 가고 병가까지 얻은 셈이었다.
'어깨가 다 나으민 헤엄 청 가까? 이제 두 팔로 헤엄칠 수 이시난. 쓰시마에 들령 놀멍 쉬멍 가민 뒐쿠다.'
'아니, 저 바당물 다 들여싸불엉(마셔버리고) 걸엉 가카? 후후훗.'
'엎어져실 때 쉬엉 가렌, 히코시마나 혼번 돌아토자. 해외 유학 완 견문 익히는 셈 치고.'
율은 해변을 나와 발이 가는 대로 히코시마섬 이곳저곳을 걸었다.

"いらっしゃい。"(어서 오시오.)
일주일 만에 다시 찾은 병원의 의사는 바로 알아보고 친절하게 일행들을 맞았다. 의사가 어깻죽지에 붙인 반창고를 떼어내고 거즈를 걷어냈다.
"어휴-. 상처가 아조 컷었구만이라."
거즈를 들어낸 상처 부위를 본 장규의 눈이 휘둥그레졌다.
"경해도 살이 뽀얗게 돋아낫저. 율이 일주일 동안 부지런히 약 챙겨 먹은 보람이 싯네."

철의 맑은 음성이었다.

"성덜 보기에 다 나은 거 닮수과? 나넌 호꼼 간지럽수다."

"간질거리먼 다 낫은 것이제."

장규가 고개를 끄덕거리며 여유로운 표정을 지었다. 각자 저마다 다 의사였다.

"よく治りました。それでもこれから一週間は消炎剤を飲んでください。お風呂に入ってもいいし。"(잘 아물었습니다. 그래도 일주일 더 소염제를 복용하시오. 목욕도 해도 되고.)

의사가 실밥을 뜯어내며 만족한 표정을 지었다.

"どうも。"(고맙습니다.)

철이 의사에게 감사의 인사를 했다.

"무신 거옌?"

율은 왜 통역을 해주지 않느냐는 표정이었다.

"방금 우리 성덜이 골은 거와 똑 닮게 골앗저."

철이 일부러 율의 애를 태웠다.

"아닌 거 닮은 디. 의사가 더 길게 골아신디."

율이 질기게 물고 늘어졌다.

"이제보톰 허고 싶은 대로 다 혀도 된다 혔소. 밥도 많이 묵고, 소염제도 일주일 더 묵고, 해수욕도 허고, 귀경도 다니고. 일은 허덜 말고 좀 더 쉬고."

장규가 대신 통역했다.

"경 길지 않아신디."

율은 그만 타협하겠다는 듯이 씩 웃으면서도 자신의 입장을 끝까지 밝히며 옷을 입고 단추를 채웠다.
 "아침밥 먹젠 글라."
 철은 율의 왼쪽 어깨를 탁 치며 앞장섰다. 율은 더 이상 아프다는 비명을 지르지 않았다. 장규가 소염제 알약이 든 봉투를 들고는 뒤따라 나왔다.

 비록 노점에서 때우는 끼니였으나 율의 상처가 다 아문 것을 확인한 뒤인지라 밥맛이 좋았다. 싱거운 일본 반찬이었음에도 세 사람은 쌀이 섞인 보리밥을 두 그릇씩 먹었다. 그리고 혼잡하게 붐비는 역세권을 피해 부둣가 외곽을 산책했다. 아직 점심이 되지 않은 다케자키 공원은 한산했다. 배에 선적된 짐들을 하역하는 고된 노동으로 일주일을 보냈던 철과 장규도 율의 통원 치료에 동행하는 김에 모처럼 하루를 휴식으로 보냈다.
 "오늘은 나가 잠 헐 말이 있소."
 공원 긴의자에 나란히 앉아있던 중 장규가 일어나 철과 율의 앞에 섰다. 장규의 말투와 표정은 진지했다.
 "무신?"
 "요로크롬 한정읎이 하루하루를 보내서는 안 될 것 같아서 허는 야근디. 나가 아무래도 오사카에럴 댕겨와사 쓰겄소. 언제 뜰지도 모를 배럴 대책 읎이 기다리는 것보담은 한 삼사일 걸려 오사카에 가서 정보도 얻고 이곳 사정도 동포 사회에 알려 도움도 받을 것은 받고 허는 게 어쩔랑가 허는디. 성 형 생각은 으쩌요?"

"조 형 생각에 찬성이우다."

"동상 생각은 으쩐가?"

"좋수다. 성님덜 생각에 따르쿠다."

"허면 오늘에라도 핑 댕겨올랑게 나가 돌아올 때꺼정 마구간 숙소 바꾸지 말고 잠 기다리씨요."

"경헙서."

철은 흔쾌히 동의했다.

"쇠뿔도 단김에 빼분다고 인자 바로 뜨것소."

"펜안히 댕겨옵서예. 기다리쿠다."

율도 흔쾌히 의견을 맞췄다.

"율이 동상은 서두르지 말고 쪼까 더 쉬게. 자칫 무리허다가 어깨 후유증 생겨불먼 기껏 고상하고 치료한 거 도로아미타불됀게."

"맹심허쿠다."

율은 앉은 채로 앞에 서 있는 장규에게 고개를 꾸벅하였다.

# 창문

　장을수와 문세주가 만난 곳은 애월읍내에 위치한 주막이었다. 을수 쪽에서 먼저 인편을 통하여 주말에 만나자는 연락을 했다. 만나는 장소를 애월읍내 적당한 곳으로 자신이 정하는 것이 어떻겠냐고 세주가 답변을 보냈다. 을수 쪽에서 재차 인편으로 좋다는 답변이 왔다. 애월읍내로 한 것은 을수 성향을 잘 아는 세주의 정치적 판단이었다. 을수를 자신이 사는 마을인 구엄으로 오라 함은 상대방의 자존심을 건드릴 수도 있을 것이었고, 그 반대로 자신이 장을수가 사는 신엄으로 가겠다고 자청하는 것도 왠지 마음이 허락하질 않았기 때문이었다. 문세주가 특정 주막까지 결정하는 것은 동창들 세계에서는 이미 관행이 되어 있었다. 부잣집 아들로서 평소 형편이 어려운 자들에 대한 동정심이 후한데다가, 사치하지 않으면서도 씀씀이가 넉넉하다 보니 으레 동무 모임의 밥값 술값 결제는 세주의 몫이었기 때문이었다.
　세주는 오랜만에 나타난 동창 을수를 애월읍내 소박하고 아담한 주막 독방에서 대작했다. 일찌감치 약속 장소에 도착한 세주가 주모에게 술상을 주문해 놓고 기다렸다. 주막은 올레 없는 한길가에 자리한 초가였으나 돌담이 높은 편이어서 마당 안쪽이 훤히 들여다보이지 않았다. 정낭*을 들어서면 입구에 목거리**가 따로 없었고, 마당 안쪽 좌우에 안거리 밖거리 구분이 가지 않는 쌍둥이 초가 두 채가 나란히 자리 잡고 있었다. 왼쪽 초가는 살림집이었고 오른쪽 초가는 주막이었다. 두 채 모두 정면이 각각 좌우의 돌담을 향해 등대고 있었기에 어느 정도 독립성을 유지하며 정낭 쪽의 시야로부터 가려져 있었다. 산만하지 않고 조용한 분위기에서 음식을 먹거나 술을 마시며 대화를 나누기에는 안성맞춤인 장소였다. 세주는 구두를 신은 채 댓돌에 발을 올려놓고 마루 끝에 엉덩이를 걸치고 앉아 을수를 기다렸다.

"양 봅서(여보세요)!"

제시간에 맞춰 어김없이 나타난 을수가 정낭에서 인기척을 냈다.

"이듸."

자리에서 일어선 세주가 정낭 쪽으로 걸어나가서는 안쪽으로 들어오는 을수를 향해 손을 들어 맞이했다.

"엉. 일찍 완?"

세주도 손을 마주 들어 인사를 대신했다.

"주모!"

세주가 살림집 정지(부엌)를 향해 술상 들일 것을 알리고는 마루로 올라섰다.

---

\* 문짝이 없는 제주도식 마당 입구.
\*\* 별채.

"잘 지냄? 천하의 장을수가 나 닮은 깍보리럴 다 찾고."

방안으로 들어서 앉으며 자신을 기꺼이 깍보리라고 낮추는 세주는 엷은 미소를 띠며 여느 때와 다를 바 없이 부드럽고 차분한 말투였다.

"허허, 만나자마자 한 대 얻어맞는 기분이군. 입술은 입술대로, 말은 말대로, 눈빛은 눈빛대로 서로 불일치허민서도 항시 자신의 기품얼 유지하는 느가 부럽네. 내공발이 단단한 노인 닮은 데도 싯고(있고)."

크지도 작지도 않은 키지만 떡 벌어진 어깨, 짙은 일자 눈썹, 우뚝 솟은 매부리코, 두툼한 아랫입술에서 풍기는 인상 그대로 을수의 말투는 언제나 막힘이 없었고 진솔했다. 옛 친구를 만나면서도 마치 온갖 상황을 다 대비하여 치밀하게 준비해온 듯한 언변은 토씨 하나 흔들림 없이 물 흘러가듯 했다. 때로는 고요할지라도 멈칫거리는 경우는 결코 없었다. 그는 섬 중산간지대 사람답게 늘 갈옷차림이었으나 다른 사람들과는 달리 좁은 바지통 차림이었다. 활달한 성격에 착 들어맞게 재봉이 된 바지를 입고 걸을 때면 그의 단단한 엉덩이와 허벅지 근육의 윤곽이 도드라지게 드러났다.

"내공발? 정확히 골아자민 처셋발일 거곡, 더 정확히 골아자민 눈칫발이네. 어려서부터 잘난 아방 밑에서 단련뒌 거주."

이날 따라 세주의 말에도 제법 거침이 없었다. 자신의 아방을 힐난하듯이 끌어들여 비유하면서 자신이 아방을 어떤 시각으로 바라보고 있는지를 반의도적으로 슬쩍 을수에게 노출시켰다. 애월에서 둘째가라면 서러울 부잣집 도련님답게 그의 복장은 체형에 딱 맞춘 도

시형 감색 양복차림이었고, 검정 구두코는 반짝반짝 광을 내고 있었다.

"오랜만이우다. 어디 먼 질 강 옵데강(갔다왔나요)?"

주모가 술상을 들이며 을수에게 안부 인사를 했다.

"경험수다. 호끔 먼 질."

을수가 호쾌한 음성으로 대충 대답했다.

"호끔 먼 질? 일본?"

주모가 아무 생각 없이 되물었다.

"머. 바당 건너."

을수가 얼버무리면서도 대답을 피하지는 않았다.

"섬 뜨멍 다 바당 건너주."

주모가 알아서 부연하고는 방을 나갔다.

"해방 뒈영 벌써 달포가 지나고 육지에선 만세운동이 벌어젓덴 허는디 제주는 무사 이리도 조용허카? 아부진 펜안헌가?"

을수는 초두부터 만세운동이라는 말부터 꺼내 들고는 후미에 세주 부친의 안부를 슬쩍 끼워 붙였다.

"느가 궁금해 허는 울 아방 펜안헐 리가 이쿠과? 안 봐도 다 아는 지경 아닌가? 만세운동 잘 뒈감신가?"

세주는 을수의 의도를 자신이 알고 있다는 걸 굳이 감추지 않고 아방 먼저, 만세운동 나중 순으로 대답했다. 둘은 자주 만나는 사이도 아니었고, 허물없이 지내는 막역한 불알동무도 아니었다. 그래도 함께 국민학교를 나온 동창이었고 이웃 마을 지간이었기에 다정다감까지는 아닐지라도 굳이 속마음을 감출 것까지는 없는 관계였다. 하지만 겉으로 오가는 정중하고 부드러운 말투와는 달리 이날만큼은 긴장된 분위기로 출발하였다. 얼마 전에 있었던 을수의 출현 장면 때문이었다.

을수는 고향에 돌아온 여느 제주인들과는 다르게 동무들을 먼저 찾지 않았다. 을수는 자신을 따르는 자들을 모아 믄영박을 압박하는 시위로 귀향을 알렸다. 세를 모으고 힘을 과시한 후에 옛동무들을 하나하나 만나고 다녔다. 세주에게는 을수의 그런 모습이 시위에 따른 반응을 확인하고 사람의 성향을 분류하려는 의도로밖에 보이지 않았다. 우리 편. 네 편. 중간.

세주는 그럼에도 혹시 자신의 판단이 주관적일 수도 있다는 생각을 배제하지 않았다. 그래서 신중했다. 경우에 따라서는 설령 상대방의 태도에 지나침이 있을지라도 자신은 순수함과 겸손함을 잃지 말아야 한다는 나름의 품성과 원칙을 지키려 했다.

"너네 집 아피서 만세운동얼 한 게 불편해신가?"

굳이 돌려서 말하지 말자는 세주의 의도를 알아차린 을수도 단도직입적으로 물었다.

"울 아방얼 겨냥한 걸켜마는, 나도 그듸에 사는 처지다 보난 불펜허지 않앗덴 허믄 거짓말일 거라 이. 허나 이해는 허네. 공사구분이 엄격한 너니까. 나 호나 때문에 헐 일 못헐 장을수 투사가 아니지 않은가?"

"날 야유허는 건 아닐 거렌 믿네."

을수의 목소리나 눈빛은 진솔하고 차분했다.

"야유헐 마음 품어시믄 이 자리에 나오지도 않앗네. 단, 사전에 나안티 미리 알령 거행해시믄 허는 아쉬움언 싯주(있지). 나가 고자질헐 인격이렌 의심얼 품지 않앗다믄."

세주의 목소리나 눈빛도 진솔하고 차분했다.

"건 미안허네. 나가 놓친 부분이주. 근본적으론 내 한계이기도 허지. 매번 비슷한 지적이영 충고영 받으믄서도 잘 안 고쳐지난게."

"앞더렌(앞으로는) 사전에 고지허켄 이야긴가?"

세주는 고지라는 사무적인 용어까지 써가며 쐐기 박기를 유도했다.

"경헐 일이 엇길 바라네."

을수는 확답하지 않았다. 문영박의 존재가 어서 사라져주길 바란다는 뜻인지, 아니면 사전 고지할 것까지는 없을 거란 뜻인지가 분명하지 않게 애매하게 답변을 했다.

"느가 잘헐 거라 믿네."

세주는 이쯤에서 타협하기로 했다. 매사가 분명하고 명쾌한 을수가 두루뭉수리 답변하는 이유가 있을 터인즉 더 구체적인 답변을 요구해봤자 애매한 답변이 반복된다면 분위기만 어색해질 뿐 아니라, 오히려 자신이 초조하게 보일 뿐이라는 판단이 섰기 때문이었다. 그래서 차라리 상대방을 기꺼이 치켜세우는 쪽으로 가닥을 잡았다. 그 말 속에는 '날 실망시키지 말라'는 기대와 압력이 포함되어 있기도 하였다.

"아 참. 우리 술 아피 놓고 식개(제사) 지냅시네."

을수는 막걸리 주전자를 들어 세주 사발에 술을 따르고, 세주가 주전자를 받아 을수 사발에 술을 따랐다.

"장을수 귀환얼 환영하네."

세주가 사발을 들었다.

"고맙네."

을수도 사발을 들고는 세주의 사발에 부딪혔다.

"무사 사발얼 비우지 않?"

벌컥벌컥 사발을 비운 을수가 술이 반 남아 있는 세주의 사발을 손가락으로 가리켰다.

"나가 원래 술얼 잘 못허지 않은가?"

"경해도 경허주(그래도 그렇지). 우리 오랜만 아닌가?"

"그래서 반은 들여싸부엇네(마셨네)."

"게믄 나안티 혼잔 더 따라주게."

"아참. 느 잔이 빈 걸 깜빡 햄시네."

을수가 빈 잔을 들자 세주가 씨익 웃으며 경쾌하게 술을 따랐다.

"자— 건배."

을수가 세주에게 잔을 부딪쳐왔다. 을수는 두 번째 잔도 벌컥벌컥 들이마시고 내려놓으며 세주의 잔을 확인했다. 세주의 잔도 비어 있었다.

"이거 나가 오늘 문세주와 대작허는 비법얼 터득한 기분이네. 상쾌헌디."

"술만 들여싸불 건가?"

"갑자기 상쾌해지민서 경헌 유혹에 빠져드는디."

"장을수럴 유혹혈 수 이신 자넌 오직 장을수 밖에 어실 거라."

"세주, 난 경 대단한 인물도 못 뒈고 홀로 존재허는 자도 아니라.

날 멀리서만 바라보젠 허지 말게.”

"흐음. 멀덴 느껴졈신가?

거리를 두려는 문세주와 다가가려는 장을수 사이에 사랑이 움트는 연인들과도 같은 숨바꼭질이 시작되었다.

"경햇주. 이거 고백이 뒈엄시네."

을수는 기꺼이 벗었다.

"소랑허는 사름끼리넌 멀리 떨어졍 이실 때 잘 보인덴 이야기도 싯지 않은가?"

세주가 을수를 피하며 말을 돌렸다.

"내 시력은 원시가 아니라서 경헌지넌 몰라도 잘 안 보이네. 마치 우리 사이에 뭔가 이신 거 닮아."

을수가 세주에게 더 직설적으로 다가섰다.

"나넌 너에게 휘장얼 친 적이 엇네. 그저 창문얼 통헤연 바라봄시덴(바라보고 있다고나) 호카?"

"휘장만 걷지 말고 창문까장 열어주게."

고백에 이은 구애였다.

"우리 잔이 비엇네."

세주는 잠시 숨을 고르며 주전자를 들어 을수의 빈 잔을 채우고는 자신의 잔에도 술을 채웠다.

"허, 이런."

을수가 주전자 손잡이에 손을 걸쳤다.

"이미 하영 받앗네. 이제랑 나 잔엔 나가 따라도 뒈네."

"무신 걸 하영 받안?"

"느 마음."

세주는 을수의 마음을 접수했음을 호쾌하게 인정했다.

"고맙다이. 마음얼 받아줘그네."

"멀리 두고 바라만 보는 게 펜안해신디. 갑자기 가슴얼 들이밀엉 쳐들어오난 당황스럽네. 난 준비된 게 어서그네(없어서)."

세주는 더 이상 뒤로 빼지 않고 한 걸음 한 걸음 다가섰다.

"오늘 만낭 똑(꼭) 곧고(말하고) 싶은 게 싯네."

을수가 다시 분위기를 다잡았다.

"우리 술 따라놓고 식개지냅시네. 자—."

세주는 뭔가 잔을 비우지 않으면 안 되는 순간이라 직감하고는 과감하게 건배를 청했다.

"와—. 이거 뜨거워짐시네."

을수의 목소리가 들떴다.

"건배!"

세주가 을수에게 잔을 부딪쳐왔다.

'벌컥벌컥'

'벌컥벌컥'

두 개의 술줄기 소리가 서둘러 굴을 통과하려는 기차바퀴 소리처럼 숨 가쁘게 목을 타고 넘어갔다.

"세주, 지지까장 안 해줘도 좋으니 비난만은 말아주게. 불알동무네 비난은 젼디기 힘드네."

구애가 고바위를 넘어가고 있었다. 을수는 진지했다.

"비난한 적 엇네. 지지해주지 못헤연 미안해 한 적은 이서낫어도."

세주도 을수만큼이나 진지했다. 평소 생각대로 말하는 것이었기에 담담했다. 세주의 담백한 답변은 을수에겐 의외였다.

"허허. 영(이렇게) 쉬운걸. 되려(오히려) 나가 먼 질얼 돌아왔저. 이거 미안허다이. 멀리서 바라봐온 건 되려 나엿저."

"장을수 투사에게도 저영헌(저런) 문학성이영 감수성이영 이신 줄 언 몰라신디. 혼번 더 건배허게."

세주가 을수 잔에 술을 따르자, 을수가 주전자를 채가서는 세주 잔에 술을 따랐다.

"나넌 이게 오늘 마지막 잔이여. 한 달 주량 오늘 다 채웟저. 자- 건배."

세주는 절제심을 흩트리지 않았다.

"건배!"

막걸리 줄기가 불끈불끈 움직이는 두 사람의 울대를 통과하면서 여울목을 빠져나가 낙하하는 개울물소리처럼 청량한 소리를 냈다.

"에구-. 안주는 그대로 싯고 술만 들여싸불언. 방안에서 연애햄신 사름덜닮아. 똣똣헌 각재기 국물이라도 떵 먹읍서양."

주모가 들어와 술상을 둘러보고는 각재기탕을 내려놓으며 걸직하게 한소리했다.

"거 말 혼번 잘 골아수다. 태어낭 연애 한번 못해봐신디 이걸로 때우민 뒈켜."

"동감."

"궁합까장 척척이여."

주모의 한소리에 을수가 반응하고 세주가 호응하자 주모가 다시 추임새로 마감하고는 방을 나갔다.

"세주!"

잠시 풀어진 분위기를 다잡으려는 듯 을수의 목소리가 다시 나직하게 깔렸다.

"……"

세주도 정신을 고쳐 잡으며 살짝 열기가 오른 을수의 눈을 응시했다.

"건이 소식 들은 거 이신가?"

"엇네. 죽어신지 살암신지 나도 모르네. 아직도 아무런 기별이 어서노난게 가슴이 왁왁헐 뿐이주."

"게믄 미귀환이렌 정리허자 이. 쓸데어신 생각허민 부정타노난."

"건이가 살앙 돌아오믄 어떵 허젠(어떻게 하려고)?"

세주는 경계의 눈빛과 우려의 표정을 감추지 않았다.

"건인 신엄이 낳은 인재 아니가? 우리 동무이기도 허고. 경현 건이에 대한 소식얼 질 친한 동무인 느헌티 물어보는 거 당연한 거 아니가?"

을수는 세주의 눈빛과 표정을 의식하며 에둘러 정리했다.

"쑥대밭 뒈어분 집안이네. 아시 율이도 아즉 기별이 엇네. 건이가 살앙 돌아온덴 해도 건들진 말게. 나가 부탁허네."

"세주. 난 그저 다가강 싶은 걸세. 너와 건이에게. 다른 오해 말게."

"느 마음 알안. 경허주만 상처받을 사름이 단 호나라도 어서시믄 헤연. 그게 누게라도."

을수가 신엄 중산간지대로 오르는 모습을 보면서 세주는 구엄을 향해 한길을 걸었다. 애월 일주서로에 어둠이 깊이 내려앉았다. 해변을 타고 올라오는 초가을 밤의 서풍이 팽팽한 달빛을 받은 길가 초가지붕 그믄새를 거스르며 흔들어댔다.

## 하귀국민학교

1945년 10월 제주 애월 하귀리.

파군봉에서 바라보는 서해 저녁놀이 검푸른 바다 수평선을 붉게 물들이며 때 이른 북풍이 불어왔다. 바람을 타고 검은여*에 부딪힌 물결이 허연 거품을 뿜어올리며 갯바위를 넘어 애월 해변으로 몰려왔다. 파군봉 서편 하귀국민학교 너머로 보이는 가문동 해변에도 어깨동무 대열처럼 물결이 밀려와서는 고꾸라지고 처박히며 거품을 토해냈다. 야트막한 파군봉 언덕을 따라 찬바람이 옷깃을 파고들었다. 고바랑과 강비 둘은 똑같이 갈적삼, 갈중이에 검정색 운동화 차림이었다.

"보름이 갑자기 시려지네(차지네). 안 춥냐?"

오랜 침묵을 깨고 나란히 앉아있는 비를 흘낏 바라보며 바랑이 말문을 열었다. 오른 팔꿈치를 무릎 위에 올려놓고 손바닥으로 턱을 괸 채 그의 시선은 하귀국민학교 교정에 머물러 있었다. 오뚝한 콧날에 반듯한 이마 위로 제법 자란 앞머리칼이 휘날렸다. 이마 위로

---

\* 제주 애월면 북쪽 바다에 있는 검은 갯바위.

제법 자란 앞 머리칼이 휘날렸다. 열세 살의 나이라고 하기에는 쭉 뻗은 몸매, 하얀 석고를 깎아 세우고 투명한 유약을 바른 듯한 번듯한 이마, 그윽한 눈매와 오뚝한 콧날, 단정한 입 매무새가 채 활짝 피기 전의 동백꽃 봉오리 같았다.

"학교럴 바라봥 이시민 열불이 뻗쳐나부난 추운 것도 모르키여. 저 귓것덜언 오늘도 꿈쩍얼 안 허네. 무사 미군덜언 저 왜넘덜얼 쫓아내지 않고 저영(저렇게) 내불엉둠신가(내버려두고 있는 걸까)?"

비의 어투는 사뭇 심드렁했다.

"육지에 이신 왜군덜 일본더레 다 보내고 나민 미군덜 들어왕 제주에 이신 58군넘덜도 실어보낸덴 허든디."

비의 격한 말투에 비해 바랑의 말투는 차분하고 진지했다.

"엇, 바랑, 저 귓것덜 해 다 넘어가는 저녁에 어드레 감신거까?"

58군 왜병들의 군용트럭 행렬이 하귀국민학교 정문을 나와 하귀로를 따라 동쪽으로 향했다. 그들은 덮개 없는 트럭 적재함 가장자리에 앉아 어깨마다 99식 소총을 매고 〈노영의 노래(露營の歌)〉를 불러댔다.

勝って 来るぞと 勇ましく(이기고 오겠노라 용감하게)
誓って 国を 出たからは(맹세하고 조국을 떠나왔는데)
手柄 たてずに 死なりょか(전공을 못 세우곤 죽지 않으리)

주먹 쥔 팔을 위에서 아래로 흔들어대고 적재함 바닥에 발을 굴러대며 기세를 한껏 올리는 그들은 점령군이었다. 일본이 항복했다 하여 제주 마을마다 조선인들의 인민위원회가 설치되고 조선 청년들이 치안대를 조직하여 질서를 유지하는 속에서도 58군이 있는 곳, 58군이 가는 곳은 여전히 치외법권지대였다. 99식 소총으로 무장한 그들은 여전히 제주의 지배자들이었다.

"패잔병새끼덜이 무신걸 이기고 오켄(오겠다고) 아침부터 원숭이 소리 떼창이가? 저 귓것(귀신, 귀신도 안 데려갈 놈)덜은 언제나 돌앙 가코?"

비가 두 주먹을 움켜쥐며 부르르 떨었다.

"언제라도 가기사 갈테주만 우리 심으로 무릎 꿇리고 쫓아내질 못하니 분한 거지. 경해도(그래도) 자이덜언 여전히 우리보단 힘이 이신게. 우린 총이 어시난(없으니까) 패전국보단 못한 신세라. 겐디 저 놈덜이 해 다 넘어간 밤에 어드레 가는 거카?"

바랑의 눈이 트럭의 행렬을 쫓았다. 줄을 이어 학교 정문을 통과한 스무여 대의 트럭은 동쪽을 향해 하귀신작로 위를 달리고, 선두는 벌써 일주서로에 들어서고 있었다.

 今日の 戦いに 朱に 染まって(오늘 전투에서 붉게 물들어)
 にっこりと 笑って 死んだ 戦友が(빙긋 웃으며 죽어간 전우)
 天皇陛下 万歳と(천황폐하 만세 부르며)
 残した 声が 忘らりょか(남긴 목소리 잊혀질쏘냐)

58군 졸개들은 꼭두각시 목각인형들처럼 천상에서 지상으로 추락한 왜왕을 부르짖었다. 하귀신작로를 따라 꼬리에 꼬리를 물며 뿌옇게 일어난 흙먼지가 길가 초가지붕이며 상점들의 함석지붕을 뒤덮고 올레 입구와 밭으로 퍼져나갔다. 고요한 제주의 가을 풍경을 능욕하는 흙먼지 속에서 오만방자한 군가가 개선군처럼 요란스럽게 미수다리를 건너고 남주동을 지나 하귀 일대를 휩쓸고는 일주서로를 빠져나갔다.

"맥아더신디(한테) 항복헌 전쟁폭력배들의 꼭두각시 두목얼 폐하렌 불렁(폐하라고 부르며) 만세라니? 항복 두 글자럴 이마빡에 새겨놓앙 이거 보란 듯이 자랑질허명 천년만년 살아봐라. 경얼 칠 한심헌 원숭이넘덜아."

손가락으로 58군 트럭 행렬을 가리키는 강비의 우렁우렁한 목소리에는 이미 변성기가 한참 지난 걸쭉한 기운이 서려 있었다. 고바랑보다 한 살 더 많은 강비는 이제 겨우 국민학교 6학년생이라고는 믿어질 수 없으리만치 키가 크고 어깨도 떡 벌어져 있었다. 그는 개수동의 소년 골목대장이기도 했다. 높지도 낮지도 않은 콧날에 커다란 코, 굵은 목, 굵은 손가락, 굵은 허벅지까지 흔히 장사가 갖춰야 할 조건은 다 타고난 강골 체격이었다.

"아며도(아무래도) 제주읍내더레 가는 거 닮은디. 왜넘덜이 지네 맘대로 성내럴 들락날락 허도록 언제까장 보고 이서사 허나?"

바랑은 비에게 말하면서도 58군 트럭 행렬에서 눈을 떼지 않았다.

고바랑 역시도 큰 키였으나 강비의 굵직한 생김새와는 사뭇 다른 얼굴의 소년이었다. 잔잔하면서도 낭랑한 목소리는 강약고저의 변화가 안으로 응축되어 있는 탄성을 머금고 있었다.

"58군이 저영(저렇게) 무장허영 제주 치안얼 유지허렌 미군이 허락

햇덴 허는디 경허믄 미국이 조선얼 배신한 거 아닌가? 어떵 전범국이자 패전국 넘덜신디 무길 지녕 설청 댕기게 허는 거카?"

"조선과 미국이 동무럴 먹은 적이 어시난 배신이랄 것도 엇지. 심이신 나라끼리 동무도 햇당 적도 뒛당 허는 거시난게. 힘 어신 나라는 그저 힘 이신 나라 사이에 낀 먹잇감이라."

여느 때의 대화처럼 비가 물으면 바랑이 대답했다.

"맞아. 일본도 메이지유신얼 하기 전에는 일방적으로 미국에 당하다가 심이 커지난 미국과 가쓰라 태프트 밀약 맺엉 필리핀은 미국이, 조선은 일본이 갈라먹어시난(나눠먹었으니까)."

비도 날카롭게 한마디 거들었다. 비는 원래 공부에 열의를 가진 편은 아니었으나, 틈날 때마다 바랑과 토론하고 마을 형들에게 들어두었던 지식이 쌓이며 제법 논리까지 갖추어갔다.

"강한 나라덜끼리 동맹이 뒛당 적이 뒛당 허는 동안 조선 점령군언 일본군에서 미군으로 바뀐 거뿐이라."

바랑이 이야기를 하는 동안에도 둘의 눈은 여전히 일본군 트럭이 이동하는 방향을 좇고 있었다.

"동무가 동무 도왜주는 거랑 나라가 나라럴 도왜주는 건 하늘과 땅만큼이나 차이가 이신 거 닮아."

"겐디 다 조은디, 무사(왜) 나라 심이 씨지민 남의 나랄 침략헤연 못살게 구는 거카?"

"게메(글쎄). 그게 문제여. 힘이 씨지민 씨질수록 이웃얼 도왜그네 고치 잘살젠 해사 허는디 혼자 몬(다) 처먹젠 허는 게 강자덜 본능이난. 인간세계넌 밀림이여. 약육강식, 적자생존, 강자에겐 약하곡, 약자에겐 강한 맹수덜 세상과 호나도 다르지 않아노난."

비의 질문이 짧고 추상적이자 바랑의 답변이 길어졌다.

"바랑아, 느 얘기럴 들으민 일단 영헌(이런) 생각이 들어. 일단은 심얼 키우고 볼 일이여. 지 혼자 아명(아무리) 도덕군자처럼 착하게 살젠 해도 강도가 다짜고짜 칼 들이대민 어떵 허니게?"

"느가 그 얘기럴 허난 재미 이신 얘기가 생각난다. 느 김삿갓 시인 들어봔?"

"김삿갓 이름언 들어나신데, 무신 시럴 써신지넌 게메."

"건 나도 마찬가지. 김삿갓 시인은 이드저드 떠돌아댕기며 부패한 탐관오리덜을 찾아강 술 혼잔 얻어먹는 값으로 시럴 써주엇덴 허는디. 그 시가 탐관오리덜얼 혼내면서도 놀령 먹는 시엿덴 햄저. 수령이건 원님이건 간에 그 시럴 읽은 자덜언 느영나영 할 거 엇이 낯짝이 붉으락푸르락 허민서도 꼼짝얼 못햇덴 거주. 겐디 어느 날 김삿갓 시인이 외진 질얼 가는디 칼얼 뽑아든 강도가 나타낫저. 김삿갓 시인언 곧 바로 걸음아 나 살려라 줄행랑 첫저. 무식한 강도에게 유식한 한문시럴 들이대멍 혼내주고 골려먹젠 해봐사 강도가 알아듣지도 못허영, 혼저 보따리 내놔라 헐크매 그저 도망치는 게 대수엿덴 거라."

바랑은 재미있는 얘기를 한다고 하면서도 눈길이 58군의 트럭행렬에 집중하고 있는지라 목소리는 건조하고 흥이 빠져 있었다.

"크크크크. 느 이야기 들엉보난 맞아, 그래서 당한 거라."

바랑의 김삿갓 얘기를 들은 비가 뭔가를 깨달았다는 듯이 무릎을 탁 치며 입 매무새를 가다듬었다.

"무신걸?"

"공자왈 맹자왈 찾고 이시다가 강도덜신티 당한 거라. 섬나라 무식헌 강도덜신디. 그넘덜이 나라 빼앗곡, 땅 빼앗곡, 놋그릇 빼앗곡, 누이덜까장 빼앗아간 거지."

"와ㅡ. 우리 비는 호나럴 들으민 열얼 깨우친다 게."

핏대를 새우고 팔을 흔드는 비의 목소리가 높아지자 바랑이 흥을 돋우며 비를 추어주었다.

"내 아명(아무리) 경해도 느 반의반도 못쫓아간다 아니가? 바랑아, 넌 어떵 아는 게 경 많으멘? 말도 조리가 싯고."

"느영 나영(너나 나나) 몬(모두) 고치 공부한 거 아니가?"

"게메. 배운 거 닮기도 허고 들은 거 닮기도 헌디, 난 너가 곧는(말하는) 거 반의 반도 기억이 안 나걸랑. 난 아며도(아무리 해도) 머리 보단 팔다리펜더레 가는 게 맞는 거 닮아. 바랑이가 이거다 허민 비는 움직인다 이거지."

비는 두 팔을 들어 알통자랑을 하듯이 안으로 굽혔다.

"헤헷. 개수마을에 호위무사영 행동대장이영 나섯수다게."

비의 담백한 표현과 몸짓을 바랑은 농으로 받았다.

"겐디 우리 핵교는 어느제나 또시 문얼 열어질코? 다른 핵교넌 다 문얼 열어신디. 저넘덜 지네 섬나라더레 가긴 가카?"

"저 귓것덜 고슬(가을)에라도 철수하민 우리도 저슬(겨울) 동안 핵교 다녕 졸업허고 맹년(내년) 봄에 하귀중학원에 입학허크매."

"경해도 난 바랑 느가 부럽다. 울 핵교가 문얼 안 열어도 수산사 절에 공부하러 댕기고. 절 공부는 재밋어?"

"수산사 스님덜언 재미 엇게 나무아미타불 염불만 허는 스님덜과는 틀려(달라). 역사에 대해 아는 것도 많고. 엄니 따라 성당 다닐 때보단 웬지 절이 더 재밋고 좋다. 스님덜이 마치 선생님 닮기도 허곡(같기도 하고), 나이 많은 성님덜 닮기도 허곡."

비가 바랑을 부러워하며 진지하게 물어오자 바랑은 잠시 58군 트럭의 행방을 좇던 눈길을 거두고 대화에 집중했다.

"바랑, 느넌 좋키여(좋겠다). 좋은 스님도 싯곡, 아부지도 유식한 어른이시난게."

"꼭 경허지도 않아. 아방이 어서낫던(없었던) 지난 4년얼 생각허민. 이제 집에 돌아완 하귀중학원 설립헌덴 뭐 헌덴 허멍 바쁜 일이 많은 거 닮아. 얼굴 보기도 어려워. 아척 일찍 나강 밤 늦게 돌아오난. 아부지 귀국허고나서그네 바리메오름에도 한번 고치 올라보질 못햇저. 느도 수산사 절에 고치 다니자. 공부도 고치 허고."

"기. 좋아. 나무어멍타불 관세움보살, 돌멩이아방타불 느불알나불알. 크-."

"에잇, 끄끄끅, 느 죽으민 염라대왕신디 잡혀갈 거라. 끄끄끄끅."

"나 잡혀가민 느도 잡혀가지. 웃어시난게 느도 공범이라게."

"히히히히."

"히히히히."

"겐디 바리메오름 꼭대기에는 아직도 왜병넘덜이 진지럴 지킴시난 못 올라간덴 허든디."

"기. 경해서 못가기도 허지."

바랑이 씁쓸한 표정으로 고개를 끄덕였다.

"바랑아, 이제랑 우리끼리 올라가불자. 바리매도 가곡, 어승생악도 가곡. 저 귓것덜 떠나걸랑."

"응. 좋아. 겐디 저 왜병넘덜언 이 밤중에 어디 가는 거카? 무신거 수상허고 불길헌 예감이 드는디."

"게메."

바랑의 눈길이 58군 행렬이 사라지고 없는 한길로 향하자 비도 대화를 멈추고 같은 방향으로 눈길을 돌렸다.

파군봉에 어둠이 내리기 시작했다. 풀벌레 소리가 점점 커져갔다. 가을의 밤이 깊어지면서 하귀국민학교도 하귀마을도 바리매오름도 어승생악도 어둠 속으로 사라졌다. 애월의 산과 들판을 지키던 천아산세미 큰노꼬메 족은노꼬메 큰바리메 족은바리메 새별 거문덕이오름도.

## 여전히 당당한 패잔병들

'쿵! 쿵쿵!'
"국장님!"
'쿵! 쿵! 쿵! 쿵!'
"김 국장님!"
'쿵! 쿵! 쿵! 쿵! 쿵!'

나무 대문을 다급하게 두드리는 소리가 마당을 가로지르고 격자 창호 문풍지를 때리며 김두현의 귀청을 울렸다. 이제 막 잠자리에 든 두현은 잠자리를 박차고 일어나 방의 전등도 켜지 않은 채 미닫이 방문을 열었다.

"누게고?"
"오늘 당직자 이 과장입니다. 급한 일이우다."

두현은 잠옷 차림으로 마당을 성큼성큼 가로질러 나가 나무 대문 빗장을 풀었다.

"혼저 들어옵서."
"일본군덜이 주정 공장에서 공업용 알코올통덜얼 빼냉 군용차로 실어나감신덴 제보가 들어왓수다예."

"뭐옌? 자이덜(지들) 맘대로?"

"총얼 든 넘덜 맘대로인거우다예."

"직접 강(가서) 봣수꽈?"

"주정공장 앞얼 지나가다가 58군얼 목격한 읍민이 왕 알려주엇수다예. 국장님께 보고드리젠 서둘러 달려오느라 현장엔 가보질 못햇수다예. 읍민 말로년 군용트럭덜이 줄줄이 대기해시덴 햇저."

"알코올 실은 트럭덜이 어드레 갓덴 헙디가?"

"목적지년 모르쿠덴 햇저. 그저 서펜더레 갓덴 골아수다게."

"알앗수다. 혼저 도청더레 돌아강 비상연락망 움직입서. 주정공장 앞더레 모이렌. 게고 탐라신보 김용주 기자신디도 사름 보냉 알려줍서. 예사 일이 아닌 거 닮소. 나도 곧 뒤따라 가쿠다."


"58군 넘덜이 알코올얼 무단으로 빼돌렷저."

"항복해연 비행기영 탱크영 몬딱 바다에 처박아부럿는디 어디다 쓰젠(쓸려고) 알코올얼 가정 가신 거카?"

"공업용 알코올 쳐들여싸불엉(쳐마시고) 몬딱 뒈져불민 얼마나 좋카."

"겐디 어드레 간 거카?"

"서펜에서 나타낭 서펜더레 사라져신디 하귀국딘학교로 돌아가실 커라."

두현이 건입마을에 있는 주정공장으로 가는 산지 일대 거리는 벌써 소문을 듣고 나온 주민들로 가득 찼고 삼삼오오 모여 웅성대고 있었다. 두현이 주정공장에 도착했을 때는 이미 58군이 빠져나간 뒤였다. 먼저 소식을 듣고 나와 있던 도청 직원들이 두현의 뒤를 따라 주정공장 안으로 들어갔다. 알코올 저장 용기들을 깨끗이 실어 간 저장고 한쪽에는 빈통들만 쌓여 있었다.

"성님! 용주마씨."

전갈을 듣고 달려온 용주가 주정 공장 안으로 들어서며 두현을 불렀다.

"잠 자사(자야) 헐 시간에 급히 불런 미안허다."

"벨 말씀얼. 기자가 밤낮 구분이 이수과? 겐디 무신 일이우꽈?"

서둘러 나오느라 머리 빗질도 하지 않은 김용주 기자의 두발 상태는 가르마도 없이 헝클어져 있었다.

"58군이 기습적으로 알코올얼 무단 절취해가낫저. 도대체 이넘덜이 무슨 수작얼 꾸미젠 허는 거카?"

"어드레 갓수과?"

"나도 잘 모르키여. 밖에 모다들언(모여 있는) 목격자덜 말로넌 서펜에서 완 다시 서펜더레 사라젓덴 햄서."

"게믄 하귀중학원에서 출동헤연 또시 그펜더레 간 거우다. 쫓아가사 허지 않으쿠꽈?"

"기여. 아며도(아무래도) 무슨 불길한 일이 터질 거 닮은디 김 기자도 탐라신보 기자덜이 더 모이도록 연락헙서."

급박한 상황임에도 불구하고 두현의 말은 평소와 다를 바 없이 높지도 낮지도 않고 빠르지도 느리지도 않았다. 머릿속은 긴급하게 조치해야 할 사항들을 챙기는데 집중하고 있었다.

"이미 신문사 비상연락망 가동허영 왓수다예. 양반석 선배님신디도 전갈 보냇수다예."

마음이 급한 용주의 말이 더욱 빨라졌다.

"아, 기여? 인민위원회영 치안대영 전갈 보내신가?"

"네. 이미 밖에 모다들엄수다(모이고 있습니다)."

옆에 대동해 있던 도청 직원이 두현의 질문에 짧고 결연하게 답했다.

"잘햇저. 게믄 혼저 가봅서(어서 가봅시다)."

긴급 대처 사항을 끝낸 두현이 앞장섰다.

그 사이 잠깐 동안에 주정공장 밖은 적잖은 사람들로 불어나 있었다.

"넘덜 뒤쫓아갑서!"

"도르멍 도르멍(뛰어서) 갑서!"

"맞수다. 도르라 도르라(뛰어라 뛰엇)!"

군중들 사이에서 자발적인 움직임이 일어났다. 이미 일부는 서쪽을 향해서 움직이기 시작하고 있었다. 전시의 기습적인 군사작전을 방불케 하는 58군의 심상치 않은 트럭 행렬 소식이 목격자들을 통해 마을마다 거리마다 빠르게 퍼져나갔다. 동문로와 관덕로, 서문로는 늦은 밤인데도 쏟아져 나온 인파들로 북적대기 시작했다.

"사름덜이 쏟아정 나온 질얼 따라 가민 58군이 간 곳얼 추적해질 거라(추적할 수 있을 거다)."

"맞수다. 역시 서펜 방향이 맞수다. 서두릅서."

두현의 판단에 호응하는 용주의 말이 빨라졌다.

"기마군인이다."

"왜병덜이 말 탕 질 막아섯다."

"총으로 무장햄신디."

"저 귓것덜 밀어불라!"

서쪽으로 무리져 이동하던 행렬 앞쪽에서 군중들의 동요가 일기 시작하면서 고함소리가 터져나왔다.

"무장 기마군인이라?"

군중 사이를 뛰어 산지천을 건넌 두현과 용주가 멈칫했다. 앞서 이동하는 군중들 틈 사이로 멀리 관덕로 네거리에서 진을 치고 있는 기마병들의 모습이 시야에 들어왔다. 관덕로 일대에도 군중들이 몰려들고 있었다.

"왜넘덜 물러가라-!"

"왜넘덜 물러가라-!"

"왜넘덜 물러가라-!"

"밀엉부칩서!"

무리져 이동하던 행렬이 관덕로에 이르러 무장 기마왜병들과 마주치면서 삽시간에 시위대로 변했다. 거리에 개별적으로 서서 구경하거나 무리에 섞여 걷던 자들도 시위대열에 속속 합세했다.

"왜넘덜 물러가라-!"

"왓쌰-! 왓쌰-!"

"왓쌰! 왓쌰! 왓쌰! 왓쌰!"

함성소리는 더욱 커지고 빨라지고 고조되어갔다. 횡렬로 도열하여 길을 막아 선 무장 기마대와 시위대의 거리가 가까워졌다. 시위대는 거침없이 전진했다.

'타앙!'

지휘관으로 보이는 자가 허리에서 권총을 뽑아 하늘을 향해 공포를 쏘며 다가오는 시위대를 위협했다.

"밀어불라!"

"왜넘 귓것덜 죽여불라!"

왜병의 공포는 시위대를 위축시키기커녕 오히려 더 자극했다. 시위대의 일부가 기마대를 향해 돌팔매를 시작하며 돌진했다. 돌에 맞은 말들이 펄쩍 펄쩍 뛰며 기마대열이 흐트러지기 시작했다.

"와아-."

기마대가 동요하는 광경을 목격한 군중들의 사기가 오르면서 선두대열이 일제히 돌진했다.

'타앙! 타앙! 타앙!'

연발 총성이 울리며 기마대가 돌아섰다. 왜병들은 위협 공포를 쏘며 뒤돌아 달렸다. 관덕로 좌우에 늘어서 있던 군중들이 달아나는 기마대의 측면을 향해 돌멩이들을 무수히 던져댔다.

기마대는 흙먼지를 일으키며 서문로를 향해 군중들 틈으로 닥치고 돌진했다.

"우우-."

한길을 메우고 있던 군중들이 좌우로 갈라졌다. 갈라지는 군중들 사이를 돌파한 기마대는 멀리 마른내(한천)다리 즈음에서 좌측으로 돌아 꼬리를 감추었다.

"성님! 도르멍 도르멍 갑서(뛰어갑시다)."

"기. 도르멍 가게."

서두르며 앞장서 뛰어나가는 용주에 호응하여 두현도 뛰기 시작했다. 관덕로와 서문로를 지나 마른내다리 입구에 다달았다. 그곳에선 기마대가 아닌 소총수 왜병들이 다리를 막아서고 있었다. 다리 건너편에서도 마찬가지로 소총수들이 다리를 통제하고 있었다. 이곳도 역시 마른내다리 양쪽으로 쏟아져나온 군중들로 붐볐다.

"왜병덜이 어드레 갓수과?"

용주가 웅숭거리며 서 있는 인파들을 향해 물었다.

"정뜨르비행장 펜더레(쪽으로) 갓수다."

인파에 묻혀 있던 한 사람이 손가락으로 서쪽을 가리켰다.

"저넘덜 도라꾸덜이 계속 지나감시여. 서비행장에 무신 일이 생겨신가? 아직 섬에 남아이신 일본군아이덜이 족히 5만 명은 뒐 건디. 그 많은 것덜이 몬딱 비행길 탕 철수허진 아닐 건디. 똥별덜이영 장교애기덜이영 먼저 비행기로 빠져나가켄 허는 거 아니까 예?"

다리를 막아선 무장병력에 의해 전진이 막히자 고개를 갸웃거리는 용주의 표정이 무거워졌다.

"그깟 쪽수도 얼마 안 뒈는 왜놈장교덜 몇 명 가는 거라믄 미군 찦차에 탕 조용히 가민 뒐 테주만, 영(이렇게) 요란하게 난리럴 칠 거까장 엇지 않다 말이라. 미군 허락과 호위도 어시 자이덜 마음대로 비행기 탕 떠나진 못헐 겁주."

상황 타개책이 선뜻 떠오르지 않는 두현의 표정도 심각해지기는 마찬가지였다.

"이거 아무래도 뭔가 느낌이 좋지 않수다. 좋은 일이라민 진작에 소문이라도 돌아나실 건디, 이제까장 비밀 군사작전 벌이듯이 도민덜 몰르게 뭔갈 꾸며놓고 베락치듯 해치우젠 수작인 거 닮수다."

마음이 점점 급해져 가는 용주가 마른 침을 삼켰다.

"주위 사름덜 이야기 들어보난 몬(모두) 맞는 말인디. 다리 통행헐 저지허는 걸로 봐그네(봐서) 이듸 일대가 작전구역 반경일 거라. 불길한 조짐일세. 정뜨르여 정뜨르."

"경험수다. 정뜨르비행장에서 분명 무신 일이 벌어진 거 맞수다."

두현의 말을 받아 용주는 정뜨르비행장을 지목했다.

"성님, 반석이우다. 대체 무신 일이우꽈?"

뒤늦게 소식을 듣고 뛰어온 양반석이 등 뒤에서 나타났다.

"어, 양 의사, 혼저 오라게. 왜병덜이 주정공장 알코올얼 몬딱 빼돌령 비행장 펜더레 달아난 거 닮소. 넘덜이 서펜에서 나타낫덴 허는디 아마도 하귀국민학교에 주둔햄시던 58군인 거 닮소. 아마도 정뜨르비행장더레 간 거 닮은디 더 쫓아강 보아사 알 ㅈ 답수다(같소). 영헐 땐 구급차도 비상 대기시켜사 허는디."

"뒤따라 올거우다."

양반석은 이마에 흐르는 땀을 닦으며 간단명료하게 대답했다. 잘 훈련된 의사의 모습이었다.

"밀어붙여라!"

"왓쌰. 왓쌰. 왓쌰. 왓쌰."

군중들이 다시 움직이기 시작했다. 왜병들과 군중들 사이가 점점 좁혀져 갔다. 다리를 지키던 왜병들이 앞에총 자세로 경계하며 위협했다.

"고치 그릅서."

용주가 앞장서자 두현과 반석, 그리고 도청 관계자 일행이 일제히 뒤를 따랐다.

"왓쌰. 왓쌰. 왓쌰."

탄력이 붙은 군중들의 보폭이 커지고 속도가 빨라졌다. 일촉즉발의 긴장된 분위기조차 느낄 겨를이 없을 정도로 마른내다리를 향한 군중들의 진행이 거세졌다.

"退いた。"(물러낫!)

지휘관으로 보이는 왜병의 다급한 구령에 따라 왜병들이 앞에총 자세로 주춤주춤 뒤로 물러섰다.

"와아-. 와아-. 와아-."

왜병들이 움찔거리는 모습에 사기가 오른 군중들이 거센 물결처럼 정면으로 돌진했다.

"走れ。"(뛰엇!)

왜병들이 뒤를 돌아 전속력으로 다리 저편으로 줄행랑쳤다.

"왓쌰. 왓쌰. 왓쌰. 왓쌰."

마침내 군중들이 마른내다리 위로 진입했다.

'삐리릭! 삐리릭!'

마른내다리 건너편을 지키던 왜병들이 불어대는 호두라기 소리가 마른내를 타고 불어오는 바닷바람을 뚫고 찌르르르 전류가 흐르듯이 군중들의 귀청을 울렸다.

'타앙! 타앙! 타앙!'

갑자기 군중들 뒤쪽에서 총소리가 세 발 울렸다. 동쪽 서문로에서 99식 소총으로 무장한 일본 58군 병력을 실은 트럭이 나타나 공포를 쏘아대며 인파로 가득한 다리로 진입해왔다. 순간 위태로움을 직감한 마른내다리 위의 군중들이 대나무 쪼개지듯이 다리 양쪽 난간으로 갈라졌다. 트럭이 마른내다리 한가운데를 거침없이 질주하더니 다리를 건너 용문 신작로로 사라졌다.

"아아악! 어어억!"

서로 밀리고 엎어지고 깔리는 군중들의 비명과 아우성을 비웃듯이 트럭이 몰고온 바람과 흙먼지가 마른내다리를 뒤덮었다.

'탕! 탕! 탕!'

총소리가 가까이에서 다시 울렸다. 사라졌던 기마병들이 마른내다리 건너편에서 가로등 불빛 아래 다시 모습을 드러냈다. 이내 바람이 멎자 달빛이 비춰는 어둠 속에서 뿌옇게 흙먼지를 뒤집어쓴 군중들이 서서히 모습을 드러냈다. 다리 위엔 무더기로 쓰러진 인파에 깔리고 난간에 부딪친 충격으로 몸을 가누지 못하는 부상자들이 곳곳에 엎어지고 쓰러지고 주저앉아 있었다. 주인을 잃은 고무신과 운동화, 구두들이 어지러이 널린 아수라장 위로 고함과 비명이 뒤엉켰다.

"저 왜넘 귓것덜."

"개만도 못한 왜너무새끼덜."

"사름이 다쳣수다, 도와줍서!"

"비켜줍서, 사름이 다쳣수다게!"

"정뜨르비행장에서 무슨 일인가 벌어짐저!"

"비행장더레 그릅서(갑시다)!"

여기저기서 터져 나오는 고함소리가 점점 커져 하나로 뭉쳐졌다

폭발하며 신작로가의 억새숲을 뚫고 정뜨르 벌판을 지나 용두암에 메아리치고 부러리동산으로 퍼져나갔다. 젊은이들이 부상자들을 업거나 양쪽에서 부축하여 읍내 방향으로 후송하는 동안 군중들은 다시 정뜨르비행장을 향하여 움직였다. 마른내다리를 건너 용문로를 지나는 동안 정뜨르벌판을 건너오며 더욱 거세진 된바람에 흙먼지 범벅의 머릿결들이 휘날리고, 바지저고리들이 펄럭였다. 고개를 곧추세우고 있던 정뜨르벌판의 억새무리들이 거센 바람을 맞아 쓰러질듯 엎어질 듯하다가 이내 서로의 어깨를 기대고 버티며 일렁거렸다.

'까−악. 까−악. 까−악. 까−악.'

어디서 날아왔는지 정뜨르 들판에서 까마귀 떼가 밤하늘로 솟아오르더니 달빛을 받은 하얀 구름 아래를 날았다.

"정뜨르다−."

"정뜨르더레 글라−."

"왓쌰. 왓쌰. 왓쌰. 왓쌰."

'까악. 까악. 까악. 까악. 까악. 까악. 까악. 까악.'

'푸득. 푸득. 푸득. 푸득. 푸득. 푸득. 푸득. 푸득.'

서풍을 거스르며 정뜨르비행장 위로 새카맣게 날아가는 까마귀 떼의 날갯짓 소리와 울음소리가 다시 전진하기 시작한 군중들의 함성과 섞이며 한밤의 하늘과 땅은 열기로 달구어져 갔다.

'까악. 까악. 까악. 까악. 깍. 깍. 깍. 깍.'

울음소리가 급속히 빨라지고 거칠어진 까마귀 떼들은 비행장 상공을 휘돌다가 구름을 향해 솟구치고는 다시 벌판을 향하여 일제히 곤두박질치다가 상공으로 올라 휘돌기를 반복했다. 달빛 아래 벌어지는 광란의 군무 위로 북풍이 불어오기 시작했다.

"불길한 일이 이미 시작뒈언."

두현의 목소리가 한층 비장해졌다. 정뜨르 벌판 너머 수평선은 완전히 어둠에 묻혔다. 서비행장이 가까워지며 아슴푸레하게 점점이 빛나는 관제탑과 담장 너머 가로등들의 불빛이 시야에 들어오기 시작했다. 서비행장 동편에 펼쳐진 누런 보리밭도 달빛을 받아 어슴푸레하게 윤곽을 드러냈다.

"엇, 저듸 웬 연기가?"

"불, 불이다!"

"비행장에 불이 낫저!"

"왜놈덜이 비행장에 불얼 질럿저!"

비행장에서 시커먼 연기가 피어오르기 시작하더니 어느새 거대한 연기 구름기둥이 솟구치기 시작했다. 구름기둥은 빠른 속도로 몸집을 키워 치솟으며 하늘을 뒤덮었다. 치솟아 오르던 검은 연기구름떼가 바다 쪽에서 불어오는 바람을 타고 신작로의 상공으로 번졌다.

'깍. 깍. 깍. 깍 깍. 깍. 깍. 깍.'

까마귀 떼들이 솟구치는 연기 구름기둥을 피해 바람을 거슬러 바다 저편 밤 하늘로 사라져 갔다.

"도르라(뛰어라)!"

정뜨르비행장을 향해 군중들이 뛰기 시작했다. 두현, 반석, 용주. 셋도 군중 속에 섞여 뛰었다. 거센 파도처럼 몰려가는 군중들이 일으킨 흙먼지가 용문길을 뒤덮었다. 비행장에서 벌건 화염 기둥이 치솟기 시작했다. 삽시간에 거대한 산처럼 커진 불기둥이 정뜨르의 밤하늘을 빨아들일 듯이 이글거리며 타올랐다.

두현 일행이 도착했을 때 정뜨르마을과 애월읍 도처의 마을에서 쏟아져 나온 군중들로 이미 가득 차 있었다. 주정공장에서 공업용 알코올을 무단으로 빼돌렸다는 소식은 제주와 애월 일대에 빠르게 퍼져나갔다. 소식을 듣고 쏟아져 나온 도민들의 눈에 입과 발에 의해 58군 트럭 행렬의 자취는 낱낱이 목격되고 추적되고 있었다.

창고와 화물 야적장으로 통하는 철문만 열린 채 비행장 출입구는 모두 폐쇄되고 기마병들과 소총수들에 의해 접근이 철저히 차단되고 있었다.

"아이고, 이거 무신 냄새고?"

"쌀 타는 냄새다!"

"맞수다, 쌀! 쌀이 탐저(타고 있어)."

"알코올 타는 냄새다!"

"넘덜이 쌀에 알코올얼 뿌렷저."

"왜군넘덜이 쌀에 알코올얼 뿌령 태움저(태우고 있다)!"

"저 쳐죽일 넘덜!"

뜨거운 기운이 비행장 담장을 넘어 한길을 덮쳐왔다. 북제주 바다에서 불어온 바람에 날려온 검은 재가 군중들의 머리와 갈적삼과 양복 상의에 내려앉았다. 손으로 입을 가리고 코를 움켜쥔 군중들의 눈에 어느덧 핏발이 맺히기 시작했다.

'쿨럭 쿨럭'

'우욱. 우웩.'

여기저기서 기침 소리가 터져나왔다. 뒤로 돌아 눈을 가리고 몸을 웅크리고 주저앉는 자들이 속출했다. 쌀 타는 냄새에 알코올 타는 냄새가 섞여 군중들의 콧구멍을 찌르고 목구멍을 훑고 폐부를 채우자 여기저기서 헛구역질이 시작했다. 충혈된 군중들의 눈자위마다에서 눈물들이 배어나왔다.

"불 끄젠 안트레 들어 글라!"

"저 귓것덜 밀엉 들엉그릅서!"

흥분한 군중들이 비행장 입구로 몰려갔다.

'탕! 탕! 탕!'

세 발의 위협사격과 동시에 소총수들 총구가 일제히 군중들을 향했다. 전진하던 군중들이 멈칫했다.

"저 쪽바리새끼덜 다 죽여불켜!"

"글라!"

"글라!"

"글라!"

선두에 선 몇 명이 팔을 치켜들며 치고 나가고 대열 후미에서 밀어붙이는 힘에 의해 다시 기세가 오른 군중들이 앞으로 나아갔다.

"58군 넘덜이 4개월 분량 군량미럴 어딘가에 곱져놓앗덴(숨겨놓았다고) 허든디 바로 이듸(여기)엿네. 어디 이신지 그추룩 찾어나신디(찾았었는데). 코앞에 두고도 못 찾당 영(이렇게) 당해부난 분허우다."

군중들 틈에 섞여 앞으로 나갔다가 멈추기를 되풀이하던 용주가 신음을 씹어뱉었다. 일행들의 얼굴과 옷도 땀과 먼지와 바람에 실려 온 재로 검게 범벅이 된 채로 따가운 눈을 끔벅이며 가늘게 뜬 실눈으로 서로를 확인하고 있었다.

독한 기운이 군중들의 폐부를 더욱 깊이 파고들었다. 두현 일행도 숨이 가빠오고 더 이상 눈을 뜨고 있기 어려운 상태가 되어갔다. 머릿속의 뇌가 갑자기 찌르르 엉겨 붙고 쿡쿡 쑤셔댔다.

'펑!'

'펑!'

'펑!'

비행장 우측에서 솟아오르기 시작했던 불기둥이 연속적인 폭음 소리와 함께 빠르게 서쪽으로 확대되어갔다. 비행장 담장 너머 안쪽은 거대한 화염산으로 변해갔다.

"안트레 쳐들어강 저 왜넘덜 태워 죽여불자!"

"넘덜 대맹이럴(대갈통을) 모사뿔자(부셔버립시다)!"

분노한 군중들의 아우성 소리가 더욱 거세졌다. 그들은 다시 전진했다. 입구를 막아선 왜병들과의 거리는 불과 이십 미터 안쪽의 거리로 좁혀졌다.

'탕!'

'탕! 타탕! 타타타타탕!'

지휘관으로 보이는 자의 신호 격발에 이어 입구에 도열해 있던 왜병들의 총구가 일제히 불을 뿜었다. 총구는 전방에서 30도 위를 향했다. 이번에도 위협사격이었다. 그러나 위협사격이 거듭되면서 총구는 조금씩 아래로 내려오더니 이제 정면을 향했다.

'히잉!'

'히이잉!'

'히히잉!'

기마병들이 탄 말들이 총소리에 놀라 앞다리를 쳐들고 발을 구르며 이리저리 펄쩍펄쩍 뛰었다. 전진하던 앞 대열이 위협사격에 다시 멈칫하는 순간 뒤에서 밀며 전진하는 후미대열 군중들과 엉키고 부딪히며 엎어지고 자빠졌다. 무더기로 쓰러지는 자들이 속출했다. 깔린 자 위에 깔리고 엎어지는 자가 겹치는 아수라장 위로 일부 대열이 전방으로 떠밀려나갔다. 난리와 혼란 속으로 걷잡을 수 없이 떠밀리는 대열에 의해 대치선이 무너져갔다. 미처 예상치 못한 혼란으로 대치 간격이 팔이 닿을 듯 좁아졌다. 혼란 속에서 표적을 상실한 왜병들이 당황하여 멈칫 멈칫 주춤거리며 한 걸음 두 걸음 후퇴하기 시작했다.

"물러서지 맙서게! 총에 맞앙 죽으나 굶엉 죽으나 죽는 건 마찬가지라."

"저넘덜, 한 넘이라도 죽여불고 나도 죽으키여."

"맞주(맞소). 전쟁 끝난 지가 언젠데 아직도 쪽빠리넘덜이 지덜 맘대로 우리 쌀 태우곡 총 들곡 설쳐."

"가자. 말에 밟형 죽든 총에 맞앙 죽든 굶엉 죽든 그게 그거다."

"저넘부터 잡앙 죽여라."

혼란 속에서 군중들은 권총으로 위협 사격 신호탄을 쏘았던 기마병 지휘관을 찾아내 지목했다. 어디선가 돌멩이들이 지휘관을 향해 날아들었다.

'히히힝!'

날아온 돌에 정통으로 이마를 맞은 말이 펄쩍 뛰며 뒷걸음질치다가는 뒤돌아 뛰기 시작했다. 말등에 올라탔던 지휘관의 몸이 격렬하게 출렁대며 중심을 잃고는 말고삐를 놓쳤다.

"으으억!"

허리가 안장꼬리 뒤로 완전히 젖혀져 비명을 지르는 자를 태운 채 말은 비행장 입구 쪽으로 달렸다.

"왓쌰! 왓쌰! 왓쌰! 왓쌰!"

충혈된 눈으로 기세가 오른 군중들이 거침없이 앞으로 전진했다. 지휘관을 잃은 기마병들과 소총수들이 당황한 기색으로 비행장 입구와 담장까지 뒷걸음질 치며 후퇴했다. 후퇴하는 동안에도 그들의 눈은 살기로 번득였고, 총구는 여전히 군중들의 가슴 높이를 정조준하고 있었다.

'왜애-앵. 왜애-앵. 왜애-앵. 왜애-앵.'

경보음이 구급차의 출현을 알렸다. 구급요원들이 구급차에서 튀어나오며 부상자들이 후송되어 있는 길 가장자리로 달려갔다. 양반석이 일행들 틈에서 빠져나와 구급차로 달려갔다. 후미에서의 군중들의 혼란도 빠르게 정돈되어갔다.

"저 쥑일 넘덜, 한꺼번에 달려듬서, 밀엉붙입서!"

"도르라-."

"와아아아-."

'탕, 타탕, 타타타탕!'

지휘관이 없는 왜병들이 하나둘 공포를 쏘아대며 몸을 돌려 정문 안으로 퇴각하기 시작했다. 기마병들이 앞서 쫓겨 들어가고 소총수들이 그 뒤를 쫓아 들어갔다.

"잡으라-."

군중들이 결사적으로 뒤를 쫓았다. 마지막 소총수가 정문 안으로 자취를 감추자마자 정문이 닫혔다.

'콰앙! 콰앙! 쾅! 쾅! 쾅!'

뒤쫓아간 군중들이 닫힌 철문을 밀고 차고 하였으나 굳게 닫힌 철문은 꿈쩍도 하지 않았다.

'펑! 짜자자작, 펑! 펑!'

쌀더미가 통째로 터지는 소리가 더욱 커졌다. 비행장을 달구는 뜨거운 열기가 해일처럼 철문과 담장을 타고 넘어 일대를 덮쳤다.

"담장얼 넘어가자. 저 옆더레 돌앙가민 그 펜은 담장이 낮수다."

"맞수다. 동펜 밭으로 돌앙가민 바로 낮은 담장이우다. 저레 그릅서."

성난 군중 무리가 담벽을 따라 동쪽으로 뛰어서는 이내 왼쪽으로 돌았다. 잡초 밭을 따라 낮은 담장이 이어졌다. 두현 일행도 모퉁이를 돌아 군중들과 함께 담장을 넘었다. 쌀더미들은 이미 거대한 화염에 싸여 있었다. 비행장 저편 끝 계류장에 도열되어 있는 트럭들 위로 왜병들이 황급히 오르고 있었다.

"야이 개새끼덜, 그듸 서라!"

"저 쪽바리새끼덜 도망감저. 다 잡앙죽이자."

분노한 군중들의 일부가 왜병들을 향해 몰려갔다.

"불부터 끕서!"

"물! 물!"

"물 길엉 옵서."

"소방호스! 소방 호스!"

"소방호스가 뭐꼬?"

그중에서도 공공건물에서 생활하여 본 경험이 있는 두현 일행이 소화전을 찾으러 공항 건물 안으로 뛰어들어가자 몇 사람이 뒤쫓았다.

"저놈덜 잡으라!"

군중들이 나누어졌다. 물을 찾아, 양동이를 찾아 공항 건물 안으로 몰려 들어가는 사람들. 도망치는 왜병들의 트럭을 쫓는 사람들.

왜병들을 실은 트럭들이 서쪽 담장 계류장의 출입구를 향해 움직이기 시작했다. 그 뒤를 기병들이 따르며 쫓아오는 군중들을 향해 몸을 뒤로 돌려 총을 난사했다. 그러나 총구는 살짝 위를 향해 있었다. 왜병들의 작전 목표는 철저히 쌀 소각에 맞추어져 있었다. 치밀하게 계획되고 일사불란하게 지휘를 받은 군대의 모습 그대로였다. 서쪽 문을 통해 빠져나간 왜병들 트럭과 기마부대 행렬은 일주서로를 따라 애월을 향해 흙먼지를 날리며 자취를 감추었다.

"우윽."

"웩."

두현을 청사 안으로 따라 들어온 자들이 눈을 제대로 뜨지 못하고 여기저기 주저앉거나 구토를 했다. 청사 복도는 뜨거운 불기운과 자욱한 연기, 매캐한 내음으로 꽉 차 있었다.

"이듸 싯다! 소화전."

두현이 소화전함 문을 열었다.

"아이고, 이 죽일 새끼덜, 천벌 받을 쪽바리개새끼덜!"

소화호스는 없었다. 왜병들이 이미 제거한 상태였다.

"아-! 아이고-"!

두현을 쫓아 들어온 용주와 군중들 입에서도 절망의 탄식과 분노가 터져 나왔다. 매운 연기에 눈이 시려 제대로 눈을 뜨지도 못하고 찌는 듯한 가마 속 열기 속에서 얼어붙은 듯이 멍하니 소화전을 응시하는 자, 그 자리에서 무릎이 꺾이며 주저앉는 자, 벽을 치는 자들을 뒤로하고 두현과 용주는 또 다른 소화전을 찾아 급히 건물 복도 이곳저곳을 헤맸다. 복도 서쪽 끝에서 또 다른 소화전을 찾아냈다. 소화전의 문은 열려 있었으나 역시 호스는 제거된 채였다. 청사 복도는 급속히 불가마처럼 열기를 더해갔다. 매캐한 연기가 앞을 볼 수 없을 정도로 짙어졌다. 두현 일행은 쫓기듯이 밖으로 뛰쳐나왔다.

'펑!'

'펑!'

'펑!'

용암이 터져오르는 듯한 거센 불길은 관제탑 높이로 솟아올랐다. 검은 천공으로 솟아오른 화염 꼭대기에서 잿빛 버섯구름이 뭉글뭉글 퍼졌다. 비행장은 거대한 불가마 열기로 달아올랐다. 사방으로 날리는 재들이 공항 청사 지붕과 활주로를 새까맣게 뒤덮었다. 군중들 머리 위에도 어깨 위에도, 눈썹이며 콧등에도 쌓여갔다. 무덤 속에서 재를 뒤집어쓴 토우들과도 같이 부릅뜬 눈과 눈 사이로 얼어붙은 침묵이 흘렀다. 움켜쥔 주먹들, 그 손등들 위로 불끈 선 핏줄들, 머리끝에서 발끝까지 탱자나무가시처럼 곤두선 신경세포들, 뒤집혀진 내장까지 모두 태워버릴 듯한 열기 속에서 충혈된 눈들, 젖은 땀에 검게 그을린 얼굴들이 타오르는 불길들을 응시했다. 응시하는 눈동자마다에 가득 찬 붉은 화염, 검은 재, 그리고 서로를 바라보는 눈동자들이 이글거렸다.

'짜자작. 짜자작.'

'펑! 펑! 펑!'

깊은 밤 정뜨르의 검붉은 화염이 뿜어낸 잿빛 연기구름은 달빛을 타고 바람에 실려 북제주의 검은 밤하늘을 뒤덮었다.

일본군들이 비행장에 쌓아둔 쌀들을 태우고 사라졌다는 소문은 밤을 지새며 섬을 뺑 돌아 삽시간에 퍼져나갔다.

도두봉

사라봉

별도봉

원당봉

서우봉

파군봉

수산봉

제주읍 애월 조천의 봉우리 봉우리마다 달음질치며

뛰어오른 심장마다 천둥이 치고

검은 눈동자마다

불길이 일었다.

## 심지

'탕! 탕! 탕!'

"와아- 와아- 와아-"

'탕! 타탕! 타타타탕!'

"왓쌰! 왓쌰! 왓쌰!"

"엉, 무신 소리지?"

"읍 펜(쪽)인디."

"기어이 무슨 일이 벌어졋저."

"궛것덜이 밤중에 읍 펜더레 몰려갈 때부터 수상해신디."

날이 한참 저물어 파군봉을 내려오던 바람과 비는 순간적으로 몸을 돌려 다시 파군봉을 올랐다. 아닌 밤중의 총소리에 마을 집집마다 등잔불이 켜지고 올레로 한길로 나온 사람들로 웅성거렸다. 해가 저물어 58군 병력이 대거 트럭을 타고 읍내로 향했다는 흉흉한 소식을 듣고 뒤숭숭한 마음을 가라앉히지 못한 채로 잠자리에 들었던 마을 사람들이 총소리가 들려오자마자 이부자리를 걷어차고 올레로 나온 것이다. 파군봉에서 바라본 제주읍내는 바다를 향한 산지 등대의 등불 아우라가 희미하게 번지고 있을 뿐 달빛 아래 어둠에 쌓여 있었다. 오직 반짝거리는 관제탑 주변으로 길게 늘어선 가로등 불빛

들이 바로 정뜨르비행장임을 밝혀주고 있었다.

"앗 연기다! 불이다!"

"정뜨르다!"

"비행장이여!"

정뜨르비행장에서 검은 연기가 피어오르더니 이내 화염이 치솟기 시작했다.

"바랑아, 저 소리 들려?"

비가 두 손바닥으로 두 귓불을 받쳤다.

"뭐가?"

"사름덜 아우성 소리."

"기?"

바랑도 양손바닥으로 두 귓불을 앞으로 접었다. 멀리 비행장 부근쯤에서 아우성 소리가 들려왔다.

"기. 들련. 게믄 사름덜신디 총 쏜 아니가?"

"경헌 거 닮은디. 귓것덜이 밤중에 출동하는 게 수상쩍더니 불 지르곡, 총 쏘곡."

비가 주먹을 치켜들고 부르르 떨었다.

"대체 비행장에서 무신 걸 태우는 거카?"

정뜨르를 응시하는 바랑의 동공에 불빛이 이글거렸다.

"게메(글쎄)."

'탕! 탕! 탕! 탕! 탕! 탕!'

총소리가 연달아 들려왔다.

"정뜨르더레 글라(가자)."

마음이 급해진 비가 당장 뛰어내려갈 듯이 두 주먹을 허리께로 올렸다.

"우선 마을더레 글라. 마을 괸당(어른)덜언 무신거 알앙 이실 거여."

"기."

바랑과 비는 파군봉을 내려왔다. 바람이 방향을 바꿔 동풍이 불어왔다. 쌀 타는 냄새와 검은 재가 바람에 실려 성내와 외도마을 상공을 지나 파군봉까지 날려왔다.

"흠흠. 바랑아, 이거 쌀 탕 냄새 아니가?"

"기. 게믄 이놈덜이 쌀얼 태움신거네. 어른덜이 곧는 걸 들은 적이 이시다. 왜병덜이 군량미럴 어딘가에 곱져(숨겨)둿덴 햇저. 그듸가 바로 정뜨르비행장이엇저."

"그 얘긴 나도 들어낫어. 제주도 사름덜이 몇 달 먹어지는 양이렌 이야길. 저 귓것덜이 지네가 먹지는 못하곡, 가정가지도 못허난 태워불컨 겁주."

"비야! 안 뒈쿠다(안 되겠다). 곧장 비행장더레 글라."

"기여 게."

쌀이 소각되고 있다는 걸 알게 되자 이번에는 바랑이 두 주먹을 불끈 쥐며 정뜨르로 가자고 했다.

둘은 파군봉을 내려와 올레를 내달려 일주서로토 나왔다. 이미 신작로에는 많은 사람들이 몰려나와 있었다. 그중에는 정뜨르를 향해 뛰어가는 젊은이들도 있었다. 바랑과 비가 정뜨르를 향해 하귀다리를 막 건널 무렵 맞은편에서 58군 지휘차량으로 보이는 지프차가 신작로 한복판으로 싸이렌 경고음을 울려대며 질주해왔다. 그 뒤를 군용트럭들이 따라왔다.

"쪽바리새키덜!"

"궷것덜!"

"처죽일넘덜!"

지나가는 58군 트럭들을 향해 돌멩이들이 날아갔다.

'퉁! 퉁! 퉁! 퉁!'

트럭 문짝과 짐칸 측면을 맞추었다가 튀며 길바닥으로 떨어졌다. 돌멩이들이 계속 날아갔다.

'쨍그랑!'

날아간 돌멩이 하나가 트럭 운전석 창문을 깨트렸다. 트럭이 우측으로 기우뚱하며 균형을 잃었다가는 다시 전속력을 내어 직진했다. 뒤따라오는 트럭들을 향해 계속 돌멩이들이 날아갔다. 트럭들이 가속도를 내자 짐칸 양쪽 가장자리에 선 58군 병사들이 몸의 중심을 잡기 어려워 주저앉으며 날아오는 돌멩이를 피했다.

'타앙!'

어느 총구에서 발사된 것인지, 어느 방향으로 쏜 것인지 알 수 없는 총격 소리가 났다.

'퉁! 퉁! 퉁! 퉁! 퉁! 퉁! 퉁! 퉁!'

날아가는 돌멩이가 더 많아졌다. 더 이상 총 소리는 나지 않았.

트럭 행렬은 거침없이 달려 군중들이 밀집해 있는 한길을 빠져나갔다.

"원생이새끼덜!"

"쪽바리새끼덜!"

"처죽일 넘덜!"

욕설과 함께 트럭 행렬 후미로 계속 돌멩이가 날아갔지만 더 이상 미치지 못했다. 트럭들은 하귀로로 방향을 틀며 시야에서 사라졌다. 트럭들이 쏜살같이 지나간 신작로에 바람이 일며 시커먼 재가 섞인 흙먼지가 일어났다.

"비야, 우리 도시 저넘덜 뒤쫓앙 핵교더레 돌앙 글라. 비행장은 가 봐사 우리가 해질 일이 어실 거 닮아."

바랑이 돌멩이를 던졌던 손에 묻은 흙을 툭툭 털었다.

"쫓아강 뭐허지?"

비도 손을 털고는 손바닥을 바지에 문질렀다.

"보복허자."

"어떵?"

"좋은 생각이 낫저."

"음. 좋아."

둘은 오던 길을 돌아서 뛰어 하귀국민학교 동쪽 언덕으로 올랐다. 연병장으로 변한 학교 운동장이 병사로 변한 건물 교실마다 켜져 있는 불빛을 받아 훤히 내려다보였다. 이미 트럭에서 내린 왜병들이 연병장에 잠시 도열해 있더니 이내 지휘관의 '헤쳐!' 구령 소리에 맞추어 삼삼오오 흩어져 건물 속으로 사라졌다.

"기관총 한 자루만 이시민 따따따따 쏴불엉 몬딱 죽여불컨디. 퉷!"

부아가 치밀어 오른 비가 연병장을 쏘아보며 침을 뱉었다.

"비야! 총이 이서도 불리한 싸움이난 그 대신에 불얼 질러불자. 이

땅(이따) 솔째기(몰래) 저넘덜 트럭에."

"좋아. 겐디 어떵?"

"차 밑바닥에 지름얼 뿌령 불얼 붙이는 거주. 우선 저넘덜 밤에 보초럴 어떵 사는지(서는지) 정탐허자."

"아, 바랑, 거 좋은 생각이다. 게믄 지름은 따로 구할 필요 엇지. 차 안에 기름탱크가 이시난."

비의 목소리에 힘이 실리기 시작했다.

"경허구나. 겐디 기름탱크통 마개가 열어지카?"

바랑의 눈빛이 타올랐다.

"운전석 아래 기름탱크 여는 장치가 이신디, 경허려민 먼저 차문얼 욜민(열면) 뒈걸랑."

비는 어조엔 자심감이 넘쳐흘렀다.

"차문언 어떵 욜카?"

"어른덜이 차 열쇨 잃어불어실 때 창문 틀 속으로 갈고리 쇠꼬챙이럴 쑤셔넣엉 문고리럴 따는 걸 본 적이 잇어."

비는 마치 많이 해본 것처럼 엄지손가락을 아래로 세워 쑤시는 시늉을 냈다.

"기? 게믄 왜넘덜 연병장에 세워둔 지프차나 트럭 문얼 따는 것도 가능허카?"

"응."

"문얼 따는 디 시간이 얼마나 걸리카?"

"10초 정도. 빠르민 5초."

"지름탱크 속으로 불얼 어떵 붙이지?"

"갈고리 쇠꼬챙이에 두꺼운 실얼 꼬앙 감앙 묶는 거주. 게믄 심지가 돼난. 심지에 감긴 꼬챙이넌 지름탱크 고망 속더레 박아불고, 심지럴 길게 늘어뜨령 끝에 불얼 붙이민 불이 심지럴 탕 지름탱크 안트레 들어강 활활 타당 폭발헐 거라. 심지가 탕 들어가넌 동안 우리넌 도망치면 돼주."

"와―. 뒛다 뒛어. 비야! 느넌 만화영 영화영 나오는 주인공해도 뒐키여. 겐디 저넘덜이 정문에만 보초럴 사곡(서고) 운동장 담에는 보초럴 안 세우는 거 닮던디, 밤에도 경허카?"

불을 질러야겠다는 생각은 앞섰지만 막상 구체적인 방법이 떠오르지 않았던 바랑의 목소리가 비의 작전 계획을 듣고는 달뜨기 시작했다.

"게메. 일단 오널밤에 저 귓것덜이 보초럴 어떵 삼신지(서고 있는지) 엿보자."

"게믄 일단 쇠꼬챙이영 실이영 성냥이영 구해연 내일 밤에 다시 오자."

"나가 준비해올커매. 바랑이 느넌 우리가 어드케 도망갈지 미리 답사해 두는 게 어때?"

"좋아. 비 최고다."

"게믄 솔째기 돌아보자. 저넘덜 보초가 몇이나 뒈나."

쌀 타는 냄새가 바람에 실려 점점 더 세게 콧속을 파고들어 왔다. 올레나 신작로와는 달리 학교 주변은 고요했다. 58군이 하귀국민학교에 주둔하기 시작한 이래로 하귀마을은 오가는 사람들이 부쩍 줄어들었다. 학교 주변의 밤은 인적이 끊긴 적막 속에 오직 개구리 울음소리만 들릴 뿐이었다.

"정문 지키는 두 넘밖에 엇네."

"게믄 내일 밤이다."

바랑의 결행 의지는 단호했다.

"몇 시?"

"밤 9시에 동쪽 언덕에서 또시 만나자. 학교 건물에 불이 몬(모두) 꺼지민 담 넘는 거여."

"알앗저."

가을이 다 가기도 전에 불어온 높바람이 각자 집으로 향하는 두 소년의 깃과 섶을 파고들었다. 이마와 등줄기를 적셨던 땀이 서늘하게 식으며 흘러내렸다. 냉기가 오싹 하며 옷 속으로 파고들었다. 이마를 훔치는 두 소년의 손바닥에 시커먼 재가 묻어나왔다.

## 탐라신보 호외

58군 어젯밤 정뜨르비행장에서 쌀 소각

　58군이 도민들 모르게 정뜨르비행장에 감추어두었던 쌀을 모두 소각했다. 인적이 한가한 밤을 틈타 주정공장에서 무단으로 절취한 알코올을 비행장에 야적해 놓은 쌀더미에 뿌리고 불을 지른 것이다. 쌀 소각이 이루어지는 동안 불을 끄기 위하여 비행장으로 진입하려는 도민들에게 58군은 야적장으로 통하는 입구에서 위협 사격을 가하며 접근을 저지하였고, 방화를 마치고는 서쪽 방향 주둔지로 도망쳤다. 정뜨르의 밤하늘은 밤새 천공이 뚫릴 정도의 거센 불기둥으로 타오르고, 바람에 날린 재가 애월 해안과 중산간지대까지 날아갔다. 비행장은 지금 거대한 잿더미로 변했다. 비행장 동쪽의 창고에서 서쪽으로 계류장을 따라 성인 남자 키 높이만큼으로 야적된 쌀가마 더미들의 규모는 자그마치 축구장 두 배 크기의 면적에 해당한다. 소각된 쌀들은 전쟁이 계속될 것에 대비해 제주 주둔 일본군이 비축해 두었던 군량미로써 15만 제주도민이 50일간 먹을 수 있는 양이다. 적어도 1,500,000kg, 30만 푸대에 해당한다. 모두 조선인의 피와 땀의 결실을 강제로 수탈해 간 공출미들이다. 전쟁에서 항복하고 일본 본국으로 강제 송환되기를 기다리고 있는 패전군대라면 마땅히 조선인에게 되돌려주어야 하거늘 이를 전량 소각한 행위는 천인공노할 만행이다.

다음날 아침 제주읍 내 곳곳에서 호외가 뿌려지고 배포되었다. 조천과 애월의 면사무소와 인민위원회를 통하여 각 마을에도 전달되었다. 소식은 입에서 입으로 섬을 빙 돌아가며 해안가로 산간으로 퍼져갔다.

"김 기자, 새벽부터 호외럴 뿌리느라 속아서(수고했소). 밤새 인쇄기럴 돌려신가?"

아침 일찍 도청을 찾아온 용주가 건넨 호외를 손에 쥔 두현이 한숨을 삼켰다.

"경험수다예. 겐디 왜넘덜도 왜넘덜이지만 도무지 이해가 안 가는 게 미군덜 태도이우다."

"기여. 미군덜은 저넘덜신디 항복문서 받고 무장해제시킬 때 이디에 군량미가 이서낫다는 거 알아실 거라. 응당 압수헤연 섬 주민덜신디 인계해나서사 헐 거 아니가? 아니면 최소한 그 사실얼 섬사름덜신디 알려주기라도 해낫어사주(했어야지). 쯧쯧"

평소 사려 깊고 신중한 두현의 입에서 미군정에 대한 원망이 터져 나왔다.

"지난달 제주에 입도한 미군정 무장해제팀과 항복접수팀이 4개월 분량의 군량미를 58군이 아직 보유하고 있음을 확인해낫다는 정보는 들엉 알암수다(알고 있었습니다). 나가 다른 업무로 바쁘기도 햇고, 때가 뒈믄 제주도 내의 관련 기관에 인계해 줄키여 허는 안일한 판단얼 햄서 방치한 게 크게 후회가 뒈우다예. 미군정 관계자덜얼 찾앙 쌀얼 조속히 인계허렌 요구하곡, 쌀이 비축뒘신 디럴 알아두기라도 해시민 영(이렇게) 통탄스러운 경우럴 당허지는 않아실 겁주. 에휴-."

용주는 스스로를 자책하며 탄식했다.

"육지에서의 일본군 송환 상황은 어떤가?"

"건줌(거의) 끝나감신덴 허우다. 이제 곧 미군이 제주에 입도허영 58군 송환 작전이 시작뒐 거 답수다(같습니다). 미군덜 입도허는 대로 도청 측에서 곧바로 면담얼 헤연 왜넘덜 처벌얼 강력하게 요구해사 허우다."

용주는 두현을 강하게 밀어붙였다. 평소 선하고 우직한 선배 김두현이 매사에 잘 나서지 않다가도 누군가 뒤에서 채근을 하면 그때부터 움직이는 성격임을 잘 알고 있는 용주는 만나자마자 시동을 일찌감치 걸었다.

"나가 도사*신디 보고헙주. 겐디 처벌이 과연 뒐지……"

두현의 말끝이 흐려졌다.

"이십서. 감수다."

용무를 마친 용주는 도청을 나왔다.

---

\* 제주도가 도로 승격되기 전의 제주 도(島) 행정책임자.

"거 참 이상허다. 지난달 말경에 미국군대 들어완 도야마, 하마다, 센다 시(세) 넘덜 계급장 떼어불곡 싸악 돌아가멍 항복문서도 받곡 허멍 왜넘 군대 싹 무장해제 시켯덴 허드만 그게 아니가? 시도 때도 어시 읍내영 산간마을이영 왜군덜이 총얼 멩 설쳥 다니더니 이제랑 쌀까장 몬딱 태워불언. 이듸가 도대체 조선인 세상인가 미군 세상인가 왜너무 세상인가?"

"게메마씨(글쎄 말입니다). 저넘덜 항복한 군대 맞수꽈? 저넘덜이 저 지랄허고 댕기게 내불어둠신 미군덜언 몬(다) 어디 이수꽈? 미군언 도대체 우리 펜이여, 왜넘덜 펜이여?"

"일본에선 맥아더가 전범 히로히토도 천황으로 그대로 인정해 주고, 경제영 행정이영 일본애덜신디 맽겻덴 허는디. 그래서 맥아더가 왜넘덜신디 인기가 하영 좋덴 안 헙디가? 이듸 제주도도 일본넘덜신디 또시 맽기젠 건가?"

"왜넘덜이 농업학교에서 몬딱(모조리) 계급장 떼인 채로 항복문서에 서명하고 나서 미군장교덜신디 통 사정햇덴 햇저. 미군이 제주섬에 들어올 때까장 혹시 제주도민덜이 좌익폭동 일으켜불지도 모르는디 그때까장 대신 치안얼 책임질크매 자신덜의 무장얼 허락해 줍서렌 헙디다. 뻔뻔스러운 넘덜이여."

"더 기가 맥히고 황당헌 건 항복 받젠 들어완 미군 장교덜이 왜넘덜 청얼 들어주고서는 휑 허니 섬얼 떠나부런 거주. 58군 오만 멩 중 백분지 다섯에 한해서 소총 무장얼 허락해 주고. 그래서 이천 오백이나 뒈는 넘덜이 아직 총얼 가졈시덴 거여. 도대체 미군은 해방군이여, 일본군덜 후원군이여? 영허다(이러다) 점령군이 왜넘에서 양

키념으로 바뀌는 거 아닌가? 이게 다 우리 손으로 해방얼 이루지 못 헌 때문이우다게."

    섬은 온종일 분노와 탄식이 식을 줄 모르며 끓어올랐다.
    직장마다 가게마다
    절마다 교회마다
    올레에서 밭에서
    샘터에서 학교에서

# 응징

하루 종일 비녀를 입에 문 바람이 풀어헤친 머릿결을 휘날리며 오름들을 휘돌았다. 갈퀴 손톱을 세운 파도 더미가 밀려와 새까맣게 타다 굳어버린 용암 절벽 자락에 꽂히다가 속절없이 거품을 토해내던 섬에 다시 밤이 찾아왔다. 애월 서편 바다 수평선을 붉게 물들이던 노을도 어둠의 냉각 속으로 가라앉았다. 밤이 되자 구름 한 점 없는 하늘에 칼날처럼 박힌 초승달이 하귀국민학교 58군 연병장을 환히 비추었다. 교실 창문마다 전등이 꺼지고 불빛 하나 새어 나오지 않았다. 욕망의 찌꺼기들을 깡그리 불살라버려 한 올 생명의 꼬투리마저 사라져버린 지옥처럼 병영과 트럭들은 무거운 잿빛으로 잠들어 있었다. 초승달만큼이나 벼린 네 개의 눈동자가 하귀국민학교 동쪽 언덕에서 연병장을 살폈다. 남쪽 담을 따라 안쪽으로 군용 차량들이 일렬로 도열해 있었다.

"보초는 정문에 딱 두 넘뿐이여. 초소 안에 한 넘이 졸암시고."

비가 정탐한 대로 정황을 바랑과 공유했다.

"개새끼덜. 제주 사름덜얼 얼마나 우습게 봐시민 깽판 개지랄얼 떨고서도 잠덜이 오카?"

평소에 욕을 잘 하지 않는 바랑의 입에서 거친 말들이 튀어나왔다.

"기. 넘덜 대맹이럴(대갈통을) 이 두 손으로 몬딱 모사불어시민(부셔버렸으면) 조을크메."

"나도 경허긴 헌디. 아무튼 우린 흥분허지 말자."

주먹을 불끈 쥐고 목소리가 높아지는 비의 손목을 바랑이 살며시 쥐어서는 내려 앉혔다.

"가장자리에 이신 지프차가 대장놈이 탕 다니는 지휘차량일 거라."

"기."

"지프차와 가운데 트럭이다."

"좋다."

비의 대답에 힘껏 힘이 들어갔다.

"내려강 담 넘으카?"

"호꼼 떨리는디. 오늘 밤은 무사 영 달빛이 밝으카? 우리 발각돼민 어떵 뒈카?"

"죽기 아님 살기. 발각돼민 절대 안 돼. 잡히민 가족덜까장 죽이젠 헐키여. 여차 허민 끝까장 도망치당 총 맞앙 죽어불자."

평소에 신중하던 바랑의 목소리에 비장함이 깃들어 있었다.

"엄니신디 무사 늦는덴 허영 나왔저?"

"수산사 절에서 야학 모임이 이시난 늦어진덴 헷저. 게난 날 찾젠 댕기지 말렌 헷고. 느영나영 엄니덜이 우릴 늦게꺼장 찾젠 댕겨낫던 거 마을 사름덜이 나중에 알게 뒈민 우린 의심 받지 뒈난게. 넌?"

알리바이 대비를 묻는 비의 질문에 바랑이 치밀하게 준비된 대답을 하였다.

"응. 나도 느가 가르쳐준대로 햇저."

비는 바랑을 안심시키고자 스스로 고개를 끄덕였다.

"잘햇저. 더 늦기 전에 내려강 담 넘자."

"기."

허리를 구부리고 손에 노끈이 감긴 쇠꼬챙이를 하나씩 든 두 개의 그림자가 언덕을 내려와 연병장 동남쪽 모퉁이를 돌아 담장으로 접근했다.

"바랑이 여태 안 들어완(들어왔소)?"

해가 지고 하귀 집으로 돌아온 고산지가 바랑이 없음을 알고는 아내 양신애에게 물었다.

이날 아라리 관음사에서는 제주의 전 승려들이 참가하는 긴급회의가 소집되었다. 58군에 의해 정뜨르비행장에서 대량의 쌀이 소각되었다는 소식을 듣고 제주의 승려들이 모여 대책회의를 열게 된 것이었다. 대책회의를 해본다 한들 총 없는 양떼들이 총으로 무장한 늑대들에게 속수무책일 뿐 이미 엎질러진 물을 도로 담을 수는 없는 것이었다. 다만 58군이 저지른 만행의 실상을 모두가 공유하고, 다가올 흉년을 어떻게 이겨낼 것인가, 미군이 다시 입도할 경우 이 만행을 어떻게 고발하고 어떻게 58군의 책임을 추궁할 것인가에 대한 토의가 오가는 정도일 뿐이었다.

"오널 밤 수산사에서 윤정선 스님의 야학이 싯덴 헙데다."

"수산사에서 윤정선 스님이 야학얼? 바랑이가 경 골앗수과?"

"네."

'거짓말이다.'

산지는 순간적으로 정신이 번쩍 들었다. 뭔가 예사롭지 않은 '바랑의 거짓말'을 너무도 뜻밖에 접하는 순간이었다. 산지는 입을 닫았다. 바랑이 거짓말했음을 아내에 밝혀 집안에 감당치 못할 긴장의 분위기가 닥칠 것을 막아야 한다는 직관이 번개처럼 뇌관을 때렸다.

"무사 경헌 표정얼?"

"아니, 나도 윤정선 스님 소식얼 오랜만에 들으난."

고산지는 무의식중에 굳어졌던 표정을 풀며 태연히 웃옷을 벗고 자리에 앉아 양말을 벗었다.

"저녁 준비허쿠다."

"경헙서."

신애가 방문을 열고 정지(부엌)로 들어가는 동안 그는 마당으로 향한 방문을 열고 밖을 내다보았다. 사위는 사뭇 적막하고 초승달이 먹돌밧담으로 둘러싸인 우영팟(텃밭)을 요요히 비추고 있었다.

'태어나그네 한 번도 거짓말 허는 걸 본 적이 어신 바랑이다. 무사 어디서 무신걸 햄시길래? 윤정선은 오늘 관음사 회합에 자신과 고치 참가혜연 오널 밤 분명히 관음사에서 묵는덴 골아신디.'

"저녁 먹읍서."

그는 정지에서 아내가 들고 올라오는 상을 받아 창에 내려놓았다.

"이녁 밥 먹읍데강?"

"네."

학교 담장은 매우 낮았다. 그저 경계 표시용 정도로 바랑 어깨높이의 석축이 있을 뿐이었다. 바랑과 비는 허리를 구부려 담벽에 붙었다. 고개를 살짝 들어 다시 한번 안을 살폈다. 담 바로 안쪽에 차량들이 담벽과 평행하게 동서 방향으로 도열해 있었다. 가문동 해변 쪽에서 서풍이 불어왔다.

"좋아. 보름이 불엄시네. 질(제일) 왼펜 지프 불 질러불민 보름얼탕 불길이 오른펜더레 쭉 옮아갈 거라 이."

"기. 게믄 바랑아! 느가 지프에 불얼 붙여라. 난 가운데 이신 트럭에 붙일크매. 심지럴 길게 늘여사 해. 심지가 타들엉감신 동안에 멀리 튀어사 호난. 도망칠 질은 어디지?"

"느는 저레로 나는 이레로 각자 뛰는 거다. 혹시 뛰다가 마주 오는 사람 이시민 뛰지 말앙 올레에 몸을 숨겨야 해. 비해기동산 폭낭(팽나무)에서 만나자."

바랑은 미리 답사하여 두었던 대로 도주 경로와 재회 지접을 비에게 알렸다.

"넘자!"

둘은 담장을 넘어 허리를 숙이고 각자 목표물을 향했다. 둘은 거의 같은 속도로 움직였다. 연습한 대로 갈고리 쇠꼬챙이를 운전석 창문 아래 틀 속으로 비집어 아래로 쑤셔 넣었다. 좌우로 움직이자 턱, 하며 잠금장치에 꼬챙이가 걸렸다. 갈고리 부분을 위로 당겼다. 철컥, 하며 안쪽의 잠금장치 손잡이가 움직였다. 손잡이를 잡아당기자 문이 열렸다. 연습한 대로 운전석 앞 무릎 높이 부분의 열림장치를 당기자 덜컥 하는 소리와 함께 연료탱크가 열렸다. 창틀에 쑤셔 넣은 쇠꼬챙이를 빼서 심지를 감고 연료탱크에 꽂아 넣었다가 빼어 보았다. 쇠꼬챙이 심지에 기름이 흥건히 묻어 나왔다.

"뒛저."

둘은 각자 심지가 감긴 쇠꼬챙이를 다시 연료탱크에 꽂아 넣고는 둘둘 말았던 심지를 풀며 차량 뒤로 나왔다. 심지를 담장 쪽으로 길게 늘이고는 몸을 담장에 붙였다. 둘은 거의 동시어 담장에 붙은 서로를 확인했다. 바랑이 손을 앞으로 뻗어 위아래로 세 번 흔들었다. 준비 완료의 신호였다. 비도 손을 들어 세 번 흔들었다. 바랑이 다시 세 번을 흔들자 비도 따라서 세 번 흔들었다. 둘은 동시에 주머니에서 성냥을 그어 심지에 불을 붙였다.

'피시시시'

심지가 타들어갔다. 비가 급하게 손을 한 번 흔들자 바랑이 따라서 급하게 한 번 흔들었다. 둘은 동시에 담장을 넘었다. 둘은 갈라져 달렸다. 비해기동산까지 가려면 소왕천을 건너야 했다.

소왕천을 따라서 난 길로 달려온 바랑이 엄폐물이 없는 답동다리를 재빠르게 건넜다. 커다란 느티나무 뒤에 몸을 숨긴 바랑은 달빛이 비추는 답동다리를 응시했다. 비는 아직 나타나지 않고 있었다.

'체력이 좋고 달리기를 잘하는 비는 학교 동펜 언덕 올레를 지나고 소루돌왓을 돌아오기로 되어 있다.'

'솨– 솨– 솨– 솨–'

바닷가에서 불어오는 서풍이 소왕천변의 나뭇가지들을 흔들며 지나갔다.

연병장으로부터는 아무런 소리가 들려오지 않았다.

'펑! 펑!'

연병장에서 두 개의 폭발음이 들려왔다. 바랑이 답동다리에 나타난 비를 보는 순간 연병장에서 두 개의 불길이 치솟았다. 비가 연병장을 흘낏 바라보더니 답동다리 위를 포복으로 건넜다. 엎드려 기는 비의 팔꿈치와 무릎이 기민하게 움직였다. 58군의 인기척은 아직 없었다. 연병장의 불길이 바람을 타고 빠르게 오른쪽으로 번지고 있었다. 답동다리를 건넌 비가 하귀소로로 진입하여 서쪽으로 뛰는 걸 확인한 바랑이 남쪽 한길로 향했다.

비는 예정대로 북쪽의 소로를 빙 돌아 개수동으로 들어오고, 바랑은 남쪽 한길을 빙 돌아 다시 개수동으로 들어오면 일단 모든 작전은 사전 계획대로 이루지는 것이다. 개수동으로 들어오는 서쪽 길에서 누구와 마주치더라도 수산사 방향에서 오는 걸로 알 것이다.

'애애애애앵!'

연병장 쪽에서 사이렌이 울리기 시작했다. 학교 건물 창문마다 불이 켜졌다.

'이제 곧 왜병들이 총을 쏘며 사방으로 수색해 올 것이다.'

'펑! 펑! 펑!'

폭발음이 연이어 들렸다.

'탕! 탕! 탕!'

'애----앵 애----앵 애----앵 애----앵'

폭발음과 총소리와 사이렌이 난잡하게 섞여서 울렸다. 조명탄이 터졌다. 삽시간에 하귀국민학교 58군 병사건물의 창문들마다 불이 켜지고 연병장과 주변 마을 위로 조명탄 불똥들이 떨어져 내렸다.

하귀 일대의 밭과 언덕, 초가와 올레가 대낮처럼 밝게 맨몸들을 드러냈다. 총을 든 왜병들이 삼삼오오 연병장 담을 넘어 올레로 밭으로 뛰었다. 방화범을 검거하기 위한 수색전이 시작되었다.

마을 사람들의 눈을 피해 무사히 서쪽 올레 입구에 도착한 바랑이 비해기동산을 향해 개수동 안길로 들어섰다. 비해기동산 동편 언덕 위에서 웅성거리는 소리가 들려왔다.

'비는 달음박질얼 나보다 잘허난 벌써 도착해실지도 모른다.'

바랑은 비해기동산을 향해 빠른 걸음으로 걸어갔다.

'펑! 펑! 펑! 펑!'

폭발음이 터지고 연병장 일대 상공에 조명탄이 터지고 있었다.

"이봅서, 바깥듸 총소리 닮은디여."

"게매. 뭔일이카?"

"나강 보카예?"

"얼른 강봥 옵서. 무신 일인지. 나는 멀리 안 나갈크메."

아닌 밤중의 총소리에 뭔가 심상치 않은 일이 발생했음을 직감한 고산지는 불현듯 바랑을 떠올렸다. 뭔가 원인을 알 수 없는 불안감이 엄습해왔다. 아내 양신애와 함께 밖으로 나갈까 했지만 그냥 본능적으로 집을 지켜야겠다는 생각이 들었다. 아내가 나가 있는 동안 고산지는 바랑이 속히 나타나기를 고대하며 조바심에 올레목과 마당 사이를 왔다갔다 서성였다. 올레 밖 개수동길을 뛰어가는 사람들의 연이은 발자국 소리가 들려왔다.

'엇! 바랑이다.'

때마침 올렛거리(올레와 가까운 집) 앞으로 바랑이 지나가는 모습이 보였다. 바랑은 그 무언가를 응시하는 듯이 앞만 바라보며 서둘러 걸어가고 있었다. 고산지는 올레로 나서 바랑의 뒷모습을 주시했다. 바랑은 비해기동산으로 들어갔다. 바랑의 출현에 고산지는 안도의 한숨을 쉬면서도 뭔가 이상한 느낌이 밀려왔다.

'바랑이 나타난 곳은 수산사 방향이다. 정말로 수산사에 강 옴신(갔다 오는) 거카? 게믄 다행이다만. 겐디 무사 여느 때와 달리 집더레 곧바로 들어오기는커녕 집의(집에) 눈길조차 주지 않앙 곧 바로 비해기동산더레 들어간 거카? 총소리와 조명탄 터지는 소리가 궁금해서 라믄 사름덜이 웅성거리는 동편 언덕으로 가낫어사 헐 거 아니가?'

아들의 거동을 바라보는 고산지의 머릿속은 뿌연 안개 속을 헤매며 의문에 의문이 꼬리에 꼬리를 물고 이어졌다.


총소리에 놀란 개수동 마을 사람들이 올레마다 쏟아져 나와 개수동길 동편언덕에 모였다.

"58군놈덜 연병장에 불이 나불엇저."

"펑! 펑! 터지는 소리는 뭐꼬?"

"게메, 왜병 도라꾸덜 타는 거 닮은디?"

"핵교 건물은 괜찮은가?"

"창문들마다 멀쩡하게 불이 켜진 걸 보난 학교 건물에 불이 난 건 아닌 거 닮아."

"게믄 다행이여. 건물에 불 나민 안 뒈주. 저넘덜 떠나믄 학생덜 그디서 공부해사 허난게."

"누가 불얼 질러신가?"

"저 귓것덜이 총 쏘앙 조명탄 터트리멍 이레저레 들럭키년(날뛰는) 거 보난 누가 질른 거 닮기도 허영."

"보름이 불엉 옆더레 번지나본디."

"속이 시원허다. 불 질른 사름언 안 잡혀사 헐 건디."

"저 귓것덜이 이제 사름 잡젠 허멍 마을마다 들쑤성 댕길크매."

"경헌다고 잡히커냐? 지덜도 돌아갈 날이 얼마 안 남아신디. 어떵 잡을 거라?"

"흐흐, 잘콘다리여, 잘콘다리(샘통이다, 샘통). 훨훨 타불라. 훨훨."

"조명탄까장 터지난 공짜 불놀이 구경이라."

비해기동산에서 무사히 만난 바랑과 비는 개수마을 동편 언덕 위에서 사람들 틈에 슬며시 섞여 불구경을 하는 척하다가 다시 비해기동산 폭낭 아래로 돌아왔다. 기름땀이 밴 두 얼굴이 달빛을 받아 번들거렸다. 비의 손바닥과 갈적삼 앞섶과 팔꿈치, 갈중이 무릎 부위는 온통 흙투성이였다.

"비야! 개수물로 강 씻자. 옷도 털고. 사름덜이 보면 이상하게 생각할 거야."

개수물 주변에는 아무도 없었다.

"집의(집에) 가선 수산사에서 야학하고 돌아온덴 곧는 거(말하는 거) 잊지 말자."

바랑은 끝까지 완벽한 알리바이를 수행할 것을 다시 한번 확인했다.

"응. 알앗저. 겐디 느 아부지 엄니나 나 아부지 엄니 불구경 안 나와시카?"

손바닥과 얼굴을 닦고 옷을 털었건만 비의 옷은 곳곳에 흙자국이 남아있었다.

"게메. 닐(내일) 바굼지(파군봉)에서 또시 보자."

"기."


"아부지, 왜넘덜 연병장에 불이 낫수다예."

"하귀핵교에?"

"네."

"겐디 무신 총소리냐?"

"건 나도 잘 몰르쿠다예."

"기? 혼저 들어 글라(가자)."

바랑이 올레목에서 기다리던 고산지의 앞을 지나쳐 마당으로 먼저 들어가는 순간 바랑의 몸에서 풍기는 휘발유 냄새가 고산지의 코끝을 찌르며 뇌신경을 찌르르 파고들었다.

"으읍!"

고산지는 자기도 모르게 튀어나오려는 신음을 참고 이를 악물었다.

앞서 걸어가는 바랑의 뒷모습을 유심히 관찰하는 고산지의 눈에 땀에 흥건히 젖어 있는 아들의 갈적삼 등 부위가 들어왔다.

"수산사에서 공부허영 오는 거냐?"

"네."

"윤정선 스님은 잘 계시냐?"

"네."

"밥은 먹언가?"

"아니요. 스님이 먹고가렌 해신디 집에 강 먹으쿠다 허고 그냥 왓수다예."

바랑은 저고리를 훌훌 벗어 마루 앞 팡돌(받침돌) 위에 놓여 있는 구덕(바구니)에 던져 넣고는 마루에 올라 벌렁 드러누웠다. 어멍 양신애가 차려준 밥을 마파람에 게 눈 감추듯 먹어 치우는 바랑의 몸에서 풍기는 노린내가 방안에 진동했다.

"바랑아, 느 몸에서 웬 땀내가 영(이렇게) 나느니?"

"배가 고판 도르멍(뛰어) 왓수다예."

어멍의 물음에 바랑은 태연하게 대답했다. 바랑은 다 비운 밥그릇에 물을 부어 벌컥벌컥 들이키고는 마당으로 내려섰다. 물팡* 위에 놓인 물항아리를 통째로 들고 마당으로 나와 발등에 물을 뿌렸다. 땀에 전 발가락과 발바닥의 후덥지근한 기운이 빠져나가면서 상쾌한 기운이 짜릿하게 온몸으로 퍼졌다.

'거짓말이 거짓말을 낳는구나. 바랑아, 느 대체 구슨 일이냐? 바랑아! 우리 아덜 바랑아!'

밤새 뒤척이던 고산지는 동살이 동창을 비출 무렵에야 잠이 들었다.

"이봅서, 바랑 아방, 왜병덜이 하귀마을에 쫙 끝렷덴 소문이 이신

---

\* 물항아리를 얹어놓는 받침돌.

디, 오끗 일어낭붑서."

양신애가 고산지를 흔들어 깨웠다.

"뭐엔?"

"어제 학교에 세워둔 왜군덜 도라꾸가 여러 대 탓덴 햄저. 지프차도 다 타불엇고. 방화범 잡젠 왜병덜이 하귀마을에 쫙 깔령 들럭키멍(날뛰며) 돌아뎅긴덴 햄저."

"그 자리에서 못 잡은 걸 어떵 잡을 거라? 화풀이로 정허는(저러는) 걸 거라. 메칠 못가 지네 나라더레 돌앙 갈거여."

고산지는 일어나 옷을 입었다.

"조반도 안 먹엉 어디 감수꽈?"

"무신 일인지 호꼼 나강 살펴보그네 바깥디서 먹으키여. 돌아뎅길 데도 싯고."

고산지는 아내에게 행선지를 밝히지 않았다. 그가 향하는 곳은 수산사였다.

'윤정선 스님이 혹시 어젯밤에 관음사에서 묵지 않고 수산사로 돌아와실지도 몰른다. 무슨 착오가 이서 나안티 관음사에서 묵을 예정이렌 골은(말한) 걸 수도 싯고.'

고산지는 아들의 진실을 믿고 싶었다.


경계용으로 낮게 쌓은 돌담 한가운데 대문이 없이 기둥만 세워둔 수산사를 들어서자 마당 좌우에는 잔뜩 이슬을 머금은 채소들이 아침 햇살을 받아 녹색 빛을 풍성하게 발산하고 있었다. 무, 배추, 시금치. 마당 안쪽 가운데에 자리 잡은 기와지붕의 아담한 극락보전에는 정적이 감돌았고, 왼편과 오른편에는 각각 초가 한 채씩 자리하고 있었다. 극락보전은 언제나처럼 활짝 열린 창살문 안으로 평화롭고 자비로운 표정의 아미타불상이 불단 위에 좌정하고 있고 그 앞에 피워 놓은 향불 내음이 은은하게 마당으로 퍼져 나왔다. 극락보전과 요사 사이의 마당은 단정하게 싸리빗자루질을 한 흔적이 남아 있었다. 고산지는 극락보전을 향하여 합장하고는 툇마루 앞 디딤돌에 하얀 고무신이 가지런히 놓여 있는 오른쪽 요사 앞으로 갔다.

"안녕허우꽈? 스님 이수꽈?"

"아하, 고 선생님, 혼저 옵서양. 반갑수다. 겐디 스님 지금 엇다마씸. 어제 관음사 간 오널 밤 늦게나 온다마씸."

윤정선 스님의 제자인 보살의 답변이었다.

"아. 경험수과?"

허공에 걸려 있는 지푸라기 하나라도 잡고 싶은 심정으로 찾아온 고산지의 가슴 속으로 쿵 하며 바윗돌이 내려앉았다.

"고 선생님, 들어옵서. 녹차라도 혼잔 먹엉갑서양."

"아 네. 혹시 학습 중인 걸 방해하는 거 아니꽈?"

"아이고, 아니우다. 혼저 올라옵서양."

그냥 휑 하니 돌아가기도 어색하곤 하여 산지는 방안으로 들어섰다. 화로 위에는 언제라도 내방객을 맞이할 준비를 하고 있는 찻주전자가 끓고 있었다.

"겐디 고 선생님, 혹시 소식 들어수과? 어제 아척엔 정뜨르에서 58군덜이 군량밀 태워 불곡, 밤엔 58군 병영에서 화재가 낫뎬 헙데다."

"아하, 알암수다. 겐디 화재난 밤에 발생헌 일인디, 소식이 참 빠릅니다."

"이듸 수산리 일대에넌 이미 그 소식이 쫘악 퍼졋수다예. 발 어신 소식이 밤새 제주섬얼 뼁 돌은 거 답수다예. 아마 왜병덜이 쏜 총 소리 때문에 집집마다 밖더레 나완 소식얼 주고받으멍 확(빨리) 퍼진거 아니꽈? 화재가 방화에 의한 것이민 저 귓것덜이 고만이 잇질 않을 커매양."

"경험수다. 벌써 총얼 들엉 거리마다 경계럴 상(서고) 활보햄수다. 일본더레 돌아갈 때까장 어떤 횡포럴 부리고 다닐지 걱정이 하영 뒙주."

"영 표현해도 뒐카 모르커다만, 누군가 군량미 소각에 대한 보복으로 방화헌 거 아니쿠꽈?"

"게메마씨(글쎄요). 경허다민 누군가 왜병덜에 의해 보복얼 당허고 희생이 따를 수도 이신만큼 그게 아니기럴 바랄 뿐이우다."

상대방의 매우 조심스러운 의견이었음에도 고산지는 가슴을 죄어오는듯한 불편함을 이겨내려 애썼다.

"하귀마을언 예부터 독립운동도 씨게 일어낫엇곡, 심지가 굳센 청년덜이 많아노난 경헌 응징이 하루도 지나지 않앙 가능헌 거 아니쿠꽈?"

"하귀마을 칭찬이사 고맙수다만은 하귀마을 청년이 한 건지는 아직 분명허지 않수다. 소문이 잘못 퍼지민 하귀마을에 화가 미치지 않을까 걱정돼우다."

"아이고, 듣고보난 경험수다예. 나가 오끗(그만) 실언햇수다예. 이

거 다른 사름덜도 조심허젠 골아사 허쿠다(말해야겠습니다). 나무아미타불."

보살은 검연쩍은 표정으로 그 자리에서 앉은 채 합장을 했다.

"아이고, 보살님, 나가 보살님신디 조심허젠 골암신거 아니우다. 이거 나가 실례럴……"

산지도 곧 바로 수습의 뜻으로 합장으로 답했다.

"아니우다. 아니우다. 선생님 충고가 바로 부처님 충고 맞수다예. 하귀마을 칭찬이 자칫 화가 뒐 수도 이신 거 맞수다예."

"그럼 난 오꼿 일어나쿠다. 일이 이시난. 차 잘 먹엇수다. 윤정선 스님 돌아오민 안부 전해줍서."

구름 한 점 없는 가을 하늘이 허공 위로 가없이 푸르게 높이 떠 있었다. 수산봉 자락을 걸어 나오는 고산지의 가슴이 쇳덩어리처럼 무겁게 내려앉을수록 머릿속은 텅 비어 솜구름처럼 둥실둥실 허공을 떠다녔다.

1933년 내 나이 스물넷이던 시절. 하귀에서 동무덜과 만세운동얼 벌연 일경에 잡혀가낫지. 아방이 경찰서 유치장더레 면회 와낫다.

'밥 먹언가?'

'네.'

'기여. 언제 어디 이서도 항상 밥 잘 먹어사 헌다.'

그때 첨으로 아방 이마에 패인 주름살이 제라(매우) 깊덴 느껴낫엇다. 나가 조국얼 사랑하는 방식은 곧 아방에 대한 불효엿다. 아방으로부터의 독립이자 이탈이엇지. 그 불일치가 아방 깊은 주름만큼이나 깊어가낫다. 겉으로 담담하게 아들의 끼니 걱정을 허던 아부지. 그때 아부지는 속으로 무슨 생각얼 해실까.

'아부지. 바랑. 아부지. 바랑. 아부지. 바랑.'

바랑 이제 열네 살. 나보다 이른 나이에 자신의 질을 가는 거카? 생각보다 이른 바랑의 장성과 나의 불안함의 불일치, 그저 '밥 먹언가?' 허는 말 이외에는 달리 헐말이 어서낫던 1933년의 아부지와 1945년의 나.

하귀 일대의 모든 신작로에서 총을 든 58군들이 눈을 부라리며 경계를 서거나 순찰을 돌며 행인들에게 무차별적으로 검문을 해댔다. 보따리를 내려놓고 풀라고 겁박을 하고 주머니와 가방을 뒤지고, 남녀를 가리지 않고 몸 곳곳을 마구 만져댔다.

"きのうのよるどこにいたのか。"(어젯밤에 어디 있었나?)

간단한 일본말을 들을 줄 알았던 제주인들은 이날 한사코 왜병들의 질문에 답하지 않고, 눈을 껌벅껌벅 거리다가 손사래를 치며 고개를 좌우로 흔들었다. 왜병들은 하귀국민학교 일대를 집집마다 돌아다니며 젊은이들을 불러내어 몸 검색을 실시했다.

"きのうのよるどこにいたのか。"(어젯밤에 어디 있었나?)

피검색자들은 어김없이 손사래를 치면서 고개를 천천히 가로저을 뿐이었다.

왜병들은 이날 제주인들로부터 단 한마디의 일본말도 들을 수 없었다. 다음날 육지에서 일본군의 귀국 수송 임무를 마친 미군들이 제주에 입도했다. 그 다음날 미군들에 의하여 58군은 소총무장이 해제되고 쓰리쿼터 트럭에 실려 산지항으로 이송되었다. 조선에 최후까지 남았던 제주의 58군은 미해군 수송선에 실려 일본 사세보항으로 귀환 조치되었다. 58군이 떠난 하귀국민학교 운동장 남쪽에는 형체를 알아보기 어려울 정도로 불에 타서 일그러지그 검게 그을린 차량 여섯 대의 잔해가 어지럽게 널려 있었다. 지프차 1대. 쓰리쿼터 군용트럭 5대.

## 알리바이

하귀국민학교에 주둔해 있었던 58군은 물러갔지만 학교가 언제부터 다시 개교한다는 소식은 아직 들려오지 않았다. 58군이 학교에서 철수하던 날 바랑은 매주 화요일 학습에 출석하기 위해 수산사를 찾았다.

"저-. 스님 예. 오늘부터 동무 비도 이레 왕 공부허쿠덴 헤연 오렌 햇수다. 괜찮수과?"

"잘 햇다. 진작 경해서사 해신디."

"고맙수다양."

"바랑! 느 아부지가 어제 아척에 나가 어실 때 이레 왓다갓덴 허더라. 무슨 일이 이신가?"

"넷? 집엔 아무 일 어신디예."

바랑은 멈칫 놀랄 뻔한 표정을 재빠르게 감추었다.

"촘말 아무 일 어신 거냐?"

"네."

바랑이 아까보다도 더 태연한 표정으로 대답했다.

"흐음, 그지게 아방이랑 고치 관음사에 잇당(있다가) 나넌 그듸서 잘키여 허난 너네 아부지만 애월 집더레 간뎬 허멍 가낫주. 나가 관음사에서 묵는덴 걸 알 건디 무사 어제 아척에 날 만자젠 이디에 와신지 헤연. 다음에 만나민 알게 뒈켜마는. 아무튼 집의(집에) 벨 일어시덴 호난 오끗 뒛다."

"네."

'아- 아부지. 아부지는 나가 거짓말 헌 걸 알암시구나. 겐디 무사 날 꾸중 안 허고 모르는 척 햄신가? 혹시 그 뭔가까장 다 알암신가?'

바랑은 굳어지는 표정을 애서 감추려 입 매무새를 가다듬었으나 갑자기 머릿속이 백지장처럼 텅 비어버리는 느낌이었다.

"양 봅서. 스님 이수꽈?"

마당에 들어선 비의 목소리였다.

"엉. 혼저 들어오게."

비가 들어와 잠시 안부 인사가 오가고 곧 바로 학습이 시작되었다.

"지식에는 두 가지가 잇지. 호나는 직접적으로 얻게 뒈는 지식이곡, 다른 호나는 간접적으로 얻게 뒈는 지식이지. 자, 게믄 직접적으로 얻어지는 지식에는 어떤 게 이신지 비가 골암져코라."

여느 때와 다를 바 없이 어려운 주제도 늘상 쉽게 풀어 설명하는 윤정선 스님의 대화식 교육이 시작됐다.

"나가 직접 눈으로 보고, 귀로 듣고, 만져본 것, 그게 바로 직접적으로 얻게 뒈는 지식 아니꽈?"

"정답이다. 정답. 석가모니께서도 제자덜이 질문을 해실 적에 바로 경(그렇게) 대답햇주. 한 글자도 더 붙이고 뺄 게 없는 정답이다."

"게믄 나가 바로 부처님이 뒌 거마씸?"

며칠간 굳어 있던 비의 표정이 환하게 밝아졌다.

"기. 비가 이 순간 바로 부처님이 뒌 거주. 누구나 참된 지식을 깨닫는 순간마다 부처가 뒈는 거다. 그 깨달음이 중단 어시 계속뒐 때 비로소 성불허게 뒈는 거고. 겐디 한순간 깨달아앗뎬 혜연 자만하거나 게으름을 부리민 또시 어리석은 중생으로 돌아가는 거다."

"게믄 아직 부처님 안 뒌 거 아니꽈?"

비가 실망한 얼굴로 뒈물었다.

"첨엔 누구나 뒛다 안 뒛다 허는 거라. 이제부터 계속 잘 허민 뒈는 겁주. 게고 직접지식에는 방금 비가 골은 거처럼 바로 그 자리에서 빵 들엉 만져빵 알아지는 지식도 싯주만, 경험얼 통해 시간이 어느 정도 흐른 후에 알아지는 지식도 잇주. 가령 콩 심은 디 콩 나고 팥 심은 딘 팥 나명 씨넌 뿌린 대로 거둔뎬 거지."

"개구리가 뱀신디 잡앙 멕히듯이 나라도 심이 어시민 강한 나라신디 잡아먹히젠 것도 지식이우꽈?"

비의 질문에 거침이 없었다.

"기. 좋은 질문이다. 그건 직접 지식이기도 허곡, 간접지식이기도 헌디. 나라에 대해서는 헐 이야긴 많주만 다음 기회로 미루기로 허고. 다음 주제인 간접지식더레 넘어가자. 간접 지식이렌 건 뭐까? 이번엔 바랑이 골아보라."

"남얼 통해 얻는 지식이우다."

"것도 정답이다."

"부처님도 경허게 골앗수과?"

내내 조용하던 바랑의 눈이 반짝였다.

"건 나도 몰르켜."

"에이."

바랑이 실망스러운 표정을 지었다.

"부처님과 똑닮지는 않아도 참뒈게 골아민 부처가 뒈는 것이난 경 실망헐 필요는 엇지 이."

"히히히히"

바랑과 비가 동시에 웃는다.

"비, 비는 어머니가 싯지?"

"네."

"겐디 그 어머니가 비의 어머니렌 걸 어떵 알아좃지? 어머니 뱃속에서 나올 때 본 적 이신가?"

"……"

"이 세상에 엄마 뱃속에서 나올 때 눈 뜨고 나오는 사름언 엇주. 만에 호나 눈뜨고 나왓뎬 혀도 그때 그 배가 엄마 배인지 뭔지 아직 알 수도 어실 때난게. 세상에 첨 나왕 산파가 애기 엉덩일 찰싹 때리민 으앙 울멍 세상과의 첫 소통이 시작뒈는 거난게. 경허다 어느 때부터인가 엄마! 엄니! 허는 거라. 놈덜(남들)이 불러줭 가르쳐줭 호난 따라 부르멍 배우멍 허민서 엄니렌 걸 알게 뒈는 거주. 간접지식이렌 바로 이런 거다."

"거짓말 허는 자덜도 잇지 않우꽈? 거짓말도 지식이우꽈?"

지식에 관한 학습이 시작되자 비는 여느 때보다 더 흥미를 느끼며 궁금증이 일어났다.

"질문 제라(아주) 잘햇다. 보지도 않고 보앗뎬 허곡, 듣지도 않고 들엇덴 허곡, 만져보지도 않곡 만져봣덴 허는 게 바로 독선이곡 거짓이라. 그리고 그 거짓얼 전허는 자덜의 말얼 믿어그네 따르는 것도 독선이고 거짓이주. 거짓은 참뒌 지식이 아니라. 그래서 사름언 커가멍 참뒘과 거짓, 참뒌 자와 거짓뒌 자럴 분간허는 지혜럴 배우게 뒈는 거다. 그 지혜럴 중단 어시 실천허는 질이 바로 부처가 뒈는 질이여. 겐디 오널은 바랑이 조용허네. 다른 때년 질문도 잘허더니."

"아, 예. 스님이 설명얼 너무 잘허고 예, 비도 질문얼 잘해서 예."

바랑은 수업에 집중할 수가 없었다. 아버지가 이곳에 왔다 갔다는 것, 그리고 자신의 거짓말을 알고 있다는 걸 안 다음부터 바랑의 정신은 온통 아버지한테 팔려 있었다.

"기? 좋아. 오늘 학습 주제넌 앞더레(앞으로) 살아가멍 생각하고 실천허는 디 매우 중요한 대목이다. 그저 단순히 직접지식과 간접지식의 차이럴 아는 데서 더 나아강, 나가 아는 지식언 어떵 알게 뒈엇으며 과연 참뒌 지식인가, 아니믄 거짓인가럴 스스로에게 물어봥 되새겨사 헌덴 거다. 오늘은 이만 끝. 다음 학습 주제넌 실천이다."

"더 물어볼 게 이신디 예."

바랑이 아무 말 없이 주섬주섬 보따리를 싸는 동안 비는 궁금한 게 더 있는 듯 궁둥이를 움직이려 하지 않았다.

"오널언 나가 긴히 바깥에 나강 볼일이 이서난게 다음 시간에 또 허자. 미안허다 이."

"네-."

비의 힘 빠진 대답에는 아쉬움이 배어 있었다. 바랑은 이미 짐 싸기를 마치고 비가 어서 짐 싸기를 기다리고 있는 중이었다. 비는 바랑을 흘깃 쳐다보고는 후다닥 보따리를 쌌다.

'스르랑. 스르랑.'

해안가를 따라 오르던 마파람 끝자락이 갈 곳 돌라 하며 절 본당 기와지붕을 맴돌자 처마 모퉁이에 매달린 풍경들이 까닭 모르게 흔들렸다.

"비야! 세상엔 지식이렌 거 말고도 진실이렌 것도 이신 거 닮아(있는 것 같아). 나가 그 무언갈 알암신뎬(알고 있다는) 게 그 누군가에겐 불편해진다는(불편할 수도 있다는) 것. 때론 그 무언갈 알암시민서도(알고 있으면서도) 모르는 척허는 걸 진실이렌 허지 않으까?"

"머리가 복잡혜 지는디."

"기여 게. 나도 복잡해."

"바랑아! 느 오늘 수업 받는 동안 내내 조용허더니 경헌 생각 하느라고 경햇구나."

"응."

"무사? 무슨 일 잇저?"

"그냥."

"그냥? 평소 느답지 않안."

"보름이 씨원허다."

"……"

'스르랑. 스르랑. 스르랑. 스르랑.'

수산사 비탈을 내려가는 바랑과 비의 귓전에 풍경 소리가 들려왔다.

## 한반도로 귀환하는 조선인들은 하카다로

조장규가 오사카로 떠난 지 나흘 만에 시모노세키로 돌아왔다. 그는 철과 율이 막 아침 기상을 하려던 중에 마구간으로 들어왔다. 밤 기차를 타고 달려오며 잠을 제대로 못 잔 탓인지 뒷머리는 떡 지고 눈꺼풀이 붓고 안구는 벌겋게 충혈 되어 있었다. 마구간 옆 칸에서는 아직 깨어나지 않은 한 사람이 자고 있었으나 나흘 전의 부산 사람은 아니었다.

"혼저 옵서."

"혼저 옵서예."

철과 율이 장규를 맞이했다.

"옆 사람 자고 있으니 우리 나가서 야그헙씨다."

옷을 입은 채로 잠자리에 들었던 철과 율은 가방만 멘 채로 장규를 따라 밖으로 나왔다.

"부산 사람덜언 딴 디로 갔소?"

"일감얼 얻엉 부두노동자네 숙소더레 간덴 허고 떠낫수다. 매일 밤마다 사름이 바꾸어 들어왓당 나갓당 햇저."

잠시 뜸을 들이는 장규의 질문에 철와 율이도 숨을 골랐다. 아침 바닷가의 상쾌한 기운이 이마에 닿으며 덜 깬 잠을 쫓았다.

"본론부터 야그허자먼 시방이라도 여그럴 떠야겠소."

조반을 앞에 놓고는 젓가락을 들기도 전에 장규가 운을 떼자 이제 막 첫술을 뜬 우동을 입에 대던 철과 율이 동작을 검추고 장규의 입을 응시했다.

"조선으로 가는 조선인 일반인덜언 하카다항에서 배럴 탄다는 정보럴 듣고 왔소."

"하카다라믄 규슈 후쿠오카 아니꺄?

"그렇소. 시방 당장 탈 수 있다는 건 아니고 좀 시일이 걸리기년 허지만서도 아무튼 하카다항에서 배가 뜬다고 듣고 왔소. 앞으로 시모노세키에서도 조선인을 태우긴 태운다고 허는디 우리 같은 일반인들허고는 아무 상관 읎소. 조선인들 중에서도 징병자들에게만 해당된단 말이시. 일본군인 되야분 조선인덜이시. 그리고 조만간 오사카에 있는 재일조선인 조직덜이 하카다로 지원도 온다고 헙디다. 일단 그리 알고 먹읍시다. 천천히 야그할 게 또 있응게."

장규가 가지고 온 정보가 워낙 구체적이다 보니 철과 율은 고개를 끄덕이며 잠자코 듣기만 할 뿐이었다.

아침 시간이 그리 지나지 않은 이른 오전의 다케자키 공원은 한적했다. 율과 철과 장규 셋은 모처럼 공원 긴의자에 나란히 앉아 휴식을 취했다. 서쪽 동해와 동쪽 세토내해의 바닷물길을 이어주는 간몬해협에는 바람이 그치질 않았다. 밤사이 동해에서 불어오던 바람이 날이 밝으며 방향이 바뀌어 세토내해에서 바람이 불어왔다. 완연한 가을이었다.

"크크극"

철과 율의 옷에 배인 말똥 냄새와 지푸라기 냄새가 바람을 타고 코끝을 파고들자 긴의자 서쪽 끝에 앉아있던 장규가 킉킉 댔다.

"무사 웃소?"

가운데 앉아있던 철이 고개를 돌려 장규를 바라봤다.

"말똥 냄시 지푸라기 냄시가 조선 것이나 일본 것이나 한나도 안 달브요. 냄시에도 차별이 읎는디 어째 인간덜이 말똥 냄시만도 못헐까나?"

"경해서 웃엇수꽈?"

철은 장규가 웃은 이유에 대한 설명이 이해가 안 된다는 뜻으로 되물으면서 코를 자신의 소매에 대고 흠흠 댔다. 무슨 냄새가 나는 것 같기도 하고 안 나는 것 같기도 했다.

"나가 기차럴 타고 오사카 갈 직에 옆에 앉은 사람덜이 나럴 옆눈으로 힐끔힐끔 자꼬 쳐다봐싸. 나넌 그저 아 요것덜이 사람 얼굴 귀경 처음 하나 했어. 해서 아예 도착할 때꺼정 눈 꾹 감아불고 자는 척 험시롱 가부렀어. 증말로 자기도 혔고. 인자사 그 까닭얼 알았어야. 허헛."

질근질근 씹는 것 같으면서도 느릿한 장규의 말은 혼잣말하는 것인지 누구 들으라고 하는 것인지 알 수가 없었다. 그저 계속 앞만 바라보고 있었다.

"율아, 나 몸에서 냄새 나냐?"

철이 율을 쳐다보며 물었다.

"지가 싼 똥은 냄새가 안 나는 법이우다게. 철이성과 나넌 한몸이우다."

율은 말은 그렇게 하면서도 코를 자신의 소매에 대고 흠흠 댔다.

"무신 거 냄새가 나는 거 닮기도 헌디 머 돈 뒐 정도넌 아니우다."

율은 한마디를 더 보탰다.

'꼬르륵'

'꼬르륵'

장규가 가져온 소식에 흥분되어 조식을 먹는 둥 마는 둥 하고 한적한 곳을 찾아 반시간을 걸어오다 보니 철과 율의 뱃속에서 거지 각설이타령이 이어져 나왔다.

"밥도 대충 먹언 와신디 또 야그헐 게 뭐꽈?"

냄새 얘기에 따르는 뒷맛이 개운하지 않은 철이 말꼬리를 평소보다 조금 세게 올렸다.

"아– 참. 요거."

장규는 가슴주머니에서 두 번 접혀 있는 신문 한 장을 꺼내 철에게 건넸다.

**다리 특별호**

귀환동포를 도웁시다
다음달 15일 도쿄 시부야공회당에서 재일본조선인연맹 결성

1945년 9월 10일에 여러 단체들이 힘을 합쳐 '재일본조선인연맹중앙결성준비위원회'를 조직하였다. 또한 오사카를 비롯한 관서지방에서는

여러 단체들이 힘을 합쳐 '재일본조선인연맹관서총본부준비위원회'를 조직하였다. 우리 조선인 단체들은 1945년 10월 15-16일 도쿄 히비야공회당에서 재일조선인들의 전국조직 '재일본조선인연맹(약칭 조련)'을 결성할 예정이다.

우리 오사카 동포들이여. '재일본조선인연맹(약칭 조련)' 결성을 위하여 힘을 모읍시다. 조련준비위는 결성식 이전인 지금에도 이미 조국의 독립정부 수립과 재일조선인들의 권익을 위하여, 우리 오사카 마을의 재건을 위하여 다양한 활동을 개시합니다. 특히 동포들의 귀국 작업과 구호를 지원하기 위한 출장소를 시모노세키와 하카다에 파견하고자 합니다. 동포들의 순조로운 귀국을 위한 기금 모금에 힘을 보탭시다. 동포 여러분의 따뜻한 손길로 모아진 기금은 귀국동포들의 배삯, 귀환증 마련, 숙소비, 협화회원증을 분실한 동포들의 신분증 재발급 비용 등에 사용될 것입니다.

철이 먼저 읽고 율에게 건네주자, 율이 읽고 철에게 돌려주었다. 철이 재차 읽고 율에게 다시 건네고 율이도 두 번째 읽고는 철에게 돌려주고, 철이 장규에게 도로 건넸다.
"나넌 다 외왔소. 율이 동상이 보관허드라고."
장규의 뜻에 따라 철이 율에게 신문을 전달했다.
"다 좋은디 무신 거 이름이 영 복잡허고 길어. 그냥 재일 활빈단이렌 부르멍 귀에 쏙 들어올커매."
율이 세 번째 읽고 나서 불만스러운 듯이 한마디했다.

"해서 그 긴 이름얼 휙 줄여 '조련'이라 부른다는 거여."

장규는 율이 불만스러워하는 걸 풀어주고자 신문에 표기되어 있는 '약칭 조련'을 환기시켰다.

"암튼 기쁜 소식이우다. 조 형 속앗수다(수고했소)."

철의 말투는 그새 예전처럼 차분하고 부드럽게 변했다. 냄새를 옮기던 세토내해 바람도 멎어 있었다.

"신문에넌 안 나온 야근디, 종전되고 나서 일본에 있는 재일조선인 단체덜이 하나의 조직으로 모여 단결하면서 심이 아조 씨졌소. 운수성이나 후생성 관료덜과 만나 조선인덜 권익 문제나 귀환 문제를 놓고 이런저런 요구나 협상을 적극적으로 허고 있다는디, 일본 아그덜 분위기가 전허고는 사뭇 달브다고 헙디다. 조선인 일반인 귀환자덜언 하카다항에서 배를 탄다는 도쿄 맥아더사령부 지령이 곧 발표될 것이란 정보도 '조련'이 운수성 관료덜한티서 제보받은 것인디 신빙성이 있다고 허요. '조련'에 관계허는 가까운 사람덜한티 들은 야그라 믿어도 될 만 혀서 나가 하카다로 가자고 허는 것이제이."

"율이 생각은 어떻허니?"

철이 율의 의견을 물었다.

"성님덜이 뜨젠 허민 뜨는 거 아니꽈?"

"좋수다. 뜹시게. 겐디 오사카는 어떻허우과?"

철은 장규를 만난 이후 내내 궁금했던 오사카 사정을 들으며 종전 전후 상황을 좀 더 정확하고도 충분하게 파악하고 싶었다.

"저번에 오사카럴 떠나오고 나서 아흐레나 열흘 만에 다시 찾았던 셈인디 그새 영 딴판이 되어 있었소. 미공군덜 오사카 공습 때넌 오사카시가 싹 타불고 잿더미 벌판으로 바뀌아부렸었는디. 이카이노 조선인 시장도 다 타불고. 접때 나가 오사카럴 뜰 때만 혀도 종전이 되었다고 해도 진짜로 전쟁이 끝난 건지 어쩐 건지, 미공군 폭격은 끝난 건지 어쩐 건지, 긴가 민가 혀서 복구헐 엄두도 못 냈당게라. 헌디 미군이 들어와 주둔해분게 아, 정말로 전쟁이 끝나긴 끝나나 보다 험시롱 복구럴 시작했다고덜 헙디다. 완벽허던 못허다만서도 싸게 많이 복구되얐소. 손님덜도 제법 댕기고. 신문에 쓰여 있는 대로 화재로 손해럴 본 사람덜도 도와사 허고, 귀환동포 여비도 지원해사 헌담시로 돈도 모으고 있습디다. 조직도 되고 돈덜도 모이고 헝게 인자 그짝 바람이 요짝으로 살살 불어올 게라. 우리는 그리 알고 오사카 사람덜 믿고 하카다로 가는 게 좋겄소. 헐 야그덜언 더 있는디, 기차 타고 감서 차차 허드라고이."

"게믄 마지막으로 해변에나 한 번 더 놀렁갑서예."

"시방 한갓지게 해변은 머땀시? 헤엄치게?"

율의 제안에 장규가 핀잔조로 대꾸했다.

"자전거 빌려탕 강읍서게. 시간 아껴사헐크매. 나가 꼭 보여주고 싶은 게 이수다."

율은 장규의 핀잔을 무시하고 진도를 더 나갔다.

"무신 걸?"

이번엔 철이 의아해하는 표정으로 물었다.

"강 보민 다 알아지쿠다. 혼저 그릅서."

율은 형들의 의견을 더 이상 들어보지도 않고 일어서 앞장섰다.

멀리 해변의 숲이 미풍으로 가볍게 일렁일 뿐 인적 없는 니시야마 해변은 고요했다. 잔잔하게 줄지어 밀려오는 파도가 해변에 다다라 솟구치며 물머리에 거품을 풀어냈다가는 모래밭으로 고꾸라지며 부서졌다.

"둥둥 떠이신 섬덜이 곱닥허지(예쁘지) 않우꽈?"

자전거를 타고 제일 앞서 달리는 율이 고개를 왼쪽으로 돌려 해변 저편 바다 수면 위에 떠 있는 섬들을 바라보며 큰 소리로 외쳤다.

"하카다에 가민 현해탄의 이키시마와 오시마도 다 보게 뒐키여. 이까짓 섬덜이사."

자전거를 타고 뒤따라오던 철이 투덜거리듯 대꾸했다. 율이 다짜고짜 앞장서서 자전거 대여소로 가서 자전거 세 다 대여비를 지불하고는 휙 올라타고 앞장섰다. 철과 장규는 영문도 모른 채로 끌려다니는 처지가 되었다. 손해 보는 셈 치고 해변 구경 한 번 더한다는 마음으로 끌려오기는 했으나 율의 이해할 수 없는 고집이 마뜩하지 않게 생각되다 보니 율의 한가한 경치 타령에 철이 타박하게 되는 것이었다.

"하카다에 가민 누가 공짜로 자전거 빌령 주쿠꽈?"

율은 억지로 형들을 끌고 왔다는 사실보다는 공짜 자전거 생색내기를 강조했다.

율의 자전거는 해변 끝의 숲을 향해 단단한 모래밭 위를 유유히 달렸다. 여느 때보다 큰 율의 목소리가 바람에 부딪히며 옆으로 뒤로 울려 퍼졌다.

"돈 잠 벌었다고 두 성덜얼 원하지도 않는 자전거에 억지로 태워

끌고 와 생색내는 거시여?"
　이번에는 바짝 뒤따르는 장규가 받아쳤다.
　"오늘 생색낼 건 바로 구경이우다. 지대로 협서예."
　율은 알아듣지도 못헐 말을 허공에 뿌리면서 속도를 냈다.
　"뭐옌 골암시냐?"
　"머시라고라? 생색 귀경얼 지대로 허라고? 원효대사도 못 알아잡술 타령이시."
　철과 장규는 영문도 모른 채 고삐를 잡혀 끌려가는 심정으로 페달을 밟았다. 숲을 향해 신바람 나게 치닫는 율과의 거리가 점점 멀어져 갔다.

　"이듸가 바로 시모노세키에서 질 멋진 장소이우다. 곳(숲) 속 보름소리영 파도소리영 고치 들리는 그늘진 디는 이듸밖에 엇수다."
　숲 입구에 먼저 도착하여 자전거에 내린 율이 뒤따라 도착한 철과 장규에게 숲과 바다를 번갈아 가리켰다.
　"시모노세키 관광 안내사 나셨구만이라. 하카다에 가면 이보담도 으리으리헌 데 허천나게 많을 텐디, 허– 참 거시기허구만."
　장규가 시큰둥하게 반응했다.
　"관광 안내넌 이제 끝낫수다. 이듸까장 심들게 와신디 쉬엉갑서."
　율이 앞서 숲 비탈을 오르고 두 사람이 어기적어기적 따라 올라갔다.
　'우–웅 우–웅'
　율의 말대로 숲에 부딪쳐 메아리치는 바람소리가 크게 들려왔다.

"바람 소리가 크게 들린다는 야그넌 헛소리는 아니었구먼. 돈이 안 되넌 소리라 그렇지."

"헤헷. 돈이 될 건지 안 될 건지는 두고 보민 알주."

장규가 따라오며 투덜거릴 때마다 율이 따박따박 댓거리를 했다.

"이딘 질도 어신디?"

율이 길도 흙도 없는 바위투성이 지대에 다다르자 잠자코 따르던 철의 볼멘 소리가 나왔다.

"질이 어시민 그만 쉽서양."

그간 보여준 율과는 어울리지 않는 애교 섞인 말투였다. 걸음을 멈춘 율이 숲 비탈 편편한 곳에 자리한 자그마한 바위 아래에 손을 넣고 더듬었다. 모종삽을 꺼내 손에 쥔 율은 바위들을 넘어 열 걸음 남짓 더 떨어진 위쪽으로 올라갔다.

"뭐 허맨?"

"시방 머허는 거시여?"

율의 거동을 보고는 철과 장규가 서로의 얼굴을 잠시 마주보았다가 율의 뒤를 쫓아 바위들을 넘어 올라갔다. 뒤따라온 철과 장규를 등진 채 율이 바위틈에 덮여 있던 검불들을 거둬냈다. 흙바닥이 나타났다. 율이 모종삽으로 흙을 파기 시작했다.

"엇!"

"엇!"

철과 장규의 눈이 동시에 휘둥그레졌다. 두 뼘 정도 파 들어간 깊이에서 황록색 홀치기주머니 두 개가 나란히 모습을 드러냈다. 배낭만 한 크기였다.

'절렁절렁! 절렁절렁!'

율이 홀치기주머니 하나를 집어 들어 흔들자 작은 쇠붙이들이 쏠리고 부딪히는 소리가 났다.

"율아!"

"동상!"

철과 장규가 율에게로 다가가 끌어안았다. 철이 율의 어깨를 감싸 안고 그 둘의 목을 장규가 안았다. 철과 장규는 중량이 꽤나 나가는 홀치기주머니를 하나씩 어깨에 둘러메고 숲 비탈을 내려와서는 각자 타고 온 자전거 안장 뒷자리 짐칸에 내려놓았다.

'절그렁!'

'절그렁!'

동전 무더기들이 짐칸 쇠틀에 닿으며 둔탁한 소리를 냈다.

사라락 사라락 싱그러운 바람이 불어왔다.

'쇄아- 쇄아-'

해안으로 밀려오는 청량한 파도소리가 들려왔다.

"둥둥 떠이신 섬덜이 곱닥허지 않우꽈?"

장규와 함께 앞서 나란히 달리는 철이 고개를 돌려 바다를 바라보며 외쳤다.

"시상에서 질로 멋진 섬덜이제."

장규도 철과 나란히 고개를 돌려 바다를 바라보며 외쳤다.

'무전무경 유전유경. 돈 어시민 보름소리영 파도소리영 개뿔이여. 꼬르륵 소리만 들린다게.'

율은 나란히 달리는 두 개의 자전거들을 뒤따라 달렸다. 동전이 가득 담긴 홀치기주머니의 무게가 더해진 두 개의 자전거가 앞서 달리며 해변 모래밭에 남긴 두 줄기 깊은 바퀴자국 사이로 율의 자전거는 득의양양하게 달려 나갔다.

## 현해탄의 하카다항

"여그도 미 공군 공습이 있었나 본디."
"기여. 목조가옥언 호나도 엇고 온통 송판때기 판잣집이여. 거리영 건물이영 시꺼멍허게 불탄 자국덜 뿐이라."
"우리가 가넌 디마다 폭격 맞앙 불타불엇저. 고베영 오사카영 나가 직접 보진 못햇주만 폭격 맞앙 싹 다 불타부럿뎅 안 해수과?"
하카다역 광장을 걸어 나오자 주변의 처참한 광경이 한눈에 들어왔다. 장규와 철이 찌푸린 표정을 지으며 첫인상을 말하자 율도 한마디 보탰다.
"시모노세키에서는 불탄 디럴 못 봤었는디."
"아니우다. 성덜언 역이영 부두영 니시야마 해변이영 돌아댕겨시난 불탄 디럴 못 본 거라 게. 나는 첨에 시모노세키에 도착햇던 날에 다 봣수다예. 역에서 동펜더레 쭉 가면 하관 경찰서, 게난 시모노세키 경찰서가 이신디, 거기서 더 벗어나민 몬딱 폭격 맞앙 불타불엇수다게. 이듸랑 똑닮앗수다. 우연인지 모르켜마는 딱 역이영 부두영 경찰서영 그듸 부근만 공습얼 면한 거엿수다."
"무사 우리신디넌 안 골아시냐? 강 봐사 해신디(가서 봐야 했는데)."

"에이. 그게 무신 얘기거리나 뒘수꽈? 히로시마에 비하민 애기덜 장난이우다."

율은 철의 추궁을 단칼에 무질러버렸다.

"게믄 일본 도시란 도시넌 죄다 폭격 맞아분 것이네. 썩을 넘덜이시. 온 나라가 이 지경으로 절단 나면서도 일본은 전쟁에서 꼭 이긴다고 거짓부렁질해감시로 국민덜이고 도시고 다 쥑여불고 망가져분 거 아녀. 그것도 즈그덜 국민만 쥑여분게 아니고 남으 나라 국민덜꺼정 반자이 총알부대로 죄다 쥑여불었응게."

"이듸넌 고베와 마찬가지로 폭탄얼 투하한 게 아니고 소이탄얼 투하해신 거 닮아. 도시의 목재가옥덜 싹 태웡불켄 허민 비행기로 휘발유 뿌령 소이탄 투하허는 게 질 효과 좋으난."

"맞소. 오사카도 그랬었소. 공군기덜이 한꺼번에 이백 대 삼백 때썩 나타나 휘발유 쫙쫙 뿌려놓고 소이탄 내리쒀분게 삽시간에 불이 번져불었어야. 사람덜언 불 끌 엄두도 못 내고 걸음아 나 살려라 내빼고 방공호로 숨고. 여그도 딱 그짝 났었다고 봐야것제."

"죄는 지은 대로 돌아오는 거우다. 죄 어신 국민덜만 불쌍헌 겁주."

형들의 대화를 듣고 있던 율이 중간 정리를 했다.

"역시 율이 동상 내공빨이 삼팔광땡빨이여. 두 문장으로 한방에 찰지게 정리해분게로."

하카다역에서 하카다만으로 가는 길 일대는 이제 막 폐허에서 갓 벗어난 모습이었다. 드문드문 뼈대만 남아 있는 콘크리트 건물들 이외에는 모두 참호처럼 땅을 판 자리에 판자때기로 사람 높이의 벽을 세우고 지붕을 두른 집들이었다. 거리 곳곳은 부서진 벽돌들과 타다 만 판자들이 잿더미 속에 방치되어 있었다.

"부두넌 지대로 있을랑가?"

"게메(글쎄). 혼저 강봅서(가봅시다)."

근심어린 장규의 물음에 철이 역시 근심 섞인 표정으로 대꾸하며 발걸음을 서둘렀다.

"쯧쯧쯧. 걸바시네가 따로 엇네."

형들의 뒤를 따라오며 이리저리 둘러보던 율이 혀를 찼다.

"엇. 배가 들어옴저."

하카다항 입구에 들어서자 항만의 바닷물과 섬들이 보이기 시작했다. 철이 마침 항만으로 들어서는 군함을 손가락으로 가리켰다.

"어디서 왕 배꽈?"

"게메. 아마 십중팔구넌 조선에서 들어오는 걸 게라. 호꼼 더 보게(보자)."

율의 질문에 답하면서도 철은 군함에서 눈을 떼지 않았다.

"느낌이 여그도 폭격얼 맞어분 거는 같은 디 배가 들어오는 거 보니께 그새 복구럴 헌 걸께라. 느낌이 그리 나쁘진 않은디."

장규의 목소리에 기운이 실렸다. 항만으로 들어온 배가 도크에 접안하자 갑문이 닫히고 있었다. 부두는 시내와는 달리 비교적 깨끗하게 잘 정돈되어 있었다. 군데군데 단층짜리 벽돌 건물들 외벽에 검게 그을린 흔적들을 제외하고는 언제 전쟁이 있었느냐는 듯이 부두의 외관을 그런대로 유지하고 있었다.

"현해탄 현해탄 허든디 여그가 바로 그 현해탄이탄 말이시?"

부두가 별다른 탈 없이 정상적으로 돌아가고 있음이 확인되자 여유를 찾은 장규가 손가락을 까딱까딱하며 항만 너머를 가리켰다. 규슈 북쪽 해안 정중앙에 위치한 하카다만은 징글스 원반이 툭툭 나와 있는 반달 모양의 탬버린처럼 둥글게 욱어들어온 리아스식 해안이었다. 반달 단면 왼쪽의 터져 있는 부분이 동해에서 하카다만으로 들어오는 입구였다.

"경험수다. 저듸 만 입구 한가운데 보이는 섬이 겐카이시마, 우리 발음으로 현계도이우다. 저 현계도 바깥듸 왼펜에 이신 이키시마섬과 오른펜에 이신 오시마섬 사이가 바로 현해탄이우다."

"여그서 쓰시마섬은 안 보이요?"

"한 시간 정도 배 탕 강(타고 가서) 이키시마섬 가까이 가민 그듸서부터 쓰시마가 보이우다. 날씨 좋은 날에."

"현해라면 검은 바다란 뜻일 건디?"

"경험수다."

제주와 일본을 오가며 여러 번 하카다항을 오간 경험이 있는 철이 장규의 질문에 척척 답하였다.

"나가 보기엔 바당물이 호나도 안 검은 디?"

철과 장규의 대화를 듣고만 있던 율이 의문을 제기했다.

"이곳이 고대 시대에 백제 문물이 들어오는 관문이라 신성하게 여겨나실 겁주. 옛날에넌 신성한 북펜을 현이렌 골아시난게(말했으니까)."

"건 나도 알주. 좌청룡 우백호 남주작 북현무."

철의 설명을 듣던 율이 시큰둥한 표정에 건조한 목소리로 자신의 지식을 보탰다.

"역시 율이 동상 내공빨은 야물은 팔공산빨이여. 하나럴 갤켜주면 열얼 알아분게."

장규가 율을 치켜세웠다.

"겐디 이제년 왜넘덜이 반도로 쳐들어완 조선 사람 괴롭히고. 은혜럴 원수로 갚넌 넘덜이라게. 문물 전해주던 조선 사름덜언 이제랑 탄광 신세, 마구간 신세 돼불고."

"율아. 느넌 잘 나가다가 분위기에 꼭 초럴 쳐사 뒈커냐? 느 말이 틀린 말은 아니다만."

철이 빙그레 웃으며 율에게 핀잔을 주었다.

"아이고. 말똥 냄새, 지푸라기 냄새 나는 옷 이제 고만 입고 싶수다예. 이제랑 어깨도 다 나서시난 나도 일 허쿠다. 나 호나 때문에 마구간에서 자는 거 오곳(그만) 헙서게. 나도 일하민 몬딱 고치 노동자네 숙소에서 자게 뒈지 않우꽈?"

율은 좋지 못한 자신의 몸이 회복되려면 좀 더 쉬어야 한다는 두 형들의 권고가 고맙기도 했지만, 자신 때문에 마구간 신세를 면하지 못하고 있다는 게 스스로 마음에 걸리다 보니 신성하다는 뜻의 '현해' 화제를 '마구간' 화제로 바꿔가며 노동일을 하겠다는 의욕을 비친 것이었다.

"미성년자 노동력 매매 행위넌 불법이시. 미성년자 노동력 매매 알선 행위도 불법이고."

율이 일본어가 안 되다 보니 통역 지원 없이는 일자리 구하기에 나설 수 없는 형편이라는 걸 알고 있는 장규는 통역을 미성년자 노동력 매매 알선으로 규정하면서 율의 뜻을 받아주지 않았다.

"철이 성도 경 생각햄수꽝?"

율의 볼멘소리의 끝이 올라가며 철의 얼굴을 주시했다.

"느 옷에서 말똥 냄새, 지푸라기 냄새 나는 거 누가 무신 거엔 승봣냐? 마구간이 뭐가 어떻허여?"

철도 받아주지 않았다.

"나도 암시랑토 안 혀. 나 옷에서 냄시가 나거나 말거나, 누가 나 힐끗힐끗 쳐다보거나 말거나 상관 안 혀."

장규도 시모노세키 다케자키 공원 긴의자에 앉아 킥킥대고 웃었던 것이 마음에 걸렸는지 율을 달랬다.

"혼번 걸바시는 영원한 걸바시난 필시 나는 거지 팔잔가 보우다 예."

율이 물러서지 않고 협박조로 나왔다.

"걸바시 신조 늘어나민 상걸바시 뒌덴 느가 골아지 아녀냐?"

"동상은 돈 많이 벌어 놓았는디 머시가 걱정이요? 장시헐 밑천도 두둑험시로. 역전에서 과일이나 냉차 장시럴 혀도 되겠든디."

율의 투정에 철은 놀리고, 장규는 달랬다.

"나 돈언 다 쓸 디가 잇수다게."

"그려. 그려. 돈 욕심 잠 더 낼려고 자꼬 건들지 말고 부모님한티 곱게 갔다드리는 게 효도하는 거 맞지라."

"그거 아니우다 게."

"아니라고라? 아니면 워따 쓰게?"

"…… 밥 먹젠 그릅서게(가요)."

마침 시장기를 느낀 율이 화제를 돌렸다.

밤기차를 타고 온 일행은 아침에 하카다역에 내리자마자 하카다 항구로 직행했었다. 하카다에 처음 와 본 율과 장규가 자신들을 고향으로 싣고 갈 배가 떠나는 곳을 보고 싶어 하자 철이 곧장 하카다만으로 안내하여 온 것이었다.

"잠깐. 사람덜이 내림저. 제법 뒈는디."

입항한 군함에서 눈을 떼지 않고 있던 철이 주의를 환기시켰다. 도크에 물이 다 찼는지 부두 높이까지 오른 군함에 계단이 설치되고 승객들의 하선이 시작되었다.

"일본인덜인디."

하선하는 승객들은 대부분 중장년층의 남녀들이었고, 개중에는 기모노 차림들도 적잖게 섞여 있었다.

"짐덜도 많은 거 보난 우리덜보다 부자덜이네."

율이 못마땅한 표정을 지으며 말을 짧게 내뱉었다. 짐을 바리바리 싸들고 하선한 자들이 세관 건물들로 들어가고 있었다.

"매표소더레 그릅서. 조선으로 강 배일지도 모르난."

철이 갑자기 뭔가를 깨달은 듯 몸을 돌려 앞장서서는 재게 걷기 시작했다.

"맞소."

장규가 호응하며 뒤를 따르고 율이도 그 뒤를 따랐다.


"今入ってきた船、朝鮮から入ってきた船じゃないですか。"

(방금 들어온 배 조선에서 들어온 배 아닙니까?)

"そうです。"(그렇소.)

"どこへ行くんですか。"(어디로 갑니까?)

"釜山。"(부산.)

"いつ出発しますか。"(언제 출발합니까?)

"2時間後。"(두 시간 후에.)

"三枚をください。"(세 사람 표 주시오.)

"軍人ですか。"(군인이요?)

"いいえ。"(아닙니다.)

"軍人の家族ですか。"(군인 가족이요?)

"いいえ。"(아닙니다.)

"一般の人ば軍艦には乗れませんよ。"

(일반인은 군함을 탈 수 없습니다.)

"なぜですか。"(왜요?)

"マッカーサー司令部に聞いてください。"

(맥아더사령부에 물어보시오.)

매표원은 철에게 그만 가라며 손을 내두르고는 창문을 닫고 자리를 떴다.

"조선 사름덜이우과?"

표 구매를 거절당하고 황당하게 서 있는 철이 일행 뒤에서 누군가가 말을 걸어왔다.

"경험수다. 제주 사람이우과?"

철이 역시 제주 말로 상대방을 확인했다.

"경험수다. 표 못 구허우다. 나도 못 구햇수다. 조선 사름덜 표 못 구헤연 하영 돌아갓수다게."

철이 나이 또래의 제주 청년이 묻지도 않은 말을 지레 친절하게 해주었다.

"군인네넌 호나도 안 보이난 무사 군인네신디만(군인들한테만) 표 럴 판덴 거꽈?"

철이 뭔가 사정을 잘 알고 있는 듯한 제주 청년에게 물었다.

"군인덜언 이미 단체로 완 선착장 안트레(안으로) 들어갓수다. 한 이백 멩 뒌덴 허든디."

"저영 큰 배에 적어도 천 멩은 탈크매 무사 더 안 태워주는 거꽈?"

"맥아더 지령이렌 허난게 나도 자세히넌 모르켜다만, 속히 부산으로 돌아강 태워와사 헐 일본인덜이 하영 지다렴신덴(기다리고 있다는) 거우다. 돌아가는 김에 이미 수속 끝난 조선인 군인덜얼 태워가는 거여. 일반 조선인 태우는 디다가 시간 허비 안 허켄 겁주. 경해도 형씨는 매표 직원 얼굴이라도 보곡, 말이라도 몇 마디 주고받아시난 덜 서운헐 거우다. 배 타젠 조선 사름덜 대부분 저영 닫혐시난 창문만 보당 돌아갓수다."

"조선 사름덜 이듸 많수꽈?"

"배에서 내령 짐 들고 나가는 일본 사름덜 빼고는 항만 주위에 돌아댕기넌 사름덜언 몬 조선인일 겁주."

"기여?"

"메칠 전부터 조선인덜이 엄청 늘어낫수다."

"우리가 조선인 줄은 어찌 알아수꽈?"

"통시(변소)에 들럿당 나왕 봣수다. 헛수고허민 안 뒈난. 조선인끼리 도왜사 호난게."

"고맙수다."

"경현 인사 안 해도 뒈우다. 이분덜도 제주 사름덜이우과?"

"전라도 나주 사람이지라. 반갑습니다."

"애월 사름마시. 반갑수다예."

장규와 율이 차례로 인사를 했다.

"글면 일반인덜이 타는 배는 은제 뜬당가요?"

"건 나도 자세히넌 모르쿠다만 10월 중으로넌 뜬덴 소문이 잇수다. 겐디 소문만 믿어서는 안 뒐 겁주. 무신 맥아더사령부 지령이 경 많고 복잡헤연 왁왁허우다(답답합니다). 경해도 오사카에서 원호허는 사름덜이 온덴 햄저. 다덜 기대허고 지다렴시는 거우다."

"나도 그 야그럴 듣고 여그꺼정 온 거인디, 은제쯤 온답디여?"

"오널 닐 허는디 것도 와사 왓구나 허는 거주."

"저 거시기 하나만 더 묻젓소."

"하영 물어봐도 뒈우다."

"여그 온지 을매나 되얏소?"

"사흘째 뒈우다."

"잠자리넌 으쩌고 있소?"

"마구간에서 잠수다. 부두노동자네 숙소는 이미 꽉 차불엇저. 조선인 동포덜 집은 미공군 공습으로 몬(다) 타불엉 어서져불고."

'마구간'

청년의 말을 들은 율이 혼자 중얼거렸다.

현해탄의 하카다항

"일할 거리는 있소?"

"배 상역 하역허는 일이 이신데 일은 씨고 임금은 박하덴 협디다. 배에서 내린 손님덜 짐 날라주는 일도 잇고. 펜한 일언 엇어도 일본 말만 헐 줄 알민 일덜언 잇수다."

"말씀 고맙게 잘 들었소."

"게믄 나넌 이제 가쿠다. 이 근처에 돌아댕기다보민 또시 만날 거우다."

"친절하게 골아줘사 고맙수다."

"고맙수다예."

장규와 철과 율이 차례로 감사의 인사를 하고 청년은 떠났다.

"밥 먹엉 마구간 찾앙 그릅서(가요)."

부두노동자 숙소는 이미 꽉 찼다는 소식에 풀이 죽어버린 율의 목소리에 김이 빠져있었다.

"크크크. 기. 글라."

철이 율의 등을 툭 치고는 율의 어깨 위에 팔을 얹었다.


'따닥. 따닥. 따닥. 따닥.'

항만 주변은 하선한 승객들 게다 소리로 시끄러웠다. 삼삼오오 가족처럼 보이는 하선자들이 많은 짐들을 바리바리 싸서 들고 가거나 이고 지고 항만을 빠져나갔다. 항구 밖에는 하선한 자들의 짐을 등짐으로 져 나르는 사람들과 리어카꾼들로 붐볐다.

"조선에서 돌아오는 자덜언 무사 짐덜이 경 많은 거카? 저거 몬딱 우리 조선 사름덜 피와 땀일 거여."

율이 노여워하는 눈빛으로 귀국한 자들을 노려보았다.

"맞네. 우리 같은 젊은 사름덜은 한나도 읎소. 조선에서 노동일 허다 오는 자덜이 아니고 조선 사람덜 피 빨아 챙겨오는 자덜 뿐이라. 패전했어도 우리보다는 훨 나은 게라. 배도 먼저 차지허고. 에잇! 배 창시가 배배 꼬여불어 점심 묵는 거 소화가 될랑가 모르겄네."

장규는 단지 율의 말에 장단을 맞춰준다는 것에서 더 나아가 부아가 치밀어 욕이 목구멍까지 치받아 올라왔다.

"우동 먹자."

우동을 파는 리어카 노점이 나타나자 철이 분위기를 환기시키려고 경쾌하게 제안했다.

"그려. 먹는 게 남는 겨."

"오늘은 나가 사쿠다예. 두 그릇씩 먹읍서. 성님덜이 나 배낭도 대신 메고 댕겨시난게."

우동을 보며 식욕과 기분이 돌아왔는지 율의 목소리도 경쾌해졌다. 일본 어딜 가나 반찬은 늘 똑같았다. 장아찌 아니면 다꾸앙 한두 조각. 셋은 우동 두 그릇씩 후다닥 먹어 치우고는 모처럼 포만감을 느끼며 길 가는 사람들을 물끄러미 쳐다보았다.

"밤기차 탕 오느라 잠덜도 지대로 못 잣는디 읕찌감치 잠자리나 보러 댕깁서게(다닙시다)."

"온통 움막 같은 판잣집에다 모다 얼굴에 부황이 든 사람덜 뿐인디, 조선에서 돌아오넌 것덜만 번지르르한 기모노에 개지름 흐르는 면상덜이여. 퉤."

장규는 철의 제안을 들었는지 못 들었는지 입속에 씹다 남은 우동

찌꺼기들을 뱉었다.

"조선도 똑같이 부황 든 사름덜 뿐일거라. 중일전쟁 시작허민서부터 내내 쌀 공출 보리 공출에 시달려시난."

"이대로 고향에 돌아가민 아무 도움도 안 뒈고 입만 더 늘어나는 거 아니꽈?"

등받이 없는 나무의자에 팔짱을 끼고 앉아있던 율이도 한마디 보탰다.

"……"

"……"

"성님덜, 이제랑 일어낭 걸어댕기멍 마구간이나 알아봅서게. 우동도 소화시켜사 헌게."

율이 분위기를 바꾸려 화제를 돌리며 의자에서 일어섰다.

"그려. 율이 동상이 마구간 가고잡은가 본디 싸게 찾아댕겨보자고이."

"기여. 먹고 자는 게 남아도 두 배로 남는 거라."

장규와 철이 바닥에 내려놓았던 동전 배낭을 어깨에 메고 일어났다.

"고향의 향기가 아조 구수허구먼이라."

장규는 어제 시모노세키 다케자키 공원 긴의자에서 공연히 킥킥대고 웃었던 게 미안하기도 하여 짚더미 위에 눕자마자 말똥 냄새를 예찬하기 시작했다.

"나 코엔 아무 향기도 안 들어옵신디예."

율이 끝까지 장규를 물고 늘어졌다.

"율이 느 몸댕이 자체가 너무 쎈 향기라 다른 향기가 못 들어감신 거여."

철이 더 이상 율을 봐주지 않았다. 율은 농지거리 상대로 삼아도 될 정도로 불과 며칠 사이에 강자로 커가고 있었다.

"향기년 몰라도 돈언 호꼼 들러붙엇수다 예. 다 지나간 과거이긴 허주만."

이 대목에서 율의 말이 늙은이 말투처럼 느릿느릿 늘어졌다.

"마음은 미래에 사는 것. 그리고 지난 것은 그리워하느니라. 뿌쉬낀의 '삶'이렌 시다."

말똥 냄새에 고향의 향기가 섞이고 돈이 들러붙고 마침내 뿌쉬낀의 시가 새겨지자 분위기가 벌쭘해지며 잠시 조용허졌다.

항만과 역에서 멀리 떨어져 인적이 드문 마구간은 조용했다. 공습의 화마를 용케 피해간 것인지 주인의 살림집도 온전한 채로 보존되어 있었다. 집 외벽에 쌓아두었던 짚들도 바닷바람에 바싹 말라 있어 여로에 지친 나그네들에게 다다미 대용 요가 되어주었다.

'지난 것은 그리워하느니라.'

'어멍 아방 신엄고향집 도새기(돼지)털 에바조선소 아이오이다리 오타강 영미 천둥 시모노세키역 대합실 광장 니시야마 해변 파도소리 보름소리 밤기차 하카다 잿빛 거리'

'드르렁! 드르렁!'

이른 저녁에 코를 골며 율은 잠에 빠져들어 갔다.

'드르렁! 드르렁!'

'드르렁! 드르렁!'

누워 코를 골며 잠에 빠져든 세 사람을 멀뚱멀뚱 쳐다보는 옆 칸 당나귀의 눈망울에 환기통으로 들어온 노을빛이 반짝거렸다.

# 때가 왔다

"신문이요!"

"무슨 신문입니까?"

배달원이 자전거에 탄 채로 가게 안으로 신문을 건져 넣자 사다리 위에 올라가 가게 간판을 다는 형 주동을 돕던 천동이 물었다.

"다리 특별홉니다."

안장 짐칸에 신문이 가득 실린 자전거 페달을 힘차게 밟으며 배달원은 떠나갔다.

"형! 잠깐만."

"다 달았는데 중간에 내려가면 어떡하냐?"

천동이 사다리에서 서둘러 내려가자 주동이 핀잔을 주었다.

"금세 올라올게."

천동은 들은 척 마는 척하고는 내려와 신문을 주워들었다.

조련 오사카지부 재일조선인 구호 지원에 속도를 낸다

천동은 다른 기사들은 다 건너뛰고 구호 지원이란 글자에 눈이 닿았다.

　……　종전이 되었는데도 친일파 민족반역자들이 아직도 경거망동을 일삼고 있다. 일본에 남아 있는 재일동포들에게 가장 중요한 임무 중 하나는 역시 귀국동포들을 돕는 일이다. 귀국동포들은 여비, 숙소, 귀국승선권 구매 등 모든 부분에서 어려움을 겪고 있다. 이런 열악한 환경에서 오직 자신들만의 안위와 이익을 위해 술수와 불법을 저지르는 무리들이 있으니, 그들이 바로 친일파 민족반역자들과 그들 단체 간부들이다. 원래 귀국승선권은 공장이나 회사별로 교통공사에 신청하면 접수 순서대로 승선권을 발급하게 되어 있다. 그런데 일부 몰지각한 자들이 교통공사 여객과 소속 간부에게 상당한 액수의 뇌물을 먹이고, 뇌물을 수뢰한 자들은 관인을 위조하여 불법 귀국승선권을 우선 발급해주는 부정행위를 저지르고 있다. 이 부정행위자들이 바로 협화회 동아연맹 일심회 상애회 관계자들이다. 우리 조련과 선량한 재일동포들은 이들의 파렴치함을 규탄하는 바이다.

　드디어 때가 왔다.

　이들을 재일조선인 사회에서 추방하자.

　내일 10월 3일 오후 2시 재일본 오사카 동포들이 '쓰루하시'에 모여 친일민족반역자 추방을 위한 규탄대회를 개최한다……

"뭐 하냐? 다 읽었으면 올라오지 않고. 신문 외우냐?"
주동이 큰소리로 재촉했다.
"어, 올라가."

천동은 사다리에 올라 간판의 한쪽을 잡고는 수평이 맞게 높이를 조절했다.

"시모노세키 소식이라도 실려 있어?"

천동의 마음을 익히 알고 있는 주동이 관심을 보였다.

"아니."

"그럼? 뭐 읽느라 시간 걸렸어?"

"내일 '쓰루하시'에서 부정한 민족반역자들을 추방시키는 규탄대회 연다는데."

"교통공사와 짜고 귀국승선권 암표를 빼돌린 것들이군."

"알고 있었어?"

"대충. 자세히는 모르겠고. 내일 갈려고?"

"응. 형은?"

"한 사람이라도 가게를 지켜야지. 이제 간판까지 다시 달았는데."

"알았어. 이제 고정시켜도 되겠는데. 형 먼저 박아."

"엉."

'쾅! 쾅! 쾅! 쾅!'

주동은 니스를 칠한 목판에 가로로 '경성신발' 상호가 쓰인 간판 가장자리에 못질을 했다.

'쾅! 쾅! 쾅! 쾅!'

주동 쪽의 망치질이 끝나자 천동이 쪽에서 망치질을 마무리하였다.

미 공군의 공습에 따른 화마를 피해가지 못한 쓰루하시 시장도 아직 재건이 다 이루어지지 않아 곳곳이 휑하니 빈터로 남아 있었다.

'오사카에 조선인들이 이렇게 많았었나?'

천동은 개최 시작 5분 전에 쓰루하시 시장에 도착했다. 공터는 이미 군중들로 꽉 차 있었다. 꽹과리 소리와 북 소리, 장구 소리가 울려 퍼졌다. 하양 바지저고리 차림에 이마에는 파랑 머리띠, 허리에는 빨강 허리띠, 발목에는 검정 대님을 맨 놀이패들이 군중들의 외곽을 돌며 길놀이를 하고 있었다. 봄기운을 맞아 쑥쑥 솟아 나온 미나리들이 바람에 흔들리듯 군중 속에서 수십 개의 만장이 펄럭였다.

'신조선을 건설하자'

'이카이노 재건하자'

'귀환동포 지원하자'

'조련 결성 환영한다'

'민족반역자들 추방하자'

흰 천에 세로로 검은 먹물을 매긴 조선어 물결이 공중에 핀 백화제방처럼 넘실댔다.

"다음은 재일조선인연맹중앙결성준비위원회 관서지역 대표를 맡고 있는 김석정 대표님의 연설이 있겠습니다. 힘찬 박수로 맞이하여 주십시오."

사회자가 순서에 따라 오늘의 연설자를 소개했다.

"와————"

"왓쌰! 왓쌰! 왓쌰! 왓쌰!"

"왓쌰! 왓쌰! 왓쌰! 왓쌰!"

"왓쌰! 왓쌰! 왓쌰! 왓쌰!"

　검정 두루마기를 입은 김석정이 트럭에 마련된 임시연단에 오르자 군중들은 박수와 함께 왓쌰 함성으로 호응하며 연설자를 맞이했다.

　"이 자리에 모이신 우리 재일오사카, 그리고 관서지역 동포 여러분. 여러분의 단결과 후원에 힘입어 조련준비위가 뜨고 이제 재일본 전국 조련이 출범할 날이 며칠 남지 않았습니다. 저는 여러분의 기대에 어긋나지 않게 그 어떤 난관도 뚫고 나가 반드시 우리들의 조직 결성을 완수하고 발전시켜 나가는 데 열과 성을 다 바칠 것을 약속드립니다."

　"와————"

　"왓쌰! 왓쌰! 왓쌰! 왓쌰!"

　"왓쌰! 왓쌰! 왓쌰! 왓쌰!"

　김석정의 힘찬 모두 인사에 군중들이 함성과 박수로 화답했다.

　"그런데 여러분. 우리들의 조직을 시기하고, 우리들의 진군을 방해하려는 자들이 있습니다. 그들은 다름이 아니고 여러분들도 이미 알고 있는 친일민족반역자들입니다.

　이들은 수십 년간 일본 지배자들에 붙어 알량한 기득권 쪼가리의 단물을 빨아먹어 왔던 자들 아닙니까?"

　"옳소-!"

　"쳐죽일 넘덜이지."

　"이들은 바로 일제 경찰의 끄나풀이 되고 밀정이 되어 독립운동가들을 고발하고, 조선어를 쓰는 동포들을 밀고해왔던 자들 아닙니까?"

"맞수다!"

"옳소-!"

"맞구만이라. 쏙이 씨언허다."

"바로 이런 자들이 자신들의 지난 과거에 대한 반성과 참회는 고사하고 지금 이 순간까지도 동포들에게 해악을 끼치는 파렴치한 행위들을 일삼고 있습니다. 종전은 되었다고 하나 우리 동포들은 고향에 돌아가지를 못하고 있습니다. 4등국민으로 취급되어 배를 제때 못 타는 것도 억장이 무너질 판인데, 기다리고 기다리며 귀국 승선권을 배급받으려는 동포들의 등에 칼을 꽂는 자들이 있습니다. 이들은 교통공사 간부에게 뇌물을 먹였습니다. 뇌물을 받아먹은 자들은 이 민족반역자들에게 관인을 위조하여 만든 불법 귀국승선권을 우선 발급해주는 부정행위를 저질렀습니다. 그러면 어떻게 됩니까? 법에 따라 순서에 따라 먼저 신청했던 선량한 귀국동포들은 그만큼 늦게 배를 타야 하는 것입니다. 늦게 배를 타면 어떻게 됩니까? 멀리 타향에서 힘들게 번 돈을 헛되게 쓰며 하염없이 배 탈 날짜를 기다려야 합니다. 고국에서 남편을 아들을 오빠를 기다리는 가족들은 어떻게 됩니까? 눈이 빠지고 목이 빠질 것입니다."

"옳소-!"

"반역자들 추방하자!"

"협화회를 몰아내자!"

"동아연맹 뽀사불자!"

"일심회럴 모사불자!"

"상애회럴 조져불자!"

출렁거리는 만장들 사이로 함성과 박수 소리가 퍼져나갔다.

"여러분!"

김석정이 손을 들어 군중들을 진정시켰다.

"여러분, 반가운 소식을 하나 알려드리겠습니다. 오늘 아침에 우리 조련 대표들이 도쿄에서 일본 내각 후생대신, 운수대신을 만나 담판을 벌였습니다. 그 자리에서 우리는 당당하게 우리 재일동포들의 염원을 요구하였습니다. 그 결과 앞으로 조국으로 귀환하는 재일동포들의 수송 계획과 실행 일체를 우리 조련에서 맡기로 하였습니다. 이 모든 성과는 오로지 우리들의 단결이 이루어낸 것입니다."

"와————"

"조련 최고다—!"

"왓쌰! 왓쌰! 왓쌰! 왓쌰!"

"왓쌰! 왓쌰! 왓쌰! 왓쌰!"

박수 소리와 함성이 고조되었다.

"여러분, 드디어 때가 왔습니다. 우리들의 신조선이 우뚝 서는 그날까지 단결합시다. 그리고 단결된 힘으로 일본에 남아서 우리들의 앞길을 가로막는 친일민족반역자 무리들부터 추방합시다."

석정의 연설은 차분했다. 그는 목소리를 높이지도 않았고 의식적으로 주먹을 쥔다거나 팔을 휘젓지도 않았다. 다만 매우 잘 준비된 그의 연설 내용은 분명하고 단호하고 알아듣기 쉬웠으며 구체적이었다. 승리감에 들뜬 군중들은 믿음직스러운 오사카 관서지역 조련 대표자 연설에 열광했다.

"반역자들 추방하자!"
"협화회를 몰아내자!"
"동아연맹 뽀사불자!"
"일심회럴 모사불자!"
"상애회럴 조져불자!"

'다리 특별호'

천동이 '쓰루하시'에서 가게로 돌아오자 어제에 이어 또 다른 '다리 특별호'가 배달되어 있었다. 천동은 귀국이라는 글씨가 쓰여 있는 기사를 찾아 훑어 내려갔다.

때가 왔다.

조련은 재일조선인들을 대표해서 대장성으로부터 1억 엔의 보상금을 받아냈다. 이 보상금은 오로지 귀국동포들을 위해 쓰일 것이다. 지금 하카다항에는 연일 조국으로 귀국하려는 동포들이 속속 모여들고 있다고 한다. 그러나 공습으로 폐허가 된 그곳에는 동포들의 집들도 불타서 없어지고 잠자리도 일자리도 없다. 귀국 임무를 수행하는 군함에는 일반인은 탈 수도 없다. 언제 어떻게 배에 오를 수 있는지, 협화회 회원증을 분실한 자들은 어떻게 재발급 받을 수 있는지, 배표는 어디서 어떻게 구하는지, 아무런 정보도 없는 상태로 동포들이 방치되어 있다. 조선으로 귀국하는 배는 하카다에서 출항한다는 도쿄 맥아더사령부의 지령이 공식적으로 발표될 때까지 마냥 기다리고 있을 수만은 없어 오사카 조련 귀국원호회는 내일 하카다로 출발한다. 우리는 한 사람의 동포라도 더 일찍 안전하게 고국으로 귀환할 수 있도록 분투의 노력을 다하고 돌아올 것이다.

"이봅서."

"어서오세요."

"여자 꽃고무신 일곱 문짜리 보여줍서."

"네."

제주 말을 쓰는 청년이 들어오자 천동이 상쾌한 음성으로 손님을 맞았다.

"귀국하십니까?"

진열대에서 아가리에 청색 테가 쳐진 연보라색 고무신을 꺼내 청년에게 보여주며 천동이 물었다.

"경험수다."

"축하드립니다. 배는 어디서 타십니까?"

"하카다에서 탈거우다예."

"신발 맘에 드십니까?"

"곱닥허우다예."

청년은 만족한 얼굴로 고개를 끄덕였다.

"계산은 저기 입구에 가서 하십시오."

"네. 수고헙서."

청년이 뒤로 돌아 통로를 빠져나가는 걸 보면서 천동은 다시 한번 특별호의 기사를 훑었다. 시모노세키라는 글자는 눈에 띄지 않았다.

'잘 되어가고 있어. 그런데. 율아, 시모노세키가 아니고 하카다다. 하카다. 알아서 잘 찾아가겠지? 믿는다. 알아서 잘 찾아갈 거라고.'

## 한 줄기 빛

　율과 철과 장규는 아침 일찌감치 항구로 나왔다. 하카다항 주변에 조선인들이 늘어나고 있다고 하니 마주치는 대로 분위기도 느끼며 유용한 정보라도 얻고 일자리라도 알아볼 겸 해서였다. 입항한 배는 아직은 없었는지 기모노나 게다차림의 일본인들은 눈에 띄지 않았다. 하선한 선객들의 짐을 옮겨주는 짐꾼들이나 리어카들도 보이지 않았다. 아마도 항구 사정에 적응하고 익숙한 자들은 배가 들어오는 시간에 맞춰 모여들었다가 일이 없으면 빠져나가는 것 같았다. 매표소를 들락거리거나 그 주변을 서성거리는 청년들이 더러 눈에 띄었다. 아마도 이제 막 하카다에 도착하여 귀국행을 알아보려는 조선 청년들일 거라는 생각에 세 사람은 매표소로 접근했다.
　"조선 사름이우과?"
　철이 매표소 창구 근처에서 서성대고 있는 한 소년에게 다가가 먼저 말을 걸었다.
　"그렇습니다. 귀국하는 분들입니까?"
　소년은 긴 여행으로 얼굴이 푸석하고 피곤해 보였으나, 귀밑에 솜털이 뽀송하게 나 있는 앳된 얼굴인 걸로 보아 율의 나이쯤 되어 보였다. 양 어깨에 멜빵을 걸고 등에 지고 있는 황록색 배낭, 황록색 긴 소매 작업복, 가슴주머니 바로 위 위치에 부착된 응징사 표식과 마크가 그가 징용노무자 소년임을 나타내주고 있었다.

"경험수다. 배표는 못 구햇주예(못 구했지요)?"

철은 간단한 부정 답변을 유도하는 질문으로 화계를 열었다.

"네. 못 구했습니다. 어찌 된 건지 매표소 창구는 닫혀 있고 매표원도 없네요."

상황 파악을 할 수가 없어 막연하던 차에 나타난 철이 일행이 어느 정도 매표 사정을 알고 있다는 투로 질문을 하자 청년은 혹시 무슨 정보라도 들을 수 있을까 하여 철의 얼굴을 응시했다.

"조선인은 군인이 아니믄 당장 배 못탄덴 허우다. 우리도 어제 이디 도착헤연 알앗수다."

"그러면 우리 같은 사람들은 언제 탈 수 있는 겁니까?"

"자세한 날짜까지는 몰라도 호꼼 기다리믄 타진덴 헙데다."

"호-꼼 기다리믄 타진덴 헙데다? 무슨 뜻입니까?"

소년은 두 손으로 어깨께 멜빵을 잡아당겨 뒤로 쳐지는 배낭을 바싹 들쳐 올리며 동그래진 눈으로 철이 일행을 둘러보았다.

"아-, 게난. 나 말은."

철이 검지손가락을 세우고 손목만 까딱거리며 뜸칫거렸다.

"아 긍게 그 말언 거시기, 잠 기다리면 배럴 탈 수 있다, 그 말이시."

장규가 나서서 통역하였다.

"아-. 네에-."

말끝을 올리는 것도 아니고 내리는 것도 아니고 어중간한 높이에서 끝나는 소년의 답변이나 눈빛에 나타난 반응은 무슨 말인지 알아듣기는 하였으나 여전히 뭔가 다는 알아듣지 못했다는 표정이었다.

"서울 사람이요?"

"네."

"아침은 자셨소?"

"아직 안 자셨, 아니 아직 안 먹었습니다."

장규의 질문에 소년이 고개를 절레절레 흔들며 엉겁결에 나오던 답변을 고쳤다.

"우리 밥 먹으러 항께 갑시다. 밥 먹음시롱 찬찬히 야그 잠 허드라고잉."


'후르륵 후르륵'

"한 그럭 더 허겄소?"

'후르륵 후르륵'

주문한 우동이 나오자 서울 소년은 시장했었는지 말 한마디 없이 먹는 데만 열중했고, 장규의 질문에도 고개만 끄덕이며 그릇 아가리에 입을 대고 국물을 마셔댔다. 넷은 노점 식당의 등받이 없는 좁고 긴 널빤지의자에 나란히 앉았다. 긴의자 제일 오른쪽 끝에 소년이 앉았고, 장규가 소년의 바로 왼쪽 자리에 앉았다. 제주 말을 알아듣지 못한다는 걸 알고부터 철과 율은 아예 입을 닫았다.

"그란디, 그 옷 안 덥소? 곧 낮이 되면 더울 텐디."

가을이 왔어도 낮이 되면 후덥지근해지는 바닷가 날씨에도 소년은 땀에 전 긴 소매 작업복 차림이었다.

"기차 타고 오는 동안에도 낮이 되면 덥긴 더웠습니다. 산에 있을 땐 추웠었는데."

우동 한 그릇을 국물까지 후다닥 먹어치운 소년이 비로소 다시 입을 떼었다. 그는 추가 주문한 우동이 나올 때를 기다리며 손에 든 젓가락을 바닥에 내려놓지 않고 계속 들고 있었다.

"산이라고? 무슨 산?"

"광산이요. 도야마광산."

"도야마광산. 거 이름은 들어봤는디. 쪼-기 중부지방 동해안에 있덜 않소?"

"네. 맞습니다. 호쿠리쿠 지방이라고도 합니다."

"어느 회사요?"

"여기, 미쓰이금속광업입니다."

소년은 자신이 입고 있는 옷소매를 가리켰다. 소매 팔뚝 부위에는 마름모꼴로 한자 우물 정자가 수놓아져 있고, 그 사각형 안에 한자 석 삼자가 수놓아진 검정색 미쓰이(三井) 표식이 있었다.

"자-. 싸게 드시오. 식기 전에."

"네. 같이 드시지요."

"아. 우리는 되얐소. 어제 많이 먹었응게."

추가 주문한 우동이 나오자 소년이 인사치레로 함께 먹을 것을 권하고는 다시 먹는 데 집중했다.

"게고 보난 저 표식이 미쓰이 표식 맞수다. 고베에서도 저 옷 입엉 댕기는 사름덜 하영 봔."

"미쓰이 사름덜이 제주에 들어완 소년덜얼 나치럼 강제로 끌고갓덴 이야긴 나도 들언.”

그동안 침묵을 지키던 철과 율이 한 마디씩 하며 미쓰이의 윤곽을 그려나갔다.

"잘 먹었습니다. 고맙습니다.”

우동 두 그릇을 거뜬히 먹어치운 소년의 얼굴은 처음 매표소에서 만났을 때와는 달리 한결 편한 표정이었다.

"한나 물어봅시다. 올해 얼매나 자셨소?"

"열여덟 먹었습니다.”

소년은 그새 장규의 말투에 적응이 되었는지 단박에 대답하였다.

"그라믄 율이 동상과년 어치게 되능가?”

"나랑 똑 닮수다. 반갑수다.”

좌측 끝에 앉아 있던 율이 앞으로 고개를 쑥 내밀며 장규 건너 앉아 있는 소년을 바라보며 인사를 건넸다.

"네. 반갑습니다. 그런데 똑 닮수다가 무슨 뜻-?"

소년은 말을 자꾸 못 알아듣는 것이 미안하기도 하고 계면쩍은지 말끝을 흐리며 장규를 쳐다보았다. 통역해 달라는 표정이었다.

"나이가 똑같다는 뜻이요. 동갑내기. 제주 말이라 알아먹기가 에려분거지라이.”

"아- 제주도. 저는 이동주라고 합니다. 인사가 늦었습니다.”

동주도 고개를 내밀어 장규 건너 율을 바라보며 인사하였다.

"김율마시.”

"성철마시.”

"허-. 통역은 나가 햄시롱 인사는 질 꼬래빌세. 조장급니다.”

"이렇게 만나서 정말 기운이 납니다. 두 분은 형님들 같은데 잘 부탁드립니다."

동주는 말투뿐만 아니라 태도 하나하나가 매우 곤손했다.

"그나저나 소매 없는 웃웃얼 한나 장만해사 것는디."

장규는 다시 동주의 웃웃을 화제에 올렸다.

"나 거 또 호나 잇수다. 갈앙입읍서. 새 옷이우다."

율은 철과 함께 시장에 갔을 때 여분으로 사두었던 옷을 가방에서 꺼내 장규에게 건네고, 장규가 다시 동주에게 건넸다.

"엇. 이런 새 옷을. 갈아입을 옷도 있어야 하지 않습니까? 나는 하나 사 입으면 되고."

동주는 미안하고 고마운 마음에 선뜻 옷을 갈아입지 못하고 무릎 위에 올려놓고 있었다.

"나는 또 호나 이수다. 이게 미쓰비시 표식이우다. 나도 응징사엿수다."

율은 니기야먀 해변에서 철이 바닷물로 빨아 말려준 미쓰비시 작업복을 꺼내보이며 소매의 미쓰비시 표식을 가리켰다. 히로시마 피란 때 한부길이 구해다 준 옷이었다. 짧은 소매단에는 정삼각형 안의 중심으로부터 세 개의 각 꼭짓점으로 연결된 빨강 다이아몬드 세 개가 수놓아져 있었다.

"미쓰비시 응징사?"

주동의 눈이 번쩍 빛났다. 미쓰이와 비슷한 회사 이름, 게다가 응징사. 제주 말을 알아듣기가 어려워 대화하기가 어색하고 불편하다고 느꼈던 거리감은 순식간에 싹 사라져버렸다.

한 줄기 빛 233

"혼저 갈앙입읍서."

우측 끝에 앉아 보고 듣고만 있던 철이 바로 왼쪽에 앉아 있는 동주에게 무릎 위에 놓여 있는 옷과 입고 있는 옷을 번갈아 가리키고는 두 손으로 물레 돌리는 동작을 하였다.

"네. 잘 입겠습니다."

철의 동작을 보고는 굳이 통역이 필요 없었든지 동주는 바로 반응하며 입고 있던 옷의 단추를 풀었다.

"조선 사람입니까?"

네 사람은 일제히 등을 돌렸다. 위아래 감색 양복에 속은 흰색 와이셔츠 차림인 중년의 사내가 서 있었다. 그는 이마 부분에 검은 색 한글이 쓰인 흰 무명 머리띠를 두르고 있었다.

'귀국원호회'

네 사람은 사내가 두르고 있는 머리띠를 보고는 약속이나 한 듯이 일제히 자리에서 벌떡 일어났다.

"그란디여?"

장규가 대표적으로 답을 했다.

"귀국 배 타러 왔습니까?"

사내가 단도직입적으로 일행에게 물었다.

"그란디여?"

"고생 많습니다. 자. 이거 한 장씩 읽어보세요."

사내는 손에 쥐고 있던 삐라를 한 장씩 나눠주고는 옆 자리 노점 식당에 모여 있는 사람들 쪽으로 갔다.

귀환동포 여러분

우리는 '재일조선인연맹중앙결성준비위원회 오사카지부'에서 온 귀국원호회입니다.

우리 조련 귀국원호회는 어려움에 처해 있는 귀환동포들을 돕고자 오사카에서 출발하여 오늘 새벽 이곳에 도착하였습니다. 협화회 회원증을 분실하여 신분증이 필요하신 분, 잠자리가 필요하신 분, 환전이 필요하신 분, 귀국증이나 귀국승선권이 필요하신 분은 귀국원호회 출장소로 오십시오. 함께 역경을 헤쳐 나갑시다. 출장소의 위치는 하카다항 매표소 맞은편입니다.

단기4278년 10월 4일 귀국원호회 하카다 출장소


웃옷을 벗은 채 속옷차림으로 삐라를 읽은 동주가 감정이 벅차올라 두 손을 꼭 쥐었다.

"되얐어. 인자 되얐어. 싸게 옷 입고 가봅시다."

장규가 앞장서자 철과 율이 뒤따르고, 동주가 옷의 단추를 채우지도 않고 배낭을 메면서 허겁지겁 뒤를 따랐다.


'귀국동포들이여. 어서 오십시오.'
'조선인 귀국원호회'


매표소 맞은편 2층 건물 입구 위에는 흰 무명천에 두 줄의 환영인사가 한글로 쓰인 현수막이 걸려 있었다. 아침에 항구에 도착했을 때만 해도 보이지 않았던 구호의 손길이 그새 혜성처럼 나타난 것이다. 항구 주변에 있다가 소식을 들은 조선인들이 건물 입구로 모여들고 있었다. 2층으로 올라가는 계단 입구 벽에는 위를 향해 있는 화살표 사선과 함께 '귀국원호회' 안내문이 붙어 있었다. 일행이 계단을 오르는 중에 머리띠를 두르고 손에 삐라를 쥔 젊은이들이 계단을 내려왔다.

"반갑습니다. 어서 오십시오."

젊은이들의 목소리는 정중하고 힘이 넘쳤다. 그들은 매우 절도 있고 훈련이 잘 되어 있는 회원들이었다.

"반갑습니다. 어서 오세요."

사무실에 들어서자 중년의 여성이 역시 반가운 목소리와 표정으로 일행들을 맞았다. 오십여 평 남짓 되어 보이는 출장소 사무실 안은 이미 많은 사람들이 들어차 있었다. 등받이 없는 좁고 긴 나무의자들이 복판이건 벽쪽이건 가리지 않고 줄줄이 배치되어 있었다. 장규 철이 율이 동주 넷은 빈자리를 찾아 앉았다. 머리띠를 한 젊은이들 넷이 우르르 들어와서는 맞은편 안쪽 벽에 쌓여 있는 종이 상자 안에서 삐라를 꺼내 손에 손에 쥐고는 다시 나갔다. 사람들이 계속 들어왔다. 얼굴 생김새로 보아 대부분 이십대 청년들과 십대 소년들이었다. 불과 10분도 지나지 않은 시간에 긴의자들 좌석이 다 채워지고 입구에 서 있는 자들이 생기기 시작했다. 원호회원과의 상담이 끝나서 나가는 사람들보다는 들어오는 사람들이 훨씬 더 많았다. 간밤에 도착하여 번갯불에 용 구워먹듯이 꾸민 출장소는 어수선한 가운데에서도 활기에 넘쳤다.

"김석정이라고 합니다. 삐라를 받아보셨습니까?"

순서가 되어 탁자 맞은편에 나란히 앉은 장규, 철이, 율이, 동주를 마주보면서 김석정이 거두절미하고는 예의 바르고 세련되게 상담을 시작했다.

"네."

철이 네 사람을 대표해서 답변했다.

"무엇을 도와드릴까요?"

"율이부터 하자."

율의 어려운 사정을 알고 있는 철이 율의 바로 우측에 앉아 우선 상담 순서를 정했다.

"호솔(잠깐) 기다립서예."

율은 가슴주머니에서 신문을 꺼냈다. 장규가 오사카에서 가져온 『다리』 '특별호'였다. 율은 접혔던 신문을 펼치고는 석정에게 내밀었다.

"근데 왜 신문을?"

석정은 예상치 못한 율의 모습에 입을 다물지 못하고 의아하다는 표정을 지었다.

"이듸에 보민 오사카를 재건하기 위헤연 돈얼 모은덴 쓰염신디 맞수과?"

율은 손가락으로 해당 기사 부분을 가리켰다.

"그렇소만."

"나 기부하지그립수다 게(기부하고 싶습니다)."

"네?"

석정의 입은 더 크게 벌어졌다.

"이거우다."

율은 철의 무릎 위에 놓여 있는 배낭을 집어 탁자 위에 올려놓고는 지퍼를 열었다. 배낭 속에는 자신을 대신하여 철이 들고 다니는 홀치기주머니가 들어 있었다. 율은 배낭에서 홀치기주머니를 꺼내 탁자에 놓았다. '절그렁'하는 둔탁한 소리가 났다.

"그게 뭡니까?"

"동전덜이우다."

"아니 어떻게 이리도 많은 동전을."

"뒤에 사름덜이 하영 지다림시난 일일이 설명하기닌 어렵수다게."

"귀환하는 배 타려고 하카다에 오신 거 맞지요?"

"경험수다."

"아. 그럼 알겠습니다만 우리는 귀환동포들을 도우러 온 것이지, 기부받으러 온 것이 아닙니다. 고향으로 가지고 가시지요."

석정은 조금 당황스럽기도 해서 정중히 사양했다.

"나 걱정은 안 해도 괜찮수다. 고향에 가정 갈 돈이 따로 이수다. 장규성 거 이레 줍서."

율은 이번에는 바로 왼쪽에 앉아 있는 장규의 무릎 위 배낭을 들어 탁자 위에 올려놓았다.

"어-. 어."

전혀 예상치 못한 상황 전개를 제대로 소화시키지 못하고 그저 멍하니 율의 모습을 바라보고 있던 장규는 얼떨결에 엉거주춤 일어서며 두 손으로 배낭의 밑을 받쳐주었다.

"아까 받앗던 삐라에 환전도 해준덴 쓰염신디 이거 지폐로 바꿔줍서예."

율은 배낭에서 또 하나의 홀치기주머니를 꺼내놓았다.

"이게 모두 얼마입니까?"

"나도 모르쿠다예. 잠자리도 마땅치 않아노난 펜히 앉앙 돈 셀 디도 어서낫수다예. 정(지고) 다니기도 심들엇고. 게난 원호회서 알앙 세어그네 담에 또시 올커매 지폐로 바꿔줍서예."

"알았습니다. 그럼 언제 다시 오시겠습니까?"

"호나 물어보쿠다?"

"네. 뭐지요?"

석정의 얼굴에 미소가 번졌다. 그는 갸름하고도 앳된 소년의 얼굴을 한 율의 파격적인 언행에 그 사이 적응이 되면서 뒤에 순서를 기다리고 있는 사람들을 잠시 의식하지 않게 되었다.

"나도 이듸서 삐라 돌리는 거 돕고싶수다 예. 날 뽑앙줍서?"

"허허허-. 그럽시다. 동무. 언제부터 나오겠소?"

석정의 어투는 극존칭에서 평대로 바뀌었다.

"지금부터 허쿠다. 머리띠영 삐라영 줍서."

"허허허허-."

석정은 그냥 웃었다. 철이, 장규, 동주가 따라 웃었다. 출장소 안에 있던 원호회원들과 지원상담을 받으러 온 사람들이 어리둥절하며 바라보는 시선이 탁자 위 두 개의 홀치기주머니로 쏠렸다.

"게믄 다 뒌 걸로 알고 점심 먹엉 또시 오쿠다예. 성님덜도, 동주 동무도 오끗(그만) 일어납서. 뒤에 사름덜 하영 기다림신게. 앞더레 나가 이듸 댕길커매 성님덜 일이영 동주 동무 일이영 나가 다 처리

해 주쿠다."

　율이 일어서서 앞장섰다. 철과 장규가 급작스럽게 진행되는 상황에 채 적응이 안 되어 엉거주춤 따라 일어서서는 율의 뒤를 쫓았다. 분위기를 보며 따라 웃기는 웃었으나 무슨 영문인지를 모르는 동주도 어기적어기적 그 뒤를 따랐다.

　'기부금은 오사카 재건에 사용될 거라. 천동이 성아, 나 율이, 작년에 와신 응징사, 이제랑 죽지도 않고 돌앙감저. 천동이 성도 몸 건사헤영 돌아옵서.'

　귀국원호회 건물을 나오는 율의 머릿속에 천동의 얼굴이 떠올랐다.

　"나라가 어서졍부런 서러워신디 귀국원호회가 바로 나라 아니가?"

　"나가 일본서 번 돈 백분지 십 세금이렌 생각허고 이듸에 기부허쿠다."

　"맞수다. 맞수다. 나도 경 허쿠다. 오늘 닮은 날은 밥 안 먹어도 배 불런."

　"홍생회 귓것덜신디넌 수수료 한푼도 건넝가민 안 뒈주. 조선 사름덜 뒤통수치멍 일본넘덜신디 붙어먹고, 이제 완 조선인덜 돕젠, 귀환 돕젠 허멍 수수료 장사해처먹으켄 허는 겁주. 낯짝 두꺼운 넘덜이라."

　"참고 젼디다봉께 이런 날도 오는구만이라이. 요로크롬 상부상조 허는 거시 바로 나라 세우는 지름길이 되는 것이제."

　"껄배이짓 해가 돈을 벌어봐사 머하겠노. 마 나라가 있어사 배를 타고 가져갈 수 있다 아이가. 나 배타게 해주는 사람이 바로 독립운 동가고 나라인게라."

계단을 오르는 사람들이 저마다 달뜬 목소리로 한마디씩 쏟아내는 계단통은 설레임과 열기로 차오르고 있었다.

"글고봉께 율이 동상이 기부헐 때 나도 그리 혔어사 혔는디. 기차가 잠 섰다가 오줌 눌 시간도 안 주고 핑 떠나부는 거맹키로 번갯불에 용 구워묵듯이 벼락치듯 혀분게 기회럴 놓쳐부렀다 말이시. 쯧."

계단을 다 내려와 건물 출입구를 나선 장규가 손바닥으로 허벅지를 탁 치며 혀를 찼다.

"맞수다. 밥 한 끼 안 먹는덴 셈 치고 성의 표시라도 햇어사 해신디."

철도 아쉬웠던지 입맛을 다셨다.

"기부하지 그립수다라는 말이 기부하고 싶다는 말이었나요?"

출장소를 나서면서부터 내내 멍한 표정을 짓고 있던 동주가 장규를 쳐다보았다. 해석해 달라는 눈치였다.

"하이고. 나가 그만 나 생각에만 빠져 동주 동상얼 못챙겼구만이라이. 그려 맞소. 기부 머시기, 그립다넌 말이 바로 기부허고 싶단 뜻이요. 나도 알아듣기사 허지만서도 직접 말혀볼라고헝께 그게 잘 안돼야 이. 그려 그려. 기부."

기부 기회를 놓쳐버렸다는 아쉬운 감정에서 빠져나오자마자 장규는 동주가 느꼈을지도 모를 소외감을 달래주려 애썼다.

"괜찮습니다. 다음에 다시 오면 저도 십일조하겠습니다."

장규의 해석과 마음이 전해오자 동주의 목소리와 표정이 안정되고 씩씩해졌다.

　항구 곳곳에서 머리띠를 두르고 삐라를 돌리는 귀국원호회원들이 눈에 띠었다. 항구 주변 거리에는 외견상으로 보아도 조선인임을 알 수 있는 바지저고리 차림이나 갈옷차림 남녀들도 눈에 띠게 늘어났다. 일본인 귀환자들을 실은 배가 입항하는 때를 제외한다면 하카다 항 일대는 그야말로 조선인들의 거리로 바뀌어가고 있었다.

　"점심 먹기 전에 헐 말이 이수다예. 고만히 생각해보난 내가 실수럴 헌 거 닮아. 홀치기주머니 호나 기부허쿠다, 나도 귀국원호회에서 일허쿠다, 하기 전에 미리 성님덜신디(한테) 골아낫어사 해신디. 나가 나 생각에만 빠졍 이시다가 오끗 건너뛰엉부런. 미안허우다예 성님덜."

　노점 가게에 도착해 우동을 주문하자마자 율이 걸어오는 동안 준비해두었던 말부터 꺼냈다.

　"아─. 율이 동상 말언 아까 참에 2층 출장소에서 나가 기부허겠소, 나도 출장소에서 일하겠소 혔는디, 그걸 미리 우리덜허고 상의 안 허고 혀부러 미안하게 생각헌다, 그 말이시."

　장규는 율의 사과에 대한 반응보다는 동주를 위한 통역부터 챙겼다.

　"저도 알아들었습니다. 저 때문에 괜히 대화가 끊어지는 거 같아서."

　동주는 두 손을 가슴께에서 맞잡고 고개를 살짝 숙이며 미안해했다.

　"율아! 느 우리신디(한테) 미리 골아민(말하면) 우리가 말리카부덴

(말릴까봐) 안 헌 거주?"

장규와 동주 사이의 통역이 마무리되기를 기다렸다가 철이 나섰다.

"어……"

율은 긍정도 부정도 않는 어정쩡한 반응으로 사실상 인정하는 태도를 취했다.

"괜찮아. 잘햇저. 고치 못헤연 미안허고."

왼쪽 가장자리에 자리한 철이 옆에 앉은 율의 어깨를 감싸 안으며 율의 오른쪽 팔뚝을 꾹꾹 주물렀다.

"철이 성, 고맙수다."

철은 율을 처음 만났을 때부터, 더 정확하게 말하자면 처음 보았을 때부터 정이 들었다. 여윈 얼굴과 초췌한 옷차림을 제외한다면 율이 나이 때 자신의 모습과 너무도 닮았었기 때문이었다. 갸름한 얼굴과 뾰족한 콧날, 야무진 입술, 학처럼 긴 목, 날씬한 처녀와도 같은 호리호리한 몸매. 자신의 눈이 크지도 작지도 않은 크기에 외꺼풀이고 반달눈썹이라면 율의 눈은 크고 쌍커풀에 갈매기 눈썹인 것이 차이점이었다. 처음 만났을 때의 조금 수줍어하던 모습, 고향 동네 동무들이 지지빠이라고 놀려댔었다는 율의 과거 모습까지도 자신의 성격과 과거를 빼닮았다. 자신의 성격이 타향살이를 하며 서서히 능동적이고 외향적으로 바뀌어왔음에 비해 율은 자신보다 이른 나이에 빠르게 바뀌고 있었다. 그제 다르고 어제 다르고 오늘 다르게 바뀌어가는 율의 모습을 보며 이제는 단지 정을 느끼는 정도에서 더 나아가 끈끈한 믿음, 그리고 아랫사람에게서 처음 느끼는 경외감을 느겼다. 벼랑 끝에 몰린 양이 사선을 돌파해나가며 이리로 바뀌어가는 눈앞의 현실, 마치 형언할 수 없는 변화의 화신을 환각 속에서 목도하고 있는 느낌이었다. 율의 작은 허물은 다 덮어주고 율을 위해서라면 뭐든 다해주고 싶었다.

"저도 괜찮습니다. 같이 못해서 미안하구요."

동주의 호응이 곧 바로 이어졌다.

'짝짝짝.'

통역할 필요가 없어진 장규가 박수를 쳤다.

"우동 나왓수다. 먹읍서."

시모노세키에서부터 하카다에 이르기까지 단 한 번도 바뀌지 않는 식단, 우동과 다꾸앙 두 쪽. 그래도 질리지 않았다. 맛보다는 양이었기에.

단 한 번도 배부르게 먹어보지 못했던 섬나라 공장 밥. 광산 함바 밥. 보리에 쌀이나 옥수수가 듬성듬성 섞여 나오는 한 공기 밥. 바람이 숭숭 드나들 정도로 성기게 푼 밥은 꾹꾹 눌러 퍼 담은 고봉을 먹던 조선 사나이들의 배를 채워줄 리 없었다. 저들은 조선 사나이들 밥통 크기를 아는지 모르는지, 아니면 알고도 모르는 척한 건지, 그저 저 작은 체구들이 먹는 것만큼, 아니 노골적으로 말하자면 그보다도 더 적게 먹이고, 더 많이 부려먹었다. 다 채워지지 않는 공복으로 파고들던 그리움과 서러움. 주걱으로 쌀보리밥을 꾹꾹 눌러 퍼주던 어머니를 향한 그리움. 총 한 번 쏴보지도 못하고 나라를 잃은 서러움. 언제 끝날지 모르는 항구의 유랑이 이제 서서히 안개가 걷히며 뱃고동 소리가 귓전에 다가오고 있었다. 그래서 부족하면 돈을 더 내고 한 그릇 더 먹을 수 있는 우동이 맛있었다. 배도 불렀다.

"조선 사람입니까?"

넷이서 뒤를 돌아보니 머리띠를 두르고 손에 삐라를 들고 있는 귀국원호회원 둘이 서 있었다.

"경험수다. 게고 우리도 귀국원호회원이우다."

철이 뒤돌아 일어나며 인사를 건넸다.

"네? 회원이라고요?"

그들은 어리둥절한 표정이었다.

"네. 오늘부터 귀국원호회원 뒷수다. 거 삐라 이테 줍서. 우리가 돌리쿠다. 출장소에 강 김석정 선생신디 확인해 봅서예. 홀치기주머니패덜이렌 허민 알거우다."

"아 예. 홀치기주머니패들이라?"

철이 회원들이 손에 쥐고 있는 삐라 뭉치에 손을 갖다 대며 재차 달라고 하자 두 사람은 엉겁결에 순순히 내어주었다.

"자-. 시작헙서."

철은 장규, 율, 동주에게 삐라를 나누어 주며 자리를 떴다.

"우리 이 근처에서 돌리고 있을랑게 또 갖다주씨요잉. 요건 잠깐 돌리먼 다 읎어져분게."

갑자기 진행된 상황에 적응하지 못한 원호회원들은 그 자리를 떠나지 않고 네 사람이 움직이는 모습을 쳐다보며 서 있었다.

입항한 배가 있었는지 기모노와 게다 차림으로 짐을 싸들고 항구를 빠져나와 리어카꾼들이나 짐꾼들과 흥정하는 인파들이 거리를 메우고 있었다.

"どこから来た船ですか。"(어디서 오는 배입니까?)

조선인으로 보이는 짐꾼이 기모노 차림 장년여성 하선객의 짐을 등에 지며 묻는 소리가 들려왔다.

"釜山ですよ。"(부산이요.)

하선객들이 항구 주변을 배회하는 조선인들과 뒤섞이며 항구 주변은 북새통을 이루었다.

"자-. 조선인덜만 받아갑서. 조선인덜만."

철과 율이 북새통 사이사이를 헤치고 다니며 삐라를 배포했다. 조선말을 알아듣는 자들이 다가와 삐라를 받아갔다.

"자-. 조선양반덜만 받으씨요. 일본아그덜언 말고이."

"자-. 조선분만 받아가세요. 조선분만."

장규와 동주도 철과 율이 진행하는 방향으로 나란히 움직였다.

'퉷!'

사무라이 옷차림으로 따닥따닥 게다소리를 내며 걸어가던 한 노인이 삐라를 배포하는 일행들을 힐끗 쳐다보고는 바닥에 침을 뱉으며 지나갔다.

"나 조선 사름이우다. 뭐으꽈?"

"나도 조선 사람이지라. 먼 내용이당가요?"

"나 조선 사람입니다. 한 장 주시오."

조선, 조선, 조선, 조선 하는 소리가 점점 빈번해지며 항구의 거리로 번져갔다.

네 사람의 손에 든 삐라가 다 떨어져갈 때 즈음 하선객들은 거리에서 거의 사라지고, 손에 삐라를 한 장씩 쥔 조선 사람들이 여울로 몰리는 물살처럼 귀국원호회 출장소로 향하고 있었다.

출장소는 건물 입구부터 계단을 거쳐 사무실 안까지 드나드는 사람들로 붐볐다. 방문하는 사람들이 늘어나자 상담하는 원호회원들도 늘어나 있었다. 해거름을 넘겨서야 출장소가 한산해지기 시작했다.

"저런 니미럴. 빈 배로 가네. 빈 배로. 부산으로 가는 배일 거인디."

2층 계단참 창가에 서서 창밖으로 부두를 살펴보던 장규의 입에서 욕이 튀어나왔다. 계단참에 퍼질러 앉아 출장소 안의 내방객들이 빠져나가기를 기다리던 철과 율과 동주가 일어서서는 모두 창밖으로 보이는 부두를 응시했다. 도크를 출발한 군함 한 척이 서서히 하카다항만을 빠져나가고 있었다.

"빈 배인줄 어떵 알앗수꽈?"

"거리에 있음시로 몇 시간 동안 군인덜 실은 차 항구로 들어가는 거 한 대도 못 봤소. 그라고 갑판에도 원숭이새끼 한 마리 안 보였응게."

철의 질문에 장규가 확신에 찬 근거를 댔다.

"그게 사실이라민 조선인 군인덜언 빠져나갈만큼 빠져나갓덴 건디."

"거 듣고 봉께 또 그라네. 그라믄 이제사 일반인 차례가 오고 있단 말이시."

"경해도 일분일초 아끼고 서둘러 돌아강 부산에서 대기햄신 일본인덜 태워오젠 우리닮은 일반인덜언 아직 안 태워 줄 거우다."

"그려. 그려. 니미럴은 니미럴이네."

"겐디 군함이 '군대환'*보다 하영 큰디."

"군대환이 큰 배였소?"

"제주 사름덜언 첨 봔 큰 배엿수다."

"멫 명이나 태왔소?"

"하영 태울 때넌 한 팔백 멩까지도 태워낫수다."

"그라믄 저 군함은 멫 명이나 태우겄소?"

"배 속이 어떵 생겸신가 모르켜마는 눈 짐작으론 한 오천 멩."

철은 머릿속으로 이런 저런 계산을 하는 듯 고개를 갸웃거렸다.

"그라믄 계산 잠 혀봅시다. 배가 가는 디 하루, 오는 디 하루 걸린다 치믄 이틀에 사천 명 실엉 날른단 거인디. 이십 일이믄 사만 명, 한 달이믄 육만 명, 열 달이 지나믄 육십만 명. 하카다에서 배 탈려고 대기하년 조선인덜이 몇 명이나 되겄소?"

"건 나도 자세히는 모르켜마는 탄광이영 오사카 공장이영 고베공장이영 나고야 공장이영 히로시마 공장이영 큐슈 탄광이영 수많은 곳에 이신 조선인덜 다 합치믄 이백만은 족히 넘을 거우다. 그중 몇 멩이나 돌아가젠 허는지, 하카다엔 멫 명이나 모염신지넌 저 안에 이신 귀국원호회 사름덜이 알 거우다."

"성님덜! 사름덜 다 빠졍 나갓수다예. 혼저 들엉갑서."

율과 동주가 먼저 안으로 들어가고 난 후에도 장규와 철은 부두로 향한 눈을 거두지 못하고 잠시 입맛을 다시다가 뒤따라 들어갔다.

---

\* 기미가요마루(君が代丸)는 1926년부터 1945년까지 제주와 오사카를 직항하던 일본선박이다. 러시아가 건조한 군함이었으나 일본 선사가 매입하여 여객선으로 사용하였다.

"어서들 오시오. 이야기 전해 들었습니다. 수고들 했습니다."

이미 구면이 된 석정이 반갑게 일행들을 맞았다.

"아침에 와실 적에 깜빡 잊언 말얼 못해나신디 ᄋ̄ 김율 씨 말고 우리 셋도 기부금얼 내켄 헙니다."

철이 긴의자에 안자마자 기부 의사부터 밝혔다.

"이제 귀국원호회원들 아닙니까? 내가 잘못 전해 들었나요?"

석정이 고개를 갸웃하면서도 침착하게 답변했다.

"맞수다. 우리 네 사름 다 귀국원호회원들 뒛수다. 경헤연 삐라 선전활동도 헌 거주."

철이 마디마디마다 힘을 주어 확답을 했다.

"그럼 우린 이제 모두 한 가족입니다. 같은 가족끼리는 기부금을 받질 않습니다. 허허허."

"에엣?"

어깨를 뒤로 쭉 빼는 철의 입이 다물어지질 않았다.

"허-. 이런. 거 머시냐. 그게 아니고……"

장규가 어깨를 앞으로 쑥 내밀며 무슨 말인가를 하려 하면서도 잇지를 못하고 어물거렸다.

긴의자 가장자리에 앉은 율은 자신과는 아무 상관없는 일이라는 듯이 어깨를 한쪽으로 기울인 채 삐딱한 자세로 눈만 껌뻑거리며 무표정하게 앉아 있었다. 동주도 그저 멍하게 앉아 있을 뿐이었다.

"저녁들은 드셨습니까?"

석정은 빙글빙글 웃는 낯이었다.

"안 먹엇수다. 저녁 먹젠 확(빨리) 나갑서게."

상황이 속히 정리되기를 바라는 듯이 율이 순발력 있게 대답했다.

"오늘 새로 특별 식구들도 들어왔으니 내가 한턱 내겠습니다. 나 갑시다."

"허- 이거."

"그려. 그려. 존게 조은 거시여."

철과 장규는 뒷머리를 긁적이며 자리에서 일어났다.

"잠은 어디서 자고 있습니까?"

건물 밖으로 나오자 석정이 좌우에서 나란히 걸어가는 철과 장규를 이리 저리 둘러보며 물었다.

"마구간에서 잠수다예."

"흐음-."

담담한 철의 대답에 석정은 진지하게 반응했다.

"거 머시기 잠 하나 물어보고 싶은 거시 있는디여?"

"아 물어보시요?"

"일본에 건너와 있는 조선 사람이 몇이나 돨랑가요?"

"이백사십만 명입니다."

"조선 사람 태우고 가는 배는 어디 어디서 뜬다요?"

"저기 홋카이도 하코다테, 동북 미야기현 센다이, 교토 마이쓰루 그리고 이쪽 규슈 하카다와 사세보요."

장규가 아까부터 내내 궁금해 하던 것이 한꺼번에 주르륵 풀려갔다.

"그냥 궁금혀서 자꼬 물어보는 거인디, 우리넌 은제나 배를 탈 수 있당가요?"

"그건 나도 확실하게 대답할 수 없는 문제이기도 합니다. 일본인 인양정책이나 조선인 귀국정책을 결정하는 자는 맥아더요. 맥아더사령부가 지령을 하면 그 다음 세세한 방침을 정하는 자는 일본 내각정부고. 그런데 그 지령이라는 것이 매우 더디고, 뒤죽박죽이고 혼란스럽소. 지령을 맥아더사령부가 한다 하나 그것도 구체적으로 파고 들어가 보면 보이지 않는 곳에서 일본 관리들 의견을 들어가며 내용을 정하는 것이니 사실상 십중팔구는 다 일본 내각정부가 하는 것이요. 미군이 주둔하기 전까지만 해도 배표 먼저 산 사람이 배 먼저 타고 떠나면 되었지만은 미군이 주둔하고 나서부터 모든 게 일본인 우선 조선인 꼴찌가 되는 바람에 상황이 더 나빠졌습니다. 우리 조련이 운수성이나 후생성을 상대로 시위도 벌이고 협상도 하고 있기는 합니다만 아주 힘든 싸움을 벌이고 있는 중입니다. 시원한 대답을 못해드려서 미안합니다만, 각 항구에 나가 있는 귀국원호회 출장소 조직원들이 최대한 빠르게 현장 상황을 파악해서 조련 중앙에 알리면 중앙이 일본 관리들을 상대로 조선인들의 요구를 관철시켜 나갈 겁니다. 아마도 가장 시급한 건 항구마다 대기 중인 조선인들의 먹고 자는 문제를 해결하는 것과 귀환 임무를 수행하고 있는 미군함 수를 늘리는 겁니다."

"아는 것도 읎고 머리에 든 게 읎다봉께 멀 더 물어봐사 헐지도 몰랐었는디 씨언하게 설명해주신게로 머릿속이 아조 맑아져부렀당게요. 여그 상황 파악하는 거 우리도 열심히 도울랑게라. 팔다리 움직여 부지런히 돌아댕김시로 조사허먼 되것지라잉. 머시든지 소장님께서 지령을 내리씨요. 우리헌테넌 소장님이 맥아덩게."

"허허. 그리 이해해주고 힘을 보태겠다고 하니 나도 힘이 납니다. 센다이다 마이쓰루다 그쪽은 그쪽에서 일하고 있는 동무들이 잘하리라 믿고 우리는 힘을 합쳐 하카다를 해결하도록 합시다. 근데 점심은 뭘 먹을까요?"

"머 고를거나 있간디요? 우동이면 딱이요. 딱. 철이 동무넌 어떻소?"

장규는 석정의 말투를 본 따 철을 동무라 불렀다.

"이듸선 우동이 꿀밥이여."

장규나 철이나 선택할 식단은 어차피 우동밖에 없었다.

"좋습니다. 우동 먹으러 갑시다. 어딘지 정하면 내가 두 그릇씩 사겠소."

항구에 어둠이 깔리면서 북적대던 행인이나 유랑객들은 어디론가 사라지고 없었다. 나란히 늘어선 리어카노점 가장자리 쇠틀에 켜진 카바이트등 불빛이 한적한 거리의 적막을 파르스름하게 밝혀주고 있었다. 노점 식당 주변마다 서너 명씩 모여 앉아 있는 식객들 사이에서 두런두런 주고받는 조선말 소리가 들려왔다.

"우동 구다사이."

율은 리어카 여주인을 향해 다섯 손가락을 쫙 펴보이며 큰 소리로 주문했다. 율의 가슴 속에는 뭔지 모를 자신감이 차오르고 있었다. 물이 차오르면 댐의 수문이 열리듯이 한때 지지빠이라고 놀림 받던 율의 가슴팍이 점차로 넓어지고 탄탄해지면서 말문도 자유롭게 열리고 닫혔다.

"워따야-. 이거 우동 양이 아조 많구만이라. 우리가 끼니마동 와분게로 단골 대접 받는 것인게라이. 아리가또 잉."

장규가 여주인을 향해 엄지손가락을 치켜세우며 감사의 표시를 했다.

"美味しく食べてください。"(맛있게 드세요.)

"하이."

"하이."

여주인의 말 정도는 알아듣는 율과 동주가 경쾌하게 대답했다.

"혼또니 마시따데쓰 잉."

"허허허허."

"하하하하."

"히히히히."

"크크크크."

"에?"

장규가 조선말과 일본말을 섞어 분위기를 돋우자 여주인이 눈을 동그랗게 뜨면서도 일행들을 따라 싱긋 웃었다.

"오늘언 우동 추가 안 혀도 뒈키여."

"아니요. 모오이찌도(한 그릇 더)."

철의 말이 끝나기 무섭게 동주가 여주인에게 엄지손가락을 세웠다. 동주는 일본말은 서툴러도 생존에 필요한 말들만은 눈치껏 배웠던 것을 써먹었다.

"동주 동상 사흘 굶었었소?"

"일 년 굶었습니다."

"도야마광산에선 밥 안 주간디?"

"주기야 줬지만 준 게 아니었습니다."

장규가 그냥 지나가는 소리로 물어본 것을 동주는 진지하게 답했다. 그새 한 그릇을 후딱 먹어치운 동주는 젓가락을 내려놓지 않고 기다리다가 추가 주문한 우동이 나오자 얼굴이 우동그릇에 들어갈 정도로 고개를 처박고 먹어댔다.

"도야마광산이라 했습니까?"

석정이 먹던 동작을 멈추고 동주를 향해 확인 질문을 했다. 동주는 입속에 틀어넣은 우동을 씹느라 바로 대답하지 못했다.

'후르륵 후르륵'

"도야마는 일본의 지붕이라고 불리는 곳입니다. 백두산보다도 높은 봉우리들이 즐비한 고산지대요. 그곳 광산지대는 1년 중 6개월이 추운 겨울이고 겨울이 되면 사흘에 이틀은 눈이 내리는 곳인데 어찌 견뎠소?"

동주가 우동 국물을 마시는 동안 석정이 자신이 알고 있는 도야마를 소개하며 동주를 지긋한 눈빛으로 바라보았다. 진작에 식사를 마친 일동이 석정의 말을 듣고는 동주가 무슨 이야기를 할지 주시하며 기다렸다.

"작년 10월에 도야마광산에 도착했습니다. 정확하게 이름을 말하자면 가미오카초 광산이라고 합니다. 그것이 도야마 지방과 기후 지방 경계에 있다 보니 사람들이 도야마광산이라고 부르는 거 같습니다. 보이는 거라곤 사방에 산밖에 없었습니다. 도착한지 보름도 지나지 않아 날씨가 추워지고 겨울이 찾아왔습니다. 눈도 자주 내렸는데 동지섣달하고 정월 이월에는 사흘에 이틀은 눈이 내렸습니다.

저는 나이가 어리다고 해서 갱도에 들여보내질 않고 바깥에서 도로에 쌓인 눈 치우는 일만 했습니다. 하루 종일 눈을 치워도 치워도 끝이 없었어요. 다 치우기도 전에 또 눈이 내리고. 깊은 산속이라 그런지 해는 일찍 지고 밤은 길은데, 몸이 얼어붙고 힘들어도 잠을 제대로 잘 수가 없었습니다. 배가 고파서요. 보리밥에 가끔씩 쌀밥이 섞여 나오긴 했는데, 보리밥이건 쌀밥이건 간에 고향집에서 먹던 밥에 비하면 반도 되지 않았습니다. 나보다 먼저 와있던 조선 사람 형님뻘 되는 사람들도 있었습니다. 형님들은 낮에 갱도에서 일했는데요, 밤이 되면 모두 합숙소에서 만나 같이 잤습니다. 겨울에는 해가 늦게 떴는데 다들 피곤했는데도 해 뜨기 전에 눈이 떠집니다. 배가 고프니까 잠을 잘 수가 없는 거지요. 새벽에 멀뚱멀뚱 눈을 뜨고 뒤척이면서 아침 먹을 시간만 기다리는 거예요. 그런데 먹자마자 눈 치우기 시작하면 삽질 몇 번 하자마자 배가 금세 훅 꺼지고. 삼월 중순이 지나가면서 눈 치우는 일은 줄어들었습니다. 대신 갱도에서 수레에 담겨 나온 아연을 궤도로 옮기는 일을 했습니다. 하는 일은 바뀌었어도 배고픈 건 변하지 않았어요. 그렇게 봄 여름을 보냈습니다. 하도 배를 곯으며 살다보니 틈만 나면 생각하는 게 어떻게 하면 먹을 걸 구할 수 있을까 하는 생각뿐이었지요. 고향 생각도 안 나고, 어머니 아버지 생각도 잊고 하루하루를 보냈습니다. 눈만 뜨면 먹을 것 찾아 헤매는 굶주린 짐승들하고 뭔가 다른가 하는 생각만 들더라고요. 얘기하고 나니까 또 배가 고파지네요."

"우동, 우동, 모오 잇빠이(한 그릇 더)."

동주의 말이 끝나기 무섭게 장규가 여주인에게 주문을 했다.

한 줄기 빛 255

"에이. 나도 한 그릇 더 먹으쿠다."

"나도."

"모오 욘 하이(네 그릇 더)."

"그려. 그려. 먹는 게 남는 거고, 먹는 게 효도하는 겨."

"허허허."

석정은 허허로운 웃음으로 분위기를 정리했다.

'굶주림은 고향에 대한 그리움도 나라 잃은 서러움도 잊게 만드는 것이다.'

카바이트 등의 연료가 다 떨어져 가는지 불꽃이 가물가물 가무러져 갔다.


"용케도 이런 마구간이라도 얻어 잠자리를 해결할 수 있으니 참 다행이오. 다들 역전 신세를 못 면하고 있던데."

비록 마구간일지라도 철과 장규가 권하는 제일 안쪽 윗자리에 누운 석정이 먼저 말문을 열었다. 마구간은 소장님께서 같이 잘 곳이 못된다며 철과 장규가 만류했음에도 굳이 같이 자고 싶다고 하며 따라온 석정은 양복 상의를 벗어젖히고는 함께 물청소도 하고 함께 짚을 날랐다.

"소장님, 진즉부터 드리고 싶었던 말씀인디요, 우리보담도 한 열은 우로 보이신당게라. 인자 말 낮추씨요. 그래사 더 싸게 정도 드는 것잉게."

"다 같은 동무들인데 위가 따로 있고 아래가 따로 있겠소?"

"저 북에서도 아바지 동무, 어마이 동무 허민서도 웃사름신디넌(윗 사람에게는) 다 존대허지 않우꽈?"

장규의 청을 석정이 넌지시 사양하려 하자 철이 장규를 지원하고 나섰다.

"그쪽은 우리하고는 말투가 하영 먼 동네지요."

석정이 재차 사양의 뜻을 밝혔다.

"하영이 무슨 뜻인가요?"

"제주도 사투린디 많이라는 뜻이시."

눈을 반짝이는 동주의 질문에 장규가 통역을 재개하였다.

"소장님은 내내 경성 말투였는데."

일행들의 사투리에 치여 내내 마음고생하다가 석정의 서울말을 접하며 숨통이 트였던 동주에게 '하영'이란 표현이 툭 걸려 들어왔다.

"난 제주 사름이우다."

"엣. 제주-사람이라고라?"

바로 옆에 누워 있던 장규가 벌떡 일어나고 나머지도 일제히 자리에서 일어났다.

"제주 어디과?"

철의 목소리가 빨라졌다.

"조천이우다."

석정의 말은 빠르지도 느리지도 않고 나직했다.

"허-. 암튼 좋코마씸. 이제랑 성님이렌 부르쿠다꼐."

"나도 성님이렌 부르쿠다예."

율이도 철을 거들고 나섰다.

"그럼 저는 형님이라고 불러야 하나요, 성님이라고 불러야 하나요?"

동주도 나섰다.

"성님으로 통일합시다."

"좋코마씸."

"좋코마씸."

"좋습니다."

장규의 제안으로 마구간의 형제 조직이 탄생하기 직전에 이르렀다.

"그라믄 인자 석정 성님 말 낮추는 일만 남았소. 자 동상덜한티 한마디 혀보씨요이."

장규가 분위기 굳히기로 돌입하였다.

"허 이거 참. 이듸가 양산박도 아니곡. 그려. 좋수다. 나가 성님해 봅주."

"겐디 석정 성님언 어떵 경성 말얼 쓰게 뒌 거꽈?"

율의 말투는 마치 오래 전부터 석정 성님이라고 불러왔던 것처럼 자연스러웠다.

"일본에 건너와 배웠어. 경성에서 온 사람한테서. 오사카에는 제주 사람이 많아. 열 중 여섯 일곱은 제주거든. 그런데 제주 말 알아듣기가 어려우니까 육지 출신 사람들하고 말 통하기가 아주 어려워. 여러 지방 출신들이 서로 어울려 지내려면 남의 말을 잘 알아듣는 것도 중요하지만 남이 알아듣게 말할 줄 아는 것도 중요하거든. 그래서 경성 말을 열심히 배웠지. 경성 말은 여러 지방 사람들이 동시에 알아듣게 할 수 있는 표준어니까. 그래도 나도 모르게 제주 말은 툭툭 튀어나오더라구. 어려서 엄마한테 배운 말이니 어쩔 수가 없는 거지. 엄마의 얼굴과 엄마의 말은 자식에게는 몸이자 생명 그 자체니까 떨어지려야 떨어질 수가 없는 것이거든."

"그럼 저도 제주 말 배워야겠네요. 여기는 제주 사람들이 다수니까."

"게믄 당장 '저도'렌 허지 말고 '나도'렌 헙서."

율이 곧 바로 동주 교육에 들어갔다.

"알앗수다. 나도. 하-. 이상하고 어색하네."

"허허허허"

"하하하하"

"히히히히"

"크큭"

"내가 성님 되었으니 아우들한테 하고 싶은 얘기가 있네."

석정이 분위기를 진정시키며 진지한 표정으로 말을 꺼냈다. 동생들은 곧 바로 정숙함으로 화답하며 석정의 얼굴을 응시했다.

"우리 내일부터 힘을 합쳐 하카다에 집을 지읍시다. 함바집. 우리 말로 판잣집. 배가 내일 모레 뜰 것 같지도 않고, 언제까지 남의 마구간에서 잘 수도 없잖아. 건강한 모습으로 부모님께 돌아가야 하니까 우리 손으로 판잣집 지어서 다다미도 깔고 자고, 밥도 지어 먹자고. 어떤가?"

"성님 말씀 막(아주) 좋수다. 겐디 어디서 어떵?"

철이 물었다.

한 줄기 빛 259

"위치는 항구 가까이에 있는 이시도 강(石堂川) 개천변에 백 개 이백 개 짓는 거지. 우선은 비바람 막는 게 중요하니까, 예쁘게 잘 짓는 거보다는 빠르게 짓는 게 중요하고. 여기 있는 네 사람이 먼저 시작하면서 다른 조선 사람들도 참여시키자고."

"순사덜이 난리 안 치겠소?"

장규가 물었다.

"나라를 뺏고 무장한 저들과도 우리는 싸워왔어. 패전국 정부 경찰들과 못 싸울 거 없지. 매일 우동만 먹으며 마구간에서 자다가 영양실조 걸려 병들어 죽으나, 미처 못 다한 독립운동 마저 한다는 자세로 싸우다 죽으나 뭐가 다르겠는가? 민간들이 사는 땅 뺏는 것도 아니고. 개천변 빈 땅이네. 남의 나라를 짓밟아 빼앗았다가 패전하고, 강제로 끌고 온 사람들은 제대로 되돌려 보내지도 못하는 자들이 그깟 개천 빈 땅에 판잣집 몇 채 짓는다고 시비 걸어올 명분이 있겠는가? 판잣집 하나 지을 때마다 나라 세운다는 마음으로 밀고 나갑시다. 내가 앞장서겠네. 오사카 조선인 마을도 교토 조선인 마을도 다 그렇게 시작한 것이었네."

석정은 동생들에게 자신감을 불어넣었다.

"좋수다게."

"나도 좋수다게."

율과 동주 동생들이 호응하고 나섰다. 율의 '나도' 발음도 자연스러워졌다.

"그럼 내일 당장 귀국원호회에서 돈을 내서 리어카도 사고, 송판도 사고 연장도 살 테니 함께 움직입시다. 그 사이에 귀국원호회에서는 동포들의 신분증, 귀환증, 배표, 환전 문제들을 해결할 거고. 어떤가? 두 형들이 적극 나서겠는가?"

석정은 장규와 철을 바라보았다.

"그리 허겄습니다. 심이 불끈 불끈납니다."

"경 허쿠다예."

"그럼 장규, 철, 둘 중 한 사람이 대표를 하게. 일을 시작하게 되면 함께하겠다는 조선 사람들이 늘어날 걸세. 조직이 생기는 거지. 그럴 때를 대비해서 구심을 미리 만들어놓아야 하네."

"철 동무가 맡으씨요. 나가 힘껏 도울텡게."

"나는 핵교 댕길 때 줄반장도 한 번 안 해 본 사람이우다. 천성적으로 나서는 거 못허우다. 장규 동무가 맡읍서. 나가 도울커매."

"망치질 허는 건 나같은 근육질이 허는 게 맞고, 조직 일언 머리에 먹물 들어 있는 사람이 허는 게 맞소. 철이 동무허고 메칠 다녀 봉께 많이 배운 사람이라는 거 다 알아버렸소."

"두 사람 다 겸손해서 좋다. 든든하네. 그런데 내가 의견을 내도 괜찮겠지?"

"네. 골읍서게."

"네. 성님."

"내 생각으로는 두 사람 다 능력도 있고 성품들도 훌륭해서 누가 맡아도 상관없을 것 같네만 그래도 누군가 한 사람 책임자가 있어야 한다면 철이가 맡는 게 적합할 것 같네. 서일본에는 제주 사람이 많고 아마도 하카다도 그럴 거네. 제주 사람들의 말을 바로바로 알아들을 줄 아는 사람이어야 해. 특히 초기일수록 일차적인 소통이 중요하니까."

"그라믄 결정은 되분 것이요. 철이 동무가 책임자 동무요. 나가 힘껏 돕겄소."

"성님 말씀도 경허고 장규 동무 마음도 경허민 나가 허쿠다. 율이 아시, 동주 아시도 도왜주게."

철은 마음이 다소 떨리기는 했지만 흔쾌하게 받았다.

"게믄 철이 성이 이제 오야붕이꽈?"

"그 말언 조짝 아그덜이 쓰는 말이시. 율이 동상도 손 털었지 않았능가?"

"그냥 집도 생기곡 지도자 동무도 생기곡 지꺼정헤연(기뻐서) 한 번 해본 소립주."

율이 싱글싱글 웃으며 능청을 떨었다.

"율이 손을 털었다니? 무슨 뜻인가?"

석정이 고개를 살짝 기울이며 흥미를 보였다. 동주가 바로 옆에 앉은 율의 얼굴을 물끄러미 바라보았다.

"율이넌 과거가 이신 소나이우다예. 나중에 한가헐 때 골아쿠다."

철은 궁금증을 자아내게 하는 말을 더 붙이고는 김율 과거사의 개봉을 훗날로 미루었다.

"흐음. 뭔지 기대가 되는데. 좋아. 그럼 딱 한마디만 더하고 자자. 더할 얘기 있으면 내일 또 하기로 하고. 철이 지도자 동무는 앞으로 동주한테 경성 말을 배우게. 남의 말을 들을 줄 아는 것도 중요하지만 이해하기 쉽게 말하는 것도 중요하니까. 이제부턴 동주가 지도자 동무 과외선생이다."

"그럼 나가 실세 오야붕인 겁니까?"

동주의 입가에 웃음이 번졌다.

"그라믄 나넌 오야붕 동상 곁에서 통역 비서 허겄소. 비서역 함시롱 경성 말도 배우고, 제주 말도 배우고. 일석삼조지라."

석정이 양복 상의로 배를 덮으며 먼저 자리에 눕자 다들 따라 누웠다.

'쿠르륵 쿠르륵 쿠– 쿠–'

인생의 산전수전을 겪어온 석정과 마구간 잠자리에 익숙해진 일행들이 이내 잠속으로 빠져 드는 동안 동주는 잠을 이루지 못하고 오히려 정신이 말똥말똥해져 왔다. 뜬눈으로 뒤척일 때마다 바스락대는 지푸라기 소리가 들렸다. 불과 1년 사이의 기나긴 유랑이었다. 경성에서 부산으로. 부산에서 시모노세키로. 시모노세키에서 도쿄로. 도쿄에서 도야마로. 도야마에서 오사카로. 오사카에서 고베로. 고베에서 모지로. 모지에서 하카다로. 긴 유랑 끝에 머물게 된 마구간. 이 유랑의 끝은 어디일까. 사라지고 아직도 제자리에 없는 조국일까? 엄마일까? 비록 불편하고 익숙하지는 않았지만 동주는 짚요가 푸근하다고 느껴졌다. 강제의 질곡에서 벗어난 공간, 자신이 스스로 찾아온 잠자리에서 내일의 새 일을 생각하며 밤을 보낼 수 있지 않은가. 이시도 천변에 판잣집을 짓고, 제주 말과 전라도 말 속에 경성 말이 섞이며 서로 다른 혀의 터전 위에 새로운 말의 집을 짓고.

## 이시도 천변 마을

 귀국원호회 하카다 출장소는 어제와 마찬가지로 아침부터 귀환을 하려는 조선인 청년들로 붐볐다. 안쪽에 가로로 배치된 탁자들을 사이에 두고 안쪽 의자에 앉은 원호회원들이 바깥쪽 긴의자에 앉은 내방객들을 위한 귀환지원 상담을 하고 있었다. 정면 벽에는 좌우 가장자리에 '환영', 중앙에 '귀국원호회 하카다출장소' 그 아래 작게 '재일조선인연맹 오사카지부'라고 먹물로 쓰인 현수막이 걸려 있었다. 출입문 좌우 벽에는 '귀국상담 무엇을 도와드릴까요? 신분증 발급, 귀환증 발급, 배표 구매, 환전, 숙박 시설 안내'라는 지원 항목들이 줄을 바꿔가며 가지런하게 쓰인 벽보가 붙어 있었다. 어제는 보이지 않던 부착물들이 출장소에 질서와 활기를 불어넣어 주었다.
 "엇. 저것 보소. 질 아랫 줄. 번갯불에 용 구워먹네."
 노점에서 아침을 사먹고 제일 앞에서 출장소를 들어서던 장규가 벽보를 보고는 뒤따라 들어오는 철, 율, 동주에게 손가락으로 가리켰다.
 "흐음 '다리 특별호'나 삐라에는 없던 '숙박 시설 안내'라는 내용이 추가됐어라 이."

철이 바로 알아보고는 고개를 끄덕였다.

"석정 성님 아침도 고치 안 먹엉 가신디. 영헌(어런) 일 허느라 경 헌 겁주."

"실감 나는데."

율과 동주도 한마디씩 하며 안으로 들어섰다.

"어서들 오게."

어제와는 달리 상담 업무를 하지 않고 안쪽 구석 탁자에 앉아 있던 석정이 일행들을 향해 안쪽으로 들어오라는 손짓을 했다.

"동주 많이 먹었나?"

석정은 동주부터 챙겼다.

"넷!"

동주는 매우 유쾌하게 씨익 웃었다.

"이거 좀 보게."

석정이 탁자 위에 내민 종이 위에는 집 설계도와 강이 간단하게 그려져 있었다.

"우리 땅은 여길세. 강 왼쪽."

석정은 '우리가 집 지을 땅'도 아니고, 아예 '우리 땅'이라 했다.

"땅바닥에 바로 집을 짓게 되면 습기가 올라오그, 무엇보다도 곤란한 점은 여름에 비가 많이 오면 집이 강물에 떠내려갈 위험이 있다는 것이네."

"여름이요?"

철이 석정의 설명을 중간에 잘랐다.

"어제 말했지 않은가? 현재 재일조선인 수가 이백사십만이라고.

그중 절반은 귀환한다고 치고. 그중 반의 반의 반은 이곳 하카다로 몰릴 거라고 보네. 십오만 명이 모여들 거라는 거지. 징용노무자들이 제일 많은 곳이 규슈지역 탄광이야. 이들이 가까운 하카다를 두고 굳이 먼 교토나 센다이까지 가지는 않을 테니까. 그래서 귀환이 다 끝날 때까지 시간이 오래 걸릴 거라고 보는데. 당장 내일부터 수송이 시작된다고 해도 최소 일 년이 다 지나야 완료될 테니까. 그러니 여름 이전에 절반, 즉 칠팔만 명이 떠난다 치더라도 나머지 칠팔만 명은 남아서 여름을 지나야 한다는 거네."

"이해가 가우다예."

철과 마찬가지로 석정의 설명을 진지하게 듣고 있던 일행들은 이백사십만, 십오만, 칠팔만이라는 숫자가 나올 때마다 적이 놀라면서도 진지하게 고개를 끄덕였다.

"자— 설명을 계속하지. 그래서 땅바닥 고를 필요 없이 집 바닥을 땅바닥에서 띄워서 지어야 돼. 이 그림처럼 통나무로 땅에 말뚝을 박아야 하는 거지. 가장자리 네 귀퉁이는 기둥 역할을 해야 하니까 긴 통나무를 박아야 하겠지. 천변이라 지반이 약하니까 깊이 박아야 할 거야. 그 다음에 말뚝 위에 긴 구조목들을 바둑판처럼 깔아 고정시키고. 네 귀퉁이 통나무들의 상단과 상단을 연결시키는 들보도 설치하고."

"성님, 거기까지만 설명하셔도 됩니다. 나 고향에서 집 겁나게 많이 지어봤응게로. 말뚝 박는 건 성님 말씀대로 유념헐랑게 걱정 붙들어매씨요."

당장 일을 시작할 듯이 긴 소매를 걷어붙이는 장규의 목소리에 자신감이 넘쳤다.

"나도 아방이영 성이영 집 지엉 고칠 때 하영 도와낫수다예."

율도 가슴을 앞으로 내밀며 의지를 보탰다.

"게문 성님, 이제랑 나강 아침 먹엉 옵서게."

철이 상황을 정리하고 나섰다.

"으음. 좋다 좋아. 이럴 줄 알았으면 아침 먹을 떠 같이 갈 걸 그랬네."

"긍게 성님! 인자부턴 뭔 일 헐 때 미리미리 우리허고 상의허씨요. 다 성님 좋고 우리 좋은 것잉게."

"그려. 그려. 그럼 나 아침 먹으러 나가 볼 테니 나가서 조사 좀들 해와. 통나무, 구조목, 널빤지, 함석판, 연장들 어디서 파는지. 리어카도 여러 대 구해야 하고. 점심시간 전에 돌아와. 준비되는 대로 오늘 오후부터 바로 시작이다."

"알앗수다!"

책임자답게 일행을 대표한 철의 대답은 힘과 절도가 있었다.


"재일활빈단 지도자 동무! 다섯 걸음씩이면 적당하겠지야? 한나 둘 서이 너이 다섯."

삽, 망치, 장도리, 톱. 쇠망치들을 두 리어카에 잔뜩 싣고 돌아오던 차에 율이 '우리 조직 이름얼 재일활빈단으로 지웁서게. 어떵허우꽈?' 하는 제안에 따라 즉석에서 정해진 조직명이 처음으로 세상에 존재를 드러냈다.

"좋수다."

장규는 철의 대답이 끝나기도 전에 가로로 세로로 성큼성큼 걸음을 옮겨서는 바닥에 곱표를 그리고 기둥이 박힐 네 꼭짓점의 대강 위치를 표시했다. 그리고 곧게 뻗은 네 개의 통나무로 꼭짓점과 꼭짓점을 연결시킨 뒤 정확하게 정사각형을 만들기 위해 각도를 조정하고 다시 최종적으로 네 꼭짓점의 위치를 확정했다.

"재일활빈단? 그거 좋은데. 재일조선인연맹보다 훨씬 좋다. 역시 사람이건 책이건 조직이건 이름은 짧을수록 좋고 부르기 쉬워야 돼."

"맞수다. 철. 율."

석정의 작명 품평이 끝나자마자 율이 자신의 이름을 슬쩍 끼워 넣으며 맞장구쳤다. 어깨 부위의 상처를 완전히 회복한 그는 벌써 장규가 표시해놓은 곱표 지점을 삽으로 파내고 있었다.

"그라믄 지도자 동무허고 두 동상덜언 삽으로 세 귀퉁이 한나썩 맡아 파고 있으씨요. 나도 한나 파놓고 통나무 끝얼 뾰족허니 깎을라니께. 성님은 일허덜 말고 감독허씨고."

"왜 나도 함께해야지."

석정은 삽자루를 쥐었다.

"성님언 귀국원호회 가서서 그짝 일도 봐사 허지라 이. 아 누가 보기도 숭허요 이."

"아 보기는 누가 본다고."

장규가 석정이 잡았던 삽을 낚아채자 석정은 미안한 표정을 지으면서도 순순히 삽자루를 놓았다.

"율이 어깨 괜찮니?"

"괜찮수다."

철이 율의 어깨를 챙겼다.

"어깨가 왜?"

"긁형 상처가 나신디 이제랑 괜찮수다."

율이 히로시마에서 겪었던 일을 아직 모르고 있는 석정과 동주가 구덩이를 파고 있는 율을 힐끗 바라보았다가는 각¸ 삽을 들고 귀퉁이 꼭짓점 표시 지점으로 이동했다. 땅바닥은 다행히도 가을 한복판을 지나고 있는 중이어서 지나치게 굳지도 지나치게 풀어지지도 않은 적당한 상태였다. 땅을 파거나 기둥을 세워 단단히 고정시키기에 안성맞춤이었다. 장규는 이미 네 개의 긴 통나무들을 각각 네 개의 구덩이 옆에 옮겨다놓고는 다시 여러 개의 통나무들을 각각 반으로 자르고 끝을 뾰족하게 깎았다. 톱질하는 그의 팔뚝은 흡사 기계톱이 작동하듯이 힘 있고 빨랐다.

"지금부터 숙달된 조교로부터의 시범이 있겠소."

장규는 말뚝용으로 자른 통나무 하나를 두 귀퉁이의 한가운데에 줄을 맞추어 세우고는 망치로 상단을 툭툭 쳐서 흔들리지 않게 수직으로 고정시켰다.

'쿵! 쿵! 쿵! 쿵!'

장규가 힘껏 쳐들었다 내리치는 쇠망치는 정확하게 말뚝의 상단면을 공략했다. 말뚝이 수직 상태를 유지하며 푹푹 땅속으로 파고들었다.

"하카다에 뿌리 내리는 신조선의 첫 번째 주춧돌이다."

"맞수다. 박수-."

석정이 감격해 하자 철이 열렬히 호응했다.

'와—. 짝. 짝. 짝. 짝.'

활빈단의 박수소리가 이시도 천변 일대로 울려나갔다.

"귀국원호회꽈?"

낯선 목소리가 들려왔다. 활빈단이 일제히 천변 위로 고개를 돌렸다.

"귀국원호회 맞수꽈?"

열 명 남짓 되는 청년들이 집터로 우르르 내려왔다.

"경험수다만. 혼저 옵서게."

밝은 목소리로 귀국원호회임을 확인하며 다가오는 청년들에게서 뭔가 살가움을 느낀 철이 역시 부드러운 말씨와 표정으로 그들을 맞았다.

"귀국원호회에서 가보렌 헤연 왓수다. 집 짓는 디 심얼 보태젠. 이디 오멍 김석정 소장님도 싯덴 들엇수다 예."

"이분이 석정 성님이우다."

청년들 중 제일 앞장서 오던 자가 자기소개를 하자 철이 성님이라는 호칭을 쓰며 김석정을 소개했다.

"어서 오시오."

"소장님, 반갑수다 예. 귀환 상담 허젠 출장소에 가신디, 그듸서 고치 집 지엉 고치 생활헐 사름덜 모은덴 헤연 영 왓수다 예."

"잘 왔소. 반갑소. 다들 인사하시오. 이쪽은 재일활빈단 동무들이요."

"반갑수다. 혼저 옵서."

철이 환영의 인사를 건넸다.

"촘말로 반갑수다. 겐디 이땅(이따) 일 끝낭 그때 또시 인사허는 게 좋을 거 닮수다. 혼저 일해사 호난게. 우리헌티도 삽 줍서게."

"그럽시다. 요로크롬 도와주러들 와분게 허천나게 고맙고 반갑구만이라. 쪼짝에."

장규가 청년들에게 인사하며 연장이 모여 있는 리어카를 가리켰다. 청년들은 장규위 인사가 끝나기도 전에 이미 리어카 쪽으로 가고 있었다. 청년들은 약속이나 한 듯이 일사불란하게 삽이나 망치나 톱을 하나씩 집어 들었다.

"안녕허십니꺼? 여가 귀국원호회 집 짓는 데 맞지예?"

이번에는 스무 명 남짓 되는 청년들이 찾아와 합류했다.

"맞수다게. 혼저 옵서. 미안허지만 지금 일이 바쁘난 인사넌 나중에 해도 뒈까예?"

철이 새로 찾아오는 청년들을 맞이하기에 바빠졌다.

"하먼이라. 그라지예."

대표로 보이는 청년이 시원하게 응답했다. 그들은 약속이나 한 듯이 리어카로 가서 연장 하나씩을 집어들었다.

"인원이 갑자기 늘어난 게 오늘 밤 잠자리부터 마련해사 허커매. 천막부터 칩서."

철의 목소리가 커지고 빨라졌다.

"장규 동무넌 리어카 다솟 대 더 필요허난 열 사름 인솔해강 리어카영 연장이영 나무영 천막이영 꽉꽉 채웡 실엉 옵서."

장규가 새로 합류한 인원 중에서 열 명을 뽑아 떠났다.

이시도 천변 마을

'뚝. 딱. 뚝. 딱. 뚝. 딱. 뚝. 딱.'

한꺼번에 오십 명은 함께 잘 수 있는 대형 천막이 잠깐 사이에 세워졌다. 첫 번째 판잣집의 뼈대가 완성되고 함석지붕이 씌워지고 판자에 못질이 시작되면서 벽이 만들어지기 시작했다.

'삐리리리릭! 삐리리리릭!'

둑 위에서 호루라기 소리가 들렸다. 일손을 멈춘 시선들이 둑으로 향했다. 순찰차에서 내린 경찰 둘이 호루라기를 연신 불어대며 천변으로 달려 내려왔다. 잇따라온 트럭에서도 작업복 차림의 사내 넷이 내리자마자 경찰들의 뒤를 따라 내려왔다.

"博多警察署から来た。ここの責任者は誰だ。"
(하카다경찰서에서 나왔소. 여기 책임자가 누구요?)

경찰 책임자로 보이는 자가 현장을 휘휘 둘러보며 앞으로 나섰다.

"私です。なんの用ですか。"(나요. 무슨 일이요?)

석정이 경찰 책임자의 앞으로 나섰다. 그 뒤를 철을 중심으로 율과 동주가 나란히 버티고 섰다. 일하던 청년들도 일제히 동작을 멈추고 경찰들과 대치하여 섰다.

"無斷で公有地に家を建てることは不法なのだ。今すぐ中斷しろ。"(공유지에 무단으로 건축하는 건 불법이요. 당장 중단하시오.)

"それじゃ、住處もない者にどこで寢ろというんですか。犬や豚、牛や馬も寢所はあります。ましてや数百、数千の人々に路上で露を布團にして寢ろというんですか。"

(그럼 집이 없는 사람들은 어디에서 자란 말입니까? 개돼지, 소나 말도 잠자리가 있소. 하물며 수백 수천의 사람들이 길바닥에서 이슬 맞으며 잘 수

있겠소?)

"あんた誰。"(당신 누구요?)

"私は在日朝鮮人連盟大坂帰国願好会の代表の者です。"

(나는 재일조선인연맹 오사카 귀국원호회 대표되는 사람이요.)

"まず警察署に行こう。話したいことがあればそこでいえ。"

(일단 경찰서로 갑시다. 할말 있으면 가서 하시오.)

"마우다(안 됩니다). 성님! 가민 안 뒈우다."

철이 경찰 책임자와 석정의 진행을 가로 막고 나섰다.

"退いて。退かないと公務執行法外の罪で逮捕する。"

(물러섯. 물러서지 않으면 공무집행방해죄로 체포한다.)

"好きにしなさい。厩よりはましな所でねられるなあ。"

(마음대로 하시오. 마구간보다는 좋은 데서 잘 수 있겠군.)

철이 버티고 물러서지 않았다.

"물러서게. 어차피 한 번은 거쳐야 할 일이네. 동요하지 말고 침착하게 대응해야 하네. 현장을 사수하게."

석정이 철에게 이르고는 순순히 앞장서자 경찰 둘이 그의 뒤를 따랐다.

"네. 알앗수다."

석정의 말을 따르면서도 철은 경찰들의 뒤를 쫓았다.

"지도자 동무는 현장을 지키게. 걱정 말고."

"알앗수다. 성님!"

석정이 다시 뒤를 돌아보며 철에게 이르자 그제서야 철이 걸음을 멈추었다.

'타악! 탁! 타닥! 타닥!'

시청에서 출동한 것으로 보이는 작업복 차림의 사내 넷이 천막 기둥을 주먹과 팔뚝으로 치고 발로 차서 쓰러뜨리기 시작했다. 천막 한쪽이 무너져 내렸다. 삽시간에 일어난 일이었다.

"어-. 이 새끼덜 머 하는 짓이고? 이것덜 싹 잡아가 개천에 던져삐라!"

"작살내부리!"

"삽으로 대맹이럴 찍어불라."

사내들의 무지막지한 철거 행위에 분노한 조선 청년들이 사내들을 천막에서 떼어내고 에워쌌다.

"활빈단 동무덜언 움직이덜 마씨요이. 우리가 알아서 조사불랑게."

"빠가야로! 조센징!"

험악해진 청년들에게 둘러싸인 사내들이 욕설을 내뱉으며 포위망을 밀치고 나오려 몸을 부딪쳐왔다.

"철이성은 이듸 이십서. 나넌 석정 성님 따라가쿠다. 싸움에는 끼어들지 맙서게. 동주야! 고치 가자!"

율이 둑으로 향하는 석정 쪽을 향하며 동주에게 같이 가자는 손짓을 하였다.

"그래!"

동주가 율의 뒤를 쫓았다.

'첨벙. 첨벙. 첨벙. 첨벙.'

"어쿠-! 어쿠쿠! 으-! 빠가야로-!"

사내들 하나마다 조선 청년들 서너 명씩 달라붙어 목을 조르거나 팔을 뒤로 꺾고는 번쩍 들거나 질질 끌어 개천으로 끌고 가 물속에 처박아버렸다.

"소장님 따라 고치 그릅서(같이 갑시다). 강(가서) 경찰서 부셔불켜(부셔버리겠어)."

청년들 중 일부는 작업복 사내들을 제압하기 위하여 계속 천변 현장에 남고 일부는 둑 위로 향했다.

"성철!"

둑 위에 올라서서 현장의 몸싸움을 바라보던 석정은 철을 향하여 손바닥을 엎어서 위아래로 살살 흔들고는 경찰차에 올랐다. 침착하라는 뜻이었다.

"따라갑서게! 하카다경찰서더레!"

경찰차가 출발하자 율과 동주가 제일 앞장서서 뒤를 쫓고 청년들이 그 뒤를 쫓았다.

"우리넌 허던 일 헙서게. 천막부터 또시 세웁서."

"그라제."

"경 헙서."

조선 청년들은 개천물에 던져진 사내들의 존재를 무시하고 쓰러진 천막을 다시 일으켜 세웠다.

"빠가야로! 조센징!"

개천에 패대기쳐졌던 사내들은 물 밖으로 어기적어기적 걸어나오며 입으로는 욕설을 퍼부었으나 중과부적으로 천막 철거를 다시 시도하거나 더 이상의 몸싸움을 걸어오지는 못했다. 그들은 이대로 물러설 수는 없다는 듯이 홀딱 젖은 생쥐들 모양으로 천막 주변에 계속 머무르며 조선 청년들이 일하는 모습들을 지켜보았다.

"시부럴 것덜 눈꼴 시어서 더 못봐주겄네."

"칵 뽀사뿔자 마. 카악! 퉷!"

분이 덜 풀린 조선 청년들이 삽을 들고 사내들 가까이에 다가가서는 곡괭이와 삽날로 바닥을 팍팍 찍어댔다. 사내들은 이내 조선 청년들을 슬금슬금 피해 빙 돌아 둑 위로 올라가서는 트럭에 올랐다.

"김석정 선생을 석방하라!"

"석방하라!"

"조선인도 사람이다. 잠잘 곳을 마련하라!"

"마련하라!"

"귀환순서 차별하는 미군정은 각성하라!"

"각성하라!"

앞에선 율이 구호를 선창하자 뒤따르던 이십여 명의 청년들이 복창했다. 시위대열이 하카다경찰서를 향해 행진을 시작하자 항구 주위에 있던 조선 청년들이 합세하며 어깨동무를 하기 시작했다.

"김석정 선생을 석방하라!"

"석방하라!"

"조선인도 사람이다. 잠잘 곳을 마련하라!"

"마련하라!"

"귀환순서 차별하는 미군정은 각성하라!"

"각성하라!"

시위대열이 하카다경찰서 앞에 도착했을 때는 출발할 때보다 수배로 불어나 대로를 막아버렸다.

"김율 동무! 이동주 동무!"

어느 새 소식을 들었는지 귀국원호회 회원들이 나타나 율과 동주의 머리에 머리띠를 묶어주었다. 한가운데 태극기가 그려지고 태극기 왼쪽에는 귀국, 그 오른쪽엔 원호회라 쓰인 머리띠를 두른 율이 경찰서 정문 앞에 섰다. 율의 좌우에 동주와 귀국원호회 회원들이 나란히 섰다.

"名前は。"(이름은?)

"キムセキチョン。"(김석정.)

"創氏改名しなかったの。"(창씨개명 안 했소?)

"用件だけ聞いてください。私を引っ張って来た理由は何ですか。"(용건만 물으시오. 나를 끌고 온 이유가 뭐요?)

심문을 시작하기에 앞서 인적 사항을 확인하던 형사가 번번이 예상을 벗어나는 석정의 답변에 비위가 상했는지 잠시 진술서에서 눈을 떼고 석정을 노려보았다. 석정은 미동도 하지 않고 고개를 뒤로 살짝 젖힌 채 지긋한 눈길로 형사의 눈을 마주했다. 심문실 출입구의 등받이 나무 걸상에 앉아 있는 두 명의 순사도 예사롭지 않은 분위기에 긴장된 눈초리로 심문 탁자를 주시했다.

"住所は。"(크음, 주소지는?)

이를 앙다물고 있던 형사가 침을 꿀꺽 삼키고 헛기침을 하고는 참아준다는 표정을 지으며 질문을 이어갔다.

"이시도가와(石堂川)."

이시도 천변 마을

"戸籍上の住所は。"(법정 주소지가 어디요?)

"済州島。"(제주도.)

석정은 조선어 발음으로 제주도라 했다.

"日本の住所を言え。"(일본 주소지를 말하시오.)

형사는 탁자 위의 진술서에 가 있던 눈을 치켜뜨고 재차 석정을 노려보다가 다시 질문을 하였다.

"不法に強いられた住所地は正当な住所地ではありません。朝鮮の法律による住所地は済州島だけであって、現在の住所は石戸川です。"

(불법으로 강요된 주소지는 올바른 주소지가 아니요. 조선의 법에 따른 주소지는 제주도밖에 없고, 지금의 거주지는 이시도가와요.)

"あんた、あそこは公有地だ。公有地に家を建てることは違法なのだ。"

(이봐요. 그곳은 공유지요. 공유지에 집을 짓는 것은 불법이요.)

인내심이 한계에 다다른 형사가 언성을 높이며 손바닥으로 탁자 위를 탁탁 쳤다.

"それでは、家を建てられる土地をください。"

(그럼 집 지을 곳을 내놓으시오.)

논쟁 걸어오기를 기다리고 있던 석정이 법리를 훌쩍 뛰어넘어 생존 논리로 맞섰다.

"どうして我々が朝鮮人に家を建てる土地をあげなきゃならないの。"(왜 우리가 조선인들 집 지을 땅을 내놓아야 하는 것이오?)

"みなさんも知っているとおり、朝鮮人も日本人でしょ。強制に

働かせる時は日本臣民で、万事休すになったから今は違うといいたいのですか。"

(조선인들은 당신들도 알다시피 일본인들이요. 강제로 데려다가 일 시켜 먹을 때는 일본신민이고 끝나고 나니 이제는 이민족인 젓이오?)

"와-!"

창살이 박힌 심문실 창밖에서 함성소리가 들려왔다.

"김석정 선생을 석방하라!"

정문을 등지고 선 율이 주먹 쥔 팔뚝을 치켜들며 구호를 선창했다.

"석방하라!"

정문을 향해 경찰서를 에워싼 조선인 청년시위대는 사전에 연습이나 한 듯이 일제히 팔뚝을 치켜들며 구호를 따라 외쳤다.

"조선인도 사람이다. 잠잘 곳을 마련하라!"

"마련하라!"

"귀환순서 차별하는 미군정은 각성하라!"

"각성하라!"

"今外で何を叫んでいるの。"

(지금 밖에서 뭐라고 떠들고 있는 거요?)

형사는 창문쪽을 바라보며 오만상을 찌푸렸다.

"キムセキチョン先生を釈放しろ。朝鮮人も人間だ。居場所をくれ。帰還手順に差別するGHQ(米軍政)は覚醒しろ。"

(김석정 선생을 석방하라. 조선인도 사람이다. 잠잘 곳을 마련하라. 귀환순서 차별하는 미군정은 각성하라.)

석정의 목소리는 마치 제3자가 되어 통역을 하는 것인 양 감정 하나 섞지 않고 차분하고 건조했다.

"居場所と帰還の手順の不満をなぜ警察署に来て叫ぶの。"

(아니, 잠자리와 귀환 순서 요구를 왜 경찰서에 와서 하는 거요?)

"外の若者達は勝戦のため海を渡って異郷の工場や飛行場、炭鉱で血汗を流しながら働いていた朝鮮の人々です。戦争が終わって国へ帰ることになったあの人々こそ皆勲章をもらってもいいような人です。しかし日本內閣政府はいま何をしているのですか。国へ帰る船はさっておき休む所までくれない。大日本帝国の勝利のために青春を捧げた報いがこんなものですか。"

(밖에 있는 저 청년들은 승전을 위해 바다 건너 먼 타향 공장에서 비행장에서 탄광에서 피땀 흘려왔던 조선 청년들이요. 이제 종전이 되어 고향으로 돌아가는 저들이야말로 모두 훈장을 받아야 마땅한 자들이지요. 그런데 지금 일본 내각정부는 어떻게 하고 있소? 고향으로 돌아갈 배를 내어주기는커녕, 잠자리조차 마련해 주질 않고 있소. 대일본제국의 승전을 위하여 청춘을 바친 대가가 고작 이겁니까?)

"それはGHQ(米軍政)の管轄だ。"(그건 미군정 소관 업무요.)

형사는 진술서 작성을 포기한 듯이 펜을 아예 탁자 위에 내팽개치고는 등을 뒤로 뺐다.

"よし。それじゃGHQ(米軍政)を訪ねて抗議します。あなたはひこんでいてください。万が一大事件にでもなった場合、日本の博多当局がその責任から自由になることはあるまいとおもいますが。"

(좋소. 그럼 미군정청 앞에 가서 항의 시위를 하겠소. 당신들은 빠지시오. 장차 일이 커질 경우 일본 하카다 당국의 책임 회피를 감당할 수 있겠소?)

"……"

석정의 목소리는 시종일관 차분하면서도 내용이 분명했다.

"귀환순서 차별하는 미군정은 각성하라!"

"각성하라!"

시간이 흐를수록 그 수가 헤아릴 수 없을 정도로 불어나 경찰서를 에워싼 시위군중의 함성소리가 점점 커져갔다.

"外の叫びの声がだんだん大きくなっているが、聞こえないでしょうか。あの人たちを銃や刀で解散させる自信はありますか。朝鮮人が銃や刀などにびくっとすると思っているのでしょうか。"

(바깥의 소리가 점점 커져가는 거 안 들리오? 저들을 총칼로 해산시킬 자신 있소? 조선인들이 과연 총칼을 두려워한다고 생각하시오?)

"あんた日本の警察を脅かしているの。"

(지금 일본경찰을 협박하는 거요?)

형사는 몹시 불쾌한 듯이 이맛살을 찌푸리며 언성을 높였다.

"それはこの私がいいたいことです。そもそも私を連行してきたこと自体脅かしでしょ。私も平穏に事が収まることを願っています。"

(그건 내가 하고 싶은 말이오. 나를 연행해온 것부터가 협박 아닙니까? 나도 불미스러운 일이 발생하지 않기를 바라는 바입니다.)

"김석정 선생을 석방하라!"

"석방하라!"

"조선인도 사람이다! 잠잘 곳을 마련하라!"

"마련하라!"

"귀환순서 차별하는 미군정은 각성하라!"

"각성하라!"

"もう一つ話したいことがあります。ここ玄海灘と博多は過去朝鮮半島から文物が運ばれてきた所でした。我々朝鮮の先祖は日本人に仏経や仏像を与え、大勢の高僧や技術者か入ってきて寺院を建て、美しい壁画も描いてくれました。その寺と壁画が日本の国宝になっていること位日本の小学生も知っているでしょう。なのに、日本人はどうして恩を仇で返そうとするのでしょうか。寝所を作ろうと小川の川沿いの空き地で板屋を建てることがそれほど大きな罪になるのでしょうか。日本のために血汗を流しながら働いていた産業戦士達がいつまで駅前か厠を転々しながら寝なければならないのでしょうか。一人二人でもなく、数千人、数万人の若者が体も洗えず、獣のような格好で彷徨いています。伝染病でも発生したらあなたもご無事にはなりませんでしょう。"

(내 한 가지만 더 얘기하겠소. 이곳 현해탄과 하카다는 과거 반도에서 문물이 들어오던 곳이오. 우리 조선의 선조들은 당신들 일본인들에게 불경과 불상을 전해주고, 수많은 고승들과 기술자들이 들어와 사찰을 지어주고 아름다운 벽화를 그려주었소. 그 사찰과 벽화들이 지금 일본 국보가 되어 있다는 거는 일본 소학생들도 다 알고 있을 것입니다. 그런데 당신네 일본인들은 어찌 은혜를 원수로 갚으려 하는 거요? 잠자리 좀 만들자고 그깟 개천 빈터에 판잣집 몇 채 짓는 게 무슨 큰 죄요? 일본을 위해 피땀 흘려온 산업전사들이 계속 역전과 마구간을 돌아다니며 자야겠소? 한두 사람도 아니고 수천, 수만의 청년들이 목욕조차 못하고 짐승처럼 돌아다니고 있소. 이러다가

전염병이라도 돌면 당신들은 무사할 것 같소?)

"김석정 선생을 석방하라!"

"석방하라!"

"석방하라!"

"석방하라!"

"조선인도 사람이다! 잠잘 곳을 마련하라!"

"마련하라!"

"마련하라!"

"마련하라!"

"귀환순서 차별하는 미군정은 각성하라!"

"각성하라!"

"각성하라!"

"각성하라!"

시위대의 구호 복창이 1회에서 3회로 바뀌면서 함성에 더욱 힘과 탄력이 실려 갔다.

"激怒したあの人たちを静める人はこの私しかいないでしょう。私の要求と質問に応じてくれないのなら、これ以上は無意味ですからもとの所へ戻ります。私を無理やり連行したこには眼をつぶることにしますが、万が一大惨事でも起れば、それは私のせいではないと思います。"

(성난 저들을 설득시킬 수 있는 사람은 여기서 나밖에 없을 것이오. 나의 요구와 질문에 답변을 하지 않겠다면 나는 더 이상 할 말이 없으니 이만 가 보겠소. 나를 강제 연행한 것에 대해서는 불문에 부치겠소만, 만의 하나 일

이 더 커지게 되면 그때는 나도 책임질 수 없소.)

 석정이 유유히 일어서서 출입구를 나가는 동안 누구 하나도 그를 붙잡으려 하지 않았다.

 '탕!'

 석정이 심문실을 나가는 뒷모습을 그저 지켜보고만 있던 형사가 손바닥으로 책상을 내리쳤다.

 "와―! 와―! 와―!"

 석정이 경찰서 정문을 걸어 나오자 함성 소리가 고조되었다. 귀국 원호회원들이 리어카를 경찰서 정문 앞으로 끌고 와서는 뒤집어엎었다. 석정이 뒤집어엎어진 리어카 위에 올라섰다.

 "와―! 와―! 와―!"

 석정이 팔을 들어 환호하는 군중들을 진정시켰다.

 "조선 청년 여러분! 비록 우리 조선이 나라를 잃고 정부도 없지만 조선은 아직 죽지 않았소. 여기 있는 여러분 하나하나가 바로 조선이오. 우리가 함께 밥을 먹고 함께 살 집 한 채 한 채가 바로 조선인 것이오. 자―. 여기서 지체할 시간이 없습니다. 갑시다. 우리들의 조선을 건설하러 이시도로 갑시다."

 "와―! 와―! 와―!"

 "조선인도 사람이다! 잠잘 곳을 마련하라!"

 "마련하라!"

 "마련하라!"

 "마련하라!"

 "귀환순서 차별하는 미군정은 각성하라!"

"각성하라!"
"각성하라!"
"각성하라!"

이시도 천변으로 돌아가는 길에는 석정이 앞에 서고 그 좌우에 동주와 율이 서서 걸었다. 이번에는 동주가 구호를 선창했다. 뒤를 따르는 시위대열이 복창했다.

"지도자 동무! 무슨 일 있었능가? 표정이 으째 그려? 쪼까 썰렁헌디? 석정 성님허고 동상들도 안 보이고."

리어카 다섯 대에 연장과 천막과 나무를 잔뜩 싣고 돌아온 장규는 뭔가 열기가 시들어 있는 분위기를 직감했다. 멀리서 보아도 시끌벅적해야 할 분위기이기는커녕 새 리어카와 자재들이 도착했는데도 시큰둥한 우거지상으로 물건들을 나르는 상호들이 마치 방금 전에 폭격을 맞은 재해 지역 난민들 모습이었다.

"순사넘덜이영 시청넘덜이영 완 난릴 치당 갓저. 석정 성님언 하카다경찰서로 연행뒷고. 시청넘덜이 천막 한 펜얼 망가뜨려불언 청년덜이 넘덜얼 붙잡앙 개천물에 집어던져부난 넘걸언 다 내빼부럿저. 천막도 또시 세운 것이여. 석정성님언 아직 안 돌아옴시네. 나안티넌(나에게는) 이듸 지키렌 골아고 가셧곡(여기를 지키라고 하고 가시고), 율이영 동주영 청년들이영 뒤쫓아가신디 아직 안돌아옴시네."

"석정 성님이 호락호락 당할 위인은 아닌게 일단 믿고, 우린 해지기 전에 싸게 천막이나 몇 동 더 세웁시다. 인자 밤 되면 추와징께. 해가 질 때꺼정 소식 읎으면 다덜 쳐들어가 경찰서에 불얼 싸질러불든지 뽀싸불든지 혀고. 카바이트허고 쇠망치넌 많이 사왔지라."

"기여 게(그래)."

철은 장규의 말에 대답은 하였으나 목소리는 여전히 가라앉아 있었다.

"자―. 동무덜, 소장님은 곧 돌아올 거신게, 아무 걱정덜 말고 천막이나 더 지읍시다. 앞으로 찾아올 사람덜 허벌나게 많을 것이요. 미리미리 준비해놔사 헝게 이."

장규는 철의 기분을 알아차리고는 자신이 나서서 청년들의 작업을 독려하고 다녔다.

"알앗수다. 우리는 소장님 엇어도 활빈단 동무덜 믿엉 일 허쿠다."

숙소용 천막이 천변을 따라 줄을 이어 세워졌다. 판짓집 벽 용도의 판자들이 임시로 바닥에 깔리고 그 위를 다다미들로 덮었다. 비록 임시시설이나마 마구간과는 비교할 수 없는 어엿한 주택이었다.

"조선인도 사람이다! 잠잘 곳을 마련하라!"

"마련하라!"

"마련하라!"

"마련하라!"

"귀환순서 차별하는 미군정은 각성하라!"

"각성하라!"

"각성하라!"

"각성하라!"

멀리서 들려오는 함성소리가 천막에 부딪히며 이시도 개천가를 맴돌다가는 하카다만 포구 쪽으로 퍼져갔다. 철과 장규가 둑 위로 달려 올라갔다. 청년들도 일손을 멈추고 둑 위를 향하여 달렸다.
"조선인도 사람이다! 잠잘 곳을 마련하라!"

함성소리가 이시도 천변 가까이로 다가오면서 시위대열이 나타나고 동주의 목소리가 들려왔다. 시위대의 가장 앞자리 가운데 석정이 서고 그 좌우에 머리띠를 두른 동주와 율이 서고, 그 뒷줄에 머리띠를 두른 귀국원호회원들이 서서 구호를 외치며 다가왔다. 시위대열의 선두가 점점 커다란 광경으로 다가왔다. 태극기를 그려 넣은 머리띠의 오리들이 포구에서 불어가는 바람을 맞으며 팔랑팔랑 나부꼈다.

천변에 열 개의 커다란 솥단지가 걸렸으나 시위대열을 형성하며 한꺼번에 몰려든 천여 명의 장정들을 한 번에 먹이기에는 턱없이 부족했다. 밥 짓기를 세 차례 돌아 저녁 식사가 끝이 났다. 조금씩 나눠 먹은 탓에 비록 배는 채우지 못했지만 서로 조금씩 더 먹으라고 양보하며 먹었다. 미처 그릇과 찬을 준비하지 못하여 주먹밥에 다꾸앙 한 조각이었으나 이마에서 입술로 흘러내리는 땀을 받아먹으며 싱거움을 달랬다.

아리랑 아리랑 아라리요
아리랑 바다를 건너간다
나를 버리고 가시는 님은
십리도 못가서 발병 난다

천막 주변마다 카바이트등이 켜졌다. 다 채워지지 못한 뱃속일망정 신바람이 꿈틀대며 아리랑 가락이 절로 흘러나오고, 겨드랑이와 발가락 사이에 신명이 들어 덩실덩실 어깨춤이 나왔다.

"오늘 수고들 많았습니다."
"오늘 폭삭 속앗수다."
석정이 먼저 인사하면 그 뒤에 철이 인사했다.
활빈단 일행들이 석정을 앞세우고는 천막마다 돌아다니며 감사와 격려 인사를 했다.
"오늘 고맙수다예."
"네 소장님! 활빈단 동무들! 욕 봤심더."
"네. 오늘 고맙습니다. 수고하셨습니다."
일찌감치 천막 안에 들어가 삼삼오오 앉아 두런두런 이야기꽃을 피우고 있거나 누워 휴식을 취하고 있는 얼굴들이 모두 일어나 화답했다.
"그란데, 멀 속았다 말이고?"
"글쎄 말다. 나도 그기 궁금타. 속았담시로 와 웃노? 저 활빈단 대표 동무말이다."
"누가 속았단 말이고? 우리가? 저가?"
"암튼 웃어감서 야그혔응게 욕지거리나 우리 숭보는 건 아닐께라이."
천변에 어둠이 덮이고 가을밤의 서늘한 기운이 현해에서 불어오는 바람에 실려 왔다. 천막 주변을 밝히던 카바이트 등불도 하나둘 꺼져가고 노래패 춤패들도 속속 천막 안으로 들어와 잠자리로 파고들었다. 비좁은 공간에서 이불 하나 없이 팔베개로 자는 칼잠자리였다. 낮게 깔리는 개천 물소리가 천막 속으로 점점 크게 들려왔다. 천막은 이미 코를 골고 자는 젊은 육체들과 내일에 대한 설레임으로 잠 못 이루는 영혼들이 섞여 뿜어내는 온기로 가득 차 갔다.

"장규 형! 폭삭 속앗수다가 무슨 뜻이요? 통역 좀 해봐요."

"그건 나도 정확히 모르겠는디. 몇 번 들으면서도 정확허게넌 이해럴 못 허고 지나왔지라 이."

"통역 비서가 모르면 누가 알까요?"

동주는 답답하다는 말투로 물었다.

"조선말이 영 아닌 것 같은디."

곤란해진 장규가 능청을 떨며 빠져나갔다.


"율아! 폭삭 속앗수다가 무슨 뜻이지?"

"하영 막 고생햇덴 뜻이여."

"엥? 하영 막은 무슨 뜻?"

"음-. 이영헌(이런) 거."

율은 동주의 질문에 두 팔을 앞으로 크게 돌리며 산 모양을 만들었다.

"그게 뭐야?"

점점 알 듯 말 듯 아리송해지는 율의 해석에 동주는 계속 눈을 깜박거렸다.

"산처럼 하영 일햇덴 뜻."

"아이고. 장규형! 우리도 들어가 잡시다."
장규, 동주, 율도 석정과 철이 잠들어 있는 천막 안으로 들어갔다.

"큰 성님, '폭삭 속앗수다'가 무슨 뜻입니까?"
"수고 많았다는 뜻이지."
잠자리에서 일어난 동주가 이미 일찍 일어나 바깥에 나와 리어카에 실린 물품들을 살피던 석정을 찾아 묻자 전혀 예상치 못한 해석이 나왔다.
"그럼 '하영 막 고생했다'는 무슨 뜻입니까?"
"아주 많이 일했다는 뜻. 폭삭 속앗수다와 비슷한 말이지."
"휴-. 이거 완전히 외국 말 맞네."
율이 한숨을 내뱉었다.
"고생이 많군. 의사소통이 그만큼 중요한 거야. 의사소통이 잘 안 되면 단지 못 알아듣는 정도에서 끝나는 게 아니고 때로는 오해를 불러일으키기도 하니까. 폭삭 속앗수다가 대표적인 경우지."
"이거 아무래도 공책을 사다가 적어놓아야겠어요. 제주 말 경성 말 사전이라도 만들게."
"좋은 생각이군. 나도 그런 생각은 못했었는데."
"이디 그디 저디는 무슨 뜻이지요?"
"여기 이곳, 거기 그곳, 저기 저곳."
"영 경 정은요?"
"이렇게 그렇게 저렇게."
"알앗수다."

"알앗수다가 아니고, 알앗수다예."

"뭐가 다른가요?"

"제주도에는 존댓말이 없어. 그 대신에 동사 뒤에 예, 양, 마시, 마씨, 마씸, 마씀을 쓰면 경성 말로 습니다란 뜻이 돼지."

"예, 양, 마시, 마씨, 마씸, 마씀은 뭐가 다른가요?"

"그건 어감상의 차이인데, 설명하자면 길어지니가 다음에 차차 이야기하자."

"알앗수다예."

동주는 힘 있는 목소리로 절도 있게 고개를 꾸벅 숙였다.

"국어 선생 아무나 하는 거 아니다. 아침 먹을 준비하자."

석정도 빙그레 웃으며 동주의 어깨를 토닥였다.

"네!"

## 호노울리울리 포로수용소

조선인 포로들을 싣고 오키나와 가데나항을 출발한 군함은 보름 밤낮 망망대해를 지났다. 아침 햇살이 밤새 검푸르던 바다를 쪽빛으로 물들일 무렵 환초처럼 줄지어 선 크고 작은 하와이 열도들이 수평선 위에 모습을 드러냈다. 일렁이는 물결 위에 두둥실 떠있는 녹색의 반점들이 서서히 눈앞에 다가왔다. 곤추선 능선들이 병풍처럼 늘어선 산들과 해변의 모래밭이 펼쳐지며 군함은 섬으로 다가갔다.

쪽빛 바닷물이 어느새 투명해졌다. 찰랑거리는 물결 아래 드러난 흰모래들은 군함이 지나가며 일으킨 거품에 가려졌다가는 잔잔해지는 수면 아래로 다시 뽀얀 살결을 드러냈다. 좁고 길쭉하게 벌어진 만을 따라 북쪽으로 오르던 군함이 화살촉처럼 돌출된 반섬을 마주보며 오른쪽으로 우회하자 숲과 벌판이 시야에서 사라지고 크고 작은 군함들이 정박해 있는 항구가 나타났다. 진주만 미해군기지였다.

군함이 도크에 접안하고 군인들의 계호를 받으며 조선인 포로들이 부두에 내렸다. 120여 명의 포로들을 실은 네 대의 쓰리쿼터가 출발했다. 트럭들은 진주만 북쪽의 해안도로로 들어서서는 서쪽을 향해 달리기 시작했다. 도로를 따라 거꾸로 매달린 송이버섯 모양의 진주만을 가득 채운 섬과 반섬들의 풍광이 잠시 펼쳐졌다. 남쪽 바다와 북쪽 산자락들 사이로 난 해안도로가 끝나며 트럭들은 산길을 오르기 시작했다. 푸른 바다와 해안과 항구와 밭들이 시야에서 사라졌다. 비포장 산길을 오르고 돌고 오르고 돌던 호송차가 고개를 넘어 내리막길을 달리기 시작하자 화물칸에 실린 포로들의 몸이 심하게 흔들렸다.

사방이 산으로 둘러싸인 분지의 자락길을 달리자 오키나와와 닮은꼴의 수용소가 나타났다. 위에서 내려다 본 수용소 부지의 모양은 흡사 족제비 같기도 하고 전갈 같기도 하였다. 계곡의 복판을 완만하게 흐르는 실개천의 좌우로 단조로운 단층 목지가옥들과 천막들이 다닥다닥 늘어서 있었다. 외곽을 철조망으로 두른 수용소 내부는 또 다른 철조망으로 구역이 쪼개져 있었다. 실개천을 중심으로 길게 좌우로 나뉘고, 다시 족제비의 머리 부분, 가슴 부분, 배 부분, 등 부분, 엉덩이 부분, 꼬리 부분으로 쪼개지는 등 얼핏 보아 구역은 십여 개 쯤 되어보였다. 수용소 정문을 통과하여 철조망 울타리 안으로 들어선 호송차들이 멈추었다.

기온은 오키나와와 비슷하게 느껴지면서도 바람이 없는 골짜기였다. 제주였으면 선선한 바닷바람이 부는 가을 날씨였을 것임에도 하와이는 오키나와와 다를 바 없는 여름이었다.

'쪽빛 바다와 투명한 바닷가 물결과 푸른 숲과 누런 밭들은 일장춘몽이었구나.'

건은 호송차에서 내렸다. 그가 두 발을 딛고 선 현실은 철조망에 둘러싸인 포로수용소의 마당이고, 푹푹 찌는 무더위였다. 해는 아직도 중천과는 거리가 먼 동쪽 하늘에 떠 있었다.

"자-, 이쪽으로 따라오시오."
신입 포로들이 호송차에서 모두 내리자 제복을 입은 조선인 포로 하나가 인솔하였다. 신입 안내 취역을 맡은 자로 보였다.
"전쟁이 끝난 지가 언젠데 또 신입이 들어와?"
"전쟁 아직 안 끝난 거 아녀?"
"거긴 어디서 오는 거요?"
먼저 입소해 있던 포로들이 아무런 물리적인 차단이나 제지 없이 호송차에서 내린 신입 포로들 가까이에 모이는 걸로 보아서는 수용소의 분위기가 무척 자유스럽다고 느껴졌다.
"오키나와요."
신입들 틈에 섞여 인솔자를 따라 걸어가던 건이 대답했다.
"오키나와 출신들 벌써 몇 차례 들어왔잖아."
"그렇지. 여기는 오키나와 출신들이 제일 많은데 또 있다는 말인가?"
"오키나와에 아직 많이 남았습니까?"
건이가 한 번 대꾸해주자 그들이 따라오며 계속 질문을 하였다.
"이제 엇수다."
"두어 달 전에 오키나와 출신들 왔을 때는 영양 상태가 형편없어 삐쩍들 말라 갖고 왔었는데, 오늘은 좀 다른데."
김건은 신입 대열의 곁을 따라오던 자들이 자기들끼리 주고받는 소리를 뒤로하고 커다란 막사 안으로 들어섰다.

"김건! 2600번."

김건은 가슴에 'POW Korea'라는 쇠붙이 명찰이 붙고, 등 뒤에는 페인트로 'POW' 포로 표식이 칠해진 카키색 제복을 입었다. 김건이 배정 받은 조선인 포로수용소 구역은 다른 구역과는 달리 피라미드형 천막들이 바둑판 모양으로 반듯하게 배열된 곳이었다. 바로 인접한 구역은 미군들의 수용소 관리시설 건물들이 들어서 있고, 그 너머로 맞배지붕 목조 막사들이 보였다. 일본 포로에 대한 조선인 포로들의 감정이 좋지 않다는 것을 고려한 때문이었는지 인접구역에서는 일본 포로들이 눈에 띄지 않았다.

'와-! 와-!'

수용소 한쪽에서 배구 경기가 열리고 있었다. 오키나와수용소와 마찬가지로 철조망 안은 포로들의 자치구역이었다. 웃통을 벗고 경기에 열중하고 있는 포로들의 영양 상태는 일단 겉으로 보기에 양호했다. 오키나와수용소에서 막 이송되어 온 신입들과는 달리 갈비뼈가 앙상하게 드러난 자들이 없었고, 제법 근육이 붙어 있는 어깨와 등줄기들은 땀에 젖어 있었다.

기온은 오키나와와 마찬가지로 저녁이 되어도 크게 떨어지지 않았다. 후덥지근한 날씨 때문에 말아 올린 천막의 벽들을 내릴 수가 없었다. 주변의 다른 천막들도 사정은 다 마찬가지였다. 촘촘히 배열된 피라미드형 천막의 벽마다 바싹 걷혀 있다 보니 곳곳에서 화투 치는 소리, 떠드는 소리들로 수용소는 시끄러웠다.

김건은 울타리에 가까운 가장자리 천막을 배정받았다. 한 천막마다 수용 인원은 여덟 명이었고 내부 공간은 여유가 있어, 오키나와 수용소처럼 칼잠을 자야 하는 신세는 면할 수 있게 되었다. 오키나와수용소 시절부터 한 울타리 안에서 서로 낯이 익다보니 새로 배정된 천막에서 보내는 첫날밤이었지만 어색한 과정을 거치지 않고 서로 섞여 이런저런 잡담들을 주고받았다.

"한번은 이런 일이 있었어."

김건과 같은 방에 배정된 방 동숙자들은 한쪽에 둘러앉아 체험담과 목격담 풀기에 들어갔다. 서로 익은 낯들이긴 했어도 한 방에서 말을 섞어본 적은 없었던지라 화투를 치는 자들은 없었고 자연스럽게 이야기 분위기에 어울렸다.

"나는 호꼼 쉬쿠다."

"그러시오. 김 형!"

"그러세요. 김 선생!"

오키나와수용소 때부터 김건을 모르는 자들은 없었다. 미군 장교들이나 수용소 병원의 의사나 간호사들과 접촉하면서 조선인 포로들의 어려운 점들을 해결하고, 상비약품들을 조달하는 데 열심이다 보니 내부에서 나름 신뢰를 쌓아온 바가 있었기에 굳이 꼬박 꼬박 어울리지 않아도 고깝게 보는 자들은 없었다. 저녁이 되면 으레 김건이 조용히 휴식을 취하거나 독서하는 것을 모두들 자연스럽게 받아들이고 있었다. 잘 모르는 것을 물어볼 때마다 친절하게 대답해주고 가르쳐주는 김건에게 비슷한 나이 또래임에도 선생이라고 호칭하는 자들도 꽤 있을 정도였다.

'한국통사 저자 박은식'

'아니. 영헌(이런) 책이 이듸에 싯다니.'

건은 적잖이 놀라며 천막 한쪽 진열장에 꽂혀 있는 책을 뽑아들었다. 수용소 측에서 각 천막마다 배치해 놓은 책이었다.

"다들 경험했다시피 섬 남쪽으로 쫓겨가 더 이상 후퇴할 곳도 없게 됐어. 동굴에 숨어 있다가 굶어죽거나 반자이 쿠대 따라 닥치고 돌격하다가 총알밥이 되거나 둘 중 하나인 거지. 재수 좋으면 투항하는 장교 따라서 훈도시 차림으로 백기 들고 나가 흔들다 포로 되는 거고."

다들 비슷하게 오키나와 전투를 체험했던 지라 새삼스러울 게 없으면서도 으레 얘기의 시작은 이렇게 시작되었다. 그럼에도 막상 이야기보따리가 풀리기 시작하면 상상할 수도 없는 실화들이 줄지어 나왔다. 죽느냐 사느냐 둘 중 하나일 뿐인 극한 상황하에서도 삶의 방식과 죽음의 유형은 의외로 갈래에 갈래를 치며 천태만상의 모습을 보였다.

"근데 십중팔구는 철저히 세뇌교육 받은 똥개들이라 개죽음을 선택하는 거야. 살아서 포로가 되는 건 수치다. 그건 바로 천황이 하사한 전진훈을 욕보인다는 거지. 똥개들 중에도 미친 충견 한 마리가 있었는데 죽더라도 미군 탱크 하나는 부수고 죽겠다는 거야. 해서 미군 탱크가 지나갈 길에 땅을 파고 폭약 상자를 굳고는 그 위에 총 맞고 죽은 척 엎드려 있는 거야. 등을 살짝 웅크리고 있는 거지. 탱크가 몸 위를 지나가기 직전에 뇌관 손잡이를 눌러 폭약을 터뜨리겠다는 거지. 조금 지나니까 탱크를 앞세운 미군들이 나타났어. 그런데 그날은 미군 보병들이 탱크 엄호를 받으며 뒤에서 따라오지를 않고 몇 명이 탱크보다 앞에서 걸어오는 거야. 길 한가운데 엎어져 있는 왜병에게 다가가더니 총으로 정확하게 왜병의 머리를 쐈지. 잔뜩 긴장하고 엎드려 있던 왜병놈 어깨가 쩍 하고 퍼졌어. 미군 병사가 워커발로 시체를 뒤집으며 밀어내니까 당연 폭약통 뚜껑이 보이질 아니겠어? 미군병사가 그럴 줄 알았다는 듯이 뒤에다 대고 손을 흔드는 거야. 탱크 뒤에서 대기하고 있던 폭약처리반 병사들이 뛰어가서 폭약통을 꺼내 수거했지. 미군들이 몇 번 당하고 나서는 똥개들의 수법을 알아차렸던 거지."

"죽은 놈은 어떻게 됐어? 길옆으로 치웠어? 아니면 그냥 탱크가 지나갔어?"

"어? 어떡했더라?"

"에이. 직접 본 거 아니구만. 들은 얘기지?"

"들은 얘기라도 직접 봤다 하는 거지. 처음부터 들은 얘기라 하면 누가 들어주나?"

"헤헤헤헤"

"히히히히"

"ㄲㄲㄲ끅"

더러는 직접 경험이나 직접 본 것, 들은 것들이 야화가 되어 돌고 돌다가 살이 붙고 옷이 입혀져 들은 것이 본 것이 되고, 본 것이 자신의 체험으로 둔갑되기 일쑤였다. 하와이 포로수용소의 첫 밤도 늘 그렇듯이 구전과 집단창작의 무대가 되어가며 깊어갔다.

"이건 내가 진짜로 직접 본 거다. 어느 날 해가 질 때였는데 옆 동굴에서 한 놈이 죽었는지 들것에 시체가 실려 나오더라고. 부상당해

죽은 것인지 굶어죽은 것인지는 잘 모르겠고. 시처를 왜병 넷이 들 것으로 들고, 그 뒤로 한 열 놈이 삽자루를 들고 뒷산으로 올라가더라고. 보나마나 매장하러 가는 거겠지 하면서도 한번 살살 뒤를 따라 가봤어. 아 근데. 나 말고 내 앞에서 살살 따라가는 왜병 세 놈이 있더라고. 다른 동굴에서 나온 것들이지. 이놈들은 대체 뭐지? 좀 수상하더라고. 그래서 몸을 숨겨가며 눈치 못 채게 사부작사부작 따라 갔지. 시체를 매장하는데 뒤에 따라가던 세 놈이 바위 뒤에 숨어서 매장하는 걸 엿보는 거야. 햐-, 이놈들이 대체 뭐 하자는 수작이지? 나도 숨어서 한쪽 눈으로는 매장하는 거 보고, 다른 쪽 눈으로는 숨어서 지켜보고 있는 놈들을 엿봤지."

"그게 가능해? 두 눈이 서로 다른 방향을 나누어서 보는 게?"

"극한 상황에서 불가능한 게 어딨어? 좀 조용히 들어봐."

"크크크큭"

"흐흐흐흑"

"이놈들이 땅을 살짝 파고, 매장을 끝내고서는 그 자리에 막대기를 하나 박대. 아마 묘표였겠지. 그러고는 열네 놈이 막대기를 빙 둘러서서는 노래를 불러대. 제목이 뭐더라? 거 왜 야스쿠니 신사 봄 날 한 가지에 핀 사쿠라가 되어 다시 만나자 하는 노래 있잖아. 걔들 밥만 처먹으면 부르는 노래-."

"도키노 사쿠라."

"그래 그 노래야. 그 노랠 부르고 내려갔어. 그새 컴컴해졌더라고. 아 근데 바위 뒤에 숨어 있던 세 놈이 삽자루를 하나씩 들고 슬그머니 나와서는 죽어 파묻은 놈 매장터를 다시 파기 시작하는 거야."

이 대목에서 건이도 읽던 한국통사를 내려놓고 목격담의 화자 쪽으로 시선을 돌렸다.

"여기까지만 얘기하자. 그 담은 얘기 못하겠다."

"에이. 저녁밥 먹은 거 올라오네."

"구역질 날라한다."

"굶어 디질 판인데 우짜겠노. 니라면 안 그카겠나?."

"에이 그래도 그렇지."

"그렇게들 심각할 거 없다. 본 거 아니다. 본 거 아냐. 들은 거야. 들은 거."

화자는 반응이 예상 밖으로 돌아가자 분위기를 바꾸고자 했다.

"너무 그럴 거 없다. 실제로 봤다는 사람들 많더라."

"극한 상황으로 몰리다 보면 그럴 수도 있겠지. 남 얘기 같지 않은데."

"넘 얘기 같덜 않다는 거 다 좋은데 와 다덜 나를 쳐다보는데?"

"자네 영양 상태가 질 좋아보잉게로."

"내가 보기에도 그짝이 복스러워보이는 건 사실이쥬."

"지랄들 한다. 됐다 마."

"하하하핫"

"낄낄낄낄"

"우헤헤헷"

"김건 씨! 반갑소. 선중태라 합니다."

"아. 네."

"이야기 좀 나누고 싶은데 괜찮겠습니까?"

"경협서. 겐디 제 이름이 김건인 줄 어떵 알앗수꽈?"

초면에 김건 씨라는 호칭으로 적절히 예의를 갖추면서도 하대하며 찾아온 내방객은 얼핏 보아도 건 자신보다 일고여덟은 더 먹어보였다. 건도 예의를 갖춰 방문객을 맞이하면서도 그가 누구인지도 모르고 왜 온 것인지도 알 수 없어 극존칭은 의도적으로 피했다.

"처음 듣는 말씬데요?"

내방객은 건의 질문에 대한 답변보다는 자신의 질문을 이어갔으나, 웃는 낯에 말씨도 정중하여 예의가 없는 자라는 인상을 찾아보기는 어려웠다.

"제주도이우다."

"제주 말이 경성 말보다 어감이 아주 좋소. 아, 그리고 김건 씨 명찰에 2600이라 쓰여 있질 않소? 그래서 알아보았습니다. 인사를 오면서 미리 이름과 번호는 알고 와야 예의 아니겠습니까? 내 번호는 1300이니 딱 2배수요. 서로 번호도 외우기 쉽겠습니다."

중태는 포로가 입는 제복을 입고는 있었으나 가슴에 명찰을 달고 있지는 않았다. 그는 수번이라 하지 않고 번호라 했다.

"김건이렌 이름얼 어떵 찾앙 이레 왓수꽈?"

"수용소 측에 물었습니다. 신규 입소자 중에 학병 출신 없냐고."

"아, 네-. 번호는 입소 순서대로이우꽈?"

건은 중태가 왜 일부러 학병 출신을 찾은 것인지, 그와 수용소 측은 어떤 사이이길래 특정 포로에 관한 정보를 묻고 답할 수 있는지 더 묻고 싶었으나 혹여 분위기가 어색해질까 우려되기도 하고, 일부러 자신에게 호감을 갖고 찾아온 자이니만큼 앞으로도 대화할 수 있는 기회가 더 있게 될 것이라는 판단이 들어 더 이상 캐묻지 않았다.

"그런 걸로 알고 있소."

"게믄 언제 입소햇수꽈?"

건은 상대방에 대한 적절한 호칭을 찾지 못하고 있었다.

"올해 유월이요."

"이듸 조선인 수용자덜이 전부 몇 맹 됩니까?"

"여기서는 조선인이라 하지 않고 한인이라 합니다. 오늘 입소자까지 합쳐서 이천칠백 명이 조금 넘을 거요."

"아. 한인 이렌 표현 좋수다. 게믄 오키나와 출신덜이 질 나중인 거꽈?"

"그렇소. 오늘로써 오키나와 출신들이 세 번짼가 네 번짼가 될 겁니다."

"나도 경 알고 이수다."

"경?"

"아- 그렇게 알고 있다는 겁니다."

"제주 말 들을수록 재밌군요. 한국통사 읽을 만합니까?"

건의 질문에 꼬박꼬박 대답만 해주던 중태가 건이 읽다 옆에 내려놓은 책 표지로 눈길을 보냈다.

"이제 막 읽기 시작햇수다. 수용소에 어떵 이런 책이 들어완 이수꽈?"

건은 중태가 '경'이라는 말을 못 알아듣는 것을 알고는 제주 말 '영헌' 대신 '이런'이란 표현을 사용하며 가능한 한 자신이 구사할 수 있는 경성 말을 쓰기로 했다. 진지한 상대방과의 대화가 끊어지는 걸

미연에 막기 위해서였다.

"하와이 동포들이 오백 권을 들여보내 준 겁니다."

"아—. 그렇습니까? 동포덜이."

"헌데 그 책을 읽는 사람이 열 명도 채 되질 않소."

"아—. 그래요? 왜지요?"

건이가 묻지도 않은 내용이었지만 자못 의미심장하고 진지하게 말하는 중태의 표정에 건은 막연한 질문으로 반응을 했다.

"대부분이 무학자인 노무자 출신들이다 보니 글 읽기를 힘들어하고 싫어합니다. 안타깝소."

"그렇군요."

건은 달리 더 할말이 없어 고개를 끄덕일 뿐이었다.

"이곳 사정은 차차 얘기할 기회가 많을 테니 천천히 하도록 합시다. 취역은 무슨 일로 할 건지 정했습니까?"

"포로한테 따로 맞는 일이 있겠습니까? 다 천직이련 생각하고 허는 겁주."

"그래도 여기는 오키나와보다는 생활하기 편할 거요."

"그렇긴 허우다만. 무신 펜한 이유가 따로 잇수꽈?"

중태의 말 속에서 미군이 관리하는 수용소가 일본군이 관리하는 수용소보다 편하다는 걸 은근히 강조하고 있다는 느낌을 받은 건이 놓치지 않고 질문을 했다. 달리 표현하면 호노울리울리 수용소가 오키나와수용소보다 편한 근거를 들어봤으면 한다는 뜻이었다.

"하쉘 소장의 개인적인 성향이 한인에게 호의적인 면도 있는데다가 이곳 하와이 한인들이 음으로 양으로 도와주고 있습니다. 그리고 또 다른 이유도 더 있고?"

"다른 이유라니요?"

"말하기 시작하면 기니 차차 하기로 합시다. 자 이거 읽어보시오."

중태는 품속에서 종이 뭉치를 꺼내 건에게 건넸다.

'자유민보'

글씨는 인쇄한 것이 아니고 필사체였으며 문집형식으로 제본된 일종의 소식지였다.

"이건 어디서 만든 거꽈?"

"필사 원본은 소내에서 몇 사람이 자치적으로 만든 겁니다. 원본을 동포들에게 넘겨주면 대량으로 제작하여 넣어줍니다."

"동포들이 있으니, 이곳은 오키나와에 비교하면 별천지군요."

건은 대화를 주고받는 동안 '자유민보'를 이리저리 뒤적거렸다. 육십 쪽짜리 소박한 신문이었다.

"그렇습니다. 갇혀 있다는 것 말고는."

"잘 읽어보겠습니다."

"이것도 읽어 보시오. 그건 동포들이 만들어서 넣어주는 주간신문입니다."

"국민보"

검건은 제목을 읽으며 표지를 이리저리 넘겨보았다.

"천천히 읽어도 되니 건강부터 챙기세요. 두 달 전에 오키나와에서 온 사람들도 입소할 때는 무척 여위었었는데 지금은 다들 몸이 회복되어 좋아진 상태입니다. 먹을 것과 입을 것은 그런대로 지낼 만 할 테니 건강회복을 최우선으로 하세요."

"말씀 고맙수다예."

"다음에 또 들려도 되겠습니까?"

"네. 경헙서."

"경헙서? 좋다는 뜻이요?"

"네. 나도 모르게 자꾸 사투리가 나오는군요."

"괜찮습니다. 말이 들을수록 재미있군요. 앞으로 배워야겠습니다. 말벗이 생겨 좋습니다. 앞으로 잘 지냅시다."

"알앗수다. 겐디 나보다 한참 위인 거 닮은디 올해 어떵 뒈우꽈?"

"나이 묻는 겁니까?"

"네."

"15년생 토끼띱니다. 우리 나이로는 서른하나. 만으로는 생일 지났으니 서른. 그쪽은 어찌됩니까?"

"23년생 돼지띱니다. 팔 년이나 위인데 앞으로 말 내립서예. 동생이라고 불러줍서. 그리고 가급적 경성 말 쓰도록 해보겠습니다만 나도 모르게, 아 참, 저도 모르게 제주 말 쓰더라도 ㅇ해해줍서예."

"그럽시다. 사내들은 위아래가 툭 터지고 말끝ㅇ 애매하지 않아야 친해지기도 하는 것이니까. 그리고 서로 노력합시다. 나는 제주 말 배우고, 동생은 경성 말 배우고."

"혹시 앞으로 나도 모르게, 아 참, 저도 모르게 말실수 하더라도 본의가 아니니 이해해줍서예."

"무슨 뜻이요?"

"제주에서는 윗 사름한테도 '저는' '제가' 이렇게 안 허고 '나는' '내가' 합니다. '말씀하세요'라는 표현도 그냥 '골읍서'라고 하지요. 앞으로 저도 모르게 '나는' '내가' 하더라도 말 습관이 되어 나도 모르게, 아, 저도 모르게 나오는 것이난게 오해하지 맙서예."

"알앗수다. 미리 말해줘서 고맙수다."

중태는 그새 익힌 제주 말투를 섞어 답사를 했다.

"하하하"

"자 – , 다음에 또 봅시다."

돌아가는 중태의 등 뒤에는 POW라는 포로 표식이 찍혀 있지 않았다.

## 폭삭 속앗수다

이시도강 좌안과 우안에 첫 번째 판잣집이 세워진 지 열흘 남짓 되자 수백 채의 판잣집이 늘어섰다. 아침에 일어나 산책을 겸해서 걸으면 왕복으로 십분 거리였다. 소문을 들은 조선 청년들이 끝없이 몰려왔다. 천막과 판잣집 세우기는 이제 새로 들어오는 청년들의 몫이 되었다. 그들은 활빈단이 정해준 집터에서 집을 짓는 동안 임시로 천막에서 기거하였다. 집이 완성되면 천막은 새로 들어오는 자들에게 내주고는 새 집에서의 기거를 시작하며 일자리를 찾아 나섰다. 집 짓는 데 필요한 연장이나 자재를 구하는 데 들어가는 비용은 귀국원호회에서 부담하였고, 하루 두 끼나 세 끼 먹는 비용은 1엔이나 2엔을 지불하며 자활과 협동 체제를 갖춰갔다. ㅎ카다 조선인들의 잠자리와 먹거리를 해결하는 마을이 빠르게 이시도 천변에 뿌리를 내려갔다.

"장규 형! 여기서 저 끝에까지 길이가 얼마나 될까?"

"소학교 운동장 길이의 서너 배는 족히 되어 보이는디."

장규가 동주의 통역 비서를 자처한 이후부터 둘은 수시로 함께 움직였다. 아침에 일어나면 함께 천변을 걷는 것도 그들의 자연스러운 일과의 시작이 되었다.

"동주 선생! 느 리어카 끌고강 감저 잔뜩 사오게. 오늘부턴 감저도 삶앙 먹어 보자."

철은 동주를 선생이라 불렀다. 그 호칭에는 약간의 장난기가 섞여 있기도 했지만 하루하루 변해가는 동주를 바라보는 철의 느낌이 담겨 있기도 했다. 처음 만났을 때의 며칠간 동주는 육체적으로나 정신적으로나 힘들어했다. 성년의 나이가 되기도 전에 끌려간 도야마 광산에서의 고된 노역과 배고픔, 하카다를 홀로 찾아오기까지 낯선 땅에서의 오랜 여행에 따른 피로, 철이 일행들이 쓰는 사투리 때문에 함께 말을 섞을 수 없는데서 오는 당혹감과 소외감으로 동주는 말이나 행동에서 자신감이 없고 소극적이었다. 그런데 시간이 지날수록 왕성한 식욕으로 건강을 회복했고, 못 알아듣는 말을 물어보고 또 물어보며 당당하게 활빈단의 일원이 되어갔다. 시위대열의 가장 앞에 서서 구호를 외치던 모습은 며칠이 지나도 철의 뇌리에서 지워지질 않았다.

"그 많은 걸 나 혼자 어떻게 끌고와?"

짧은 기간 동안 고락을 함께해오면서 서로간에 친형제처럼 이물이 없어지자 동주도 철이나 장규에게 존댓말과 반발을 섞어서 했다.

"느 통역비서 안 이신가? 장규 성하고 말이 잘 통하난게 고치 가자고 혀봐."

"알았습니다. 지도자동무."

어느덧 감투 하나씩을 주고받은 활빈단은 역할을 분담하고 일을 추진해 나갔다. 철과 율이 새로 들어오는 청년들을 맞아 일감을 주고 현장을 관리하는 역할을 맡고, 장규와 동주는 먹거리와 생활에 필요한 물품들을 조달해왔다. 저녁이 되면 활빈단 내부의 경성 말 과외수업과 통역이 진행되었다.

"동주! 리어카에 타게. 나가 끌텐게."

동주가 타기 쉽도록 장규가 리어카의 손잡이 부분을 휙 들어 올려 뒷부분을 땅바닥에 붙였다. 동주가 리어카에 올라타고는 주르르 앞쪽으로 가서 자리를 잡고 앉았다. 리어카 손잡이를 잡은 장규의 억센 팔뚝 근육이 동아줄 윤곽을 드러냈다. 리어카 바퀴가 둑 위를 향하여 천변 비탈을 경쾌하게 구르며 올라갔다.

"장규 형! 폭삭 속앗수다라는 말, 석정 성님한테 여쭈니까 수고 많았다는 뜻이라는 데요."

리어카 앞쪽으로 바싹 붙어 앉은 동주가 통역비서 장규에게 제주나라 말을 화두로 올렸다.

"머시라? 하-. 거 참 거시기허구만. 완전 딴 나라 말이시."

"거시기는 무슨 뜻이요?"

"거시기가 무슨 뜻이라고라? 아 거시기는 거시기지."

"처음 듣는 말인데. 전라도 사투리 아닌가?"

"니가 첨 듣넌 말언 다 사투리냐? 거시기넌 표준갈이다 이 경성 촌넘아."

"그런데 무슨 뜻이냐구여?"

"거시기는 그저 마땅한 표현이 떠오르지 않을 때 거시기허다고 허믄 되는 것이여. 글먼 용케도 상대방이 먼첨 알아듣는게롱. 기가 막힌 표현이시. 욕지거리가 막 나오려 할 때도 꾹 참고 멈췄다가 슬쩍

바꽈부러. 에이 거시기허네 허는 거지. 글먼 쌍스럽지도 않고 듣는 상대방헌티 이쪽 기분 전달도 되니께롱."

"형은 제주도 말을 어떻게 잘 알아듣게 된 거야?"

"나 여그 오기 전에 오사카에서 몇 년 있었제라. 거그에 제주도 사람들 많이 사는디 요렇게 조렇게 말 섞음시로 살다봉께 알아듣게 되분 것이지. 그란디 안즉도 에려워. 제주도 하랍시 할매들 허는 말언 제주도 젊은 아그덜도 못 알아묵어."

"시내부터 가서 연필하고 공책부터 삽시다. 제주도 사투리 경성 말 단어집 만들게."

농산물을 대량으로 구매하기 위해서는 돈을 아끼기 위하여 농촌 마을이 있는 미나미구(남구)로 가야 했다. 처음 하카다에 왔을 때보다는 후쿠오카 시내도 빠른 복구가 이루어져 폐허의 흔적을 지워가고 있었다.

"어디 감이여?"

"감저 사젠 촌에 감수다."

리어카가 포장된 도심을 통과하는 동안 지나가던 조선 청년이 장규와 동주를 알아보고는 제주도 말로 인사하자 동주가 제주 말로 대답했다.

"제주 말 에려운디 빨리도 배웠네. 동주는 머리럴 쓰는 쪽으로 가면 풀리겄어. 나는 팔다리 쪽이고."

"겸손하기는. 장규 형은 팔 다리 머리 혀 다요 다. 지도자감이요. 버릴 데가 없거든."

"허- 거 참. 지도자감이라는 말만 했으면 좋았을 터인디, 버릴 디가 읎다는 말언 쓰잘데기읎이 왜 붙이는가? 나가 쇠괴기도 아니고."

"하하하하. 나으 말이 너무 심했소? 참말로 미안허구만이라이."

"잘헌다 잘헌다 허니께 더 잘해부러야."

"형 힘들면 내가 끌테니 형이 여기 앉아요."

"체력 아껴서 공부 부지런히 허시게. 동주 동상은 앞으로 이시도 마을에 사투리와 경성 말 해석해서 갤켜 주는 국어핵교 선상되어사 헝게."

"국어학교? 그거 참 좋은 생각인데. 근데 형! 우리 여기서 아주 눌러 살 거 아니잖아."

"조선 사람은 어디 가서든 마을이 생기면 얼마튼 살던 간에 질 먼첨 핵교부터 세우는겨. 또 앞날이 어치게 될지, 세상이 어치게 될 지도 모르는 거고."

"앞의 말은 대 찬성인데, 뒷말은 듣기에 거시기하네."

"나가 일본에 와 몇 년 살면시롱 이 놈으 세상이 나으 예상대로 나으 계획대로 흘러간 적이 한 번도 읎었응게 허는 말이라."

"형 말 듣고 있으니까 나도 슬퍼지고 답답해져요. 아무 생각 말고 나는 사투리 단어집이나 잘 만들어 놓아야겠어."


"하영 사완. 폭삭 속앗수다. 엇. 겐디 이건 감저가 아니고 지슬인디."

아침을 먹자마자 출발했던 장규와 동주가 정오를 넘겨 리어카에 감자를 잔뜩 싣고 이시도에 도착하자 철이 보인 반응이었다.

"감자 사오래서 감자 사왔는데."

"나넌 감저 사오렌 햇주. 이건 지슬이여, 지슬."

동주의 눈이 똥그래졌다.

"지슬이 뭐예요?"

"지슬이 지슬이지. 감자는 또시 뭐옌? 비서 동무년 감저왕 지슬 구분 못 허우꽈? 호꼼 통역 골아봅서."

철은 그저 한마디 아무 말 없이 서 있는 장규를 원망하듯이 통역을 재촉했다.

"맞다 맞아. 하-. 나가 깜빡 혀부렀네. 감저란 말을 하도 오랜만에 듣다봉께 나가 깜빡 감자로 착각혀부렀어."

장규가 입을 다물지 못하고 곤혹스런 표정을 지으며 손바닥으로 승마살을 탁 하고 쳤다.

"감저와 감자가 다른 겁니까?"

뭔가 잘못되었다는 눈치를 차린 동주가 마음을 가라앉히고는 장규의 입을 주시했다.

"제주 말로 감저넌 고구마고, 지슬언 감자여."

장규가 고개를 가로저었다.

"아이고. 어렵다 어려워. 그러면이나 그라문이나 글먼이나 게믄이나 그게 그 말이니까, 감저나 감자나 그 말이 그 말인 줄 알았지요."

동주도 억울하다는 듯이 길게 항변을 하였다.

"기왕 사와시난 맛잇게 먹읍서. 감저나 지슬이나."

뒤늦게 나타나 옥신각신하고 있는 분위기를 살피던 율이 사태파악이 끝났는지 정리하고 나섰다.

"기, 맞아. 멀리까지 가서 사와시난 맛있게 먹읍서."

멀리까지 가서 힘들게 운반해온 장규와 동주를 생각해서 철도 분위기를 전환하려 했다.

"근데 철이 형! 감저나 지슬이나 그게 그거 같은데 왜 꼭 감저를 사오라고 한 거예요?"

"동주야! 느넌 경성 출신이라 우리 제주 사름덜 헹펜얼 잘 몰라그네 경 묻는 거주. 제주 사름덜언 몇 년 동안 감저럴 못 먹엇저. 일본 넘덜이 비행기에 쓸 지름이 다 떨어져불언. 게난 감저에서 주정 짜내 지름 대신 쓴덴 헤연 싹싹 거둿 제주읍내 주정공장으로 실어가 불엇주. 경헤연 오랜만에 감저가 먹고 싶어 사오렌 한 거여. 다음에 또시 사오민 뒈난게 괜찮다. 공연히 이야기가 길어져불어 미안허다 이."

"그 이야기는 맞소. 우리 고향 전라도에서도 고구마 거둬 제주도로 실어갔응게. 그려도 먹을 거는 쪼까 냉겨놓고 거둬갔었는디, 제주도는 그게 아니었구먼."

철의 말을 받아 장규가 고개를 끄덕거렸다.

"겐디 철이 성! 이 많은 감저덜얼 어디다 보관하고 먹으쿠꽈?"

"반은 이시도 마을에서 먹곡 반은 내당 팔자."

율의 질문에 철은 막힘없이 준비된 답변을 하였다.

"그거 아조 좋은 생각이여. 역시 지도자 동무답소."

장규가 확 풀린 표정으로 호응하고 나섰다.

"이시도 마을 사름덜에게넌 삶거나 구웡 두 개에 1엔, 바깥더레 내다 파는 건 호나(한 개)에 1엔씩 파는 거주."

"그렇지. 고구마 장시가 잘 되면 감자 귤 감 배도 팔고, 가치담배도 파는 거여. 한 개비썩."

장규가 철의 생각에 장단을 맞추며 구체적인 제안을 내어놓았다.

"게믄 가치담배는 얼마에 팔아사 허쿠꽈?"

"한 개비에 1엔 받으면 50전 남는 장시여. 이문이 아조 쏠쏠할게라."

철과 장규는 마치 사전에 계획을 짰던 것같이 척척 죽이 맞았다.

"배고픈디 지슬 삶앙 먹읍서."

율이 침을 삼키는지 울대가 꿈틀거렸다.

"배고픈 사름이 삶게."

철이 싱글싱글 웃으며 냉정하게 대꾸했다.

"이 많은 걸 어떵 혼자 씻엉지쿠꽈?"

"동주랑 고치 허민 뒈주."

철이 율과 동주에게 감자를 씻으라고 하고는 자리를 벗어나려 몸을 돌렸다.

"철이 형! 잠깐 할말 있어요."

"엉. 골아보게."

"막간을 이용해서 긴급 과외를 실시하겠습니다."

"긴급 과외?"

동주는 아예 작정한 듯 왼손에 공책을 들고 있었다.

"게믄 나 먼저 갈게."

율이 감자가 실려 있는 리어카를 끌고 자리를 떴다.

"우선 폭삭 속앗수다라는 말 말이요. 그게 수고 많았다는 뜻이던데 그게 경성 말, 전라도 말, 경상도 말로는 거짓말을 참말로 받아들였다는 뜻이오. 아주 아주 다른 뜻이 된다니까. 형이 저녁에 천막 돌면서 폭삭 속앗수다 폭삭 속앗수다 할 때마다 사람들이 수군대는 게 다 이유가 있었던 거거든. 우리가 뭘 속았냐며 황당해 하는 표정이더라구. 그러니 앞으로 제주 사람들하고 이야기할 때 말고는 수고 많이 하셨습니다 이렇게 인사하세요. 공연히 오해사지 말고."

"알안."

반만 몸을 돌리고 있던 철이 귀찮다는 표정으로 짧게 대답하고는 몸을 다시 앞으로 돌렸다.

"지금 한번 해봐요. 수고 많이 하셨습니다―."

동주는 철의 표정이나 자세를 무시하고 긴급 과외를 속행했다.

"수고 많이 햇수다―."

"크크크. 아 그 정도면 됐고. 다음."

동주는 공책을 펴들었다.

"아직 하영 남아시냐?"

철의 말끝이 올라갔다.

"간단한 거 몇 개 남았어요. 저 거시기. 말 끝날 때마다 골읍서 골읍서 하는데 이 말도 참 알아듣기 힘든 말 중에 하납니다. 말해 말하세요 말씀하세요 라고 말하세요."

"겐디 무사 세 개씩이나 뒈냐? 한 개만 고르게."

"안 돼요. 세 개 다 해야 돼요. 경성 말은 상대방이 자기보다 윗사람인지, 아니면 친구처럼 비슷한 사람이거나 아랫사람인지에 따라 존댓말과 반말을 가려 써야 되니까."

"건 나도 알앙 잇주만서도 너무 복잡헤연."

"그럼 먼저 하나만 배워요. 존댓말 말씀하세요-."

"말씀하세요-."

"동주야! 말씀하세요- 해봐요."

"에이-."

"그게 싫으면 세 개 다 배우라고요. 동주야! 말해- 해봐요."

"말해."

철은 귀찮은지 끝을 짧게 끊었다.

"으음. 그 다음."

동주는 눈길을 공책으로 옮겨 그 다음에 교육할 단어를 살폈다.

"또시 남아시냐?"

"딱 하나만 더. 앞으로 감저는 고구마, 지슬은 감자라 하세요."

"이건 과외가 아니라 완전 보복인디."

"딴 지방 출신들을 통솔하려면 하루 한 시간이라도 먼저 배우세요."

"하이고. 감저는 고구마, 지슬은 감자."

빠른 속도로 말을 따라한 철이 떨떠름한 얼굴로 자리를 뜨려 했다.

"과외선생님한테 수고 많이 했다고 인사도 안 하고 갑니까?"

"폭삭 수고햇수다. 닐(내일)은 고구마 사오게."

철은 제주 말과 경성 말을 뒤섞인 인사를 남기고 자리를 떴다. 경성 말에 아직 익숙지 않은 것인지 의도적인 뒤섞음인지는 그 자신 스스로도 분명하지 않았다.

"과외 선생이 아조 찰지고 각단지고 똑 소리가 나부네. 감잔지 지슬인지 씻으러 가자."

옆에서 긴급 과외 교습을 지켜보고 있던 장규가 동주의 어깨를 툭 쳤다.

"말끝에 마시, 마씨, 마씸, 마씀을 적당히 붙이민 뒈는디, 습니다, 겠습니다, 셨습니다, 아이고-. 존댓말이 무사 경 길고 복잡혀? 세(혀)가 짧은 제주 사름언 지도자 못해묵것는디."

철은 중얼대며 천변을 따라 신입 청년들이 집을 짓고 있는 곳으로 걸어갔다.

'석정 성님도 경성 말 배울 때 영(이렇게) 골치 아프고 복잡헌 학습 얼 해실 거라. 세상에 쉬운 일이 엇나(없네).'

## 마른 하늘에 날벼락이

"긴한 소식이 있어 모이라고 했네."

아침을 먹고 출근한 지 한 시간이 채 지나지 않아 석정이 이시도로 돌아와서는 활빈단원들을 자신의 판잣집 방으로 불러모았다. 이런 경우는 처음 있는 일이었다. 그의 얼굴은 침통하였다.

"방금 전에 라디오방송을 듣고 왔어."

석정은 말머리를 꺼내놓고 숨을 골랐다. 모두 긴장된 얼굴로 숨소리조차 내지 않았다.

"도쿄 맥아더연합군사령부에서 지령을 발표했는데. 휴-. 조선으로 돌아가는 조선인 귀환자들은 1,000엔까지만 지참하고 배를 탈 수 있다는 거야. 1,000엔을 넘어가는 현금이나 유가증권은 일본에 맡기고 떠나라는 거지. 물품도 마찬가지야. 250파운드, 즉 110킬로그램까지만 휴대할 수 있다는 거지."

"1,000엔이민 나 고베 고무공장에서 받아낫던 봉급 똑 반 달치이우다."

"도야마광산에선 올해 들어 단 한 달치 봉급도 주지 않았습니다. 여름 다 끝나가니까 미쓰이 회사 측에서 이제 전쟁 끝났으니 모두들 집으로 돌아가라는 거예요. 그냥 맨입으로, 빈손으로. 그래서 엄청 싸웠어요. 체불 임금 지불하라며 한 달간을 광산 점거하고 농성하고. 정말이지 목숨 걸고 싸웠어요. 너 죽고 나 죽자며 광산을 모조리 부숴버리고 불질러버릴 기세로. 그래서 겨우 두 달치 봉급들 받아 산에서 내려왔던 거지요. 그것도 왜 두 달치냐? 경성에서 도야마까지 이동하는 데 들어간 여비는 다 본인 부담이니까 제외한다는 거였어요. 내가 오고 싶어서 온 것도 아니고 지놈들이 강제로 끌고 온 것이었는데도. 또 그동안 먹은 식비도 마찬가지로 다 본인 부담이라고 제하고. 그래서 그나마 일 년 일하고 두 달치 받아온 건데 반 달치 봉급만 가지고 가라니. 미군정놈들이나 일제놈들이나 똑같은 불한당이네."

"강도신디(한테) 칼얼 맡졍 떠나렌 허는 개아돌넘덜."

"성님, 도대체 맥아더란 자는 적군이요 아군이요?"

철, 동주, 율, 장규가 돌아가며 한 마디씩 쏟아냈다.

"지금 일본에서, 아니 아시아태평양에서 맥아더 지령은 최고의 법이네. 오사카를 다녀와야겠어. 그쪽은 분위기가 어떤지. 아무래도 재일조선인들의 힘이 집중되어 있는 곳은 도쿄와 오사카니까. 다들 당황스럽고 화도 나고 하겠지만 이럴 때일수록 침착하고 돌발적인 언동은 조심하도록 하게. 일단 이시도 마을에 있는 청년들에게도 알리고. 되도록 빨리 돌아오겠네."

"경협서. 당장 하늘이 무너졍 내리는 건 아니난게. 펜안히 강 옵서예(안녕히 다녀오세요)."

심각한 표정으로 나가는 석정을 배웅하는 활빈단원들의 얼굴도 다들 무거웠으나 철은 태연하고 침착하려 애썼다.

"동주! 고구마 두 리어카 사오게. 내일 일언 내일 일이고, 끼니넌 챙겨사 호난게. 지금 일거리가 없어 쉬엄신(쉬고 있는) 사름덜도 이시난 두 사름 더 뽑아가게."

"알앗수다."

동주는 철이 고구마라는 경성 말을 쓰는 게 고맙기도 하여 일부러 제주 말로 답하였다.

"그려. 그려. 내일 하늘이 무너지더라도 오늘 묵을 건 묵고, 쌀 건 싸야지. 동주는 잠깐 리어카 앞에서 기둘리그라. 나가 두 사람 딜꼬 올팅게."

장규가 소매를 걷어붙이며 밖으로 나갔다.

아침 일찍 하카다 시내로 나갔던 청년들이 속속 이시도로 돌아왔다. 그들도 더러는 라디오방송을 들었거나, 더러는 입에서 입으로 퍼지는 소식을 들었던 것이었다.

"이기 먼 일이고? 우째야 쓰겄노? 도쿄로 쫓아가 맥아더 대갈통얼 팍 뽀사뿌까? 카-. 씨벌넘."

"일본것덜언 배에서 내리는 년놈들마동 짐덜얼 바리바리 싸들고는 리어카에 실어가는디 워째서 조선 사람덜언 싸그리 벳겨묵고 상거지새끼 맹글어 돌려보내뿌는 것인겨? 하-니기미."

"무신 거 좋은 소식 어수꽈? 앞날이 왁왁허우다예."

"마른 하늘에 날벼락이시. 귀국원호회 쪽에서 들려오는 야그는 읎소?"

돌아오는 자마다 무슨 소식이라도 더 들을 수 없을까, 무슨 대책이라도 있을까 하여 활빈단원들을 찾았다.

"우리도 왁왁허기는 똑닮소. 라디오방송 말고년 특별히 더 알암신게 엇수다."

철은 종일 반복되는 질문에 침착하고 인내심 있게 똑같은 답변을 반복했다. 새로 들어와 판잣집을 짓고 있던 자들도 다들 일손을 놓고 천변에 앉아 담배를 피우거나 천막에 삼삼오오 들어앉아 두런거렸다.

"강 왓수다."

리어카에 고구마를 잔뜩 싣고 돌아온 동주의 제주 말 인사에는 철의 기분을 살리려는 배려가 실려 있었다.

"엉. 수고 많았어."

철의 짧은 경성 말끝에는 제주 말 억양의 탄력이 느껴졌으나 평소보다 가라앉아 있었고, 특유의 살가움이 없이 건조하게 느껴졌다. 장규와 동주는 망치질 소리 톱질 소리 하나 들리지 않는 이시도의 분위기가 사뭇 쳐져 있음을 느끼며 리어카를 광으로 싣고 갔다.

하카다로 온 이래 가장 길고 긴 낮이었다. 저녁이 되어도 천막 주변이나 천변에 카바이트등 하나 켜지지 않는 어둠 속에 적막감이 무겁게 내려앉았다. 흐르다 흘러 돌부리에 부딪혀 부서지고 고꾸라지며 돌아가고, 물가로 밀려나 천변에 부딪혀 거품으로 부서졌다가 다시 물살에 섭슬려 흘러내려가는 이시도 천의 물소리가 밤새 판잣집 벽을 두른 송판때기 옹이구멍 사이사이로 파고 들어왔다.

"내사 마 귀환 안 하겠심더. 재산 모조리 뺏기고 걸배이 신세 돼가 우예 고향집에 고개 들고 들어갈까예. 우리 활빈단 동무들 그동안 욕봤심더. 잘 쉬었다갑니더."

"재수 없을라카이 맥아더가 싼 똥에 미끄러져가 자빠진다 안 캅니꺼? 시간 좀 지나먼 어찌어찌 안 풀리까예? 엎어진 김에 쉬었다 간다꼬 일단 오사카 삼촌 집으로 돌아갈랍니더."

"모기 눈알 빼먹얼 놈덜이여. 각혈허고 피똥싸가메 등짐 져서 손톱으로 바위 뜯듯 돈 모은 사람들 노잣돈 보태주지넌 못할망정 보따리럴 뺏는다고라? 베락언 왜 맥아더 대가리에 떨어지덜 않나 모르것네. 암튼 활빈단 동무덜 수고 많았소. 덕분에 이슬도 피하고 삶은 감자도 묵고 잘 쉬었다 갑니다. 인연 있으면 또 만나게 되겄지라이."

"끌고 올 때넌 잽싸게 태워와 착착 부려먹더니 보낼 때넌 질질 끌어불고, 이제사 모강댕이에 빨대 꽂아 발바닥에서 쭉쭉 소리 날 때꺼정 빨아분단 것이제. 흡혈귀가 따로 읎다니께. 왜넘이나 코쟁이넘이나 그넘이 그넘이여. 나라 잃고 힘 읎는 게 억울헐 뿐이시."

"맞어유. 사람 살을 발라먹고 빼꺼정 울궈먹고 쭉쟁이로 만들어 보내겠단 거쥬. 나도 가유. 다들 수고했슈. 잘들 계슈."

아침식사가 끝나자 활빈단을 찾아와 작별인사를 하며 귀국을 포기하는 자들이 하나둘 늘어나기 시작했다. 이시도 분위기가 어수선해지고 동요가 일어났다. 끝나지 않은 새로운 유랑길을 찾아 괴나리봇짐 차림으로 떠나는 자들이 종일 이어졌다. 저녁때가 되자 열에 두셋이 떠나버린 이시도 천변은 적막감에 휩싸였다.

"그래도 떠나는 사람들은 주머이에 1,000엔 넘게 있는 사람들이라. 우리맹키로 아소탄광 출신들은 임금 한푼 못 받고 착취만 당했능기라. 1,000엔이 아이라 500엔도 없다 아이가."

"맞다. 내처럼 거꾸로 매달아가 탈탈 털어도 동전 한 닢 안 떨어지는 걸배이들은 배만 태워줘도 고맙다카이. 배 탈 때까지 기다림서 여서 등짐을 지든 마구간 똥을 치우든 한푼이라도 더 벌어가야 한데이. 마 갈 사람은 가고 남는 사람은 남고. 돌고 도는 게 인생 아이겠나."

"그리유. 나두 남겠슈. 정 들면 고향이라고 안 하남유. 활빈단 사람들허구 일두 하구 감자 고구마 떼다가 팔기두 하구 하믄서 더 있어 볼래유. 무슨 수가 나겄쥬."

노무자로 강제 동원되기 이전부터 일찌감치 일본으로 건너와 고베나 오사카 등지에서 노동자 생활을 하거나 장사하면서 돈을 모아 왔던 사람들의 경우는 그나마 주머니 사정이 상대적으로 나았다. 이들은 1,000엔 이하만 지참하고 승선하라는 맥아더사령부의 지령에 불만을 품고 귀국을 포기하거나 미루며 새로운 일자리와 둥지를 찾아 이시도를 떠났다. 반면 강제 동원되어 규슈 탄광지대에서 노무자 생활을 해왔던 자들의 경우 근 일 년간 임금을 한푼도 받지 못한 채 착취당하다가 종전이 되자 이제 집에 가라는 탄광 측의 말 한마디에 힘없이 쫓겨나고 말았다. 반 거지가 되어 길 설고 낯설고 말 설은 타향에서 물어물어 찾아온 곳이 하카다였고, 이시도였던 것이다. 이들은 간직해야 할 돈이나 소지품도 없었고, 더 이상 갈 곳도 없었다. 구운 감자나 고구마를 이시도 사람들에게 두 개 1엔에 팔 때도 이들은

마른 하늘에 날벼락이 323

돈이 없었다. 그 사정을 아는 활빈단이 챙겨주는 배려에 그저 고마워하며 눈치감자 눈치고구마를 얻어 먹어왔다. 그나마 주머니에 돈이 있는 자들이 떠나면서 이시도에는 전에 없는 생활난이 닥쳐오고 있었다.

　이시도 한인 형제 여러분

　도쿄 맥아더사령부 지령에 따라 조선으로 귀국하는 자들은 돈 1,000엔까지만 지참할 수 있고, 휴대품도 250파운드(110킬로그램)까지만 허용한다는 소식은 이미 들어서 알고 있을 것입니다. 이 소식을 들은 이시도 형제 동포들 중에는 귀국을 일시 포기하거나 연기하고 새로운 일자리와 거주지를 얻기 위해 이곳을 떠났습니다. 언제 고국으로 가는 배가 뜰지도 지금으로서는 알 수가 없습니다. 지금까지 남아 있는 형제동포들 중의 상당수는 단돈 1,000엔조차도 없는 실정입니다. 활빈단이 마련한 고구마와 감자조차도 돈 주고 사 먹을 수 없는 형제동포들이 대부분입니다. 활빈단과 귀국원호회의 주머니 사정도 곧 한계에 다다를 것입니다. 지금은 비상시기입니다. 대책을 마련해야 합니다. 오후 2시에 제1천막에서 회의를 개최합니다. 그러니 각 집마다 대표와 부대표를 뽑아 회의에 참석하여 주십시오.

　　　　　　　　　　　　　　　　　　　　　활빈단 대표 성철


활빈단은 귀국원호회를 급히 찾아가 제작한 삐라를 갖고 와 이시도 동포들에게 배포했다.

"그동안 활빈단 형제들이 수고가 아조 많았소. 그동안은 배가 오늘 뜰지 내일 뜰지 모르다봉께 하루이틀 신세 진다는 생각으로 하루 지내고 이틀 지내다 여그꺼정 온 것이제라. 인자 금명간에 배를 탈 수 있을 것 같지도 않고 이시도 재정 사정도 압박을 받고 있다는 걸 알았응게로 모다 심을 합쳐사 헌다는 의견에 대찬성이요. 활빈단에서 좋은 의견을 내면 나넌 무조건 따르겠소."

"하믄. 나도 동감이요. 진작에 이런 자리가 마련됐어야 했구마. 그동안 주머니에 돈이 없어가 맨입으로 고구마 묵고 감자 묵고 하는 거 영 미안시러벘소. 배가 언제 뜰지도 모르니께네 아픈 사람 빼고는 당장 내일부터라도 나가서 돈 벌어옵시다. 부둣가에 가 등짐도 지고, 농촌에 가 풀도 베고, 마구간 청소도 하고, 장사할 사람은 장사도 하고. 탄광에서 임금도 못받아감시로 생노동 착취당해왔는데 무슨 일인들 못하겠습니꺼?"

"그리유. 앞에서 좋은 말씀들 했슈. 나도 따를 게유. 맥아더 씨도 사람인데 언젠가는 우리들 사정 알아주겠지유. 기다리다 기다리다 안 되면 내가 번 돈 밀항이라도 해서 가져가면 되는 거 아닌감유."

사방 벽이 들어올려진 천막 안팎으로 이시도 판자촌 청년 동포들이 모여들었다. 각 집을 대표한 자들이 주로 천막 안에 빼곡하게 들어차고 그렇지 않은 자들도 천막 주변에 모여들었다. 저마다 강제노동과 주린 배, 오랜 타향살이로 여윈 몸에 툭 튀어나온 광대뼈의 몰골이었으나, 귀국을 위한 기다림으로 타들어가는 갈증 속에서도 퀭한 두 눈만은 형형하게 빛나고 있었다.

"여러분 모두 이렇게 좋은 의견을 내주셔서 촘말로 고맙수다. 그

마른 하늘에 날벼락이

럼 이 자리에서 제가 의견을 낼 테니 찬성하면 박수로 통과시켜주십시오. 각 집을 대표하여 이 자리에 참석하신 분들이 모두 활빈단 단원으로 가입하여 주십시오. 어떻습니까?"

'짝. 짝. 짝. 짝. 짝. 짝.'

"한 가지 더 잇수다. 밖에 나강 노동일을 허영 돈얼 벌어올 사름도 있어사 허고, 장사를 헐 사름도 있어사 허우다. 장사를 여럿이서 크게 하려민 필요한 품목과 필요한 인원수에 대한 계획은 사전에 미리 세워두어사 허우다. 누가 무신 걸 얼마에 사와서 얼마에 팔아사 헐지, 이문으로 남은 돈은 어떵 써사 헐지 계획은 세월 또시 모여 토론헙시다. 계획은 우리 활빈단에서 세워보쿠다. 어떵허우꽈?"

'짝. 짝. 짝. 짝. 짝. 짝.'

그새 배운 경성 말투가 섞인 철의 발언이 시원시원하게 참석자들의 귀청을 울리고 가슴을 적셨다.

"저도 의견을 하나 내겠습니다."

동주가 손을 들며 발언 신청을 했다.

"골읍서."

철의 입에서 다시 제주 말이 튀어나왔다.

"우리가 여기서 하루이틀만 더 머물 게 아니고 최소 한 달이건 두 달이건, 아니 그 이상으로 머물 수도 있다는 생각이라면 그동안에 공부를 할 것을 제안합니다. 여기는 경성 출신, 전라도 출신, 경상도 출신, 제주도 출신들이 섞여 살고 있습니다. 서로 말이 통하지 않다 보니 답답하기도 하고 자연히 같은 지역 출신끼리만 어울리는 경향이 있습니다. 사람을 널리 사귀는 것도 다 재산이 되는 것인데, 말이 통하지 않다 보니 그런 교류의 기회를 다 놓치고 살아가는 것이 안타깝습니다. 제가 그동안 사투리를 모아 공책으로 만들어 둔 게 있으니 그걸 활용하여 '국어학교'를 만듭시다. 그리고 이시도에는 한글을 읽지 못하는 사람들도 많이 있습니다. 한글은 일단 배우기 시작하면 익히기가 매우 쉽다는 건 알 만한 사람들은 다 아실 것입니다. 빠르면 반나절, 길어야 일주일이면 다 익혀서 평생을 써먹을 수 있으니 선생님도 뽑고 학생들도 뽑아서 '국어학교'를 운영합시다. 여기 참석하신 분들이 동의하신다면 그 계획서를 제가 제출하도록 하겠습니다. 어떻습니까?"

"좋소-!"

"와-! 와-! 와-!"

'짝. 짝. 짝. 짝. 짝.'

"역시 조선 사람은 마을이 생기면 제일 먼저 만드는 게 학교지, 학교."

"그려 그려. 아는 게 심이고 배우는 게 돈이여."

"활빈단 형제들 그동안 수고 많았소."

"아 인자보텀 우덜도 활빈단이여."

"맞어유. 성철 형제가 바로 홍길동이구만유."

"아래가 튼튼해사 위에 조직도 있는 것잉게 시방 당장 나가서 일거리 찾아보자고잉. 사람이건 조직이건 돈이 있어야 써."

긴급 소집된 회의가 끝나자 달뜬 인사말과 표정으로 천막을 떠나는 청년들의 행렬이 이시도 천을 흐르는 물결을 따라 길게 이어졌다. 삼삼오오 무리들이 왁자지껄 떠들어대는 소리에 축 쳐졌던 판잣집의 처마들이 들썩이며 날개를 폈다.

"철이 성, 장사럴 하려민 처음에는 목돈이 필요할 거우다. 나 이거 내놓으쿠다. 고향집에 돌아갈 때 가족들한테 줄 선물 사갈 돈 빼놓고 활빈단 장사밑천에 보탭서."

청년들과 장규, 동주가 모두 제1천막을 떠나자 남아 있던 율이 철 앞으로 통장 하나를 내어놓았다. 귀국원호회에 홀치기주머니 동전들을 기부하고 남은 나머지 한 주머니가 예금 처리되어 교부받은 통장이었다.

"아니 이 많은 돈얼. 율이 느넌 지난 번에도 귀국원호회에 기부해 낫잖아."

철은 깜짝 놀랬다. 통장 잔액은 일만오천 엔이었다.

"괜찮수다. 제주 집에넌 밭도 싯고(있고), 도새기도 여러 마리 이수다. 나 이 돈 안 가져가도 우리 식구덜 굶어죽지는 않을커매 엄니 아부지 섭섭하지 않게 선물 호끔 챙겨가민 걸로 뒈우다."

"귀국원호회에서 보태주는 돈도 이신디 굳이 느가 속아서(고생해서) 번 돈까지 장사 밑천으로 써지민 안 뒈주. 도로 집어넣게."

"귀국원호회에서 지원해주는 돈이사 호의럴 생각헤연 고맙게 받아사 허커마는(받아야 하겠지만), 굳이 내 돈이 이신디 남의 돈만 쓰쿠젠 허민 안 뒈쿠다. 받아줍서."

"우리 율이 시모노세키에서 오야붕하는 거 보면서 손이 큰 줄은 알앗주만 이추룩 큰 줄은 몰랏네. 일만오천 엔이렌 액수도 액수지만 느 전 재산이나 마찬가진데 이걸 덜컥 내놓다니."

"저 많은 사름덜 입에 풀칠 하려민 큰 장사밑천이 필요할 거신디,

탄광에서 임금도 제대로 못 받고 쫓겨난 사름덜이 무신 돈이 이실 거라? 이제 오끗 곤고(말하고) 종잣돈으로 씁서게."

"게믄 영 헐라(이렇게 하자). 나도 일만 엔 낼 테니 느도 딱 일만 엔만 내라. 남은 오천 엔으론 집에 갈 때 선물도 사가사 헌게."

"거 좋수다."

율이 흔쾌히 동의하자 철은 율의 통장을 집어 상의 가슴주머니에 넣었다.

"단장 동무! 부탁이 있습니다."

회합이 끝나고도 천막 주변을 떠나지 않고 밖에 있던 청년들 열 명이 천막 안으로 다시 들어서며 철과 율에게 다가왔다.

"무신?"

"리어카를 빌려서 쓰고 싶은데 괜찮겠습니까? 든벌이에 이용하고 싶습니다. 우리가 돈 벌어 새 리어카 살 때까지만. 물론 빌려 쓰는 값과 바퀴 닳은 만큼의 값도 지불하겠습니다."

"어디다 쓰려고요?"

"자세한 건 저녁 때 말씀드리겠습니다."

"지금 사용할 일언 어시난 그렇게 협서. 이인 일조로 다섯 대 가정 갑서."

철의 말투는 어느덧 제주 말 반, 경성 말 반으로 바뀌어 가고 있었다.

"고맙습니다."

청년 열 명은 신이 나서 각 두 명씩 한 조를 이투어 리어카를 끌고 나갔다. 이시도 천변 판잣집마다 작업복으로 갈아입은 청년들이 쏟아져 나와 마치 출근길을 방불케 하는 행렬을 이루며 대로변으로 빠져나갔다. 어찌 보면 머나먼 장정을 떠나는 출정식 같아 보였다. 예측 불가능한 귀국 일정 때문에 불규칙하고 불안정한 나날을 보내던 나그네 집단 내부에 긴장감이 휘돌면서 분위기가 순식간에 변했다. 규칙적인 노동의 일상을 회복하고 경제적인 자립을 향한 결의가 청춘의 신경과 근육에 팽팽한 기운들을 불러일으켰다. 청년들이 일거에 빠져나간 평온한 분위기 속에서 이시도 천변의 물 흐르는 소리가 졸랑졸랑 들려왔다. 하늘이 무너져도 솟아날 구멍은 있다 했던가. 아침부터 라디오방송에서 흘러나온 맥아더사령부의 날벼락 같은 소식으로 동요가 일고 분위기가 가라앉았던 이시도는 반나절만에 활기를 되찾았다. 비온 뒤에 땅이 굳듯이 오히려 이전보다도 더욱 단단하고 정갈한 모습으로 회복되어갔다.

"당분간은 비상 시기라 생각허고 낮에는 항상 제1천막에서 지냅시다. 활빈단원덜도 대폭 늘어나시니 이 천막얼 출입허는 단원덜도 늘어날 거고."

"그래야지. 군대로 치면 여그는 야전 사령부고 현장 상황실인게."

비상시기에 네 사람이 모여 활빈단 비상회의를 열었다. 단장 성철의 제안에 장규가 호응했다.

"앞으로 시장얼 만들고 운영허는 책임은 자네가 맡아주게."

"시장 만드는 일은 보통 큰 일이 아닌디 응당 대표가 맡아사 허지 않겠소?"

철의 제안을 장규가 사양했다.

"보통 큰일이 아니난게 장규 성이 맡아사 허는 거우다예. 활빈단 조직이 커져가부난 그만큼 조직얼 관리할 일도 많아지고, 이시도 마을 전체럴 통솔헐 일도 많아질 거우다. 게난 시장 일이영 돈 관리영 장규 성님이 나서서 맡는 것이 역할 분담 차원에서도 맞수다게."

"동감입니다. 시장 만들자는 좋은 의견을 제일 먼저 낸 사람도 장규 형님 아니었습니까? 평소에 많은 경험과 좋은 생각을 지니고 있던 사람이 책임을 맡는 것이 옳다고 생각합니다. 저도 돕겠습니다."

율과 동주가 번갈아가며 장규의 수락을 재촉했다.

"허-. 동상들 생각이 그렇다면 나 더 이상 뒤로 빼지 않겠네. 헐일이 태산 같은디 나가 맡으니 안 맡으니 험시로 시간 허비하는 것도 거시기하고. 그려 나가 맡도록 허겠네."

"고맙수다."

"박수-!"

'짝. 짝. 짝. 짝.'

철의 사례가 끝나자 율이 박수를 유도하며 회의에 탄력을 불어넣었다.

"할 얘기 또 이신데 그전에 하나 보고할 게 싯네(있네). 율이 시장 만드는데 종잣돈으로 쓰라며 통장얼 내어놓았네. 일만오천 엔이 예치되어 이신 통장."

"율이넌 저번에도 귀국원호회에 그만큼얼 기부혀지 않았능가? 나머지 반얼 또 내어놓으면 귀국은 으쩌려고?"

철의 말 중간을 장규가 자연스럽게 자르며 걱정스러운 눈빛으로 율을 바라보았다.

"나도 똑닮은 말얼 해신디, 율이 괜찮텐 허민 통장얼 거두어들이지 않안. 그래서 나가 골앗지. 게믄 느 만 엔만 내라. 나도 만 엔 낼 테니. 지금 율이 기부헌 거, 나가 기부헌 거 합쳐서 이만 엔이 모여있네. 시장 재정 관리용 통장 새로 만들어줄 테니 장규 자네가 관리하게."

"그런 훌륭한 일덜은 사전에 함께 상의하고 함께 돈얼 내야지. 암튼 알았고 나도 만 엔 보태겠네."

"철이 형님, 장규 형님, 말씀 들으니 가슴이 떨립니다. 훌륭한 일이든 안 좋은 일이든 함께 상의해야 한다는 말씀에도 동의하고요. 율이 마음 씀씀이도 고맙고. 근데 저는 어쩌지요? 함께 돈을 낼 수가 없으니. 통장에 있는 돈이 고작 오천 엔이라서. 그래도 입 닦고 있을 수는 없으니 저는 사천 엔 내겠습니다. 어차피 가져가지도 못할 돈이니."

모두들 선뜻 기부를 하는 분위기에 동주가 감동을 받으면서도 똑같은 만큼으로 동참하지 못하는데 대해서 곤란하면서도 아쉬워했다.

"아녀. 그럴 필요없네. 두레는 그런 게 아녀. 요즘 말로 민주주의말이시. 똑같은 숫자맨큼 내는 게 아니고 각자 형편에 닿게 내는 게 민주주의인 것이여. 그랑께 사천 엔 낼 필요도 없어. 일천 엔만 내. 그 이상은 나 안 받을란다."

"나도 장규 성 말씀에 동감이우다. 귀국헐 직에 일천 엔 이상을 가져가질지(가져갈 수 있을지) 어떨지는 나중에 볼 일이고, 동주넌 일천 엔만 내는 게 맞수다. 추운 산에서 꽝(뼈) 빠지게 일 년 일허고 겨우 받아온 세 달치 봉급 아니꽈? 경허고 동주가 낸 공금은 '국어핵교' 만드는 일에 쓰도록 헙서. 칠판이영 분필이영 공책이영 구입해사 호 난게."

"거 좋은 생각이다. 나 생각으로년 동주헌티 한푼도 안 받구정 호 다마는(안 받고 싶다마는) 동주의 마음도 생각해서 그 정도로 받기로 허고. 말 나온 김에 '국어핵교' 운영에 필요한 재정 관리용 통장도 호 나 만들엉 동주가 관리허도록 허게. 시장 재정용 통장, '국어학교' 재 정용 통장언 석정 성님 돌아오시는 대로 귀국원호회에 부탁해서 만 들도록 허자."

"알았습니다."

장규, 율, 철의 한결같은 의견에 동주가 밝은 표정으로 승복했다.

"한 가지 더 남아수다. '국어핵교'럴 어떵 만들고 어떵 운영허느냐 허는 문제이우다. 동주가 좋은 의견 이시민 이 자리에서 골아보게."

"네. 자세한 계획은 곧 제출하겠습니다. 우선 이 자리에서 몇 가지 만 말씀드리겠습니다. '국어학교'를 위한 교과서가 두 종류가 필요합 니다. 하나는 제주 말을 경성 말로 바꾼 사전 역할을 하는 교과서입 니다. 이건 그동안 제가 공책에 꾸준히 적어놓은 계 있으니 가나다 라 순서로 다시 정리하여 사용하면 됩니다. 나머지 경상도 말 전라 도 말은 못 알아들을 정도로 생소하지도 않고 재미있기도 하기 때문 에 굳이 교과서가 필요 없다고 봅니다. 다른 한 종루는 글을 읽지 못 하는 사람들이 열 중에 일고여덟 정도가 됩니다. 이들을 위한 한글 교과서도 제가 만들어보겠습니다. 한글 공부를 하겠다는 사람들이 몇이나 될지는 조사를 해보아야 하겠습니다. 우선 급한 것은 장규 형님이 앞으로 점점 바빠지실 테니 그동안 장규 형님이 해왔던 통역 역할을 대신해 줄 사람을 하나 찾는 겁니다. 두 분 형님들께서 사람을 찾아주세요."

"음. 좋아. 겐디 학교가 생기는데 교장은 누가 허는 게 좋으카?"

"교장을 누가 맡는 게 좋을지는 급한 게 아닙니다. 우선 제가 책을 만드는 일에 집중하고 교사 일도 맡겠습니다. 이시도에 상시적으로 머무는 사람들 숫자만 해도 수천 명이나 되는데 그중에서 능력 있는 사람들을 찾아내는 게 좋을 것 같습니다."

동주가 철의 의견이나 질문에 척척 대답하자 철, 장규, 율 모두가 만족한 표정으로 고개를 끄덕였다.

"그려. 맞는 말이시. 활빈단원덜도 늘어나는 만큼 새로운 역할얼 맡을 사람들도 찾아내고 늘어나야 혀. 더 훌륭하고 능력 있는 사람들을 찾아 우로 모시기도 해사허고."

장규가 옆에 앉은 동주의 등을 툭툭 두들기는 것으로 적극적인 공감 의사를 표시했다.

"그 말 잘햇수다. 이제랑 제주 말얼 경성 말로 바꾸는 사전도 나올 텐데 활빈단 대표는 장규 동무가 얼른 떠맡든지 아니면 더 훌륭한 사름 찾아봅서."

장규의 발언이 끝나자 철이 지체 없이 의견을 보탰다.

"그런 뜻으로 헌 말 아닝께 대표는 쓰잘데기 읎넌 사족은 붙이덜 말고 어여 회의 진행허씨요."

장규는 자신의 말을 오해하지 말라는 뜻으로 팔을 휘휘 내둘렀다.

"절대로 오해가 아니요. 요해요 요해."

"아 됐고."

"다녀왔습니다."

장규와 철이 옥신각신 하는 중에 리어카를 빌려갔던 활빈단원 열 명이 천막으로 우르르 들어왔다.

"혼저 옵서. 이레 왕 인사덜 헙서."

철이 인사를 받으며 안으로 유도했다.

"네."

일행 열 명을 이끄는 것으로 보이는 자가 대표로 대답하며 활빈단 회의 장소를 향하자 장규, 율, 동주가 일어나 일행들을 맞이했다.

"이듸년 내가 아까 골았던 새 활빈단원덜, 이듸년 조장규 동무, 이 듸년 김율 동무, 이듸년 이동주 동무이우다."

서로 목례를 마치고는 모두들 자리에 앉았다.

"저는 박수완이라고 합니다. 한 명 한 명 소개는 차차 하기로 하고 우선 보여드릴 게 있습니다."

일행을 이끌던 수완이 자기소개를 마치자 그를 따르던 자들이 너 도나도 손에 들고 있는 물건들을 들어보였다.

"무신 거꽈?"

"보다시피 앞으로 우리가 장사했으면 하는 품목들입니다."

활빈단원들의 궁금한 표정에 수완이 밝은 표정으로 웃음을 보였 다. 그들이 손에 들고 있는 것은 군고구마, 튀김고구마, 군감자, 튀김 감자, 밤, 군밤, 삶은 밤, 감귤, 배, 사과, 백미 주뜨밥, 머리빗, 수건, 고무장화, 담배 한 개비, 공책, 연필, 노끈, 고무양동이, 거울 등 스무 가지였다.

"사실은 오늘 우리가 나가서 고구마와 감자도 사고 시장 조사도 했습니다. 하나같이 큰 밑천 없이도 장사를 시작할 수 있는 품목들이고 하카다 시내 시장들을 돌아다니며 조사해보니 손님들이 자주 사가는 품목들이었습니다. 이들을 사다가 우리 이시도 안에서는 좀 싸게 팔고, 밖에서는 가격을 좀 더 받되 시내보다는 약간 덜 한 가격으로 팔면 장사가 될 것 같아서 일단 표본용으로 사왔습니다. 오늘 처음 조사한 거라 완벽한 계획이라 볼 수야 없겠지만 앞으로 이렇게 준비해가면 되지 않을까 해서 일단 스무 개 품목을 골라왔습니다."

"와-! 정말로 수고 많았습니다. 요로크롬 알아서 나서준게 정말 심이 됩니다. 자- 모다 박수 한번 치드라고이."

'짝. 짝. 짝. 짝. 짝. 짝. 짝.'

장규가 박수를 유도하자 모두들 박수로 화답했다.

"게믄 오늘 수고해주신 열 분 모두 활빈단 시장개척단으로 활동허는 게 어떻허우꽈?"

"와-!"

'짝. 짝. 짝. 짝. 짝. 짝. 짝.'

철의 제안에 모두 다시 한번 박수로 동의의 뜻을 표했다.

"이분이 앞더레 시장얼 개척헐 책임자이우다."

"앞으로 잘해봅시다."

철의 소개가 있자 장규가 일행들을 둘러보며 고개를 살짝 숙여 목례하였다.

"소개하는 김에 저분이 앞으로 만들어질 '국어핵교' 선생이우다."

"잘 부탁드립니다. 선생님으로 모실 분들과 학생들을 찾고 있으니 앞으로 많이 도와주십시오."

"박수-!"

"와-!"

'짝. 짝. 짝. 짝. 짝. 짝. 짝. 짝.'

이번에는 수완의 유도에 맞춰 환호와 박수가 잇따랐다.

"그동안 우리가 활빈단분들한테 신세져가며 얻어먹기만 하고 미안해서 오늘은 우리가 비록 주머니 사정들이 넉넉하지는 않지만 한 번쯤은 보답하여야 한다는 마음으로 고구마와 감자를 사왔습니다. 수천 개 될 테니 이시도 마을에 한 사람당 고구마, 감자 각 한 개씩은 돌릴 수 있을 것입니다. 시장할 텐데 더 하고 싶은 이야기들은 차차 하기로 하고 우리들은 나가서 고구마 감자 먹을 준비하겠습니다. 회의 중이었던 것 같은데 마저 말씀들 나누시지요."

"아니 회의는 다 끝낫수다."

철의 만류를 듣는 둥 마는 둥 하며 일행들은 자리에서 일어났다.

"게믄 우리도 나강 감저 지슬 구경 호꼼 헙서예."

율이 일행들을 뒤따라 일서섰다.

"율아! 아직 할말 남았다."

"무신 거가?"

철이 율을 붙잡자 율이 선 채로 대꾸를 한다.

"너도 역할얼 호나 맡아사지. 무슨 일 헐 거냐?"

"역할은 무신? 시장 일이건 핵교 일이건 시키는 대로 머슴 일 허민 뒈주. 나넌 전천후걸랑. 어깨도 다 나앗고. 나갑서.'

율은 철의 의견을 더 이상 들을 필요도 없다는 듯이 휭 나가버렸다.

"허-. 짜식. 회의 끝."

철이 웃으며 일어서자 장규와 동주도 웃으며 따라 일어섰다. 밖으로 나가자 어느 샌가 수십 명이 천변에 곳곳에 흩어져 이시도를 흐르는 맑은 개천물에 감자를 씻어 그릇에 담고 있었다. 이시도천은 흙물이 섞인 갈색으로 물들어 멀리 하카다만 포구를 향해 흘러갔다.

"이게 사람 사는 마을이시. 이시도 마을."

장규가 벅찬 감정에 먼저 나가 천변을 바라보고 있던 율의 곁으로 가서는 어깨 위에 팔을 얹었다.

"맞수다. 이듸넌 또 다른 고향이우다."

그렇게 대답을 하는 율의 뇌리에 어멍 아방 형의 얼굴이 차례로 떠올랐다가는 이시도천의 허공을 따라 현해탄 너머로 사라져갔다. 그 사라진 허공 속으로 영미의 얼굴이 둥실 떠올랐다.

'율아! 밥 마이 무웃나.'

이시도천을 흐르는 물소리 따라 아득히 멀어져 가는 영미의 얼굴 뒤로 천동, 부길의 얼굴이 흔들흔들 가물거렸다.

"감저영 지슬이영 막(아주) 딴딴한 게 실하네. 한 개씩만 먹어도 배 터질쿠다."

장규와 율이 감회에 젖는 동안 철과 동주는 천변으로 가 감자씻기에 합류했다.


"똑. 똑. 똑. 다들 일어났는가?"

석정의 목소리였다. 일출이 막 지나 기상 시간이 다가올 즈음이었다. 모두 자리에서 일어나려 할 때 석정이 현관문을 열고 들어섰다. 마루 왼쪽 방에서 철과 장규가 방문을 열고 나와 석정을 맞았다.

"혼저 옵서예."

철이 넷을 대표하여 인사하였다.

"다녀오셨습니까?"

오른쪽 방에서도 동주와 율이 문을 열고 나와 석정을 맞았다. 넷 다 모두 헝클어진 머리에 부스스한 얼굴들이었다.

"안으로 들어가서 얘기할까?"

석정이 철과 장규가 기거하는 방문을 향하자 둘이 자리를 비켜서 며 석정을 안으로 모시고 뒤를 따르자 동주와 율도 그 뒤를 따라 안으로 들어섰다.

"별일 없었나?"

밤기차를 타고 오며 잠자리가 불편했었는지 충혈된 석정의 눈은 피로해보였고, 머리에도 기름기가 배이고 뒷머리가 눌려 있었다.

"어제 성님 떠나시고 나서 이시도럴 떠난 사름덜이 이서낫수다. 주로 1,000엔 이상얼 소지햄신 사름덜이엇수다. 게서 분위기가 잠시 가라앉아낫수다예. 급히 판잣집 단위로 대표와 부대표럴 뽑앙 제1 천막에서 비상회의럴 열엇수다. 그 자리에서 각 판잣집 단위의 대표와 부대표덜 모두 활빈단에 가입하기로 햇수다. 이시도 공동체의 재정 압박얼 벗어나고 자립하기 위헤연 시장 만들곡, '국어핵교'도 만들기로 결의햇수다예. 자세한 이왁(이야기)언 차차 골아쿠다."

"음. 알았네. 수고들 했네."

철의 보고에 석정은 담담하게 반응했다.

"다녀오신 일은 잘 되셨습니까?"

"물이라도 혼잔 마셩 골읍서."

장규의 안부 질문에 이어 율이 그릇에 따라온 물을 석정에게 건넸다.

"음. 그래."

석정은 물을 벌컥벌컥 들이켰다.

"나도 자세한 얘기는 아침 먹고 차차 하기로 하고 요점만 간단하게 말하겠네. 이번 맥아더사령부 지령은 확고한 것이라 당분간 변경이 되지 않을 것이라고 하네. 일본 경제재건이 최우선 방침이라 섬에서 돈과 물자가 빠져나가는 걸 막아야 한다는 거지. 도쿄사령부와 일본 정부가 사전에 철저한 의견 조율을 거쳐 공표한 것이니만큼 바늘 하나 들어갈 틈이 없을 정도로 완고하네. 분하지만 우리로서는 거부할 도리가 없네. 이제 대책은 두 가질세. 빠르면 금년 섣달, 늦으면 내년 정월부터는 조선인 귀국자들을 수송하는 군함들이 뜰 예정이라고 하네. 1,000엔 이하, 250파운드(110킬로그램)만 지참하고서라도 승선하겠다는 동포들을 위해서 신분증이나 귀환증 마련, 탑승권 마련을 해주어야 하는데 이 일들은 귀국원호회에서 할 걸세. 나머지 대책은."

석정은 잠시 말을 끊고 다시 물을 들이켰다.

"나머지 대책은 밀항을 준비하는 것일세."

"밀항?"

"밀항!"

"밀항!"

"밀항!"

넷은 약속이나 한 듯이 휘둥그레진 눈으로 석정을 응시했다.

"그래. 밀항. 밀항할 의사가 없는 자들은 상황이 호전될 때까지 남는 것이고. 언제 호전될지는 알 수 없지만 말야."

"밀항얼 헌다민 언제쯤이우꽈?"

"지금 당장은 어렵네. 들려온 소식에 따르면 지난달에도 이번 달에도 밀항을 하던 똑딱선들의 소식이 끊겼다 하네. 공통점은 이곳 하카다 근처에서 출발한 배들이었는데 공교롭게도 출발한 직후에 태풍이 불었다는 거야. 출발하는 걸 본 사람들은 있는데 도착한 배나 사람을 본 사람들은 없고 소식이 끊겼다고 하네. 태풍에 전복되었다고 봐야겠지. 날씨 예보에도 없던 태풍이었다고 하는데 가을에 종종 발생하는 사고일세. 겨울에는 태풍이 없으니 동짓달 말이나 되어야 똑딱선들이 뜰 수 있을 걸세."

"달포 남았구만이라이."

"달포 남았다고 해도 우리는 더 기다려야 하네. 먼저 가고자 하는 사람들 우리가 도와서 챙겨줘야 하지 않겠나?"

"알앗수다."

"자세한 이야기는 또 나중에 하기로 하세. 나는 귀국원호회 사무실에 가봐야 하니 이만 일어나겠네. 밀항 방침은 비밀을 유지하면서 은밀하게 한 사람 한 사람 모으기로 하세. 그리고 떠날 때 떠나더라도 항상 하던 일은 하도록 하고. 어제처럼 내가 없을 때 알아서들 잘 했듯이 말이지."

"알앗수다."

"알아들었구먼유."

"알앗수다예."

"알았습니다."

석정은 그릇에 남은 물을 마저 들이키고는 대문을 나섰다.

## 도쿄 맥아더연합군사령부 지령 142호

10월 24일 한 장의 탐라신보 특별호가 제주읍내에 살포 배포되었다.

1945년 10월 15일
도쿄 맥아더연합군사령부(GHQ) 지령(SCAPIN) 142호 발포

일본으로부터 비일본인의 송환
비일본인 중 조선인은 다음과 같은 조건으로 승선을 허락한다.

f. 통화와 유가증권
(1) 연합군총사령부는 일본에서 외국(조국)으로 귀국하는 비일본인에게 1인당 1,000엔 이내의 지참금만을 허가한다.
(2) 연합군총사령부는 일본에서 외국(조국)으로 귀국하는 비일본인에게서 1인당 1,000엔을 상회하는 엔 통화, 기타 모든 통화, 유가증권, 그리고 무게 250파운드(약 110킬로그램)를 초과하는 물품을 회수하고, 보관증을 교부한다.

탐라신보 특별호는 위 기사 아래에 다음과 같은 논평을 게재했다.

도쿄 맥아더연합군사령부 지령 142호에 대한 유감

일본은 연합군에 투항하였지만 여전히 맥아더사령부 용인하에 '일본제국'이란 국호를 사용하고 있다. 도쿄 맥아더사령부는 열도에서 '일본제국'을 통하여 간접통치를 실시하고 있다. 연합군 총사령부가 지령을 만들면 일본제국 정부는 구체적인 규칙을 만든다. 1945년 10월 15일 연합군 총사령부 지령 142호가 발포되자 일본제국 정부 후생성을 비롯하여 각 성별로 규칙이 만들어졌다. 이 규칙들은 각 지방정부의 인양(송환)원호국이나 흥생회(송환 실무를 맡은 친일민간단체)로 하달된다. 이 규칙들의 제1 목적은 오로지 일본경제 재건이다.

조선인 1인이 지참할 수 있는 한도액 1,000엔은 재일조선인 일반노동자 반 달 봉급 수준의 금액이다. 손톱으로 바위를 뜯듯이 하여 겨우 모은 대부분의 재산을 일본에 남기고 떠나라는 것이다. 강도의 땅에 재산을 남기고 떠난다는 것은 사냥으로 얻은 토끼를 하이에나 떼에게 맡기는 격이다. 이는 곧 재일조선인의 재산이 일본경제 재건정책의 희생양이 되어 강제 압류되는 것 아닌가? 이러한 귀환 방침이 구체적으로 드러나자 귀국을 포기하는 재일동포들이 하나둘 늘어나기 시작하고 있다. 나라도 없고 정부도 없는 조선인은 전범국이자 패전국 국민만도 못한 백성인가?

탐라신보 특별호는 또 다른 기사를 전하고 있다.

미군 제749 야전포병대대가 제주도 주둔 일본군 제58군을 일본으로 송환하기 위하여 10월 22일 제주도에 입도하였다. 다음날인 10월 23일부터 곧 바로 일본군의 송환이 개시되었다. 일본군 53군은 제주도민 전체가 50일간 식용할 수 있는 쌀을 정뜨르비행장에서 전량 소각시키고 득의양양하게 미해군 LST함에 올랐다. 전범이자 방화범인 58군은 향후 20일간에 걸쳐 규슈 사세보(佐世保)항을 향해 산지항 출항을 계속한다고 한다.

특별호는 위 기사 아래 다음과 같은 논평을 게재했다.

도쿄 맥아더연합군사령부의 귀환 순서 방침은 다음과 같다. 한반도에 남아있는 일본인들 귀환은 제일 첫 번째 순위다. 일본이나 동남아, 남양군도에 남아있는 외국인 포로, 징용자, 노동자의 본토 귀환은 후순위다. 그중에서도 조선인과 오키나와인은 후순위 중에서도 후순위다. 중국인은 일본과 싸운 교전국 국민이라 하여 연합국 국민으로 분류되었다. 연합국 국민은 조선인이나 오키나와인보다 우선하여 귀환이 실시된다. 조선에 주둔하던 전범국이자 패전국 일본군은 미해군에 의해 호송이 시작되어 일본으로 귀환하고 있다. 그러나 강제에 의해 일본군복을 입고 참전한 조선 청년들은 그 생사가 확인되지 않거나 연합군의 프로가 되어 언제 조국으로 돌아오게 될지 가늠조차 할 수 없다. 연합군총사령부나 일본제국 정부에게 조선인과 오키나와인은 여전히 식민지인이다. 조선은 해방되었다고 하나 맥아더사령부에게는 전범국이자 패전국 일본만도 못한 4등국으로 취급되고 있다.

"미군이 58군얼 무장해제시키젠 입도해실 때 무사 왜넘덜에게 치안얼 맡겅 소총 무장얼 허락해나신지 이제사 이해가 가네."

탐라신문 특별호 열독을 마친 제주도청 총무국장 김두현이 책상 위에 신문을 내려놓으며 심각한 표정을 지었다.

"게메마씨."

특별호를 들고 도청의 김두현 선배를 찾은 탐라신보 김용주 기자도 들어올 때부터 내내 굳은 표정이었다.

"해방이 뒈나신데도 귀국허는 재일조선인덜 수가 의외로 적어 의아해 하던 차에 귀환 절차가 까다롭고 휴대품 제한이 심하뎬 이야기 긴 들엇주만 이게 맥아더사령부의 영헌 방침 때문이렌 사실은 짐작조차 못해시네. 후-."

"58군덜이 산지항에서 사세보로 계속 호송뒈엄신디. 미군 측에 왜넘덜 쌀 방화 사건은 전달이 뒈낫수꽈?"

"면담 신청얼 했는디, 사실상 거부뒛네. 작전 기간 중이라 바쁘뎬 헙디여. 후-."

"작전이렌 허믄 58군 호송 작전 말허는 거꽈?"

말끝마다 한숨만 후후 쉬어대는 선배 두현을 상대로 용주는 기자답게 하나하나 짚어갔다.

"경허네."

"게믄 작전 끝낭 면담해봐사 아무런 소용 어신거 아니꽈? 왜넘덜 다 건너간 후난게."

"게메 말이라. 후-."

두현은 한마디 끝날 때마다 한숨을 쉬었다.

"전범국에 의해 피해럴 입고 희생된 조선 민중보다는 전범국 군인덜 먼저 챙기는 맥아더에게 헛된 기대영 환상이영 품어선 안 될 거 닮수다 예."

용주도 내내 허탈하기는 마찬가지였다.

"지난 일덜언 경허다 치고 앞으로가 더 걱정이라. 빈손으로 귀국허는 젊은이덜이 점점 늘어날 거신디 섬에넌 일자퀴영 식량이영 충분치 못허난 촘말로 걱정이라."

"게메마씨. 강제징병, 강제징용으로 끌려간 젊은이덜과 오사카영 고베영 규슈영 일자리 찾앙 나섯던 젊은이덜 몬딱 귀환허민 섬 인구가 급증헐쿤디예."

"경해도 산지는 미군덜이 일본에 진주하기 전에 귀환헤연 다행이여. 호꼼만 늦어시민 일본에 묶연 못 들어와실 건디. 미군이 일본에 진주허민서 조선인덜 귀환 환경언 더 악화돼불언."

두현은 산지에게로 화제를 돌렸다.

"경험수다. 맥아더사령부가 영헐(이럴) 줄 알앙 일찍 들어와신 건 아니엇수다만 결과적으로는 경 된 셈이우다."

산지는 자신의 경우야 다행이었다 치더라도 하루가 다르게 가라앉아 가는 제주 분위기가 답답하여 제주농고 선배 두현의 사무실을 찾았으나 속수무책이었다.

"똑딱선이라도 띠웡 수송해사 허지 않으쿠게?"

두현은 산지와 함께 찾아온 후배 성돈에게 일본에 발이 묶인 제주 귀환자들에 대한 대책으로 밀항을 제시했다.

"선배님 의견대로라도 해사허쿠다만 요즘 태풍이 제라(매우) 쎄게 불엄수다예. 얼마 전에도 예보에도 엇던 태풍이 불언 하카다만 근처에서 출발헌 배영 사름들이영 몬딱 실종돼낫수다."

선박 사정을 잘 알고 있는 성돈 역시 굳은 표정이기는 마찬가지였다.

동짓달에 접어들며 읍내 거리마다 팽나무 낙엽들이 이리저리 바람에 휩쓸리며 굴러다녔다. 도청사를 나온 용주의 발걸음은 갈 곳을 모르는 낙엽들처럼 멍하니 멈추었다가는 바람에 떠돌 듯 거리를 배회했다. 잡초 한 포기 안 남기고 잔디를 떠내간 벌거숭이 황토 사라봉 거죽이 일제가 할퀴고 간 손톱자국으로 능선에서 자락까지 피멍 자국으로 얽어져 현해탄에서 불어오는 샛바람을 맨살로 맞고 있었다.

## 상대적 자유

하와이 포로수용소 한인들은 대부분 육지의 남부 출신들이었다. 북부 출신 대부분이 만주 관동군이나 공장으로 동원되다 보니 평안도 황해도 함경도 출신들이 더러 있기는 하였으나 소수였다. 한인 포로들은 아침이 되면 경상도 출신이다, 전라도 출신이다, 충청도 출신이다 하며 끼리끼리 몰려다녔다. 특정 지역의 경우는 군민회를 만들어 움직이기도 했고, 어디 김씨다, 어디 이씨다, 어디 박씨다 하며 어울려 다녔다. 이들은 취역도 자동차공장, 세탁소, 농장, 청소 등 같은 곳으로 몰렸다. 수용소에서는 취역도 자유스럽게 선택하고 바꿀 수 있었다. 포로들은 한 가지 일에 싫증이 난다거나 다른 일이나 지역에 대한 호기심도 생기고 하다 보니 집단적으로 취역을 바꾸어 가며 수용소를 돌아다녔다. 교민들이 넣어주는 쌀로 밥도 풍족하게 먹었고, 수용소 측을 상대로 급식용 쌀을 더 배급해 달라고 농성을 벌이기도 했다. 요구가 관철되어 추가 배급된 쌀로는 술을 빚어 먹기도 했다. 인근에 있는 이탈리아인 수용소, 독일인 수용소, 일본인 수용소에 비하자면 시설이나 복지 수준이 떨어졌음에도 그런대로 미군 측의 수용소 운영에 큰 불만 없이 적응해갔다.

해수욕장 청소를 끝내자 해가 서쪽으로 기울고 바다에서 선선한 동남풍이 불어오기 시작했다. 10월 들어서며 해가 더욱 짧아졌다. 해거름에 김건은 수용소로 돌아가는 쓰리쿼터에 올랐다. 무더위를 피한 한낮의 휴식을 제외하고 오전 오후로 나누어지는 야외청소는 운동도 겸할 겸 머리도 식힐 수 있어서 그런대로 할 만한 취역이었다. 김건은 일주일에 한 번 꼴로 돌아오는 해수욕장 청소를 포로의 취역이 아닌 야외나들이라 생각하며 스스로를 달래려고 마음을 추슬렀다. 노동과 햇볕과 바람을 즐기며 어수선한 수용소 생활로 심란해지는 심신을 회복해 보고자 가슴을 펴고 깊은 숨을 들이마시거나 해변을 달리기도 했다.

'엄니! 아부지! 나 이듸 잘 지냄수다. 포로수용소에 싯덴 소식 알리기 싫어 편지년 안 보냄수다. 전쟁은 끝나시난 언젠간 돌아가게 뒈쿠다. 호꼼 더 기다립서,'

극한 상황에서 오로지 생존 투쟁으로 하루하루를 보냈던 오키나와에서와는 달리 건강이 어느 정도 회복되고 규칙적인 노동과 규칙적인 휴식을 하는 일상 속에 집을 향한 그리움이 밀려 들어왔다.

'부르릉!'

쓰리쿼터에 시동이 걸렸다.

조금씩 거세지는 바람에 백사장으로 실려왔던 파도가 다시 밀려 나가다가 뒤따라오는 큰 파도에 부딪혀 부서지고 묻히며 자취를 감추었다.

'율아! 물에 빠진 사름 구해주려면 한 손으로 헤엄치는 법 배워사 해.'

자신이 가르쳐준 대로 율이 한 손으로 헤엄치던 모습이 떠올랐다.

'율아! 느넌 지금 어디 이시냐? 느 나이 또래덜 몬 강제 동원되어 노무자로 끌려갓덴 허든디 느넌 어떵 뒈시냐? 지금 일본에 시니? 제주에 시니? 살암시냐 죽어시냐? 살아만 이시민 사람언 극단적인 상황얼 겪으면서 강해지는 거다. 내가 변햇듯이 율이 너도 변해실커매 (변했을 텐데). 살아만 이시민.'

한 배에서 태어났어도 자신과는 달리 유달리 내성적이고 수줍음 많은 율이를 생각할 때마다 남 다른 안타까움으로 속을 태우는 건이었다. 허나 거역할 길 없는 세상의 흐름 앞에서 그저 율이도 적자생존의 법칙에 따라 살아남기를 바라는 것 밖에는 달리 자신을 달랠 길이 없었다.

'율아! 우리 부디 건강한 모습으로 또시 만나자.'

산비탈을 오르던 트럭이 산 고개를 넘어 내리막길을 달리자 족제비골 수용소가 내려다보였다. 남북으로 흐르는 개천을 따라 길고 좁다란 분지에 자리한 수용소. 북쪽을 머리로 하여 남쪽 꼬리로 이어지는 족제비 형상. 몸통 한가운데는 미군 관리소. 북쪽 지역은 서양인들과 일본인들의 수용소 막사들. 남쪽 지역은 한인 수용소 천막들. 그저 겉으로만 보아도 목조주택 막사들이 상등급이라면 천막들은 하등급. 이곳은 오키나와 포로수용소에 비하자면 비교적 양호한 먹거리와 제복을 제공받고, 자유로운 분위기에서 생활하고 있는 편이다. 그럼에도 한 울타리 안에 있는 북쪽 지역의 수용소들에 비해 열악한 환경인 한인 수용소 구역을 한눈에 바라볼 때마다 느끼게 되는 불편한 감정은 덮을 수가 없었다.

"김건 씨! 잘 지냈소?"

"네. 선배님! 혼저 옵서."

여느 때나 다를 바 없이 저녁식사 후 천막 한쪽에서 가부좌로 앉아 나무로 만든 상자 위에 책을 올려놓고 독서 중인 건이를 중태가 찾아왔다. 보름에 한 번 꼴로 찾아오는 중태의 마실은 이번이 세 번째였다. 나이가 여덟 살 위인 중태는 건의 뜻에 따라 말을 내리기는 하였으나 호칭이나 말끝에 존대어를 섞어 쓰며 예의를 갖추었다.

"또 '한국통사'요? 몇 번째 읽는 거요?"

"세 번째이우다. 달리 읽을 것도 어서난게예."

"왜 교민들이 넣어주는 '국민보'도 있고, 소내에서 만드는 '자유민보'도 있잖소?"

"그렇긴 헙니다만 드문드문 발행되는데다가 내용도 짧다보니."

"'국민보'야 교민들이 알아서 만드는 것이니 그저 넣어주는 대로 받아보면 되는 것인데, 건이 씨도 알다시피 '자유민보'는 나를 포함해서 우리 내부의 세 사람이 만들고 있질 않소? 손이 많이 필요하오. 건이 씨도 편집에 합류하는 게 어떻겠소?"

"아 게메마씨(글쎄요). 글 쓰는 재주가 어신 편이라서."

"과공은 비례요. 필요한 일에 할 수 있는 만큼만 힘을 보태면 되는 거니까."

중태는 뭔가 작심하고 온 듯이 이제까지의 부드럽던 태도와는 달리 단호하게 밀어붙이려했다.

"아 게메마씨. 좀 생각 해보쿠다예."

건은 시원스럽게 답변을 주지 않았다.

"허-. 저런 저런. 쯧."

건으로부터 긍정적인 답변을 얻어내지 못한 중태가 지그시 고개를 돌리다가 혀를 찼다. 천막을 함께 쓰는 동숙자 하나가 『자유민보』를 쓰레기통에 버리는 장면을 목격했던 것이다.

"김건 씨는 어떻게 생각하시오? 한인들이 저렇게 『자유민보』를 쓰레기통에 버려버리는 걸?"

중태는 도발적인 눈빛으로 건의 눈을 응시했다.

"아. 게메마씨."

건은 대답하기 곤란한 질문을 받았다는 듯이 고개를 살짝 갸우뚱할 뿐이었다.

"이곳 한인이 이천칠백 명 쯤 됩니다. 해서 두 사람이 한 부 읽으라고 천삼백오십 부를 인쇄하고 있소. 고생고생해서 취재하고 편집한 건데, '자유민보'를 배포한 다음날 천막을 돌아다니다 보면 쓰레기통마다 버려져 있소."

건이로부터 시원한 답변을 듣지 못한 중태는 '자유민보'가 한인포로들로부터 환영받고 있지 못하다는 데 대해 아쉬워하고 답답해했다.

"글을 읽지 못하는 사람들이 많질 않습니까?"

건은 실제로 글을 못 읽는 대다수 한인 포로들의 입장을 대변하기도 하면서 중태의 답답함을 얼마간이라도 풀어줄 요량으로 내용을 신중하게 걸러 대답했다.

"꼭 그렇지만도 않소. 글을 읽을 줄 아는 자들 중에서도 절반이 버리고 있소."

상대적 자유 353

아쉬움과 답답함을 넘어 원망으로 바뀐 중태의 도발적인 눈빛은 혹시 김건이 너도 쓰레기통에 버린 거 아니냐는 듯한 추궁으로 느껴져 건이는 마주보기를 슬쩍 피하고는 자리에서 일어섰다.

"치고. 받고."

"와—!"

"에잇. 나는 끝났어. 첫끗발이 개끗발이네."

"거기년 인자 개평꾼이나 허드라고이."

"어허, 웬일이래유. 뒷끗발에 껌 붙었남유."

중태의 심각함을 아는지 모르는지 방금 전 쓰레기통에 '자유민보'를 버린 자를 포함한 동숙자들이 빙 둘러앉아 화투에 몰입하고 있었다.

"이듸 말이우다."

건은 자신의 사물함에서 어제 받았던 '자유민보'를 꺼내 몇 쪽을 넘겨 중태가 바로 잘 보이게 펼쳤다. 건이가 펼친 쪽에는 이승만의 사진, 그리고 그 아래 기사가 실려 있었다.

이승만 박사는 동지들과 함께 조국의 자유와 독립을 위해 자신의 삶과 재산을 바쳤다. 이승만 박사는 고국을 떠나 여러 해 동안 망명 생활을 해왔다. 망명 기간 동안, 그는 한국의 자유와 독립을 위해 연합국과 논쟁을 벌였고 미국에서 두드러지게 되었다. 광복 전에 그는 한국 임시정부의 대표가 되었고, 그 중 미국 정부와 정치 지도자들이 인지하게 되었다. 한국이 독립을 향해 나아가면서, 이승만 박사의 재능과 능력은 특별한 관심을 끌고 있다.

"으음. 이게 왜?"

중태의 얼굴 표정이 굳어졌다.

"글을 읽을 줄 아는 자덜조차도 '자유민보'럴 쓰레기통에 버린 이유는 이 기사 때문인 거 닮수다예."

건이의 말과 눈빛은 조심스러우면서도 또박또박 하면서 분명했다.

"김건 씨는 이승만을 싫어합니까?"

화제가 '자유민보'의 쓰레기통 폐기에서 급하게 정치 기사로 옮아가자 중태가 신중한 태도로 바뀌었다.

"나는, 아 저는 정치는 잘 몰르쿠다. 게서 싫다 좋다 헐만 한 식견은 엇수다. 다만 이승만에 대해서는 하와이 교민덜도 의견이 반반 갈림시덴(갈리고 있다고) 허고, 수용소 내부에서도 글을 읽을 줄 알고 정치적 식견을 가지고 이신 자들도 의견이 반반 갈림시덴 협데다만. 반대하는 사름덜이 이승만도 아니고 이승망, 이승망, 이러면 지지하 년 자덜언 이승만 박사, 이승만 박사 해가며 서로 얼굴까지 붉히고 이수다예. 이런 분위기넌 알고 잇수꽈?"

건은 자신의 의견은 빼고 그저 자신이 접한 수용소 내 한인들의 분위기를 전하기만 하였다.

"어느 정도 알고는 있소."

"선배님! 제가 납득이 가질 않는 건 이승만에 대해 의견이 날카롭게 부딪치고 이신디 무사 그런 분위기럴 다 고려하지 않아나신가 허는 거우다."

건은 계속 이승망도 아니고, 이승만 박사도 아닌 이승만으로 불렀

상대적 자유 355

다.

"건 씨가 읽어봤으면 알겠지만 그 글은 60쪽 중 단 두 쪽에 불과하오. 그게 그렇게 문제가 됩니까?"

"일간신문으로 치면 1면의 정치기사나 정치사설은 바로 그 신문의 얼굴 아니꽈? 읽는 사름 입장에선 그만큼 중요하게 받아들이는 거우다예. 글을 읽지 못허는 사름덜이야 읽을 수 어시난 버린다 치고, 먹물 든 독자덜에게는 예민한 문제가 뒈는 거우다예. 기사에 대한 불만이나 논쟁이 발생해실 때 상대방을 설득하기 위한 노력이 뒷받침뒈지 않는다민 쓰레기통에 버려지는 걸 탓할 수넌 어신 거 아니꽈?"

"좋은 지적. 받아들이겠소."

"그렇게 받아주시난 고맙수다예."

"우리 바깥바람도 쐴 겸 걸으며 이야기합시다."

수용소 울타리 안은 포로들의 자치구역이라 비교적 왕래가 자유로웠다. 포로들은 밤이 되면 으레 화투판을 벌이거나 잡담으로 시간을 죽이며 보냈다. 일부 소수는 동향이나 종친을 찾아 이웃 천막으로 마실을 가기도 하고, 독서하거나 술을 빚어 마시거나 산책했다.

"이렇게까지 추궁하고 드는 사람도 처음이오."

울타리 한적한 곳에 이르자 중태가 화제를 이어갔다.

"저는 늦게 왔으니 최근에야 감지한 것이지만 선배님은 저보다 일찍 입소하셨으니 진즉에 분위기를 파악하셨을 텐데요."

중태가 건의 의견을 점잖게 받아들이는데다가 자리를 바꿔서도 화제를 이어가자 건 역시 완곡한 어조로 추궁했다.

"솔직하게 말하겠소. 사실 그 기사는 미군 수용소 측의 입장을 실은 것이오."

"미군 수용소라면 단지 하와이 수용소럴 말허는 거우꽈, 아니면 태평양사령부럴 말허는 거우꽈?"

"거기까지는 나도 확실히 뭐라 말 못하겠소만, 고민들로부터 들려오는 이야기에 따르면 맥아더의 뜻이라고들 하오. 그게 사실이라면 단지 하와이 수용소 차원이 아니라 미군 태평양사령부가 점령한 38선 이남도 마찬가지 사정이라고 봐야하오. 하와이에서 제일 먼저 독립운동을 시작한 박용만도 있고, 상해임시정부 2대 대통령을 지낸 박은식도 있는데, 다 젖히고 이승만을 후원하겠다는 것이지."

"선배님, 이거 제가 정치럴 잘 몰라난 무신 거 보탤 말언 엇고, 수용소 측의 요구가 한인 포로 자치신문에 반영된다고 허난게 여기가 완전한 자치는 아닌 거 닮수다예."

"그렇게 치고 들어오니 할 말 없소. 다만 상대적인 자유를 더 향유해보고 싶다는 바람으로 타협한 점도 있었음을 이해해 주시오."

"아. 저는 선배님이 편하기도 헤연 그저 느낀 대로 한마디한 것이우다. 치고 들어갈 의식이영 배짱이영 엇수다예."

"아. 나도 건이 후배가 편하게 느껴져서 그런 표현을 쉽게 한 것뿐이요."

철조망 울타리 한인 구역 북쪽 끝에 이르자 망루에서 비치는 탐조등이 미군 관리소 너머 북쪽 외인들 막사를 비추었다.

"겐디 상대적인 자유렌 골아신데. 무슨 뜻이우꽈?"

"아, 그 이야기. 저기 탐조등이 비추며 지나가는 자리의 막사들 말요. 우리 앉아서 얘기합시다."

중태는 화제를 바꾸며 바닥에 자리를 잡고 앉았다.

"저기 북쪽에 일본인들 막사가 있고 더 위쪽에는 백인들의 막사가 있소. 그 백인들의 대부분이 이태리인들이고 독일인들이 일부 있소."

"이듸에 백인덜이 싯덴(있다는) 얘기는 저도 들엇수다. 겐디 구라파에도 포로수용소가 이실 텐디 무사 백인덜이 하와이에 수용됌신 거꽈?"

"저들은 포로들이 아니요. 민간인들이요. 구라파에서 독일과 이태리가 손잡고 전쟁을 일으키니까 미국이 본토에 사는 이태리계와 독일계 미국인들을 강제로 수용소에 가둔 것이요. 적성국과 내통할 가능성이 있다고 하여 강제로 이주시켜 수용시킨 것이지. 해서 저 북쪽에 있는 수용소는 포로수용소가 아니고 민간인 강제수용소인거요."

"그래요? 적성국 출신이렌 헤연 전쟁범죄럴 짓지도 않아신디 무조건 강제로 가둘 수 이신 거꽈?"

건은 놀랍다는 표정을 지면서도 가급적 정신을 집중하여 인내심 있게 경성 말을 쓰고자 했다.

"미국이 어떤 법률로 저렇게 민간인을 가두는 것인지는 나도 알 바 없소."

"법을 떠나 민주주의 국가렌 미국에서 상식적으로 가능한 일인지 이해가 가질 않수다예."

"그건 나도 동감이요. 전범국 출신의 사람들이니 선입관념이 그리

좋지 못할 수야 있다 치더라도 강제로 수용한다는 데는 잘 납득이 가질 않소."

"미군 관리소 바로 위쪽은 일본인덜이렌 들어신디 그들도 민간인덜이우꽈?"

"그렇소. 일본인들은 미국 본토에서 후송되어 온 자들과 이곳 하와이 출신 주민들이 있는데, 서로 다른 구역에 수용되어 있소."

"저덜은 막사고 우리는 천막인 이유가 이제랑 이해가 가우다예."

"상대적 자유가 뭐냐고 물었잖소?"

"그랬었지요?"

"단도직입적으로 쉽게 비유해서 이태리인들과 독일인들이 1등급이라면 일본인들은 2등급, 3등급이요."

"이해가 될 듯 말 듯 허우다예."

"백인들이 가족 단위로 생활하는 막사마다 화장실과 샤워기가 설치되어 있다고 하오. 함께 모여 예배를 보거나 영화도 보고 연극도 할 수 있는 회관도 있다고 하고. 그런데 일본인들 막사에는 따로 화장실과 샤워기가 설치되어 있지 않고 공중화장실과 샤워실을 사용한다고 하니 백인들 아래 등급인 2등급인 것이지. 그래도 본토 출신 일본인들은 한 막사에서 가족들이 함께 생활하고 있으니 2등급이지만, 이곳 하와이 출신 일본인들은 남자와 여자를 철조망으로 분리하여 수용하고 있소. 우리처럼 한 막사마다 몇 명씩 집단으로 생활하게 하는 것이오. 그래서 같은 일본인들이라도 하와이 출신들은 3등급이 되는 것이지."

"그럼 우린 4등급인 거으꽈?"

"아니. 4등급은 바로 일본군인 포로들이요. 그들은 우리보다 대우가 더 좋소. 그들이나 우리나 겉으로 보기에 천막에서 생활한다는 점은 같아 보이지만 그들은 아플 때 언제든지 병원을 이용할 수 있소. 꾀병을 부리면서 얼마든지 며칠 드러눕다 오는 거지."

"꾀병얼 부리는 걸 의사덜이 모를 리가 이수꽈?"

"한 일본군 포로가 불알이 아프다면서 병원을 찾아왔다는데, 여기 병원에서는 그 계통 전문의가 없다보니 단지 그저 그 포로한테 물어볼 뿐이었다는 거요. 언제부터 아프기 시작했냐. 전에도 몇 번 아픈 적이 있었는데 또 재발했다. 그럼 그때 어떻게 나았느냐? 며칠 누워 쉬니까 낫더라. 그럼 며칠 쉬어라. 그래서 며칠 침대 위에서 뒹굴뒹굴하다 퇴원했다는 거요. 그 이후로 불알 아프다며 찾아오는 일본군 포로들이 줄을 이었는데 오는 놈들마다 다 그렇게 놀고먹다가 갔다는 거지. 하와이에 일본 영사가 있는데 거의 매일 한 번씩 들른다는군. 우리는 그렇지 못하다 보니 자연 차별을 받을 수밖에. 저들은 패전국이라도 여전히 국가가 있고. 우리는 없고. 결국은 그 차이지."

"게믄 우리는 5등급."

"우리하고 오키나와 출신 포로들이 5등급인 셈이지. 이태리 독일 일본 민간인들이야 억울한 점이 있다고 쳐서 빼고 이야기하자면 일본군인들이 1등급이고 우리와 오키나와 포로들은 2등급인 셈이요."

"이런 질문 오해허지 말고 들읍서. 게믄 선배님은 1.5등급꽈?"

"그게 무슨 뜻인가?"

"정보도 폭넓게 접하고 무엇보다도 등 뒤에 POW 표식도 없지 않우꽈?"

"아 그거. 평소에 늘 찔리는 대목이었는데, 변명할 기회를 줘서 고맙네."

"저는 분위기가 가라앉아서 그저 단지 농담한 거뿐이우다게."

"아니네. 어쨌든 이야기 잘 꺼냈어. 우리 다시 일어나 걸으며 이야기 하세."

밤이 이슥해지며 풀벌레 우는 소리들과 천막에서 삐져나오는 코고는 소리들이 섞이며 불협화음을 이루었다.

"나는 강제 징병되어 버마 전선에 투입되었었네."

천막에서 이미 잠 든 자들의 수면을 방해하지 않으려는 중태의 목소리가 나직해졌다.

"구구절절 사연이 많았지만 간단하게 이야기하겠네. 전선에서 탈출했지. 영국군 진영으로 넘어가 투항했던 거야. 자진 귀순포로가 된 거지. 그리고 영국군에게 요청했네. 일본군과 싸울 기회를 달라고. 그러자 영국군이 미군에게 넘겼어. 적 진영에 침투해서 테러활동을 벌이는 특수훈련을 받았지. 영어학습을 비롯해 특수훈련이 다 끝나고 이제 적 진영에 투입되는가 했는데 작전 중단이라는 거야. 포로를 군사적인 목적으로 작전에 투입하면 제네바조약에 위반된다는 거지. 그리고 다시 이곳 수용소에 넣어버리더군. 죽기를 각오하고 적 진영에 들어가 특수 임무를 수행하려 했다는 나의 의지를 이미 들어서 알고 있는 수용소 측에서는 미안하기도 했는지 특별대우를 해주게 된 거지. 특별대우를 받는 게 마음에 걸리기도 해서 포기할까 생각도 해보았었는데, 그러지 말고 이런 기회를 살려보자. 한인 포로 모두의 처우가 개선될 수 있는 방향으로 연결시켜보자 하는 쪽으로 생각이 기울게 된 것이었어. 그래서 수용소 측에 마음대로 출입할 수 있게 해달라, '자유민보'를 발행할 수 있게 해달라, 하와이 교민들을 만날 수 있게 해달라, 요구했고. 그 요구들이 대부분 받아들여지게 된 거야. 변명같이 들릴지 모르겠지만 의관이 사람을 결정한다는 말도 있네. 등에 POW 찍혀 있으면 미군 수용소 관리자들을 당당하게 만날 수 없게 돼. 스스로가 위축되어서. 면회 오는 동포통역들이나 목사들도 불편해하고. 이야기가 길어졌는데, 과연 얼마나 한인 포로들의 처우가 개선되었는지는 각자 평가하기에 달렸겠지만 분명하게 달라진 점이 하나 있지."

이 대목에서 중태의 목소리에 힘이 들어갔다. 건은 조그마한 반응조차도 중태를 방해할 것 같아 그저 고개만 끄덕였다.

"내가 입소하던 올해 초 여름만 해도 이곳 족제비골에는 이미 천여 명의 한인들이 들어와 있었어. 트럭섬, 타라와, 사이판, 티니안 전투에서 살아남아 포로가 된 자들이지. 이들 한인들을 수용소 측에서는 'Japanese'라고 불렀었어. 이름도 창씨개명된 일본식 이름으로 등재해 놓았었고. 한인들은 그때그때 우리는 일본인이 아니다, 한인이다, 일본에 의해 사기당하거나 강제로 끌려온 한인 노무자들이라고 했지만 받아들여지지 않았어. 그러다가 지난해 가을에 한인포로들이 집단적으로 항일 전쟁에 참전할 테니 훈련시켜달라는 요구를 한 거야. 이 요구를 미국 동포사회에서 적극 받아들여 조직적으로 미군에 전달하고, 해서 수십 명이 선발되어 캘리포니아 섬에서 훈련받기까지 했었다고 하더군. 결국 그것도 나의 경우와 마찬가지로 작전이 중단되었기는 했지만. 그런저런 면들 때문에 한인 포로들에 대한 인식이 달라지고 있던 차에 나와 몇 명의 동무들이 단호하게 요구를 했던 거야. 우리를 'Korean'으로 불러달라고. 그리고 저들은 우리를 공식적으로 'Korean'으로 지칭하기 시작한 거지. 조만간 수용소 측에서 한인 포로들에 대한 성명 작성을 다시 할 거야. 창씨개명 이전의 한인 이름으로. 포로수용소에 한인 이름 남기는 게 무슨 대수겠냐만, 우리가 죄를 짓고 들어온 것도 아니고 어차피 남기게 될 이름이라면 창씨개명된 이름보다는 한인의 이름으로 남기는 게 더 당당한 거 아닐까? 일이 시작되면 내가 조사하고 다니면서 내가 명부를 작성할 걸세."

"김건이럴 제일 위에 써줍서."

"허허. 나를 이해해 준다는 뜻이니 고맙네만 순서가 있는 법이니 김건 씨는 2,600번째로 기입될 걸세."

"촘말로 고생하셨습니다. 늦게 온 저는 거저먹는 셈이로군요."

"처음으로 돌아가서 내가 말했던 상대적 자유라 했던 표현 이제 이해가 가는가? 비록 2등급일지라도 이름이라도 찾아오는 것."

"네."

밤바람이 차가와지면서 천막마다 걷혀졌던 사면의 벽들이 하나둘 내려졌다. 잠든 포로들의 코고는 소리들도 천막 속에 갇혔다. 어둔 족제비골을 가득 채우는 풀벌레 울음소리들 사이로 시냇물 소리가 다시 못 올 세월처럼 흘러갔다. 칠흑 같은 밤하늘에 뽀얗게 얼굴을 씻고 떠오른 별들이 저마다 가슴에 이름표를 달고 작은 미소를 짓고 있었다.

상대적 자유 363

김철수 박갑돌 최만식 조용달 신규백 이수일 홍길동 장동국 나영일 심학규 주진복 채태석 유일중 윤세화 석성환 이호산 주해걸 정운학 서세형 황서운 선중태 김건

"김건 씨! 잘 지냈소? 잠깐 나와서 걸읍시다."
중태는 아예 천막 바깥에 서서 김건을 밖으로 불러냈다.
"네. 한인 성명 목록은 잘 작성돼감신과?"
둘은 약속이나 한 듯이 철조망 울타리를 따라 걸었다. 보름에 한 번 꼴로 찾아오는 중태와의 다섯 번째 만남이었다.
"거의 다 작성되어가네. 다행이야. 시작이 늦었더라면 완성 못할 뻔 했어."
"무슨 뜻이우꽈?"
"어제, 그러니까 10월 28일이지. 족제비골 오키나와 포로들 1,169명이 고향 오키나와로 송환되기 위하여 이곳을 출발하였다고 하네. 오늘 처음 들은 정본데 9월 초에도 오키나와 포로들 일부가 송환되었다고 하거든. 그들도 우리와 수용 숫자가 비슷하니 이미 절반이 송환 개시가 된 셈이지. 수용소 측의 분위기로 보아서는 이곳에서의 오키나와 포로 송환 절차는 11월 말까지 끝날 거 같은데. 그 다음은 우리 순서고."
"심청 아방 눈이 확 뜨일 기쁜 소식이우다. 생각보다 빠르군요."
"그렇소. 그러니 우리가 오키나와 포로들보다 늦다고 하여 3등급이니 뭐니 하는 표현은 하지 맙시다. 좋게만 생각합시다."
"오키나와인덜언 우리 한인이나 마찬가지로 억울하게 동원돼연

포로뒌 사름덜 아니우꽈? 그저 기쁘다마씨."

건은 오키나와 포로들의 송환 소식을 들으며 뇌리에 오키나와의 오(翁)가 떠올랐다.

"맞소. 맞는 말이요."

"시작이 늦어시민 완성 못헐 뻔 햇덴 말씸이 경헌 뜻이엇군요."

"음. 가다가다 협조를 안 하는 사람들이 있어서 애를 먹었어. 아니나 다를까 '포로수용소에 자기 이름 남기는 게 뭐가 중요하냐?' '포로 신세에 자기 이름 되찾는 게 대수냐?' '여기 떠나면 깨끗이 지워버리고 싶은 과거가 될 텐데 자기 이름 남기고 싶지 않다' 뭐 등등."

"그래서 어떵 해수꽈?"

"본인 생각이 어떻든 간에 이곳에는 포로 제복 입고 찍은 사진이 남을 것이다. 기왕에 남을 사진이라면 밑에 부모가 지어주신 이름이 박혀 있어야 하지 않느냐? 죄 짓고 들어온 것도 아니고 부끄러워해야 할 일도 아닌데 기왕이면 자기 이름 석 자는 기꺼이 밝히는 게 좋지 않겠느냐 하며 설득했지. 그렇게 설득하면 대체로 수긍하는 편이었는데, 막무가내로 똑같은 얘기를 반복하는 사람들이 있어서. 그런 몇 사람 때문에 시간이 마구 지체되어서는 아니 되어서 보류시켰다가 다시 찾아가면 그 사이에 천막 동숙자들이 설득을 해놓아 순순히 응해주더군."

"좋은 일에도 의견 차가 나고 오해가 발생하고, 때론 마가 끼는 게 사름 사는 세상인 거 닮수다예."

"다들 사랑에 속고 돈에 울고 세상에 치이다 보니 그러는 것일게요."

"하핫. 사랑에 속고 돈에 울고. 언젠가 경성에 가민 동양극장 한번 강 구경하지그립수다예(구경하고 싶습니다)."

"그럽시다. 오늘부터는 우리 조국으로 돌아가면 무엇부터 할까 하는 꿈이나 꾸어보기로 합시다."

매번 진중한 표정과 조용한 말투의 중태도 이날만큼은 달뜬 기분을 드러냈다. 그는 김건의 어깨를 툭 치고는 떠나갔다. 무더위 철이 지나간 10월 말의 서늘한 저녁 바람이 이마를 스치고 지나갔다.

'오(翁)! 어떵 지냄신가? 아직도 포로수용소에 이신가? 아니면 그 어느 사찰에서 향얼 피웡 목탁얼 두드령 오키나와의 상처 받은 영혼 덜얼 달래줌신가(달래주고 있는가)?'

## 밀폐된 광장

일 년 중 해가 가장 짧은 동지가 이제 막 지난 하와이 호노울리울리 한인 포로수용소는 새벽부터 부산했다. 아직 동이 트지 않은 천막 바깥은 어둠이었다. 누가 일찍 일어나라고 강제로 깨우는 사람이 없었는데도 포로들은 저마다 일어나 침구를 개고는 삼삼오오 수용소 뜰을 거닐었다. 다른 때 같으면 기상시간 전에 눈을 떠도 아직 취침 중인 사람의 수면을 방해하지 않기 위하여 조용히 누워 숨만 쉬고 있거나, 살금살금 걸어서 화장실을 다녀오곤 했다. 이날 새벽은 기상나팔이 울릴 때까지 취침하는 자도 없었다. 먼저 일어난 사람들끼리 두런거리거나 발걸음 소리를 내며 돌아다닌다 하여 불평을 하는 자도 없었다.

"이제 그만 일어나지."

동트기도 전에 먼저 일어난 자들이 아직 잠자리에 누워 미적대고 있는 자들에게 기상을 재촉하기까지 했다.

양치와 세면을 끝낸 포로들은 일상복을 벗고 베이지색 새 옷으로 갈아입었다. 크기가 비교적 작은 것들로 고른 미군 군복이었다. 손이 닿으면 베일 듯이 앞뒤 자락에 주름이 세워진 바지들을 입고는 이거 보라는 듯이 어깨를 흔들고 엉덩이를 씰룩대며 천막 안을 왔다 갔다 하는 자도 있었다. 반듯하게 잘 다려진 상의의 가슴에는 포로 명찰도 없었고, 등 뒤에 POW 포로 표식도 없었다. 계급장 없는 제대복을 입은 군인들의 모습이었다.
"제대하는 군인 같은데."
"오늘 애인 만나나?"
"새 신랑 같은데."
"연애하고 장가가기 딱 좋은 날씨 아닌가."
천막마다 분위기가 들뜨고 있었다.

아침 해가 떠올랐다. 동이 트면서 기온이 20도씨 위로 조금씩 올라갔다. 햇살이 수용소 녹색 피라미드 천막의 지붕들을 환히 비추었다. 수용소 안팎으로 한인 포로들을 실어가려는 백여 대의 미군 쓰리쿼터가 줄을 지어 몰려왔다.
"나들이하기에는 딱이여. 딱."
"대가리에 머리털 나고 처음으로 꼬까옷 입고 해외 나들이 허는 것이제라."
"그기 아이고 잠지에 거시기털 나고 첨이라."
"머리털이건 거시기털이건 처음은 처음이시."

아침식사를 마친 한인 포로들이 진주만으로 향하는 트럭에 오르기 시작했다. 구역별 철조망 울타리 건너편의 일본인 수용소와 이태리인 수용소에서 남녀노소가 몰려나왔다. 그들은 철조망에 다닥

다닥 붙어 한인 포로들이 트럭에 오르는 광경을 지켜보았다. 트럭에 오른 한인 포로들이 그들을 향해 손을 흔들었다. 그쪽에서도 손을 마주 흔드는 자들이 있었다. 포로 번호 순서에 따라 승차가 진행되었다. 입소 차례에 맞춰 트럭섬, 타라와, 사이판, 티니안 섬 출신들이 트럭에 오르는 대로 수용소를 빠져나갔다. 제일 나중은 오키나와 출신들이었다. 김건은 오키나와 출신들 중에서도 맨 나중에 입소하였으므로 승차할 때까지 족히 한 시간은 대기해야 했기에 아예 천막 안에 드러누웠다.

"이제 우리의 등급이 같아졌군."

중태의 목소리에 건이 자리에서 일어났다. 그의 갈은 피차 가슴에 포로 명찰이 없고, 등에 POW 표식이 없는 옷을 입고 있다는 뜻이었다.

"1300번이면 중간인데 곧 승차 시간이 다가오지 않수꽈?"

"건 씨와 같은 트럭 타려고."

"아직 등급의 차이가 남아 잇수다. 나는 내 마음대로 트럭을 골라 탈 수 어신데."

"하하. 그렇군. 이제 좀 홀가분해지나 했는데."

가슴에 포로 명찰이 없고 등에 POW포로 표식이 없는 제복을 입고 다니던 중태는 건을 만날 때마다 늘 그 점을 의식했고 미안해했다. 건은 중태가 복식 차원에서나마 대등한 수준에서 수용소 관리들을 만나고자 하는 그의 자존심의 발로임을 이해한다고 했었다. 그럼에도 중태 자신은 그렇게 이해해주려는 건의 마음 씀씀이 때문에 스스로 미안해했다.

"저였더라도 그렇게 했을 것이니 너무 괘념치 맙서. 그래도 오늘은 그 격차가 많이 줄어들지 않아수꽈?"

"그렇게 말해 주니 고맙소."

건이 처음에 만났을 때와 마찬가지로 중태는 연배였음에도 늘 정중하고 진지했다. 말을 길게 끄는 경우가 없었고, 건의 농담 섞인 지적에도 변명하지 않고 진중하게 받아들였다. 중태의 절제 있는 태도는 말 뿐만이 아니라 그의 행동거지에도 일관성이 있었다. 그의 그런 점은 조용한 사색과 독서로 심신을 추스르며 생활해온 건에게 보약과도 같은 거울이 되었다.

"바지에 주름이 엇수다예?"

"오늘 하루만큼이라도 다른 사람들에 비해 수수한 차림으로 살고 싶소."

중태는 그의 제복과 행동반경이 비교적 자유롭다는 점을 제외하고는 일체의 특권생활을 자제했다. 다른 포로들과 똑같이 먹었고 배급받은 제복의 수도 상의 두 벌, 하의 네 벌로 같았다. 술은 일체 입에 대지 않았다. 음주는 수용소 측에서 눈 감아 주는 관행으로 굳어졌지만 엄격하게 말하자면 규칙 위반이기도 했거니와, 특히 비정상적으로 배급된 쌀이나 과일로 빚어진 열매이기도 했다. 그는 그렇게 비정상적으로 얻은 열매를 향유하려 하지 않았다. 그건 건도 마찬가지였다. 둘은 똑같이 포로들의 음주에 대하여 화제에 올리지 않았다. 음주 화제가 자연스럽게 음주 당사자들에 대한 비난으로 옮아갈 수도 있기에 이심전심으로 자제했던 것이다. 골고루 돌아가야 할 물자를 빼돌리는 자들도 있었으나, 주변에서 떡고물을 향유하는 자들에게까지 비난의 화살을 돌리는 건 아무래도 너무 야박한 처사일 것 같았기 때문이었다. 특권으로부터 스스로 거리를 두고, 억울하게 자유를 박탈당한 동포들의 사소한 일탈에 대하여 굳이 규칙의 잣대를 들이대지 않으려는 마음, 그것이 바로 건과 중태 사이에 오가는 이심전심이었다.

"짐은 엇수꽈?"

"나그네만도 못한 포로에게 무슨 짐이 있겠소? 건 씨는?"

"눈 뜨면 일어나 바깥 청소하러 나갔다가 해 질 때 들어와 책만 파는 먹물에게 무슨 짐이 이쿠꽈? 오키나와에서 하와이로 떠돌 때부터 나그네 포로이우다."

건의 취역이 밭일이나 공장일이 아니라 야외청소다 보니 애초부터 식재료나 일상용품에 접근할 기회가 없었다. 도로들은 취역에서 돌아올 때마다 느슨한 단속을 뚫고 식재료나 물품을 몸속에 숨겨 들여왔다. 가끔은 '쌀을 더 달라' '딸기를 더 달라'며 농성하여 추가 배급을 받기도 했다. 추가 배급된 식재료나 물품들은 자치조직을 통해 배급되었다. 포로들은 추가 배급받은 쌀이나 과일로 술을 빚어먹었다. 음주는 화투판처럼 종종 싸움판으로 번지기도 했다. 건은 술도 입에 대지 않았고, 화투판 근처에도 가지 않았다. 매일 똑같은 일상의 지루함을 독서와 2주일에 한 번꼴로 찾아오는 중태와의 만남으로 해소해 왔다.

"견물생심이 나눔이라는 결과로 이어지기만 한다면야 홍길동의 활빈단으로 인정하겠소만."

중태는 말끝을 흐렸다.

"짐을 챙겨가는 자들이 하영 잇수꽈?"

"번호가 앞인 자들일수록 짐이 비정상적으로 많소. 앞차에 먼저 승차하는 자들일수록 보따리를 바리바리 싸들고 타는 걸 보고 왔어. 내가 1300번이니 딱 중간인 셈인데 내 번호 주변에도 짐 있는 사람은 없거든. 이삿짐이라는 표현은 아마도 세 자리 이내 번호들한테 적용될 거라."

건의 단순한 질문으로부터 짐 화제가 나오자 중태는 무언가 마음이 몹시 불편한 듯 평소와 다르게 길게 이야기했다.

"한추당 인물들 말하는 거꽈?"

"그렇소. 저승에 갈 때도 다람쥐처럼 입에 엽전을 가득 물고 갈 사람들이오. 다른 사람들의 눈은 도통 아랑곳하지를 않으니 허-참."

중태는 혀를 찼다.

"좋은 아침 분위기 망쳤겠군요."

"뒤에서 욕을 하며 바닥에 침을 내뱉는 자들이 적잖았어."

한인 포로수용소 내에는 포로들의 자치조직인 한추당이 있었다. 한추당의 중심인물은 초기에 들어와 자리 잡은 황해도 출신이었다. 굳이 그들 스스로 표현하는 바에 따르자면 포로 고참들인 셈이었다. 평안도 함경도 황해도 출신들은 상대적으로 소수였지만 그들은 똘똘 뭉쳐 다녔다. 그들은 먼저 들어온 일종의 기득권자들이기도 하였다. 신참들이 백 명 이백 명 단위로 입소하는 족족 한추당 가입을 특별히 거부하지 않으면 자동적으로 가입되는 분위기였기에 포로들은 거의 다가 출신 지역에 관계없이 한추당 당원이 되었다. 그런데 한추당 중심인물들이 소내 포로들에게 배급되어야 할 물자를 뒤로 빼돌린다는 불미스러운 소문이 수시로 돌았다. 이런 문제로 표면상의 언쟁이나 충돌이 발생한 적은 없었지만, 소내에는 의혹과 불신으로 인한 반목과 갈등의 분위기가 은연중에 깔려 있었다. 2600번이라는 번호가 말해주듯이 워낙 입소 시기가 늦었던 건이로서는 시간이 얼추 흘러서야 그러한 분위기를 감지하게 되었다. 그러니 건이로서는 자연스럽게 한추당 인물들과 어울릴 계기도 없었으려니와 설령 그럴 기회가 있었다 하더라도 멀리했을 것이었다.

나름대로 특권적 위치에 있기는 중태도 마찬가지였지만 그가 특권을 향유하는 방식은 한추당 인물들과는 달랐다. 중태가 한추당 인물들과 의도적으로 섞이려 하지 않았던 것인지 자연스럽게 어울릴 기회가 없었던 것인지는 알 수 없었다. 건이 물어본 적도 없었고, 중태 스스로도 이야기한 적이 없었기 때문이다. 미루어 짐작하건대 중태는 그의 특권을 나름 한인 포로들을 위하여 봉사하는 데 사용하고자 했다. '자유민보'를 발행하거나, 의약품 등을 하와이 동포 출신 통역이나 목사에게 부탁하여 반입하거나 하는 일들을 도맡았다. 평소 매우 절제된 언행으로 볼 때 그는 애초부터 개인적인 물욕으로부터 거리가 먼 사람이었다. 사소한 오해를 살 일 자체를 만들지 않기 위해 조심스럽게 처신하는 그는 추문에 휩싸일만한 일체의 꺼리를 만들지 않기 위해 노력하고 있었다. 건은 그런 중태를 신뢰했기에 가끔씩 그가 표현하는 방식대로 전달해주는 예민한 소식을 그대로 믿었다. 중태의 말에 긍정적인 반응을 보였다가 잘못된 결과에 섭슬려 낭패를 보게 되는 경우는 없었다. 남의 말을 일말의 의심 없이 믿어

줄 수 있다는 것도 건에게는 작은 위안이었다. 자주 접하는 사람이 하는 말조차 매번 의심하고 확인해야 하는 것만큼 피곤한 일도 없는 것이다.

"차례가 오고 있소. 준비하시오."

곳곳에 흩어져 대기하고 있는 사람들에게 승차 준비를 채근하는 자치조직 대표들이 천막 사이사이를 돌아다녔다.

건과 중태가 탄 쓰리쿼터는 트럭 행렬 거의 후미에서 언덕을 올라갔다. 산 고개를 넘기 전에 뒤돌아 내려다보는 족제비골 호노울리울리 포로수용소 남쪽 구역은 한인 포로들이 빠져나간 황량함으로 정적에 휩싸여 있었다. 산 고개를 넘어 구불구불 산길을 내려가는 동안 멀리 오른쪽으로 가없는 바다가 비췻빛으로 아슴푸레 펼쳐지고 진주만을 둘러싸고 있는 푸른 숲과 누런 밭이 시야에 들어오기 시작했다.

1945년 12월 22일.

호노울리울리 포로수용소 병원에 남은 118명의 부상자와 질환자를 뺀 나머지 2,614명의 한인 포로를 태운 미 해군 군함 제너럴 언스트호가 하와이 호놀룰루항을 출발했다.

몇 개의 점으로 남아 가물거리던 하와이제도도 바다의 푸르름 속에 묻혀 사라져버렸다. 배는 구름 한 점 없는 푸른 하늘과 섬 하나 없는 푸른 바다가 하나가 되어 수평선조차 가늠할 수 없는 드넓은 태평양의 넘실대는 물결을 가르며 미끄러지듯이 나아갔다.

"저 개새끼 작살내부러."

"대가리럴 뽀사뿔자 마."

'퍽! 퍽! 으윽! 으윽!'

갑판 위 난간 근처에서 소란이 일기 시작했다. 수십 명의 포로들이 한 명의 포로를 둘러싸고 거친 욕지거리를 내뱉으며 구타하기 시작했다.

"너희 새끼덜 꼼짝 말엇! 디지고 싶지 않으믄."

구타를 당하는 자와 일행인 듯한 자들이 포위망 밖에서 찍 소리도 내지를 못하고 그저 발을 구르며 관망을 하고 있었다.

"이 새끼 손목댕기럴 똑 분질러부러야 혀. 다시는 저 손으루 못해 먹게."

"원 없이 해쳐묵었응게 때깔도 좋아부러. 죽어도 한은 읎을 것이다."

'퍽! 퍽! 아아악! 아악!'

한추당 중심인물로 보이는 자에 대한 무자비한 철퇴였다. 권력이 따로 없고 구름 한 점 없고 섬 한 점 보이지 않는 힘의 공백 지대에서 쌓이고 쌓인 반감과 증오가 폭발했다.

"됐다 마. 신발에 피 묻으니께네 고마 깨끗이 던져삐라."

구타하던 자들이 우르르 달려들어 코피를 흘리며 바닥에 퍼져 있는 자의 멱살을 잡아 일으켜 세우고 팔을 뒤로 꺾어서는 난간 쪽으로 끌고 갔다. 끓어오르는 증기열에 무한 탄력을 받은 기관차가 제동 장치가 풀린 채 질주했다.

"살려주시라요."

"살려주슈."

"살려주시오."

일행인 듯한 자들이 우르르 난간을 향해 뒤쫓으며 울부짖었다.

"저 새끼들도 다 던져삐라."

구타를 하던 자들이 다가오는 일행들을 에워싸기 시작했다. 겁에 질린 그들은 황급히 뒷걸음질 치며 사방으로 달아났다.

"다리 잡아라. 들엇!"

한추당 중심인물의 몸뚱이가 난간 위로 들어 올려졌다. 코에서 흘러나온 핏물이 턱과 목을 타고 흘러 목과 베이지색 옷깃을 붉게 적시고 있었다.

"살려주시오-. 잘못했소-. 살려주시오-."

죽음의 경계를 넘어가기 시작한 자의 뻐끔뻐끔 열리는 입으로 코피가 흘러들며 치아가 붉은 색으로 범벅이 되어갔다.

'쿵!'

사지에서 겨우 벗어나 갑판 위로 내동댕이쳐져 코를 박으며 처박힌 자의 팔다리가 부르르 떨다가는 멈추었다. 맞은편 난간 쪽에 몰려 끔찍한 광경을 지켜보던 일행들이 달려와 그를 들쳐 업고는 갑판 아래 선실로 연결된 계단으로 내려갔다.

"에이. 나들이옷 다 버렸네."

구타하던 자들 중 하나가 제복 소매단에 묻은 피를 확인하고는 웃옷을 벗으며 갑판 위에 침을 뱉었다.

"저 새끼들 짐 다 찾아내서 압수해!"

구타하던 자들이 한추당 일행들이 앞서 내려갔던 갑판 아래 계단으로 우르르 내려갔다.

"스스로의 힘으로 쟁취하지 못하고 스스로 절제하지 못하는 자유는 자유가 아닌 것이지. 자율도 없고 퇴로도 없는 광장도 광장이 아니듯이. 착시일 뿐이지. 밀폐된 광장은 그저 밀림일 뿐이라."

"방종만이 설쳐대는 자신만의 광장이란 뜻으로 해석해도 되겠습니까?"

중태의 일갈이 가슴에 와 닿는 바가 있어 건은 자신의 부연이 맞는 건지를 물었다.

"그렇소. 바로 그 뜻이요."

갑판 위에서 광란의 현장을 지켜보던 중태가 가슴 주머니에서 담배를 꺼냈다.

"담배를 안 피우시지 않습니까?"

"접대용으로 가지고 다니던 것인데 한 대 피우고 싶네. 건 씨도 한 대 하겠소?"

"그러지요."

건도 태어나서 처음으로 담배를 입에 물었다.

1945년 12월 22일에 호놀룰루를 출항한 미 해군 군함 제너럴 언스트호는 1946년 1월 7일 인천항에 도착하였다. 한추당 인물들을 포함한 2,614명의 한인 포로들은 1946년 1월 10일 인천 부두에 상륙하여 고향으로 돌아갔다.

(3권으로 계속)

## 제주어 찾기

### ㄱ

가져가질지 가져갈 수 있을지
갈라먹어시난 나눠먹었으니까
갈림시덴 갈리고 있다고
강 가서
강봅서 가봅시다
강 봐사 해신디 가서 봐야 했는데
강 옴신 갔다 오는
강 옵데강 갔다왔나요
건줌 거의
걸바시 거지
게메 글쎄
게메마씨 글쎄 말입니다, 글쎄요
게메마씸 글쎄요
경 그렇게
경해도 경허주 그래도 그렇지
경해도 그래도
경허네 그러네
경허주 그렇지
고슬 가을
고치 그릅서 같이 갑시다
곧고 말하고
곧는 거 말하는 거
곧는 말하는
골아민 말하면
골아사 허쿠다 말해야겠습니다
골아시난게 말했으니까
골아실거주 말했겠지
골은 말한
골읍서 얘기합시다
곱닥허지 예쁘지
곱져 숨겨
곱져놓앗덴 숨겨놓았다고
곶 숲
괸당 어른
구경하지그립수다예 구경하고 싶습니다
구덕 바구니
군인네신디만 군인들한테만
그릅서 가요, 갑시다
그릅서게 가요
글라 가자
기부하지그립수다 게 기부하고 싶습니다
기여 게 그래
까장 까지
꽝 뼈

### ㄴ

나안티넌 나에게는
내불엉둠신가 내버려두고 있는 걸까
놀려낫수다게 놀렸었습니다
놈 남

놈덜 남들
느영 나영 너나 나나
늴 내일

## ㄷ

닮고 같고
닮기도 허곡 같기도 하고
답수다 같소, 같습니다
대맹이럴 대갈통을
댕깁서게 다닙시다
도르라 뛰어라
도르멍 뛰어서
도새기 돼지
돌앙갑서 돌아갑시다
되려 오히려
들럭키넌 날뛰는
들럭키멍 날뛰며
들럭키영 날뛰고
들어완 들어왔소
들여싸부엇네 마셨네
들여싸불엉 마셔버리고
똑 꼭
똣똣한 따뜻한
뜹서 뜹시다

## ㅁ

마우다 안 됩니다
막 아주

만납서 만납시다
말리카부덴 말릴까봐
맞주 맞소
맹년 내년
모다들언 모여 있는
모다들엄수다 모이고 있습니다
모사불어시민 부셔버렸으면
모사뿔자 부셔버립시다
몬 다, 모두
몬딱 모조리
못 구햇주예 못 구했지요
무사 왜
미국신디까장 미국한테까지

## ㅂ

바굼지 파군봉
바라봄시덴 바라보고 있다고나
받아사 허쿠다만 받아야 하겠다만
백보름 벽
변해실커매 변했을 텐데
보게 보자
봐그네 봐서
부셔불켜 부셔버리겠어
불편해진다는 불편할 수도 있다는

## ㅅ

사곡 서고
사는지 서는지

사수과 섰습니까
삼신지 서고 있는지
상 서고
세 혀
속아서 고생해서, 수고했소
속앗수난게 고생했으니
속앗수다 수고했소
솔째기 몰래
쉬엄신 쉬고 있는
시 세
시라 있어라
시려지네 차지네
식개 제사
신디 한테
싯고 있고
싯네 있네
싯덴 있다는
싯주 있지
쓰젠 쓸려고

## ㅇ

아니렌 골아시 아녀냐 아니라고 말하지 않았냐
아며도 아무래도, 아무리 해도
아명 아무리
아시 동생
아척 아침
안 뒈쿠다 안 되겠다
안 받구정 호다마는 안 받고 싶다마는
안트레 안으로
알암수다 알고 있었습니다
알암시민서도 알고 있으면서도
알암신덴 알고 있다는
알앗수다 알았습니다
앞더레 앞 으로
앞더렌 앞으로는
양 봅서 여보세요
어떵 허젠 어떻게 하려고
어떵호드냐 어떻더냐
어서그네 없어서
어서낫던 없었던
어시난 없으니까
어신더레 강 봅서 없는 데로 가서 봅시다
엇나 없네
열여답 열여덟
영 이렇게
영허다 이러다
영헌 이런
영 헐라 이렇게 하자
영혈 이럴
오끗 그만
오켄 오겠다고
올렛거리 올레와 가까운 집
왁왁해지우다 답답해집니다
왁왁허우다 답답합니다

380

욜민 열면
우영팟 텃밭
웃사름신디넌 윗사람에게는
이듸 여기
이듸 지키렌 골아고 가셧곡 여기를 지
  키라고 하고 가시고
이땅 이따
이신 거 닮아 있는 것 같아
이영헌 이런
이왁 이야기
잇당 있다가

ㅈ
자사 자야
자이덜 지들
잘콘다리여, 잘콘다리 샘통이다, 샘통
저슬 겨울
저영 저렇게
저영헌 저런
정지 부엌
정허는 저러는
제라 매우, 아주
제우 겨우
제주더레 제주로
졍 지고
졸바로 똑바로
좋키여 좋겠다
지꺼정헤연 기뻐서

지냥으로 저절로
지다렴신덴 기다리고 있다는
지스러기 나머지
지지빠이 계집애
질 제일
집의 집에

ㅊ
차이렌 허카 차이라고 할까
찾어나신디 찾았었는데
쳐들여싸불엉 쳐다시고
추적해질 거라 추적할 수 있을 거다
친성 닮아 친형 같아

ㅌ
탐저 타고 있어
탕 강 타고 가서
태움저 태우고 있다
통시 변소
틀려 달라

ㅍ
팡돌 받침돌
펜더레 쪽으로
펜안히 강 옵서예 안녕히 다녀오세요
펜 쪽
폐하렌 불렁 폐하라고 부르며
폭낭 팽나무

제주어 찾기 381

폭삭 속앗수다 고생 많았소

## ㅎ

해낫어사주 했어야지
허커마는 받아야 하겠지만
호나 하나, 한 개
호쏠 잠깐
호카 해야 하는가
혼저 가봅서 어서 가봅시다
확 빨리

**폭낭의 기억 2**
돌아오는 사람들

초판인쇄일 | 2021년 3월 25일
초판발행일 | 2021년 4월 3일
지은이 | 박 산
펴낸곳 | 간디서원
펴낸이 | 김강욱
주　소 | (06996) 서울 동작구 동작대로 33길56(사당동)
전　화 | 02)3477-7008
팩　스 | 02)3477-7066
등　록 | 제382-2010-000006호
E_mail | gandhib@naver.com
ISBN | 978-89-97533-40-4 (04810)
　　　　978-89-97533-38-1 (세트)

* 잘못된 책은 바꾸어 드립니다.